Querido lector:

Tienes en tus manos una novela muy especial para mí. Desde que me sumergí en *Lo frágil y lo eterno*, supe que iba a convertirse en una de esas historias que dejan huella, que me iba a acompañar durante mucho tiempo.

Bruno Puelles es un autor que lleva trabajando con nosotros desde hace varios años, y esta es la primera novela de ficción literaria para adultos que editamos de él. Si ya estábamos acostumbrados a la profundidad y delicadeza de su prosa, con *Lo frágil y lo eterno* tengo que advertir que lo lleva a otro nivel. Cada palabra, cada frase, está pensada con sumo cuidado.

Puelles nos lleva, en la posguerra de la Primera Guerra Mundial, a un pequeño pueblo donde todo parece «tranquilo» y «estable». Hasta que nuestro protagonista, Lou, llega para dar clases de teatro. Es entonces cuando, junto a él, iremos descubriendo secretos enterrados largo tiempo atrás, mientras lo acompañamos en su camino para aceptar la pérdida de seres queridos y el cambio de rumbo que da su vida.

Sin duda, Lou es un personaje que te roba el corazón, pero también tenemos un elenco realmente especial: un grupo de niños que están «rotos», de una u otra manera; niños en cuyas miradas podemos percibir dolor, miedo, pero también anhelo, sueños. Mientras Lou los ayuda a contar su historia y te permite a ti, lector, llegar a conocerlos bien, te darás cuenta de que tu vida ya no volverá a ser la misma. Comenzarás a ver las cosas desde otra perspectiva. E, incluso, puede que encuentres alguna historia de tu propia vida que sea importante contar.

En definitiva, *Lo frágil y lo eterno* es una novela sobre la pérdida y la esperanza; sobre uno de los momentos más oscuros de la humanidad; una novela sobre la importancia de ser uno mismo, sobre crecer, sobre dejar ir cuando llega el momento indicado. Bruno Puelles nos recuerda la importancia de hablar, de dar voz a las historias que necesitan ser contadas, de traer a la luz recuerdos que no deben olvidarse.

Espero que esta novela se convierta, también para ti, en uno de esos libros que dejan huella.

Leo Teti
DIRECTOR EDITORIAL

LO FRÁGIL Y LO ETERNO

LO FRÁGIL Y LO ETERNO

BRUNO PUELLES

☾ UMBRIEL

Argentina – Chile – Colombia – España
Estados Unidos – México – Perú – Uruguay

1.ª edición: mayo 2024

© 2024 *by* Bruno Puelles
All Rights Reserved
© 2024 *by* Urano World Spain, S.A.U.
AUTOR representado por IMC Agencia Literaria S.L.
Plaza de los Reyes Magos, 8, piso 1.º C y D – 28007 Madrid
www.umbrieleditores.com

ISBN: 978-84-19030-97-9
E-ISBN: 978-84-10159-19-8
Depósito legal: M-5.584-2024

Fotocomposición: Urano World Spain, S.A.U.

Impreso por: Romanyà Valls, S.A. – Verdaguer, 1 – 08786 Capellades (Barcelona)

Impreso en España – *Printed in Spain*

A ellos.

«in time of daffodils (who know
the goal of living is to grow)».

«en tiempo de narcisos (que saben
que el objetivo de vivir es crecer)».

E. E. Cummings

Los golpes en la puerta despertaron a Harry White en las últimas horas de la madrugada de una noche de marzo. Se levantó de inmediato, despejado y alerta. La guerra le había enseñado a no perder el tiempo con bostezos cuando un estruendo le sacudía el sueño de encima. Por otro lado, solía madrugar para preparar la primera horneada del día, por lo que se encontraba descansado y reunió la templanza necesaria para ponerse una chaqueta sobre el pijama, calzarse y encender la luz al salir al salón.

—¿Hola?

No respondió nadie. Harry se frotó los ojos y consideró la posibilidad de haber soñado que alguien llamaba. Bluesbury era un pueblo pequeño y tranquilo en el que hacía años que no sucedía ninguna emergencia. Aun así, por si acaso, se acercó a la puerta y la abrió.

Frente a él, postrado en el escalón de la entrada como un muñeco desmadejado, se encontraba Lou Crane, con las rodillas y las manos ensangrentadas.

—Dios mío, Lou.

Harry se agachó para rodear al hombre con los brazos y alzarlo. Su piel estaba fría, había recorrido el camino desde el colegio sin ponerse el abrigo. Temblaba. No olía a alcohol y respiraba agitadamente, como si algo lo hubiese perseguido hasta la puerta de Harry.

—Ayúdame —pidió, con ojos febriles.

Harry lo llevó al salón y lo ayudó a sentarse en el sofá. Aunque la primavera estaba a la vuelta de la esquina y las noches más frías del año ya habían pasado, él había visto a hombres morir de hipotermia y estaba preocupado. Le echó una manta por encima a Lou y le tocó la mejilla, que había perdido todo el color y parecía de mármol.

—No puedo ayudarte si no me cuentas qué está pasando —replicó—. Estás helado. ¿Cómo se te ha ocurrido salir así a la calle? ¿Dónde está tu bastón?

—Te lo contaré —dijo Lou—. Vas a pensar que he enloquecido, pero *tienes que creerme*. Todo lo que voy a decirte es verdad.

Harry quería limpiarle las heridas y poner una tetera al fuego, pero él no estaba dispuesto a permitírselo. Se inclinó hacia delante y le agarró las manos. La cercanía del gesto desarmó a Harry. En aquel momento, supo que estaba dispuesto a hacer cualquier cosa por el hombre que tenía delante.

—¿Qué te está haciendo tanto mal? Pareces un muerto en vida.

—No, yo no estoy muerto. Aún. —La sobriedad con la que Lou aceptaba que su muerte podía estar próxima y la intuición de que podía estar en lo cierto le robaron la respiración—. *Ellos* sí.

La certeza de que a Tutton le habría agradado el jardín salvaje que escondían los solemnes muros de ladrillo viejo de Dunby Hall empeoró el ánimo, ya de por sí ensombrecido, de Lou Crane. La emoción en los ojos de la señora Tutton, que contenía las lágrimas al recibir a los asistentes de la ceremonia en memoria de su hijo, fue un insulto.

—Querido Louis, casi no te reconozco —le saludó ella, con sorpresa agradecida y la discreción suficiente para no mencionar el bastón en el que se apoyaba él—. Qué amable por tu parte que hayas venido.

Él se sentía incómodo en el disfraz de antiguo compañero de clase del fallecido. Hacía años que se le había quedado pequeño, aunque la señora Tutton no lo supiera. Lou le dio la mano y musitó un pésame antes de internarse en la multitud de desconocidos.

El universo social de David Tutton le resultaba ajeno. Reconoció algunas caras: un par de muchachas de su edad con las que creía haber jugado al tenis hacía cuatro o cinco veranos, aunque no estaba del todo seguro; un primo allí, de aquella cena de cumpleaños; una amiga allá que una vez acompañó a David a una de las actuaciones de Lou. Poco más. Los nombres los había olvidado todos.

Nunca había sido tan consciente de que solo había conocido un pedazo de él.

No sabía bien qué había ido a buscar en aquel acto de homenaje a un hombre muerto un año atrás. Tal vez una respuesta a las cartas que le envió antes de regresar a Inglaterra y recibir la noticia. O al propio Tutton, como si aquel lugar rígido e impersonal fuese el más cercano a él que Lou pudiese alcanzar. Había bastado entrar en Dunby Hall para saber que, fuese lo que fuera que anhelase, no se encontraba en aquel jardín.

La multitud recorría los senderos hacia una plazoleta rodeada por rosales. Un sinfín de expresiones graves, de las cuales tantas pertenecían a ancianos que Lou se preguntó si se trataba de conocidos de David o más bien de los señores Tutton. Daba lo mismo. Los actos en memoria de los muertos se hacían para los vivos.

Lou se sobresaltó al reconocer en uno de los rostros al señor Bell, anacrónico y descontextualizado fuera del aula de clase. Hacía más de diez años que no lo veía. Resultaba asombroso, e incluso ligeramente aterrador, ver el paso del tiempo en sus rasgos: el hombre severo al que de niño había tenido por un poco menos que todopoderoso se había convertido en un viejo amable y de aspecto frágil.

Presa de una súbita aprensión ante la posibilidad de mantener una conversación cortés con él, Lou se replegó hasta un rincón junto a la escalera de hierro forjado que comunicaba con los pisos superiores de Dunby Hall. Al amparo de los arbustos en flor de lilas de verano, bajo las vidrieras del imponente edificio, había una mesa engalanada con un mantel blanco y un jarrón. Junto a este, sobre un atril, descansaba con triste abandono un libro de condolencias aún en blanco, con tapas anchas y duras, recubiertas por una suave tela color gris plomo. Ante él, una pluma y un tintero cerrado.

Lou habría tenido miles de palabras que escribirle a David Tutton, pero no estaba dispuesto a plasmar ninguna de ellas en aquel libro.

Caminó a lo largo del muro, torcido sobre su bastón, apoyando en él más peso del debido. Sabía que por la noche la espalda le dolería y no sería capaz de encontrar una postura cómoda para dormir, pero no podía evitarlo. Los huesos le crujían y le daba miedo pisar con el pie derecho, como si el recuerdo de aquella herida que se había cerrado hacía meses fuese aún más intenso que el dolor que había sentido entonces. Sobre su cabeza se sucedían las imágenes de las vidrieras, que también habrían gustado a Tutton y representaban a Shakespeare, a Santa Cecilia, la patrona de la música, a William Caxton con su imprenta.

Todos los senderos, incluso el que transcurría a la vera del edificio, conducían a la plazoleta de la rosaleda. Lou Crane se acercó, aunque manteniéndose a un lado, para escuchar al hombre que había tomado la posición central y se disponía a hablar a la congregación para agradecerle su presencia. Los señores Tutton habían decidido celebrar aquel homenaje en Dunby Hall, por ser más conveniente y más accesible desde el centro de la ciudad que el cementerio de Kensal Green, en el que se alzaba la lápida con el nombre de David Tutton, pero esa misma mañana habían estado junto a esta para cubrirla de flores y estaban seguros de que su hijo, allá donde estuviera, los estaba mirando... Lou dejó de escuchar. Era él quien miraba a Tutton, en el gran retrato que sus padres habían mandado hacer y que colgaba a la espalda del orador. David Tutton con poco más de veinte años, ataviado de piloto con su chaqueta verde del ejército y la insignia, el ceño ligeramente fruncido, los labios apretados, la vista perdida en la lejanía. Su expresión era seria y decidida a partes iguales, y no había tristeza en ella: solo en los ojos del que contemplaba la imagen, al darse cuenta de lo joven que era aquel muchacho, de la sombra de infancia que aún se escondía entre las líneas rectas de su mandíbula. Tenía los brazos recogidos, con los pulgares enganchados en un cinto ancho, y de uno de ellos le colgaban un abrigo de cuero y un pañuelo blanco de seda; de la otra mano, las estúpidas gafas de aviador que Lou detestaba. Tras él se veía la hélice de una aeronave, tal vez aquella en la que había muerto o quizá, con mayor probabilidad, invención del pintor.

El orador dejó paso a los señores Tutton. Habló primero la madre: muy brevemente del David niño y, después, del momento en el que habían recibido el telegrama oficial anunciando su muerte, y de cómo poco después les habían llegado de vuelta las últimas cartas que ellos mismos le habían enviado. Cartas sin respuesta que su hijo nunca llegó a abrir. Se le quebró la voz al decir en voz alta que, en el fondo, daba igual, porque en ellas le decían lo mismo que en todas las anteriores: que lo querían y que estaban orgullosos de él, y ella estaba segura de que su hijo, en el momento de su muerte, tenía esto presente.

Lou pensó en todas las cartas que Tutton no le había respondido.

Observó de nuevo el retrato, buscando en él el reloj de bolsillo que ambos habían compartido desde el año en que acabaron el colegio. Lo habían comprado a medias; era una máquina pesada y demasiado grande, de segunda mano, con una cadena igualmente gruesa. Lo tenía a veces uno, a veces otro. Cuando le tocaba a él, Lou lo colocaba bajo la almohada por la noche y se había acostumbrado a dormir con su tictac. Se lo había devuelto a Tutton durante su primer permiso, la última vez que se habían visto en persona.

El reloj no aparecía en el retrato. Había muchas cosas que no tenían cabida en el Cuerpo Aéreo y Tutton las había dejado atrás al alistarse. Lou empezaba a comprender que él mismo había sido una de ellas.

El señor Tutton tomó el relevo para continuar hablando de cartas; concretamente, de la última que les había escrito David. En lugar de enviarla, la había dejado atrás, entre sus objetos personales, para que les fuera entregada a sus padres si él moría. En ella les decía que estaba bien, que pensaba en ellos, que no se preocuparan por él porque estaba cumpliendo con su deber. Su hijo no había tenido más ambición que la de servir a su país, y había muerto exactamente donde deseaba estar. David no habría cambiado aquello por nada.

Aquel David Tutton no era el hombre que había creído conocer Lou.

Hablaron tres personas más, todas ellas desconocidas, y el hombre al que describían parecía un extraño más. Cuando acabaron, sonó el solemne toque de clarín y volvieron a aparecer los murmullos y las conversaciones. Lou se preguntó si aquel momento era oportuno para marcharse, pero antes de que alcanzase una decisión al respecto, alguien le posó la mano en el hombro.

—¿Crane? —La voz del viejo maestro seguía siendo la misma.

—Señor Bell —saludó Lou.

—Me alegro de verlo, aunque siento que sea en estas circunstancias —dijo este—. Tengo noticias de muchos de mis alumnos, pero a usted le perdí la pista.

Mi nombre aparecía en los carteles de Covent Garden, pensó Lou.

—Lo mismo digo, señor. Es muy amable por su parte haber acudido —añadió, encontrando un secreto placer en utilizar contra el profesor las palabras con las que la señora Tutton lo había distanciado de David.

Al señor Bell no le molestaron. Nadie habría dado por sentado que acudiría a la ceremonia para recordar a un hombre que fue su alumno hacía más de una década.

—Por supuesto, por supuesto. Es una lástima. Tutton era un joven brillante. —El profesor suspiró—. ¿A qué se dedica usted, Crane?

¿A qué se dedica usted, que nunca ha sido un joven brillante?, tradujo Lou.

No deseaba responder. Miró alrededor buscando una excusa para huir de aquella conversación, pero no tuvo éxito. No conocía a nadie a quien saludar, no tenía la naturalidad necesaria para fingir que lo reclamaban y pedir disculpas al señor Bell antes de alejarse apresuradamente y perderse entre la multitud.

—Antes de la guerra, era bailarín —admitió a regañadientes.

—Sí, eso lo sabía. Le he preguntado qué es lo que hace ahora. —El señor Bell bajó la mirada hasta el bastón. Hizo una larga pausa, una pausa dolorosa, llena de preguntas y respuestas evidentes que, por suerte, el profesor decidió ahorrarse—. ¿Cómo se encuentra?

De maravilla.

—Podría estar peor. —Se contuvo para no volverse hacia el retrato de Tutton.

—¿Sigue trabajando?

Lou encogió un hombro. Cuanto mayor era su incomodidad, más difícil le resultaba controlarse en nombre de la cortesía.

—Bueno, ya sabe que la demanda de bailarines cojos es abrumadora.

El profesor hundió las cejas y negó con la cabeza, un vestigio de la severidad que lo había caracterizado en el pasado.

—No ataque a sus amigos, Crane. Precisamente se lo decía porque, si no está ocupado, se me ocurre alguien que podría agradecer su ayuda. Lo he pensado nada más verlo.

Lou Crane no quería saber de nadie que lo necesitase. Sentía que era él mismo quien precisaba ayuda, pero no sabía dónde encontrarla ni exactamente qué hacer con ella.

—¿De qué se trata? —preguntó, porque si el profesor se lo iba a contar en cualquier caso, bien podía rendirse al destino y escuchar.

El señor Bell era un hombre que había lidiado con cientos de personas a lo largo de su vida. Niños díscolos, adolescentes respondones, criaturas que le decían sin pudor que el colegio era una pérdida de tiempo y él, el profesor, un verdadero fastidio, repitiendo las palabras que pronunciaban en su presencia los padres en contra de la escolarización obligatoria, a quienes venía mejor contar con la ayuda de sus hijos en casa o en el trabajo. Se había enfrentado a alumnos difíciles, a directores incompetentes y a tutores insoportables. Había desarrollado, a lo largo de los años, la capacidad de hallar el equilibrio entre la dureza y la comprensión.

Había aprendido a ver el hambre detrás de los movimientos irritantes del alumno distraído. El sueño tras el aparente desinterés. Los palos y el miedo tras la incapacidad de mirarlo a él o a cualquier otro adulto a los ojos. Nada de eso lo había preparado para lo que en aquel momento tenía delante: la mirada perdida de su antiguo alumno, las pesadillas que anidaban en su mente y podían distinguirse a través de sus ojos, los horrores que almacenaba en la memoria. Un muchacho más, como tantos otros, que había regresado a Inglaterra como un sonámbulo.

—Un buen amigo trabaja en el ayuntamiento que comparten varios pueblos pequeños cerca de Kinwick. En uno de ellos se va a reabrir la antigua escuela, y han habilitado un espacio para otro tipo de actividades complementarias para los muchachos. Se me ocurre que podría dar clase de danza en él. Al fin y al cabo, muchos bailarines acaban siendo profesores.

—Sí, cuando son demasiado mayores —rezongó Lou, que había cumplido veinticinco años en marzo.

—Cuando ya no pueden bailar, en definitiva —cortó el señor Bell, sin rodeos—. Piénselo, Crane. No creo que puedan pagarle mucho, pero algo es algo. —Rebuscó en el bolsillo y sacó una tarjeta de visita que ofreció a Lou—. Tendré que plantear la idea, a ver qué me dicen. Usted dele una vuelta y llámeme a final de mes. Siempre podemos echarnos atrás si decide que no le interesa.

El profesor deseaba echarle una mano a un antiguo alumno, o tal vez sentir que cumplía con un deber patriótico al ayudar a un exsoldado, o hacer una buena acción que le permitiese dormir mejor por la noche. Lou no lo sabía. No quería saberlo. La corbata le apretaba el cuello y aquella tarde de agosto era demasiado calurosa para la chaqueta negra que llevaba puesta.

Guardó la tarjeta. Era incapaz de tomar ninguna decisión, sobre todo si esta implicaba aceptar que no volvería a bailar, que su carrera había terminado y que debía buscar otra forma de subsistir. Llevaba más de ocho meses postergando aquel momento, negándose a aceptar que aquel pie derecho que nunca volvería a funcionar bien le pertenecía.

—Gracias —musitó—. Tengo que irme. Por favor, discúlpeme.

—Por supuesto. —El señor Bell le estrechó la mano, sin importarle que estuviera sudorosa y sin percibir, aparentemente, que temblaba—. Llámeme, ¿de acuerdo, Crane?

No podía permitirse una conversación incómoda con otro de los pocos asistentes que lo conocían, especialmente los padres de Tutton. Lou se alejó como un fugitivo, oculto bajo las sombras que empezaban a adueñarse del jardín, a contracorriente entre las personas que se dirigían al salón principal. Recorrió el sendero junto a la pared de ladrillo hasta casi chocar con la mesa del mantel blanco. El libro seguía sobre el atril, olvidado por todos.

Lou le echó un vistazo. Solo había dos o tres dedicatorias, embustes insulsos e imprecisos que podrían haberse aplicado tanto a David como a cualquier otro. Nadie tenía realmente a Tutton en su pensamiento cada mañana, ni consideraba un privilegio el haberlo conocido, nadie estaba completamente convencido de que él estaba en un lugar mejor, velando por su familia. De modo que las primeras páginas contenían mentiras piadosas y el resto estaba en blanco.

No supo de dónde venía la rabia hacia aquella gente. Tal vez de la presión por seguir adelante con su propia vida cuando le parecía que había sido truncada, que el proyectil que lo había dejado cojo lo había matado de una forma imperceptible para los demás. Una muerte discreta dentro de un cuerpo que seguía respirando.

Estaba enfadado con aquellas personas que creían conocer a Tutton mejor que él. Enfadado porque tal vez tuvieran razón.

Enfadado porque Tutton nunca le había devuelto el reloj.

Enfadado porque Tutton había cometido la estupidez imperdonable de morirse.

De modo que tomó el libro gris y se lo colocó bajo el brazo libre. Apoyado en el bastón, abandonó los jardines del Dunby Hall. Cojeó a lo largo de dos, tres manzanas antes de detenerse y arrancar las primeras páginas del libro, arrugarlas y tirarlas al arcén mojado, donde se deshicieron lentamente en una pasta emborronada por la tinta. Se sintió salvaje y sacrílego y cruel, y todo eso le otorgó menos consuelo del que había imaginado.

A la mañana siguiente, el libro de tapas grises reposaba sobre la mesa del comedor como un recordatorio de la odiosa velada del día anterior. Su elegancia armonizaba con el mueble de madera antigua, bellamente tallado; con la alfombra desgastada con motivos orientales, con las butacas pesadas y la mesita baja. Aquella era una casa de personas respetables, es decir, entradas en años y con dinero, por lo cual era Lou el que no encajaba en ella. Lou, desgarbado, torcido al caminar sin su bastón, sin haberse peinado el cabello del color de la leña chamuscada y la ceniza, con una ausencia inexplicable en los iris grises, cargados de nubes, y ojeras porque hacía años que su sueño era intranquilo.

Aquella noche, las pesadillas se habían calmado. Una vez más, había esperado durante una eternidad en la estación de Péronne-Flamicourt, tal como la recordaba; un edificio en ruinas, con agujeros en el tejado que dejaban a la vista las tristes vigas de madera como huesos astillados, la pasarela doblada en dos, los raíles que las explosiones habían hecho saltar por los aires. Una estación triste, sola en medio de una llanura vasta y desolada. En el sueño, Lou contemplaba los escombros y la destrucción y esperaba un tren que jamás llegaría. Permanecía atrapado en aquel andén durante horas, días, meses, hasta que despertaba antes del amanecer y no volvía a ser capaz de cerrar los párpados.

Tenía hambre, pero nada de comida en la despensa. Se contentó con un par de cigarrillos y una taza de té recalentado en la tetera que había quedado abandonada en el fogón. La calle le resultaba hostil, con el habitual ajetreo de carteros, mujeres que iban a la compra, vendedores de periódicos y el trajín de las bicicletas y sus timbres; un recordatorio desagradable de que el mundo giraba, el sol estival calentaba las calles y la vida florecía mientras Lou había quedado atascado en un noviembre interminable. Tantos meses añorando la cotidianeidad y, al recuperarla, había descubierto que ya no le valía, como los zapatos del curso anterior después de las vacaciones escolares.

Lou bebió el té demasiado caliente y demasiado amargo, pensativo. Contemplaba el libro gris.

La campanilla de la puerta lo sobresaltó. Había vaciado la taza sin darse cuenta. La dejó a un lado y fue a abrir.

—Ayer por la tarde vino un hombre preguntando por usted —le comunicó el vecino de abajo, sin dar los buenos días—. Casi arranca la cadena de tanto llamar. Tuve que salir a decirle que no se encontraba en casa.

—Lo siento —respondió Lou.

—No dejó recado —informó el vecino, aunque él no había preguntado—. Era un soldado o, al menos, iba vestido con uno de esos abrigos.

—Gracias, señor Palmer.

—Y el cartero dejó esto por error en mi buzón. —Le tendió un sobre cerrado—. Es de los Pearce, así que ya me dirá usted si es que vuelven.

Lou se guardó de prometer nada con cuidadosa deliberación.

—Gracias —repitió—. Buenos días, señor.

Cerró la puerta con suavidad y fue a sentarse en el sofá del salón, sobre la sábana blanca que resguardaba el mueble del polvo y que Lou no se había molestado en quitar. Los Pearce, amigos de Ada Crane y entusiastas de su trabajo, le habían prestado la casa mientras ellos pasaban una temporada en Southampton. La tía Ada la había habitado hasta poco después de que Lou regresase a Inglaterra; luego, muerta ella, los Pearce habían permitido que el sobrino de su amiga ocupase su residencia para arreglar los cabos sueltos que había dejado Ada en Londres. Esto, que iba a durar solo unas semanas, se había extendido demasiado.

Lou había guardado en el armario, sin abrirla, la caja de cartón que le habían dado en el hospital y que contenía los objetos personales de su tía. En ella estaban las llaves de su casa en Keldburn, el recordatorio de que tenía un sitio al que ir y, a la vez, de que regresar a él sin la tía Ada le resultaba inconcebible. De modo que en lugar de volver a casa, Lou había permanecido durante meses en Londres, sin nada que hacer.

Muerto David Tutton, que había ido a la guerra voluntariamente y convencido que regresaría como un héroe en menos de tres meses.

Muerta la tía Ada, más fuerte que un roble y molesta por que «un simple resfriado» le impidiese recibir en condiciones a su sobrino.

Y Lou Crane vivo, contra todo pronóstico.

Había regresado a Inglaterra en una camilla. Cuando le dieron el alta, la Gran Guerra había terminado; recibió una paga por licenciamiento, un abrigo y un uniforme del ejército, un par de zapatos y ropa interior. Ese mismo día se encontró con un antiguo camarada que le contó que de los doscientos de Keldburn que eran al principio solo quedaban unos treinta y le preguntó si quería ir a tomar algo con él. Lou dijo que no. Cortó los lazos que lo unían a la guerra y vendió, en cuanto tuvo ocasión, el abrigo y el uniforme. Atrás quedó el Lou soldado, y más atrás todavía el Lou civil; quedó en un presente desdibujado, una tierra de nadie entre dos mundos.

Imaginó que el soldado que había preguntado por él al vecino era ese camarada o alguno de los otros veintiocho que quedaban. Se alegró de no haber estado en casa para recibirlo.

El matasellos del sobre tenía más de dos semanas de antigüedad. El señor Palmer debía haber recibido la carta hacía días. Lou la abrió. Contenía una tarjeta de los señores Pearce, que confiaban en que se encontrase bien y le avisaban que en septiembre regresarían a Londres. La última semana de agosto enviarían a alguien a limpiar y preparar la casa. Esperaban que su estancia hubiese sido placentera, que se hubiese sentido a gusto y que los visitase si volvía a la ciudad.

Lou respiró hondo. Lo abandonaron las fuerzas. Le sobrevino el impulso de volcar la mesita baja. Deseaba marcharse de aquel lugar. Deseaba volver a la cama y no salir de ella. No quería tomar decisiones. No quería seguir avanzando sin saber a dónde iba.

No podía volver a casa.

Se puso en pie. Cojeó hasta el dormitorio, abrió el armario en el que la tía Ada había guardado su ropa durante el tiempo que pasó en la casa. Seguía colgada de las perchas.

Lou se sentó en el suelo, entre los zapatos. No sabía si pertenecían a la tía Ada o a la señora Pearce. Los vestidos eran de Ada, eso seguro. Cerró los ojos un segundo. Un segundo de silencio, del olor de la ropa de su tía. Tenía un sollozo atrapado en la garganta. En algún momento de la adolescencia había dejado de llorar, había olvidado cómo hacerlo, igual que las reglas de los juegos del recreo o las fechas de cumpleaños de sus amigos del colegio. Era algo que pertenecía a la infancia, pero ese sollozo estaba ahí y Lou no sabía cómo deshacerse de él.

La última vez que había estado en la casa de la tía Ada en Keldburn había sido la noche intranquila antes de embarcar, con el uniforme extendido sobre la silla del cuarto de su niñez. No había regresado a ella al volver, se había quedado en Londres, en un paréntesis de su vida, porque entrar de nuevo en esa casa significaba hacerlo por primera vez como propietario. La tía Ada le había dejado todo lo que había podido: su hogar, su red de contactos, algo de dinero, su talento y años de apoyo y perseverancia para enseñarle a bailar; años que de nada le servían desde que uno de sus pies se negaba a colaborar.

«¿Qué es eso?», le había preguntado ella, con un hilo de voz. Lou había dejado de estar interno en un hospital para ir a visitar a su tía en otro. Él con el bastón y ella tendida en la cama, pálida y con la enfermedad atenazándole los pulmones.

«Una ayuda hasta que recupere las fuerzas», le había mentido él.

Ella se había reído, entre toses.

«¡Cómo somos! Te pones bueno tú y enfermo yo. ¿Así como voy a darte un abrazo?». Él se había inclinado sobre la cama, pero ella lo había apartado con un gesto. «Quita, quita, lo que faltaba, a ver si te voy a pegar esto...».

Le había dicho que la dejase descansar y se fuera al teatro o al cine o a alguna parte, a divertirse, que falta le hacía. Él se había marchado a regañadientes, negándose a aceptar el dinero que ella insistía que tomara de su cartera, aunque quisiera invitarlo, aunque asegurase que le hacía ilusión, «por los viejos tiempos». No lo dejaron volver a verla. La gripe era demasiado contagiosa y el hospital prohibió las visitas. Apenas unos días después, la tía Ada murió y le pidieron que fuese a recoger sus cosas.

Lou recordaba la sorpresa que había eclipsado al dolor en el primer momento. Le maravilló que la gente aún muriese por motivos corrientes, ajenos a la guerra. Después vino el alivio, por el que aún se sentía culpable; la tía Ada, que lo había criado, no conocería al hombre en el que se había convertido, cambiado, embrutecido, ausente. Y, aún más importante, ella nunca sabría que él no volvería a bailar.

Abrió la caja que le habían dado en el hospital. Encontró en ella una fotografía enmarcada, la tía Ada y él mismo, de niño, en una excursión al campo. La cartera. Un par de libros. Las llaves de casa.

Tardó aún dos semanas en hacer la maleta, aunque sus pertenencias eran escasas. Un par de mudas de ropa, una pastilla de jabón y polvo para lavarse los dientes, la foto, el libro de tapas grises y páginas en blanco, poco más. No se llevó ninguna de las prendas de la tía.

L a calle principal de Keldburn, con sus hermosos *cottages* del siglo xv, estaba lo bastante transitada para que la presencia de Lou pasase desapercibida. El tren había tardado menos de una hora en recorrer las cuarenta millas que separaban la pequeña ciudad de la estación de King's Cross, un recorrido que hacía años había sido habitual para él. Había vivido a caballo entre las dos ciudades, con la vieja casa de Ada a un lado y las clases de danza, cada vez más frecuentes y más largas, al otro. También su tía iba y venía, pero aseguraba que lo prefería así. «No podría vivir en Londres», decía. «Cuando trabajas en algo tan absorbente como las artes escénicas, debes mantener tu vida personal a salvo, lejos de los escenarios, o cuando te descuidas te das cuenta de que el trabajo ha invadido cada segundo de tus días». A Lou, en plena luna de miel con su vocación, aquello no le parecía un problema. Estaba más que dispuesto a entregar todo su tiempo a las tablas. «Precisamente por eso», apuntaba la tía Ada, «precisamente».

El sencillo encanto de Keldburn era el antídoto contra el embriagador veneno del teatro. Lou creyó notar su poder sanador al internarse en los callejones empedrados, colina arriba, hasta ver la fachada blanca con entramado de madera de la casa en la que había crecido. Se detuvo a dejar la maleta en el suelo. Nada le impedía acercarse a la puerta y entrar, quitarse los zapatos, abrir las contraventanas.

Sacó las llaves y las sostuvo. No era el juego que solía utilizar él, sino el de la tía Ada, con su llavero pesado. Solo tenía que dar unos pasos hacia delante, meter la llave en la cerradura, descorrer el cerrojo. Volver a casa, con el eco de una ausencia en todas las habitaciones.

Tras unos minutos, volvió a guardarse las llaves en el bolsillo. *Ridículo*, pensó. *Lou Crane, tú has hecho cosas que daban más miedo.*

Aun así, se dio la vuelta y caminó hasta la oficina de correos, dejó junto a la pared la maleta y el bastón, y pagó por hacer una llamada telefónica. Le leyó a la operadora el número que constaba en la tarjeta del profesor.

—Samuel Bell al aparato.

—Buenas tardes. Soy Louis Crane. Si la oferta aún está sobre la mesa, acepto el trabajo.

Un par de clics en la línea le reveló que algún vecino del profesor se había unido a la llamada. Lou cambió el peso de un pie a otro y contuvo un gruñido de dolor al apoyar demasiado en el derecho.

—Me alegra oírlo —respondió el señor Bell—. Hablé con este amigo mío y me ha puesto en contacto con una tal señora Beckwith, que es quien está a cargo. Tendrá que hablar directamente con ella.

—Puedo ir hoy mismo.

—Bueno. Supongo que no hay razón para esperar. La oferta incluye alojamiento y una modesta dieta. No creo que necesite usted mucho más. Es un sitio pequeño y pacífico.

—¿A dónde tengo que ir?

—La estación es Bitchton, pero el pueblo en el que se encuentra el colegio, un poco más alejado, se llama Bluesbury. Para llegar a Dunwell, tendrá que hacer transbordo en Kinwick. Envíe un telegrama para que manden a alguien a buscarlo. Imagino que podrán hacer algún arreglo hasta que tenga un lugar definitivo donde alojarse. ¿Tiene donde apuntar?

—Sí. —Lou tomó nota de los datos—. ¿Señor Bell? Les enseñaré lo que sé de teatro. Nada de baile.

—Eso lo discutirá con la señora Beckwith. Buena suerte, hijo.

—Gracias —respondió Lou, aunque le pareció que el profesor no le oía. Ya había colgado.

Regresó a la estación con el sentimiento culpable de haber cometido un acto de cobardía. El tren lo devolvió a Londres, donde le informaron que el tren a Kinwick salía a primera hora del día siguiente. Le dio tiempo a enviar el telegrama anunciando su llegada, acercarse a un pub para cenar un pastel de carne y riñones y retirarse a dormir en el suelo, recostado sobre su maleta, en un rincón de la estación.

Por la mañana, cansado y dolorido, desayunó pan, margarina y té en una tienda de mala muerte en la que lo miraron con desconfianza, como si no estuviese a la altura de la clientela del local. Cuando el tren por fin llegó, se derrumbó sobre su asiento, junto a la ventana, y dormitó durante las primeras horas de viaje.

Despertó a media mañana, hambriento y con el cuello tenso por haberlo mantenido largo rato en una mala postura. El tren traqueteaba entre prados verdes y húmedos moteados por ovejas blancas. Lou se inclinó sobre el cristal, dejando que el aliento lo empañase. A lo lejos se veían las montañas, con pueblos en las laderas de un profundo valle. El tren lanzó nubes de vapor al ralentizar la marcha.

«¡Kinwick! ¡Estación de Kinwick!», anunció el jefe de estación a gritos.

Lou se apeó, con cuidado, anclando el bastón en la superficie desigual del andén.

—¿Necesita ayuda? ¿Tiene un baúl en el vagón del equipaje? —le preguntó uno de los mozos con amabilidad.

—No. ¿Dónde puedo tomar el tren a Dunwell?

—Este es el único andén. Espere aquí.

Era una estación pequeña, coqueta, sin un café cercano en el que beber algo. Lou lamentó no haber tomado un desayuno más contundente y encendió un cigarrillo. El tren que llegó, de la línea ferroviaria de Oxhampton, consistía en una locomotora antigua que tiraba de solo tres vagones, ninguno de los cuales servía de restaurante.

Lou permaneció despierto el segundo trayecto, contemplando la sucesión de bosques y campos de cultivo, las granjas y los caminos simples, libres de artillería; los jinetes que los recorrían a caballo, desarmados; los niños que jugaban en las calles de los pueblos.

«¡Barleigh! ¡Estación de Barleigh!». Lou estaba solo en el vagón. Abrió la ventanilla, dejando entrar la ceniza que había en el aire. Más pueblos, estaciones cada vez más pequeñas, andenes perdidos en la nada.

«¡Estación de Dunwell!».

Se apeó de nuevo. Era pasado el mediodía, no había comido nada y estaba nervioso y malhumorado. La humedad, que llevaba metida en los huesos de la pierna derecha, había convertido el doloroso aguijoneo que solía acompañarlo en una punzada constante. Arrastró la maleta un par de pasos. La estación de Dunwell era una plataforma de piedra, con una pequeña caseta, dos bancos y un jardín silvestre a través del cual se llegaba a la calle. Junto a un poste de madera aguardaba un carro con una yegua.

—¿Señor Crane?

Lou alzó la vista hacia el hombre que aguardaba, lanzando miradas a la maleta, como si a duras penas pudiera contener las ganas de levantarla y cumplir su misión. Tenía el cabello blanco y las cejas muy gruesas, la piel curtida por el sol y arrugas profundas. Aun así, su espalda era recta y sus hombros fuertes, y reflejaba con su postura una agilidad envidiable.

—Sí —respondió, dejando que la pregunta quedase en el aire sin necesidad de pronunciarla.

—Soy Benedict Culpepper, de Bluesbury —se presentó el otro—. Me envía la señora Beckwith a recogerlo. Permítame, por favor. —Y tomó la maleta sin esperar respuesta—. ¿Esto es todo lo que trae? Parece que va medio vacía.

Lo guio hasta el carro, montó la maleta en la parte trasera y lanzó una mirada dubitativa a Lou. Este frunció el ceño con fiereza, sostuvo el bastón entre el brazo y el costado para agarrarse al carro con las dos manos y subió sin ayuda. Culpepper asintió para sí.

—¡Mire que me ha sorprendido que precisamente el profesor de baile...! —La frase, que dejó sin acabar, quedó plantada entre los dos como un muro.

El resto del viaje transcurrió entre un huraño silencio por parte de Lou y escasos comentarios del conductor, que le informaba de que el nombre del pueblo que dejaban a mano derecha era Loxden Cross, o mencionaba que aquel año había llovido poco. «Ya estamos aquí», anunció por fin. «No es muy grande», añadió, algo desasosegado por la falta de respuesta de su pasajero. «Unos trescientos vecinos, todo lo más. Viniendo de Londres, le parecerá pequeño».

Bluesbury lo componían media docena de calles flanqueadas por campos, granjas, casas de piedra color miel con tejados gris oscuro y jardines. El carro entró por un camino ancho que pronto se transformó en carretera, con una pequeña iglesia a la derecha. Las montañas mantenían presa una capa de nubes sobre el valle, un velo grisáceo que filtraba la luz. A media tarde, no había nadie en las calles y solo el cascabeleo de los cascos de la yegua perturbaba el silencio.

Cuando el carro se detuvo frente a una de las casas, no hizo falta llamar a la campanilla para que una mujer se asomase a la ventana y les echase un rápido vistazo antes de retirarse. Pocos segundos después, se abrió la puerta para dejarle paso. Era una señora de sesenta años o más, con el cabello encanecido recogido en un moño tirante, ojos pequeños tras lentes redondas, arrugas en torno a los labios de tanto apretarlos y movimientos nerviosos. Llevaba un vestido largo y marrón, con una chaqueta larga a juego, del estilo de la década anterior.

—¡Señor Crane! Buenos días —saludó, antes de acercarse al conductor del carro y entregarle un billete—. Gracias, señor Culpepper. ¿Sería tan amable de dejar al señor Crane aquí y llevar su equipaje al colegio? Puede dejarlo en el porche. Nosotros iremos andando.

—¿Está segura de eso? —preguntó Culpepper, con toda la discreción de la que fue capaz, mientras lanzaba una elocuente mirada a Lou.

Él, con más ligereza de la que sus músculos doloridos habrían deseado, bajó del carro y apoyó el bastón en el suelo.

—Me parece una idea excelente —afirmó—. Una oportunidad para empezar a conocer el pueblo. Gracias por el viaje, señor Culpepper.

Este hizo un leve gesto de asentimiento (*Usted sabrá lo que hace*, interpretó Lou) y chasqueó la lengua para poner en movimiento a la yegua. El carro desapareció carretera abajo, y la señora Beckwith quedó frente al recién llegado, sin que nada se interpusiera entre ellos. Lo contempló con el ceño fruncido.

—Desde el ayuntamiento me dijeron que era usted bailarín en Londres.

Lou apoyó en el bastón más peso del que debía. Estaba exhausto.

—Desde los seis años, pero en los tres últimos he estado fuera —respondió con ironía—. Evidentemente, si le parece a usted bien, mis clases se centrarán en el teatro y no en la danza.

—Evidentemente —repitió ella, pensativa.

Lou se revolvió, incómodo bajo el escrutinio de su mirada, que parecía ver en él más de lo que era consciente de mostrar. Se la devolvió, inquisitiva la de ella, fiera la de él. Dedicarse a la enseñanza distaba mucho de ser una vocación; la idea desataba una rebelión en su interior. Sin embargo, no sabía si era capaz de soportar haber viajado hasta aquel maldito pueblo, perdido entre las montañas, para que le dijesen que ni siquiera como profesor era suficiente.

—Siempre puedo regresar a Londres —añadió con voz suave.

La señora Beckwith tomó a la vez aire y una decisión repentina.

—No será necesario —afirmó, recogiéndose las faldas con una mano para dar un paso adelante y ofrecerle la otra—. Con las clases de teatro bastarán. De las de baile, una vez a la semana, podrá encargarse la maestra. Bienvenido a Bluesbury, señor Crane.

Él se la estrechó.

—Gracias.

—Grace Beckwith —se presentó ella, aunque no hacía ninguna falta—. Esta es mi casa, si necesita cualquier cosa, puede venir a buscarme. Tengo teléfono, pero no la costumbre de atenderlo. Es mejor que venga. —Señaló a un lado y a otro—. Esta es la calle principal, High Street, cruza el pueblo de lado a lado. Ahí en la esquina tiene el pub Koster's, de los señores Bow, con los que he hablado para que le sirvan el almuerzo todos los días, incluidos aquellos no lectivos; el desayuno y la cena los podrá tomar en su habitación. Verá que es un lugar sencillo, pero espero que encuentre que no le falta nada. Al otro lado de la calle, si se fija, está la panadería, y más adelante, la carnicería y pescadería, que abre los martes y los jueves. Hacia el otro lado encontrará el camino de la iglesia y la casa del pastor. No hay mucho más, aparte de los campos y las granjas.

—Es un pueblo encantador —respondió Lou, sin saber bien qué decir.

La panadería era un local pequeño, con un letrero azul celeste y grandes ventanas por las que podía verse un mostrador de madera. Un par de casas más allá, llamaba la atención un edificio de paredes chamuscadas y rodeado de un jardín asilvestrado, una explosión de vida con corazón quemado. Era la única construcción en toda la calle que parecía abandonada.

—La vieja casa de los Lowe —explicó la señora Beckwith—. Un avión se estrelló contra el pajar que había detrás de la casa. Tardó apenas unos minutos en arder con él. Una tragedia. Los Lowe eran muy queridos, médico y enfermera. Un matrimonio joven.

—¿Un avión alemán?

—No. Inglés. —La señora Beckwith hizo un gesto hacia la esquina, frente al pub—. Si seguimos esta calle, Hampton Road, llegamos al colegio.

Tuvo la amabilidad de aguardar a que Lou echase a andar para adecuar el paso al suyo. Caminaron por la carretera, tranquilamente, con la certeza de que si se acercase un coche o un carro lo oirían a tiempo, junto a los jardines traseros de las casas de High Street. Lou volvió la cabeza para escuchar los gritos de dos niños que, perseguidos por los ladridos furiosos de un *terrier*, saltaban los macizos florales tras una de las verjas.

—El pequeño Ben Fletcher y Douglas de Carrell. Son *ese* tipo de niño —explicó la señora Beckwith, en un tono que no escondía la desaprobación—. Siempre planeando la siguiente barrabasada. Ya los conocerá.

Una vez pasados los jardines, Hampton Road discurría entre campos y huertos de manzanos. La fruta, caída al suelo, impregnaba el aire de su olor dulzón. A los lados del camino crecían ortigas mezcladas con las pinceladas rosas de las flores de malva.

—¿Hay en el pueblo muchos niños interesados en el teatro? —preguntó Lou.

Ella lo miró de refilón, intentando discernir si había o no algo de sorna en su voz.

—Los habrá si nos lo proponemos —sentenció—. Los alumnos de nuestro colegio tienen entre cinco y catorce años. A esa edad, casi todos dejan los estudios para trabajar o ayudar en casa. Muchos lo hacen también fuera de las horas lectivas. Unos pocos continúan sus estudios en la escuela de gramática en Kinwick. Durante la guerra se cerró nuestro colegio por ausencia del profesor —otra mirada de reojo— y los niños de Bluesbury acudieron al de Dunwell, lo cual es del todo inconveniente, sobre todo durante los meses de invierno. Por eso hemos insistido en volver a abrir el colegio local. Vendrá una maestra a impartir las clases de nueve a cuatro. En principio se las arreglará ella sola, pero si necesita asistencia algún día, espero que esté dispuesto a echarle una mano.

—Haré lo que pueda.

—Sus clases, de teatro y danza... de teatro —se corrigió ella—, serán de cuatro y media a seis. Los lunes y los miércoles enseñará a los pequeños, de cinco a nueve años. Los martes y los jueves, a los de diez a trece. No se ha apuntado, de momento, ningún niño de catorce. Sus clases, como comprenderá, son voluntarias.

—Por supuesto.

—Los viernes pondremos la lección de danza. Sí, no habrá problema en que la imparta la maestra —resolvió ella—. Mi intención, señor Crane, es que haya una actividad alternativa para los niños por las tardes. Servirá para combatir su asalvajamiento al mismo tiempo que la tendencia de las familias de ponerlos a trabajar cuanto antes, ¿me entiende?

Él volvió a asentir. No le pareció oportuno compartir que él había sido uno de esos niños que dejaban las clases a los catorce años, aunque en su caso había sido para dedicarse con exclusividad a la rígida formación para la danza. Había invertido en perfeccionar la disciplina unas cuarenta horas a la semana, distribuidas en quince clases distintas, para empezar a trabajar a los dieciséis años como parte del cuerpo de baile en una compañía de *ballet*. Desde su perspectiva, e incluso habiendo hecho todo aquello con devota entrega, una infancia dedicada al asalvajamiento en los campos, las carreras delante de perros y la destrucción de macizos florales parecía de lo más deseable.

—¿Los ensayos tendrán lugar en la misma aula de clase?

—No, en un espacio contiguo. Es un antiguo salón de actos en el que se llevaban a cabo las reuniones vecinales hace décadas. Se trasladaron a un lugar más cómodo, frente a la iglesia, por lo que este otro lleva un tiempo vacío. Será necesario que lo adecente un poco y lo ponga a su gusto. En el piso superior hay una habitación que he mandado acondicionar para usted.

Rápidamente, con la eficiente concisión de quien está acostumbrado a organizar la vida a los demás, la señora Beckwith le informó sobre los métodos de limpieza, los horarios de comida y el abastecimiento de carbón y agua caliente.

El camino se torcía hacia la derecha y, poco después de la curva, descubría dos edificios, uno al lado del otro, rodeados de verde. Uno tenía una campana en el tejado; debía ser el colegio. El otro, de piedra más antigua, era escuálido a su lado. El jardín, que Lou adivinó que hacía las veces de patio de recreo, era atravesado por un pequeño arroyo que fluía a la sombra de las hayas. A los lados, desperdigados en cuidadoso desorden, alegraban la hierba segada algunas bocas de dragón amarillas y blancas, alhelíes y nomeolvides. Más lejos, cerca del camino, había una mesa de piedra envuelta en campanillas y margaritas. Entre las ramas de los árboles, Lou distinguió las sombras oscuras de un par de mirlos.

—Mire. —Su guía señaló la maleta que esperaba, solitaria, junto a la fachada—. Ya ha estado aquí el señor Culpepper. —La señora Beckwith abrió la cancela y cruzó el jardín sin detenerse. Al entrar en el edificio anexo al colegio, se encontraron en un pequeño recibidor con una única puerta cerrada junto a una escalera—. En el primer piso encontrará su habitación. Esta es la entrada al salón de actos, que está un poco desastrado, ya lo verá. Lo mejor es que usted mismo lo disponga todo según lo que necesite para las clases.

La señora Beckwith le entregó un manojo con tres llaves y le señaló cuál abría la cancela y cuál la puerta del edificio. No mencionó la última llave, pero Lou había visto la pequeña caseta pegada a la parte de atrás del colegio, y entendió que se trataba de un inodoro que también él podría usar.

—Gracias.

—También le he traído esto. —Sacó del bolso una campanita color bronce y se la entregó—. Puede hacerla sonar para indicar a los niños que va a empezar su clase. Ahora lo dejaré para que se instale. Hay algo de comida en la habitación, para que tome una cena fría, si no tiene inconveniente, y mañana por la mañana enviaré a Eliza con el desayuno. —Lanzó una mirada interrogante a la maleta—. ¿Necesita ayuda para subirla?

Lou le aseguró que se las arreglaría perfectamente y se despidió de ella. Esperó a que la mujer atravesase el jardín, cruzase la cancela y se perdiese carretera arriba antes de derrumbarse sobre los escalones. Sentado con la espalda apoyada en la pared, suspiró profundamente. Se podría haber quedado ahí durante un par de horas, pero el estómago empezó a rugirle. Se colocó el bastón bajo el brazo, levantó la maleta y, apoyándose en la barandilla de madera, subió uno a uno los escalones desgastados.

La habitación del piso superior era amplia y luminosa, con dos amplias ventanas. Bajo una de ellas había un sillón desvencijado; bajo la otra, un escritorio con una silla de mimbre. Contra una de las paredes, no demasiado lejos del sillón, había una pequeña estufa de carbón y, en una mesita baja frente a ella, una cesta con algunos paquetes envueltos en papel encerado, probablemente sándwiches, un par de manzanas, otro de melocotones, un termo de té y una taza.

A un lado, una puerta abierta dejaba ver un minúsculo dormitorio con una cama de madera repleta de carcoma, aunque con sábanas y colcha limpias y pulcramente extendidas sobre el colchón. Las paredes estaban inclinadas unas sobre otras, y parecían recién pintadas. El suelo, no del todo recto, era de madera y carecía de alfombra alguna. En un rincón del dormitorio había un lavamanos y una jarra; junto a la cama, un orinal de porcelana sobre una caja de madera.

Lou dejó la maleta a un lado. Abrió una de las ventanas y se asomó, inclinándose sobre el ancho alféizar para otear el horizonte. Bluesbury estaba a su espalda: desde la ventana solo se veían los campos y las montañas. Empezaba a caer la tarde y ya se distinguían las luces de las granjas cercanas. En la lejanía ladraba un perro.

Lo primero que sacó de la maleta fue la fotografía enmarcada de la tía Ada. La colocó en el alféizar, junto a las macetas que alguien, la señora Beckwith o la tal Eliza, quizás, había colocado para adornar la habitación. En una crecían azucenas blancas; en otra, pimienta racimosa y en la tercera, un geranio rojo. Hacían bonito alrededor de la fotografía. Lou la contempló largo rato. Pensó que desde la distancia del campo, lejos de su residencia en Kelburn o en Londres, podía imaginar que Ada seguía viva, en casa, y se sintió tentado de escribirle cartas que ella nunca respondería.

Guardó la ropa en una pequeña cómoda que había a los pies de la cama, sacó el libro de tapas grises y lo colocó en el escritorio. Parecía esperar algo, aunque Lou todavía no sabía qué. Después, tomó el bastón y la cesta de provisiones, y bajó al jardín, que se encontraba bañado en la luz dorada del atardecer. Avanzó cuidadosamente sobre el terreno desigual hasta la mesa redonda de piedra. Se acomodó en el banco, llenó la taza de té y observó los pájaros que se escondían entre las hojas, como si jugasen.

Cuando terminó de comer, guardó los platos sucios en el cesto, envueltos en uno de los trapos que contenía este. Entró en la casa con él y lo dejó en el primer escalón, porque un súbito acceso de curiosidad lo llevó a cojear hasta la puerta que llevaba a su espacio de trabajo. Intentó abrirla, primero con el picaporte, después dándole un empujón. La puerta no tenía cerradura, pero se había encallado. Lou decidió enfrentarse a aquel obstáculo el día siguiente, cuando hubiese algo más de luz.

Aún era pronto, pero estaba tan cansado que en cuanto subió de nuevo a su habitación se lavó como los gatos con el agua de la jarra y se preparó para dormir. Al ir a correr la cortina, se detuvo un instante frente a la ventana. Había oscurecido y la nube había bajado hasta convertirse en una niebla que cubría los campos. Envuelta en ella, junto a la cancela, le pareció ver una silueta, o tal vez dos, de figuras que le devolvían la mirada desde el camino.

Por la mañana, la luz entraba a raudales por las ventanas. La niebla y las siluetas espectrales habían desaparecido: en su lugar, quien abría la cancela era una mujer de mediana edad, con el cabello recogido bajo un pañuelo y un delantal raído sobre el vestido. Traía un cesto grande colgado del brazo. Alzó la mirada hacia las ventanas y al ver a Lou, que se había asomado al oírla, lo saludó con la mano.

Él bajó a la planta inferior a tiempo para abrirle la puerta.

—Buenos días —saludó ella—. Usted es el señor Crane, ¿verdad? Yo soy Eliza Kenney. Me envía la señora Beckwith. También me dio una copia de las llaves, así que si alguna vez está usted fuera, no hay ningún problema, puedo entrar.

A continuación, procedió a hacerlo, pasando por delante de Lou sin muchos miramientos.

—Buenos días —saludó él, antes de seguirla escaleras arriba.

—Le he traído el desayuno —explicó ella, que estaba ya sacando viandas del cesto y colocándolas sobre la mesa—. Me llevaré los platos sucios de ayer, ¿le pareció bien la cena? Y le dejaré estos. Lo mejor es que salga al jardín a tomarlo, que hace bueno, y hay que aprovechar ahora en verano que aún no han invadido los niños el patio. Dentro de un mes, desayunar allí no será una experiencia tan tranquila. Se lo digo con completa certeza porque mi hija, Kitty, es un remolino. Tengo que disculparme por adelantado. La he apuntado a la clase de baile, de modo que tendrá que lidiar con ella; aunque espero que con usted se porte un poco mejor y sea más respetuosa que conmigo…

El torrente de palabras de la mujer era incontenible. Lou a duras penas pudo puntualizar:

—La clase de teatro.

Ella no pareció escucharlo. Le entregó el cesto de la noche anterior, del que había sacado los platos sucios para introducir unos sándwiches de desayuno, dos manzanas, un termo caliente y una taza.

—Usted desayune tranquilamente, que yo limpio en un abrir y cerrar de ojos. Me pasaré dos veces por semana. Los días que no limpie, vendré de todos modos a dejarle el desayuno, pero si no le importa, no entraré, porque suelo llevar mucha prisa. Lo mejor es que me deje en el porche lo que quiera que me lleve. Si tiene ropa para lavar, me la deja también. Pero ¿qué hace todavía aquí? Lo estoy entreteniendo y se le va a enfriar el té.

Lou bajó la escalera, bastón en una mano y cesto con el desayuno en la otra, con la sensación de estar huyendo. Regresó a la mesa de piedra de la noche anterior para descubrir, con agrado, que dos alondras estaban dando buena cuenta de las migas que había dejado. Las aves se marcharon al verlo acercarse, pero no demasiado lejos. En unos arbustos junto a la verja, esperaron atentas por si les dejaba más comida.

Se acostumbran a cualquier cosa, pensó Lou, porque las recordaba haciendo sus nidos en los campos en el último año de la guerra, perdido el miedo a las detonaciones.

Le resultaba extraño pensar que aquella mujer iría regularmente a llevarle comida y cambiarle las sábanas. El desayuno, aunque sencillo, estaba hecho con pan del día y fruta fresca. Cuando terminó de comer, recogió con cuidado las migas que le habían sobrado y se las lanzó a las alondras, que las recogieron con un revuelo de alas y gorjeos. La tía Ada le había contado en sus cartas que durante la guerra la escasez de alimentos había sido tal que se había prohibido dar pan a los pájaros silvestres.

Pensativo, bebió despacio lo que quedaba de té. Apenas lo había acabado y recogido de nuevo en el cesto, cuando Eliza Kenney salió de la casa.

—Venga, ya está todo. ¿Ha terminado? Estupendo, pues esto que me llevo también. Pasaré otra vez por la noche para traerle algo de cena. No está demasiado a trasmano, porque por las tardes no estoy en casa de la señora Beckwith, sino con mi prima, que vive más allá del cruce de Hampton Road. Tiene dos niños pequeños, así que Kitty y yo le echamos una mano. Pasamos prácticamente por aquí delante a la vuelta. Como hace calor, le traeré de nuevo sándwiches, ya veré, tal vez unos huevos duros. Y en invierno procuraré traerle algo caliente. También carbón, de eso no se tiene que preocupar. En fin, es usted un hombre de pocas palabras, ¿no es verdad? —Se rio al ver que él no sabía qué responder—. ¿O es que yo no lo he dejado hablar? Espero no haberlo molestado.

Lou suspiró y, con el aire, se le escapó una sonrisa. Eliza Kenney le resultaba agotadora, pero había algo reconfortante en su demoledora amabilidad.

—No, en absoluto —aseguró—. Se lo agradezco. Si no le importa, antes de que se vaya, quería preguntarle si sabe abrir la puerta de la primera planta del edificio. Me pareció entender a la señora Beckwith que daba a un antiguo salón de actos.

Ni corta ni perezosa, Eliza Kenney regresó a la casa, con Lou renqueando tras ella, incapaz de mantener su ritmo, y forcejeó con la puerta con tanta fuerza que él temió que fuese a arrancarla de los goznes.

—Debe haberse encajado alguna de las piezas del picaporte o algo. Es una puerta muy vieja —dictaminó al rendirse—. No pasa nada. Le diré a mi hermano que venga a arreglarla.

—Gracias. No quiero tirar más de ella, no sea que la rompa. —Precavido, Lou se interpuso entre la mujer y la puerta, con la excusa de tironear débilmente del picaporte.

—Fred tiene mucha mano para estas cosas, siempre está haciendo arreglillos aquí y allá. Lo resolverá en un periquete.

Un movimiento al otro lado de la puerta sobresaltó a Lou, que soltó el picaporte como si quemase. Había oído algo, un paso que tropezaba, una exclamación contenida. Volvió la vista, alarmado, hacia Eliza Kenney, que no había notado nada y se dirigía de nuevo al jardín.

Ratas, pensó Lou, con un escalofrío de odio. Sin embargo, el sonido que había oído era inequívocamente humano.

—¿Hay alguna otra forma de entrar? ¿Una ventana, tal vez?

—Hay ventanucos en la parte de atrás, pero están cerrados con unas tablas que mandaron a poner cuando se dejó de usar el salón de actos. Nada, tenga un poco de paciencia, que Fred vendrá cuanto antes y le arreglará la puerta. ¡Uy, qué tarde se me ha hecho! Me tengo que ir. Un placer conocerlo, como le decía, y para cualquier cosa en la que lo pueda ayudar, aquí me tiene.

—Gracias, señora Kenney. —Las palabras corteses sonaban agarrotadas en boca de Lou—. El placer es mío.

Esperó a que ella se alejase por el camino antes de dar la vuelta a la casa, despacio, comprobando que el bastón estaba bien clavado entre las hierbas antes de dar cada paso. Encontró en la fachada posterior los ventanucos, estrechos y cubiertos por una rejilla de metal, probablemente para evitar que entrasen roedores. Lou se agachó para inspeccionarla. Se encontraba en perfecto estado. A través de la rejilla y los cristales sucios podían verse los listones de madera.

No parecía probable que nadie hubiese entrado por allí. Ni siquiera una rata.

Lou regresó a la puerta junto a las escaleras y esperó en silencio un largo rato. No se oía nada. Llamó con los nudillos, sintiéndose ridículo.

«¿Hola?».

Sin respuesta.

Un golpe en el piso superior le hizo dar un brinco del susto. Subió corriendo, agarrado a la barandilla, el miedo empujándolo pese a la cojera y al precario equilibrio con el que se mantenía en pie. Entró en la habitación dispuesto a luchar, sin saber contra qué o contra quién, y se encontró con la ventana, que Eliza Kenney había dejado abierta, oscilando al compás del aire que entraba por ella.

El dolor en el pie le hizo apretar los dientes. Tuvo que sentarse al borde de la cama, jadeando, a medio camino entre la agonía y la risa, agradeciendo que nadie, ni siquiera Eliza Kenney, que sin duda habría sido comprensiva, hubiese sido testigo de aquel momento.

El golpe lo había dado la ventana. El ruido que había escuchado en el interior del salón de actos debía tener asimismo una explicación de lo más razonable. Lo descubriría pronto, cuando el tal Fred abriese la puerta.

race Beckwith compuso su mejor expresión neutral al cruzarse por High Street a la mismísima Venetia de Carrell, con aquel inconfundible sombrero que aparentaba ser sencillo pero había costado más dinero del que ganaba en un mes una persona corriente. Grace sabía que los Carrell que vivían en Bluesbury no tenían ningún «de» en el apellido, y llamar a Venetia como ella reclamaba le resultaba tan artificial como la supuesta modestia de su sombrero.

La otra mujer sonrió como si se reencontrase con una vieja amiga tras una larga separación. Claro está que se veían prácticamente a diario y que de niñas ni se había dignado a mirarla, porque era cinco años mayor que Grace y en el mundo infantil eso es una eternidad. En Bluesbury todo el mundo se conocía y a nadie engañaba la actitud de Venetia, pero eso no le impedía a ella hacer una actuación estelar cada vez que hallaba ocasión.

—¡Mi querida Grace! —exclamó al acercarse a ella. La seguía un cortejo cansado e impaciente formado por su hija Cordelia Anabelle y su nieta Anabelle, que acababa de cumplir los diez años—. ¿Cómo estás?

—Buenos días, Venetia. Estoy muy bien, gracias —saludó de vuelta Grace, con un gesto hacia el séquito—. Qué bien acompañada vas.

Ella hizo un gesto hacia su nieta, como si mostrase ante el mundo una obra de arte. La niña, con el ceño fruncido, se esforzaba en disimular que estaba masticando algo con enorme dificultad. *Uno de esos caramelos pegajosos de la tienda de dulces*, intuyó Grace. Se preguntó si Venetia lo sabía o si la niña se había metido la golosina a escondidas en la boca. Deseó que fuese lo segundo.

—Ya conoces a mi preciosa niña, Anabelle —declaró Venetia, como si hubiese parido ella misma a la criatura. Por suerte, a juzgar por la expresión ausente de su hija, Cordelia Anabelle, esta ni la había escuchado ni se había sentido ofendida—. Es un ángel caído del cielo. Supongo que era lo que tocaba, después del castigo que es el hijo de Everald, un completo salvaje. Las hijas siempre dan más satisfacciones que los hijos, al fin y al cabo, ¿no es verdad?

Grace no lo podía confirmar porque no tenía ni unas ni otros, y sabía bien que Venetia era consciente de ello.

—Si me disculpáis, tengo un poco de prisa —se excusó Grace, sin variar el tono de voz—. Que tengáis un buen día.

—No te quiero entretener. —Venetia, con la naturalidad de quien sabe que los demás siempre obedecen, le cortó el paso con un pequeño gesto—. Sé que estás muy ocupada con la reapertura del colegio. Ayer llegó el maestro, ¿no es así?

Grace apretó los labios hasta convertirlos en una línea casi invisible de tan fina.

—Se tratará de una maestra, la señorita Morgan, que vendrá de Kinwick.

—¡Una maestra! Es verdad, puede que me lo comentases. Una maestra en lugar de un maestro. Será una primera vez en Bluesbury.

—La señorita Morgan tiene mucha experiencia —repuso Grace con dignidad—. Lleva cuatro años dando clase en Kinwick, desde que el señor Parker se alistó. Al parecer, causó muy buena impresión entre padres y el resto de personal del colegio. En cuanto el antiguo maestro regresó, propuse a la señorita Morgan para el puesto en nuestro pueblo.

Venetia asintió, como si todo aquello fuese irrelevante. No le importaba si la joven que daría clase a los niños lo había hecho antes o no; tampoco si tenía buenas reseñas.

—Una novedad en Bluesbury —repitió.

Grace decidió ignorar el comentario.

—Quien llegó ayer fue el profesor de... teatro —se corrigió en el último momento—. Dará clase por la tarde de lunes a jueves. ¿Por qué no apuntas a Anabelle?

—El teatro no es parte de las lecciones obligatorias, ¿no es así? —preguntó Venetia—. Soy de la opinión de que el colegio está bien en su justa medida. Los niños, y especialmente las niñas, no deben perder *demasiado* tiempo en clase. Tienen que pasar tiempo con su familia, que es lo más importante, ¿no es así?

¿No es así?, remedó Grace Beckwith para sus adentros, sin sentir ni un ápice de culpabilidad. *¿No es así?*

—Hay muchas cosas importantes —respondió con deliberada vaguedad—. ¡Es una lástima que nunca se tenga tiempo para todo lo que una querría hacer!

Venetia rio.

—Eso es verdad, querida amiga. Hay que sacar tiempo de donde no hay. Y mi pequeña Anabelle *es* muy artística. Le entusiasma el teatro. —Anabelle abrió los ojos como platos. Era la primera noticia que tenía de aquella pasión suya por las artes escénicas—. Es muy bonito, pero si te digo la verdad, yo creía que la actividad que iba a ofrecerse era baile. Eso es algo que realmente pondrán en uso niños y niñas cuando sean mayores.

—Habrá clase de baile los viernes. La maestra les enseñará bailes regionales y también el vals... —explicó Grace. Notó el rubor en las mejillas, porque le avergonzaba pensar que aquello no había salido como ella lo había planeado originalmente—. Como te he dicho, de lunes a jueves serán de teatro. El señor Crane, que ha sido bailarín en Londres, también sabe mucho sobre teatro. —De esto no tenía ninguna prueba, pero jamás lo admitiría ante Venetia.

Ella sonrió con maldad.

—¿Es cierto que luchó en Francia?

—Sí, por supuesto.

—¿Y es cierto que es *cojo*?

Eliza Kenney, eres una chismosa, pensó Grace.

—Veo que estás muy bien informada.

Venetia rio alegremente. Ni una de sus carcajadas parecía genuina.

—¡Ay, querida Grace! Siempre igual. Una *maestra* y un profesor de baile lisiado. O de teatro. Tú siempre queriendo ayudar a los desventurados y los casos excepcionales. Eres demasiado bondadosa.

Grace sabía que aquel halago no era tal. Era la forma de Venetia de decirle que su proyecto, tanto el del colegio como el de las clases por la tarde, estaba bajo escrutinio.

—Creo que todos compartimos las ganas de aportar nuestro granito de arena, como hemos estado haciendo cada cual a su manera, en los últimos años. Nosotras aquí y el señor Crane, como tantos otros, allá.

—Parece una persona de lo más interesante. Me habría gustado conocerlo antes de que se le concediese el puesto.

—Fue una decisión rápida. Me avisaron con muy poco tiempo de su llegada.

—Lo cierto es que este año ya está aquí, ya veremos si se queda el próximo —resolvió Venetia con un guiño, aunque las dos sabían que lo decía en serio—. Tal vez podríais venir a merendar a casa en cuanto vuelva mi marido, que ha tenido que ir a Londres esta semana. Al parecer, les resulta imposible mantener de una pieza el país sin él.

Grace sospechaba que aquella broma aparente maquillaba el hecho de que aquella era la única excusa que Venetia encontraba para las prolongadas ausencias de su marido.

—Eso sería estupendo —respondió con la boca pequeña.

Con todo el disimulo que pudo, Cordelia Anabelle bostezó. A su lado, la pequeña Anabelle había conseguido tragarse el caramelo pegajoso y se repasaba los dientes con la lengua, en busca de algún rastro de azúcar.

Venetia se volvió hacia ellas.

—Bueno, en marcha, que tenemos todavía mucho que hacer y es casi mediodía —añadió Venetia, como si Grace y su conversación fuesen irresistibles y la hubiesen retenido demasiado tiempo.

La desaprobación de Venetia probablemente signifique que estoy dando empleo a la gente correcta, pensó Grace. Y no pudo evitar preguntarse, ¡incluso tantos años después!, qué habría pensado Mardie.

Necesitaba que aquello saliese bien, especialmente si los vecinos más influyentes de Bluesbury, cuya cara visible era Venetia, estaban atentos y dispuestos a encontrar fallos. No les daría la oportunidad de ver hundirse su proyecto mientras comentaban entre ellos «¡Así es Grace! ¡Si nos hubiese escuchado, nada de esto habría pasado!».

Se dirigió al pub Koster's, donde encontró al señor Crane sentado en una de las mesas del fondo. Su plato estaba prácticamente vacío, pero él masticaba los últimos bocados despacio, como si procurase extender el momento lo más posible en el tiempo. Grace saludó a la señora Bow, que se encontraba tras la barra, y se acercó a él.

—Perdone que lo moleste a la hora del almuerzo —se disculpó—. Espero que se haya instalado sin problemas y se encuentre a gusto.

El joven apartó los cubiertos.

—Así es, muchas gracias, señora Beckwith. —Dudó un momento antes de añadir—. ¿Se quiere sentar?

La llamativa mezcla que se intuía tras sus modales intrigaba e incomodaba a Grace a partes iguales. Se podían intuir en él como notas de fondo una cordialidad que parecía natural y la capacidad de hacer reír a un grupo de amigos sin demasiada dificultad; cualidades de un Louis Crane tal vez extinto. Antes de llegar a ellas, actuaban como barrera y núcleo una cortesía respetuosa, algo tímida y más desenfadada que rígida, tal vez propia del mundo de los artistas al que había pertenecido en la capital. Y sin embargo, la nota de salida, que eclipsaba todo lo demás durante un primer contacto, era una brusquedad hosca; la torpeza de una bestia asilvestrada que es devuelta a la civilización y ha olvidado cómo comportarse.

Grace pensó en aquel perro que su hermana mayor había encontrado en el bosque, hacía algo más de cincuenta años; llevaba unos meses viviendo entre los árboles, demasiado acostumbrado a las personas para alejarse mucho del pueblo, demasiado asustado para acercarse más, porque su anterior dueño lo había apaleado con tanta saña que le había roto la cadera. Un perro que reaccionaba con indecisión a los gestos amables y que pasaba deprisa de la desconfianza al ataque. Había aceptado la comida que la niña le tendía y, después, sobresaltado por un gesto brusco, de un mordisco le había rasgado la piel del brazo desde el codo hasta la muñeca.

—No, gracias —respondió Grace—, aún tengo que pasarme por la panadería, a ver si con suerte la encuentro abierta.

Él apartó los cubiertos, se limpió con la servilleta y se puso en pie en un solo movimiento.

—La acompaño —decidió. Se despidió de la señora Bow con un gesto y apoyó el bastón en el suelo—. Por cierto —añadió—, la puerta del antiguo salón de actos está atascada. El hermano de la señora Kenney vendrá mañana por la mañana para abrirla, hasta entonces no podré empezar a preparar el espacio.

—Bueno, esperemos que no esté demasiado desastrado. Hace años que no se usa.

Grace cruzó la puerta que le abrió el señor Crane. Le echó un vistazo al pasar, sorprendida por su habilidad para mantener el equilibrio pese a necesitar el apoyo del bastón. Iba mejor vestido que cuando llegó a Bluesbury, con camisa, chaleco y chaqueta azul. No era un traje nuevo y estaba un poco arrugado, seguramente por haber viajado en el fondo de la maleta, pero era mejor que nada.

—Le pediré a Eliza que le planche la ropa. ¿Es este el traje que se pondrá para dar clase?

—No creo —respondió el señor Crane. Los dos caminaron calle arriba, uno junto al otro—. Probablemente elegiré algo más cómodo.

Grace frunció el ceño.

—Un profesor debe ser una figura respetable —argumentó.

—Hay una ropa adecuada para cada tarea —replicó él—. Quizá un traje no sea la mejor opción, así que buscaré un atuendo que me permita realizar mi trabajo de la mejor forma posible.

—Confío en que lo hará. —Grace tomó nota mentalmente para volver sobre el asunto si fuese necesario. No podía permitir que los niños volviesen a casa diciendo que el profesor de teatro aparecía en clase de cualquier manera.

La panadería estaba abierta. El señor White se encontraba en la puerta, con su pantalón a cuadros y en mangas de camisa. La pulcritud de su mandil blanco y sin arrugas le arruinaba su cabello, de un furioso color rojo, que se negaba a permanecerle aplastado sobre la cabeza. Era un hombre de veintiséis años, alto y ancho de hombros, con mandíbula cuadrada y arrugas prematuras que se le habían formado junto a los ojos claros, pero al reclinarse hacia atrás de aquella forma, parecía un muchacho de quince.

Apoyado en el alféizar de su ventana, lanzaba migas a los pájaros.

Aunque hacía un año que se había declarado la paz, la gran escasez que había sufrido el frente doméstico había enraizado en la memoria de Grace. Recordaba con claridad el momento en el que el rey ordenó la retirada de las flores que adornaban el palacio de Buckingham para plantar patatas en los arriates, y aún se maravillaba al encontrar sin demasiada dificultad alimentos como la mantequilla, la carne o el mismo pan.

El señor Crane, sin levantar la vista del señor White, musitó:

—¿Habrá acción más propia de la paz que dar pan a los pájaros?

Grace lo miró y él sacudió la cabeza, avergonzado por haber permitido que se le escapase aquel pensamiento.

—Mantenerse al margen de la guerra puede ser visto como amor por la paz o como un acto de cobardía y egoísmo —comentó ella, en voz baja—. El señor White dejó que el resto de los hombres del pueblo se pusiera en peligro mientras él se quedaba aquí, a salvo. Incluso su hermano mayor, Andrew, se alistó voluntariamente y murió en el frente.

—¿Y le permitieron quedarse?

—No. Alegó ser objetor de conciencia, pero solo le sirvió para perder el respeto de todo el pueblo. La única razón por la que los vecinos siguen comprándole pan es para ayudar a su madre, la señora White, y a su cuñada, que ha quedado sola y con cuatro hijos...

La señora Beckwith apretó con firmeza los labios, resistiéndose a decir nada más. No iba a decirle a nadie con quién podía trabar amistad y con quién no, pero tenía que admitir que sería mucho más fácil asegurar que los vecinos del pueblo viesen con luz favorable a Lou Crane si este hiciera el favor de no congeniar demasiado con Harold White.

El panadero había terminado de desmenuzar el currusco de pan y, al sacudirse los restos de migas del delantal, alzó la mirada y sonrió en su dirección. Con un suspiro, Grace echó a andar hacia él.

—Buenas tardes, Harold. Le presento al señor Crane, el profesor de teatro de la escuela.

—¿Solo de teatro? —preguntó él, con interés—. Hace mucho tiempo que dejé de ir a clase, ¿el resto de materias no se imparten ya?

El señor Crane esbozó una media sonrisa.

—El resto las impartirá la señorita Morgan, que reside en Kinwick —explicó la señora Beckwith—. El señor Crane enseñará teatro por las tardes, como actividad cultural para los niños.

—Ah, muy bien. Le deseo mucho éxito, señor Crane. Bienvenido a Bluesbury.

—Gracias —respondió él en voz baja—. Un placer conocerlo, señor White.

—Deme una hogaza de pan, por favor, si aún le queda —pidió Grace, y le entregó a cambio el importe justo.

Con el pan entre las manos, lamentando para sí que, al ser tan tarde, estuviera frío y un poco pasado, acompañó al señor Crane hasta el inicio de Hampton Road y se despidió de él, con la misma sensación agobiante que aquella mañana en la que había descubierto que las macetas de su cuidado porche trasero eran el hogar de una infinidad de orugas.

A media mañana, bajó la carretera un hombre de unos cuarenta años, con barba canosa y piel tostada por el sol. Traía un cubo lleno de herramientas. Lou se puso en pie para saludarlo. El hombre se acercó a él y le mostró una tablilla de madera que llevaba prendida con un cordón del ojal del abrigo. En ella se leía «FRED ROBINS».

—Muy buenas —dijo Lou—. Soy Louis Crane. El nuevo profesor de teatro —añadió, tras un instante de duda. El hombre señaló sus herramientas y al edificio—. ¿Usted es el hermano de la señora Kenney?

Él asintió. Ocultando su desconcierto, Lou cojeó hasta la casa para enseñarle la puerta. Sin una palabra, el hombre se agachó y empezó a desmontar el cerrojo. Cansado de apoyarse en el bastón, Lou se sentó en la escalera y lo observó trabajar, en silencio, hasta que la puerta volvió a estar entera, con las cicatrices en la madera en torno al picaporte nuevo como única prueba de que algo había cambiado.

Fred Robins se puso en pie justo al mismo tiempo que una niña, con vestido blanco y ojos estrechos, golpeó el marco de la ventana para hacerse notar desde el jardín.

—¿Puedo pasar? —preguntó la pequeña. Lou contempló con asombro los gestos que el hombre le hizo en respuesta. La niña, sin embargo, pareció entender, porque se volvió hacia él—. Buenos días, señor. Soy Kitty Kenney y vengo a buscar a mi tío. —Perdió inmediatamente el tono educado al añadir, en dirección a Robins—: ¿Has acabado ya? Tengo mucha prisa. Millie y Helen han atrapado dos ranas y van a hacer una carrera.

Sin duda conmovido por la urgencia de la situación, Robins le tendió la mano a Lou y sacudió la cabeza cuando este le preguntó cómo debía hacer para pagarle. Probablemente la señora Beckwith o alguien del ayuntamiento se encargase de aquello.

—Gracias —dijo Lou, incorporándose. La niña observó con interés sus maniobras para agarrar de nuevo el bastón.

—Me he apuntado a clase de teatro —anunció con energía—. Espero que no sea un muermo.

—También yo tengo esa esperanza —replicó Lou.

Los vio alejarse desde el umbral de la entrada. En cuanto estuvieron en la carretera, el hombre con el cubo en una mano y la niña colgada de la otra, Lou se volvió hacia la puerta del salón de actos y aguardó un instante junto a ella, aguzando el oído por si volvía a percibir algo extraño. El lugar estaba en completo silencio, como si contuviera la respiración.

Al otro lado, comenzaba un tramo de escalera hacia abajo. Lo recorrió con una mano en la pared, buscando un interruptor que no encontró. El salón de actos se encontraba en un semisótano. Lou pasó a tientas, con el bastón por delante. La única luz era la que entraba por la puerta abierta, por lo que tuvo que avanzar muy despacio, procurando no tropezar, hasta la pared del fondo, en la que sabía que se encontraban los ventanucos, cerrados desde dentro. Forcejeó con el primero; no tardó demasiado en aflojar los clavos finos que sujetaban las tablas. Suspiró, aliviado, cuando el sol entró a través del cristal sucio. El salón de actos era una sala pequeña, con una tarima (*un escenario*, corrigió Lou para sus adentros) que ocupaba uno de sus extremos y una pila de sillas amontonadas al otro. Había cajas y sacos a los lados, y una gruesa capa de mugre lo cubría todo. Un sistema de cuerda y varas revelaba que en algún momento un telón, bambalinas y cortinas vistieron el escenario. Una puerta pintada de negro, dentro de la caja escénica, debía comunicar con un almacén.

Abrió los otros dos ventanucos y dejó las tablas, con sus clavos oxidados, a un lado. Luego cojeó hasta la tarima y se sentó al borde. Respiró hondo.

Tenía poco más de una semana antes de que comenzasen las clases.

Durante los siguientes días, se dedicó a despejar el salón de actos. En pie con la primera luz, Eliza Kenney se asomaba para avisarle de que había llegado y que saliese a tomar el desayuno en la mesa de piedra del patio; después, Lou continuaba abriendo cajas, descartando material deteriorado, limpiando sillas con un trapo y rascando la suciedad de los rincones hasta la hora de comer. Renqueaba carretera arriba hasta Koster's, almorzaba y regresaba al salón de actos hasta que caía el sol. Alumbrado con la única lámpara de gas que había en el piso de arriba, se lavaba como un gato y se dormía tan pronto como reposaba la cabeza en la almohada.

—Esto no lo debería estar haciendo usted —comentó la señora Kenney cuando lo vio hacer una mueca de dolor al apoyar el pie derecho—. Estoy segura de que la señora Beckwith le enviaría de buen grado un par de muchachos mayores. Alguno habrá que no esté ocupado en el campo.

—Estoy bien —respondió Lou—. Voy despacio, pero avanzo.

—Mientras solo sea eso... —Ella sacudió la cabeza—. Mire, lo que haya que tirar déjelo junto a la puerta y ya me lo llevo yo.

El tiempo transcurría lentamente en el salón de actos. El polvo bailaba en los haces de luz que se colaban por los ventanucos, el lugar se volvía a cada hora más familiar, más cálido. Un espacio que era un oso despertando de la larga hibernación, paredes y vigas de madera que observaban las idas y venidas de Lou con curiosidad reservada. Se sentía cada vez más cómodo en él, hasta el punto de atreverse a dejar el bastón en el escenario y vadear el almacén apoyado en las cajas, en las mesas y en los muebles desmontados.

A medida que descartaba trastos, iba descubriendo pequeños tesoros que habían de ser limpiados y ordenados: las bambalinas de tela negra, una burra de metal, cajas de antiguas decoraciones de Navidad, un baúl lleno de disfraces, juguetes de madera, un cofre, telas de colores, sombreros apolillados, lentes sin cristales y un viejo perro de trapo de ojos tristes. Enrollado a un lado, un pesado telón rojo a la italiana. A petición de Lou, Fred Robins se acercó para sacudirle el polvo y colgarlo de los rieles.

Una tarde, el furioso rugido de un motor que se detuvo frente al colegio hizo salir a Lou del salón de actos. El vehículo que acababa de aparcar a un lado de la carretera era una vieja motocicleta Triumph con sidecar, con gruesos neumáticos negros, bocina plateada y asiento de cuero. La persona que la conducía se apeó con agilidad y abrió la cancela como si fuese la del jardín de su casa. Lou, perplejo, comprobó que se trataba de una mujer, más o menos de su edad.

Ella lo vio y caminó hacia él con paso decidido, demasiado enérgico, y una media sonrisa que él no supo interpretar. Llevaba el cabello corto, a la moda, un traje de chaqueta con falda ceñida, chaleco a rayas, un sombrero de aspecto masculino y, orgullosamente prendida de la solapa, la insignia de color púrpura, blanco y verde de las *suffragettes*.

—¡Buenas tardes! Vengo a echar una ojeada a la escuela. ¿Es usted el jardinero?

A él le gustó su desparpajo. Su tono carecía de la inflexibilidad que sugerían sus movimientos.

—No, lo siento —respondió. Los ojos negros de la mujer brillaron. Le divertía la suave ironía de la voz de él—. Me llamo Louis Crane. Daré clase de teatro por la tarde y, según me han dicho, estoy a su disposición si en algún momento necesita refuerzos.

—Vaya, la señora Beckwith debió olvidar mencionarlo. Cosa extraña, ya que si no me ha explicado pormenorizadamente todo lo que espera de mí cien veces, no lo ha hecho ninguna.

—No parece una persona que tienda a olvidar los detalles —estuvo de acuerdo él.

Ella apoyó los brazos en las caderas y echó una ojeada evaluadora a sus manos llenas de polvo, la camisa desastrada y el cabello adornado con telarañas. Debió decidir que le agradaba lo que veía.

—Yo soy Edith Morgan. Daré clase por las mañanas y no creo que vaya a necesitar refuerzos. Un placer, señor Crane. —Le tendió la mano y se la estrechó con firmeza.

—Creo que también le han adjudicado la clase de baile de los viernes por la tarde —informó él—. El responsable iba a ser yo, pero al llegar quedó claro que no era el candidato ideal.

—Ya veo —asintió ella—. Haré lo que pueda, aunque espero que los niños tengan más coordinación que yo.

—¿Ha dado clase de baile antes?

—Sí, en mi anterior colegio. Di clase en Kinwick durante cuatro años, los que estuvo ausente el maestro «de toda la vida». No sé si él también impartía baile, supongo que sí. Voy a ver el aula, ¿sabe si está abierto el colegio?

—Tengo las llaves en la habitación. Si me da un momento, las bajo.

Aprovechó para lavarse las manos. Desde la ventana, vio como Edith Morgan regresaba a la carretera y sacaba un paquete del sidecar. Para cuando él volvió a la planta baja, ella ya lo había abierto sobre la balaustrada del porche y sostenía un libro entre las manos.

—Maldita sea —masculló—. Este no es el que encargué.

—*Pedagogía de vanguardia* —leyó Lou—. ¿Era uno de título parecido?

—No. —Ella dio la vuelta al papel de embalaje, en el que constaba la inscripción «E. M.»—. El que pedí es uno de Dora Montefiore. Deben haberlo cambiado por el encargo de otro cliente con quien comparto iniciales. ¡Qué mala suerte! Voy a tener que volver.

Lou le tendió el manojo de llaves.

—Imagino que la señora Beckwith tendrá otro juego para usted.

—Seguramente. Antes de regresar a Kinwick, me pasaré a verla. No he querido hacerlo antes porque me figuro que puedo provocar más de un ataque si me paseo por High Street en motocicleta. Es aún demasiado pronto para escandalizar al vecindario, ya habrá tiempo de hacerlo durante el curso, ¿no le parece?

Lou sonrió.

—¿Es fácil escandalizar a la gente del pueblo? —No conocía aún a muchos de sus habitantes, pero si se parecían a la señora Beckwith, los imaginaba más bien estoicos.

—Veo que no ha conocido a los señores *de* Carrell —comentó ella—. Yo ya me he ganado su desaprobación.

—¿Cómo le ha dado tiempo? ¡Si acaba de llegar!

Ella echó la cabeza hacia atrás al reír, sin taparse la cara con la mano.

—Este es mi primer año aquí como maestra —explicó, risueña—, pero he estado en Bluesbury antes. Aunque tengo que advertirle, señor Crane, que en ese interés por las vidas ajenas este pueblo no es muy distinto a cualquier otro.

—Puede llamarme Louis, si quiere.

—Muy bien —aceptó ella—. Louis, entonces, pero solo si tú me llamas Edith.

—Cuando termines, si sigo en el salón de actos, deja las llaves aquí mismo. Ya las recogeré cuando salga.

—Gracias. —Ella volvió a mirar de reojo la ropa de Lou—. Cielos, espero que mi aula no esté tan sucia como la tuya.

Lou pasó las siguientes horas en el almacén. Oyó a Edith asomarse por la puerta y gritarle que se marchaba, pero que no se molestase en salir. Él lo agradeció. Llevaba varios días andando más de lo que era sensato y tenía el pie resentido. De modo que permaneció donde estaba, quitando el polvo de las estanterías, hasta que estuvo demasiado oscuro para trabajar.

Lanzó una mirada al montón de cachivaches que estaban amontonados al fondo y cuya selección tendría que dejar para los días siguientes.

Entonces oyó el cuchicheo.

Alguien había hablado en voz baja, otro le había chistado para que callase. Había sido un sonido humano, inconfundible. Sospechó que se lo había inventado, porque era imposible que hubiese nadie allí. Una alucinación. La sombra de un secreto susurrado en el colegio, cuando aún era un niño, o al oído de alguna compañera durante un ensayo.

—¿Hola? —llamó, dubitativo.

Se le erizó el vello de los brazos y de la nuca, como el pelo de un felino alerta. Le parecía haber dejado de respirar, toda su atención y todos sus sentidos estaban volcados en detectar aquella presencia oculta.

Un crujido. Otro. No eran pasos, era la madera vieja, que se quejaba.

Lou retrocedió. La cojera lo hacía sentir indefenso. La oscuridad del salón de actos, que había llegado a considerar un lugar tan familiar como los escenarios que tiempo atrás fueron un hogar, estaba súbitamente repleta de sombras.

La noche anterior al inicio del curso, Lou durmió mal. No era algo nuevo. Las pesadillas que lo habían perseguido desde Francia no se habían quedado en Londres. Se levantó antes del amanecer y bajó con la lámpara encendida al salón de actos, donde enderezó alguna de las sillas que había colocado en filas a modo de butacas, pasó un trapo por los reposabrazos ya limpios y se preguntó si no habría olvidado preparar algo para el primer día de clase. No se le ocurrió nada. El salón de actos dormitaba, tranquilo; el único espíritu inquieto en él era el suyo.

Con cuidado, acercó una silla a la pared de los ventanucos para frotar los cristales por dentro. La señora Kenney se había ocupado de limpiar el exterior, pero Lou había olvidado hacer lo propio desde el otro lado. De pie sobre la silla, aferrado con ambas manos al alféizar y con algo de vértigo al carecer del apoyo del bastón, contempló los cristales.

Alguien había trazado dibujos sobre el polvo con un dedo muy fino, pequeño, de una mano infantil. Un par de caras sonrientes, alguna triste, un garabato, un animal imposible de identificar, ¿tal vez un cerdo?, un sol con sus rayos. Lou estaba seguro de que la noche anterior aquellos cristales no habían estado decorados de aquella forma.

Con el ceño fruncido, pasó el trapo por encima.

A las ocho y media, el tronar de la motocicleta anunció la llegada de la maestra. Edith entró al colegio y tocó la campana que anunciaba el comienzo de las clases y convocaba a los niños del pueblo. Su aula, aunque vieja, estaba limpia y recién encalada. Había seis filas ordenadas de pupitres de roble antiguo frente a la pizarra. Edith encendió la estufa y abrió las contraventanas de madera para dejar entrar la luz.

—¿Estás nervioso? —le preguntó a Lou, que se había acercado a saludarla—. ¿Algo de pánico escénico, tal vez?

Dejó sobre la mesa un par de cuadernos, una caja de tiza y el ejemplar de *Pedagogía de vanguardia,* con algunas esquinas dobladas.

—¿Ese no es el libro que recibiste por error y no podías esperar a devolver? —preguntó Lou.

—No he tenido tiempo para pasar por la librería —replicó ella.

—¿Pero sí para leerlo?

—¿Qué amante de los libros se resiste a echarle una ojeada a cuanto cae en sus manos? —se defendió Edith, con dignidad. Lou contuvo la risa. *¿Qué amante de los libros dobla las esquinas de un volumen que no le pertenece?*—. Me está pareciendo muy interesante; tanto que tal vez ponga en práctica algunas de sus sugerencias. Y no puedo dejar de pensar en quién será esta «E. M.». Imagino a un *alter ego* mío, maestra también...

Lou cojeó a través del aula. Algo le había llamado la atención: en el respaldo de una de las sillas, al ser limpiado con prisa, se había quedado una esquina cubierta de polvo, y en ella alguien había dibujado un escudo con dos animales dentro, perros o gatos o leones.

Edith lo siguió intrigada.

—No importa lo mucho que se limpie, siempre queda algo —se lamentó—. Espera, tengo por aquí mi pañuelo.

—¿Sabes qué es esto?

Ella contempló el dibujo.

—¿Lo has hecho tú?

—No. Debe ser obra de alguno de tus alumnos.

—*Nuestros* alumnos —corrigió ella—, y no creo. Que yo sepa, hace años que ningún niño entra aquí, el colegio ha estado cerrado.

—¿Qué será?

Ella se encogió de hombros.

—Parecen los dos leones del emblema de Guillermo el Conquistador. —Sin más dilación, lo borró con el pañuelo—. Arreglado.

Una algarabía de voces llegó desde la carretera. Un alegre grupo de niños de entre cinco y catorce años, con morrales de piel a la espalda, llegaba por goteo; algunos se quedaban charlando en el jardín, otros subían deprisa las escaleras. Varios saludaron, «¡Buenos días, maestra!», e incluso se oyó un «Buenos días, señor Crane» cuando entró la pequeña Kitty Kenney.

Los niños, ignorando las instrucciones de Edith de guardar silencio, tomaron asiento con gran escándalo, los mayores al fondo y los pequeños en las primeras filas, y sacaron sus pizarrines, cajas de plumas, y cuadernos. La habitación estaba caldeada, en contraste con el frío temprano de septiembre, y el olor a lana húmeda y botas de cuero se mezclaba con el de pies y sudor.

Cuando por fin reinó la paz, Edith saludó a los alumnos, se presentó y a continuación hizo lo propio con Lou. Los niños que asistiesen a clase de teatro no tendrían tiempo de volver a casa a mediodía, pero contarían con media hora para comer en el patio o, si hacía demasiado frío, en la clase, con cuidado de no manchar nada. Después, acudirían puntuales al salón de actos a las cuatro y media.

Tras el murmullo de asentimiento que confirmaba que todos habían comprendido, Lou se despidió y dejó a la maestra a solas con los niños. Iba a retirarse al salón de actos a rumiar el agobio que amenazaba con invadirlo ante la absoluta certeza de que él no valía para enseñar, pero en el patio se topó con Fred Robins, que traía una cesta con el desayuno y una gran caja de madera en una carretilla.

—Buenos días, señor Robins —saludó Lou, intrigado—. ¿Esto es para mí o para la señorita Morgan?

El hombre lo señaló con la mano. Lou asintió y observó cómo cargaba la caja, con gran dificultad, escaleras abajo. Cojeó tras él hasta el salón de actos. Con una sonrisa, Robins le invitó con un gesto a abrir el misterioso regalo.

Lou levantó la tapa y ahogó una exclamación de deleite. La caja contenía un gramófono prácticamente nuevo, con una bella corneta de metal oscuro, una manivela reluciente y un plato giratorio sin arañazos. A un lado, había un estuche de discos.

—Esto es una maravilla. Muchísimas gracias. ¿Me lo podría colocar a un lado de la tarima, sobre la misma caja, tal vez? —Vigiló la operación con inquietud. Acababa de recibir el gramófono y ya temía por él—. ¿Es un préstamo o un regalo? —preguntó. Robins hizo un gesto con la palma de la mano hacia abajo, señalando a alguien de poca altura. «Para los niños».

Siete horas más tarde, cuando los alumnos de teatro del grupo de los lunes y los miércoles entraron con timidez en el salón de actos, este había sido invadido por las melodías poéticas de Debussy. Lou sacudió la campanita que le había entregado la señora Beckwith e hizo un gesto a los niños para que se acercasen. Era un grupo de cuatro chiquillos: uno que no debía tener más de cinco años, dos de ocho y Kitty Kenney, que con nueve era la mayor de todos.

Otra niña de la misma edad llegó tarde, arrastrando de la mano a un niño más pequeño, ambos envueltos en el apetitoso olor del pan recién hecho.

—Perdón —dijo al entrar—. Tuve que venir corriendo de donde mi tío. Soy Millie Blake y este es mi primo Charles White. Mi prima Helen está en el grupo de los mayores, así que vendrá mañana, y espero que no llegue tarde también, porque le toca a ella ir a buscar la merienda y media hora no es suficiente tiempo.

—Es tiempo de sobra si recoges la merienda de camino al colegio, por la mañana —sugirió Lou.

Millie Blake se sentó junto a Kitty.

—¿A primera hora? Imposible, el pan se quedaría frío. ¿Y qué clase de persona elige comer pan frío en vez de recién hecho por ahorrarse una carrerita de nada? —preguntó en voz alta—. No puedo hacer eso. Le daría un disgusto a mi tío Harry, que todos los días escoge para mí el mejor panecillo de la hornada de mediodía, porque soy su sobrina favorita, aunque —señaló con gran severidad a su primo Charles, a quien le colgaban los pies de la silla— más te vale a ti no decirle nada a Helen. No, a primera hora no; aunque quizá me dé tiempo a ir durante el recreo...

—Bueno —interrumpió Lou, un poco desconcertado—, vamos a empezar. —Observó a los niños, dubitativo, y ellos lo observaron de vuelta, sin decir nada, expectantes. Estaban sentados en la primera fila de sillas, serios y alerta, y un abismo parecía separarlos de él—. ¿Por qué no venís al escenario? Vamos a hacer un círculo aquí.

—No hay sillas —señaló el mayor de los niños.

—Sentaos en el suelo —sugirió Lou. Las miradas asombradas de los niños y la satisfacción en los ojos de algunos le revelaron que era el primer adulto que les daba una indicación semejante. La sorpresa fue aún mayor cuando él se acomodó con ellos, al mismo nivel, con las piernas cruzadas—. ¿Alguno de vosotros ha ido al teatro alguna vez? —Ellos negaron con la cabeza—. Está bien. Empezaremos desde el principio entonces. Lo primero es conocernos... Haremos un ejercicio para que me aprenda vuestros nombres y todos sepamos algo más del resto, ¿os parece bien?

—Da igual lo que nos parezca —dijo Millie—. Si a mí no me apetece aritmética y preferiría saltar la cuerda, es lo mismo. En clase siempre es lo que diga el maestro.

—Dirás la maestra —corrigió Kitty.

—Ahora no estamos en clase —dijo Lou—, sino en ensayo.

La siguiente hora pasó deprisa. El ritmo de los alumnos era frenético, y a duras penas le permitieron explicar una tercera parte de los ejercicios que había previsto para la primera sesión; media docena de niños era más difícil de controlar que una jauría de animales salvajes. Sobre las seis menos cuarto, no habían avanzado apenas y Lou estaba tan exhausto que la idea de hacer aquello cuatro días a la semana se le antojaba inconcebible.

Entonces la melodía que emitía el gramófono detuvo el tiempo. Los niños continuaron jugando y gritándose entre ellos mientras solo uno o dos procuraban hacer el ejercicio que les había marcado; todos ellos insensibles a las notas sugerentes y juguetonas de *La siesta del fauno*, una de las piezas favoritas de la tía Ada. Lou la había practicado hasta la saciedad por complacerla, y la música, familiar como un jersey viejo, lo transportaba a tardes de verano pasadas, a bosques de ninfas, a ensayos en un escenario más grande que el del salón de actos. Los músculos se le tensaron, su cuerpo quería bailar como si aún tuviese veintidós años y no estuviera lesionado.

«No fuerces», le decía la tía Ada al verlo estirar para hacer un arabesco. «La flexibilidad no se consigue presionando al cuerpo. Respira. Deja que el estiramiento te lleve a donde quiera. Concéntrate en relajarte, no en estirar». Pero él era bailarín y entendía mejor la diligencia y la disciplina que el fluir. Le costó meses doblarse como un gato, sin esfuerzo en los músculos, y mucho más tiempo aún salir de la cabeza y ceder las riendas al cuerpo.

Debussy lo devolvía a las horas de ensayo, a la barra, al espejo, a los sueños en los que formaba parte del Ballet Ruso de Diaghilev, porque la tía Ada siempre decía que en Inglaterra no se podía crecer, que las oportunidades estaban en Rusia o en Francia.

Hasta que el gramófono enmudeció y Lou regresó a Bluesbury, a un ensayo humilde en el que él, que sentía que no sabía nada, por algún error del destino era profesor en lugar de aprendiz.

—Señor Crane —llamó una de las niñas, cuyo nombre Lou no había sido capaz de retener—, ¿puedo darle cuerda yo?

—No —respondió él—. Recogedlo todo, por favor. Son casi las seis.

Los despidió en la puerta y se quedó de pie, apoyado en el bastón, mientras ellos atravesaban el jardín y se perdían carretera arriba. No parecían entusiasmados, pensó Lou, y él estaba demasiado cansado para analizar qué era lo que había funcionado y qué no. Temió, por un instante, que sus alumnos regresasen a casa para contarles a sus padres que la clase había sido una pérdida de tiempo.

La niebla había vuelto a apoderarse de los campos que rodeaban el colegio, no se veían las luces del pueblo. Estaba solo en medio de una enorme nada.

Cerró la puerta del salón de actos y subió hasta su cuarto escalón a escalón, consciente por primera vez en toda la tarde de lo mucho que le dolía el pie, y mientras esperaba a Eliza Kenney, que pronto vendría a traerle la cena, acarició la idea de desistir y regresar a Londres.

Durante la noche, Lou regresó al palacio de las lágrimas. Cada mañana del otoño de 1914, en la estación Victoria, miles de soldados con petate al hombro que se habían adelantado a la llamada de la guerra buscaban su vagón. A algunos los despedían esposa e hijos; a otros, padres y hermanos pequeños. Se marchaban entre promesas y abrazos, «hasta pronto», hasta dentro de un mes o dos o las Navidades a más tardar. Lou estaba de pie en el andén y buscaba con la mirada a uno de ellos en concreto, pero había llegado demasiado tarde y el tren se había llevado a David Tutton hacía tiempo. Así que veía marcharse a los demás, y cada uno de ellos era David y cada uno de ellos era él mismo.

De día, los soldados partían entre cantos patrióticos; de noche, volvían heridos y eran recibidos por enfermeras al amparo de las sombras. Nadie debía ser testigo de las mentiras de la propaganda, de la magnitud y la gravedad de las heridas que colapsaban los servicios médicos militares. La mayor parte de los heridos moría antes de llegar a un hospital.

En sueños, Lou iba una sola vez a despedirse de David Tutton de día y muchas a despedirse de noche.

Lo buscaba hasta que una de las enfermeras le pedía que se tumbase, porque también él estaba malherido, y no era 1914 ni estaban en Londres, sino en un agujero en el suelo embarrado, y el olor que lo rodeaba era el dulzón de la sangre, el cloroformo, la podredumbre, la muerte.

Se despertó empapado en sudor, aunque en el dormitorio, de madrugada, hacía frío. Habría sido imposible volver a conciliar el sueño, porque incluso en Bluesbury, el hedor parecía habérsele pegado al cabello, al pijama y a las sábanas. La única solución fue ponerse en pie, soportar el dolor hasta recuperar el bastón que había rodado bajo la cama, vestirse tiritando y bajar con la lámpara al salón de actos.

Continuó ordenando y limpiando los trastos del almacén, negándose a regresar al mundo de las pesadillas aunque el sueño se le acumulase en las pestañas. Creía soñar despierto. Oía un cuchicheo a su espalda, que enmudecía al darse él la vuelta. Algo lo vigilaba, una presencia invisible, un peligro que caería sobre él sin previo aviso si daba un paso en falso, si hacía demasiado ruido, si encendía una luz. Dormido, lo acechaban francotiradores bávaros; despierto, lo desconcertaba pensar que algún niño hubiese podido colarse en el salón de actos, de noche, tal vez con el fin de asustarlo... Con las primeras luces del amanecer, se convencía de que estaba solo. El cansancio le hacía ver peligro en rincones deshabitados.

A las siete y media, alguien llamó a la puerta. Lou subió las escaleras, despacio, y abrió. En el escalón de entrada estaba el cesto del desayuno, que la señora Kenney debía haber dejado ahí hacía un rato. Detrás, sin una sola arruga en el vestido y con la espalda recta como la estatua de un general a caballo, la señora Beckwith lo miraba con ojo crítico.

—Buenos días —saludó—. Espero que el primer día fuese bien.

Lou respiró hondo y contuvo el impulso de suspirar o, peor aún, de cerrar la puerta. La sensación llegó como un arrebato. No podía aguantar más vigilancia sobre lo que hacía o dejaba de hacer, no más profesores señalando que la distribución del peso en el pie no era la adecuada, no más civiles preguntando por qué el frente «no avanzó durante tanto tiempo» como si aquello hubiese dependido de él, no más órdenes de superiores despreciables o admirables, no más jefes de ningún tipo y, desde luego, nada de señoras Beckwith viniendo a controlar que hubiese hecho su trabajo a la perfección el primer día en su vida que lo desempeñaba.

—Un principio es un principio —respondió.

Ella torció el gesto, no sabía qué pensar de aquella respuesta. Tal vez hubiese interrogado a algunos niños la noche anterior, tal vez ellos hubiesen reportado que la clase había sido un fracaso, tal vez estuviese intentando contrastar esa información y encontrase que Lou, al callar, era un cobarde.

A él le habría gustado añadir que la clase había ido, seguramente, muy mal, pero que no lo podía saber porque no era profesor, no había ido a clase de teatro de niño y no tenía con qué comparar.

Calló. Había aprendido a ser respondón solo en pensamiento.

—Le deseo mucho éxito hoy con los mayores —dijo ella con más severidad que aliento—. Finalmente, entre sus alumnos se encontrarán Anabelle y Douglas de Carrell. El apoyo de su familia es indispensable para mantener las clases de teatro por las tardes.

Mi juez son los Carrell, y sus espías, un par de niños.

—Gracias por el recordatorio.

Por la advertencia.

La señora Beckwith asintió, imperturbable ante su contestación lacónica, y procedió a hacerle algunas preguntas corteses sobre si se encontraba a gusto y si la comida en Koster's era suficiente. Después, se disculpó, porque aquella mañana estaba ocupada, y se marchó rumbo al pueblo.

Lou se llevó la cesta del desayuno a la mesa de piedra. No estaba preocupado; al contrario, había recuperado la reconfortante insensibilidad que cubría su vida como un impermeable desde hacía meses, que lo empujaba a la indiferencia absoluta hacia el presente y el futuro próximo; el lejano era inexistente, inconcebible, improbable. En el fondo le daba igual estar en Bluesbury o en Londres. Estar vivo era, al fin y al cabo, una circunstancia extraordinaria, producto de un error burocrático. Ser profesor de teatro, más de lo mismo. Lou Crane, el bailarín, no existía desde hacía años.

Aun así, pasó casi una hora fumando antes de recuperar el apetito.

L os gritos de los niños quedaban prendidos en el aire cada vez más frío de la mañana. Estaban inmersos en juegos cuyas reglas Lou y Edith, que los observaban desde el porche, no entendían. El despliegue de actividad infantil no perturbaba el oasis que el recreo representaba para ambos adultos: ella consideraba que los niños debían desfogarse y gastar energías antes de regresar al aula; él agradecía la charla y la compañía. En silencio, con los codos apoyados en el balaustre y jugando entre los dedos con el mechero apagado, escuchaba las explicaciones sobre el nuevo enfoque que había empezado a aplicar en sus clases, siguiendo las ideas del libro de la misteriosa «E. M.» desconocida, que cada vez le interesaba más.

—El método no es malo —declaró Edith, con complacido asombro—. Una vez adaptado a la realidad de mi clase, claro está...

En aquel momento bajaba la carretera Millie Blake, cargada con una gran bolsa de papel, con las mejillas coloradas entre el cuello del abrigo, el gorro y la bufanda. Sus primos la recibieron en la cancela, pero ella pasó de largo y no se detuvo hasta llegar junto a los profesores.

—De parte de mi tío Harry —anunció al entregarles un panecillo a cada uno.

A continuación, sin esperar respuesta, regresó con sus compañeros, repartió el pan entre sus primos y sacó del bolsillo del abrigo un paquetito de cacahuetes que la hizo inmensamente popular.

Edith partía el pan en pedazos pequeños para comer cada uno con intensa dedicación. Lou se llevó el panecillo entero a la boca y lo mordió. El crujido de la corteza se fundió con la suavidad de la miga. El paraíso duró dos bocados; después, Edith llamó a los niños para que regresasen a clase. Ellos remoloneaban. Lou la dejó sola en su labor de pastora y cruzó el patio hacia la carretera. El día era luminoso, el frío parecía acentuar la claridad. Cada bocanada de aire era luz congelada en el pecho. Combatía las horas desveladas, que se le condensan en manchas oscuras bajo los ojos. La alegría lo embargó durante un instante fugaz; era resultado de la combinación del pan, el sol, el verde exuberante de los prados. Un destello confuso que le hizo pensar que así había sido él antes, todos los días, cuando la apatía era la excepción.

—¡Atención, un avión enemigo, es un avión enemigo! —Uno de los niños, que aún jugaban junto a la carretera, hizo señas a sus compañeros.

—¡Un ataque! ¡No! —exclamó otro—. ¡Es rojo! ¡Veo las cruces negras! ¡Tened cuidado, es el Barón Rojo!

—¡Brum, brum! —Una nube de niños rodeó al que interpretaba al legendario piloto alemán y procedió a bombardearlo con puñados de tierra—. ¡Bum! ¡Bam! ¡Muere!

El bastón de Lou resbaló. La sequedad le invadió la boca y la garganta.

—¡Basta! —Los niños lo miraron, primero con sorpresa, inmediatamente alarmados por el desasosiego febril de sus ojos.

—Solo era un juego —se defendió uno de ellos—. A Guy ni siquiera le molesta que le tiremos tierra.

—Me gusta —intervino Guy, dispuesto a ayudar.

—A mí no —gruñó Lou—. ¿No habéis oído a la señorita Morgan? Id a clase ahora mismo.

Ellos se alejaron, murmurando en voz baja y haciendo muecas burlonas ante su fiereza. Lou no encontró el espíritu para exigir más respeto. Recobró el agarre firme del bastón y continuó carretera arriba, temblando a cada paso. Le habría gustado reírse de aquel ridículo sobresalto, del ataque aéreo ficticio, de los niños que jugaban a la guerra. Estaba seguro de que, de haber tenido su edad, también se habría entregado al placer de ser un as de la aviación en el patio de la escuela.

La inquietud le duró hasta la puerta de la panadería. Harry White estaba delante del mostrador, aparentemente inmerso en sus propios pensamientos. Lou lo contempló a través del cristal, absorbiendo su concentración para convertirla en serenidad. No le conocía de nada, pero un rayo de sol se colaba por el escaparate de la panadería y encontraba refugio en sus iris, y Harry White permanecía pacíficamente ignorante al hecho de que la luz había hecho de él un hogar.

Este hombre no habría encontrado el menor deleite en lanzar puñados de tierra al Barón Rojo, ni de niño ni de adulto.

La campanilla tintineó al abrirse la puerta. Lou se detuvo en el umbral como un visitante de museo ante una pintura admirada hasta entonces solo en las páginas de los libros de texto.

—Buenos días —saludó Harry, en tono divertido, tras esperar unos segundos.

Tenía una habilidad natural para hacer que los demás se sintieran bienvenidos. *Completamente desaprovechada*, pensó Lou, *por la gente del pueblo que reniegue de él.*

—Buenos días —respondió. Súbitamente avergonzado por el bastón, se enderezó todo lo que pudo, apoyando peso de más en el pie derecho. Ignoró el dolor—. Quería darle las gracias por el pan que nos ha traído su sobrina Millie.

Harry le lanzó una mirada asombrada y se sacudió las manos limpias en el delantal, como si no supiera qué hacer con ellas.

—Vaya, si no ha sido nada. No me puedo creer que haya subido hasta aquí solo para darme las gracias, no tenía que haberse molestado.

—Es apenas un paseo —replicó Lou, empeñado en fingir que su cojera no convertía cualquier trecho en una odisea—. Y ha sido muy amable por su parte.

—Me alegro de que le haya gustado —aceptó Harry. Después hubo un largo silencio, porque Lou no parecía tener nada más que decir—: Mis sobrinos están encantados con sus clases.

—¿De veras?

Harry rio suavemente. El gesto armonizaba con su rostro ancho y amable, la nariz grande y las cejas espesas. Aquellos rasgos, aunque Lou no hubiese sabido explicar por qué, habrían sido el marco inadecuado para una risa estridente o demasiado profunda y vibrante. Para la de Harry, como un viento estival que hace bailar las hojas del bosque, eran perfectos.

—¿Tanto le sorprende?

—Sí —admitió Lou—. Es la primera vez que intento enseñar algo. Y he observado que tengo solo dos tipos de alumno, los revoltosos y los circunspectos, lo cual me había llevado a deducir que la raíz de ambas actitudes es un intenso aburrimiento.

—Los que usted llama «revoltosos» y «circunspectos» tal vez sean en realidad «los que se están divirtiendo de lo lindo» y «los que se hallan profundamente concentrados».

—Veo que es usted un optimista. ¿Todos sus sobrinos son alumnos míos?

—Creo que solo Millie y Charlie en el grupo de los pequeños, y Helen en el de los mayores. Tengo dos más, hijos de mi difunto hermano, que ya no van al colegio. Y también los de mi hermana pequeña, que vive en Barleigh.

—Desde luego, solo con proveerles de pan a todos, da para mantener abierta una panadería —bromeó Lou con timidez. Obtuvo como recompensa una amplia sonrisa—. Tiene usted suerte. Yo no tengo hermanos ni, por lo tanto, sobrinos.

—¿Ni hijos?

—Ni esposa. —La rapidez de su respuesta no llamó la atención de Harry, que asintió con naturalidad. Lou desvió la mirada y la posó en el libro que descansaba sobre el mostrador. La tapa la decoraba un escudo con dos leones en el interior—. ¿Lo está leyendo?

—Lo he terminado esta mañana. Si le interesa la historia, debería echarle un vistazo.

—Usted no se ha pasado en las últimas semanas por el colegio o el salón de actos, ¿verdad? —Los pensamientos de Lou volaban tan deprisa que apenas podía hilarlos.

Harry esbozó una sonrisa desconcertada.

—No —respondió con amabilidad—. Creo que la última vez que estuve en el colegio fue como alumno.

Le entregó el libro y sus manos rozaron la de Lou. Los dedos del panadero estaban llenos de callos que delataban su paso por la guerra; un vestigio de las ampollas y las astillas de los mangos de madera de las camillas; el recuerdo de largas horas a través de campos cenagosos pese al miedo a convertirse en un blanco fácil cada vez que se incorporaba para alzar al herido.

Lou recordaba a los moribundos que quedaban atrás, cuya agonía se oía a la luz del día, cuando nadie podía ayudarlos. No había envidiado a los camilleros que se jugaban el pellejo para salvarlos de aquellas esperas largas y terribles, enfrentándose no solo al peligro y al agotamiento, sino también al desánimo consecuente al enorme número de hombres que moría antes de llegar al puesto de socorro.

Te negaste a disparar un arma y te obligaron a ir a la guerra desarmado, pensó Lou. Y después, porque él no habría regresado a Inglaterra si después de salir reptando de un cráter lleno de lodo, con una fractura abierta y los extremos de hueso roto a la vista, no lo hubiesen encontrado los camilleros, añadió:

—Gracias. —Y con esa palabra regresó a Bluesbury en una luminosa mañana de septiembre, y aquel hombre, en lugar de salvarle la vida, le había dado pan y un libro, y eso ya era suficiente motivo de agradecimiento.

—No hay de qué.

Harry White sonreía y sus ojos hacían crecer árboles y sanaban heridas.

La señora Beckwith tomó la costumbre de pasarse de vez en cuando por el pub Koster's, a la hora de comer, para acercarse a la mesa del profesor de teatro y preguntarle cómo iban las clases, si pensaba poner en escena alguna obra con los niños y en qué fechas querrían representarla.

—¿Tal vez algo pequeño para Navidad?

Lou iba a comer como un conejo en una pradera, expuesto a la inminente llegada de un ave de presa. Aunque no tenía prisa por empezar a montar una obra con un grupo de niños cuyos nombres aún no había memorizado, aceptó su sugerencia y se atrevió a mencionar que escribiría un libreto sencillo, apropiado para los niños. Fred Robins se presentó pocos días después con una máquina de escribir vieja y pesada sobre una carretilla.

La máquina ocupaba casi completamente el escritorio. Lou se sentaba frente a ella por las mañanas, sin animarse a escribir una sola línea. Se preguntaba cuántos de sus alumnos sabrían leer.

Al grupo de los pequeños lo que más le gustaba era el movimiento. Él podía entenderlo. Tenía que esforzarse para no reconocerse en ellos, en ese incipiente amor por los saltos y las piruetas, en el descubrimiento de la inercia, de la potencia de los propios músculos, de la capacidad del cuerpo físico para influir en las emociones. Ellos querían hacer espectáculos de variedades y dedicar las clases a preparar pequeños actos ideados por ellos mismos; le pedían que hiciese de público. Él les ponía música en el gramófono y observaba sus evoluciones sobre el escenario. En su mente se agolpaban los comentarios, los consejos, las indicaciones; pero su lengua estaba muerta y le faltaba aliento para hablar. No era un profesor, sino un testigo mudo.

Estaba a la vez en clase y en el funeral del Lou de seis años que empezaba la formación formal como bailarín.

Con la última semana de septiembre llegó una llovizna ligera y gris que parecía dispuesta a quedarse todo el otoño. La humedad constante del jardín obligó a Lou a trasladar el desayuno al interior y, como su escritorio estaba ocupado, empezó a llevar la cesta que le dejaba Eliza Kenney al salón de actos. Se sentaba al borde del escenario, con una taza de té a un lado y el libro de Harry White en el regazo, e intentaba abrirse camino entre las páginas. Era una lectura densa y pesada. Cuando se cansaba de releer una y otra vez las primeras páginas, sin ser capaz de retener lo suficiente para continuar, lo dejaba en una de las sillas de la primera fila.

Una mañana, el libro había desaparecido.

Lou salió del salón de actos para contemplar a los niños, que jugaban en el recreo. Aunque en clase de teatro ninguno de ellos pareciese hacerle demasiado caso ni mucho menos aprender algo, le apenaba pensar que alguno le tuviese tanta manía como para robarle un libro. Quien fuese que se lo había llevado, no había sido para leerlo; aquel texto debía resultarle igual o más tedioso a un niño que a él.

Al volver del almuerzo, encontró a Harry White barriendo la entrada de la panadería. Le hizo un vago gesto de saludo, pero no se acercó a entablar conversación. Se dijo a sí mismo que la razón por la que evitaba al panadero era para que este no pudiera preguntarle por el libro perdido, negándose a valorar la posibilidad de que su reticencia estuviese motivada por un miedo más profundo.

Por la noche, a solas en la habitación sobre el salón de actos, con la lluvia repiqueteando suavemente al otro lado de la ventana, Lou se sentó al escritorio, apartó la máquina de escribir y abrió el cuaderno de tapas grises. No había llegado a escribir sus condolencias y, aunque pasó varias horas despierto frente a las páginas en blanco, pensando en David Tutton, le resultó imposible encontrar las palabras.

El primer martes de octubre, Lou aguardó a sus alumnos sentado en el escenario y esperó a que los murmullos y los codazos se ahogasen cuando ellos, intrigados por el silencio, se reunieron a su alrededor. Con todas las dotes interpretativas que hubiese podido heredar de la tía Ada, declaró en tono de gran consternación que el libro que uno de ellos se había llevado se lo había prestado un amigo que, seguramente, no querría volver a saber nada de él si se enteraba de que se había perdido el valioso volumen. Nada de aquello sirvió para conmover la conciencia del ladrón, y las miradas que los niños intercambiaron iban de la perplejidad a la socarronería. A Lou le irritó pensar que uno de ellos se reía de él en secreto, de modo que abandonó el tema y dio comienzo a la clase.

Pese al disgusto, encontraba algo parecido a la paz en el frenesí de los ensayos. Después, cuando todos se marchaban, regresaban el vacío, el silencio, la extrañeza. A solas era solo Lou Crane, todo incredulidad y desapego, sin anhelos ni ilusión por nada, desvelado de madrugada; Lou Crane, a quien la guerra había pasado por encima sin que él tuviera nada que decir, no como Harry White, que se había negado a disparar, ni como David Tutton, que había corrido voluntariamente hacia ella y, al hacerlo, lo había dejado a él atrás.

Pensaba, en las horas azules, que ninguna de las decisiones que habían trazado el rumbo de su vida las había tomado él. *Ni ser bailarín, ni ser profesor; ni irme de Inglaterra, ni regresar.* Volviendo la vista atrás, la vida simplemente parecía *suceder*; no era un camino por el que avanzar, sino un río que lo arrastraba, con sus precipitaciones, torrentes y ensanches en los que la corriente era lenta y pesada, estuarios en los que el agua dulce se mezclaba con lágrimas saladas.

No lloré por la tía Ada. Era un pensamiento recurrente por las noches. Lo observaba con curiosidad indiferente. *O soy un monstruo, o no la quería tanto.* Ni siquiera la crueldad lo conmovía.

No lloré por David Tutton.

El río lo desgastaba, como a las piedras de la ribera, lo ensordecía, lo despojaba de todo lo que llevaba encima. Los chistes que había llevado escondidos en la manga, los amigos en los bolsillos, los cien sueños guardados bajo la almohada. Hacía tiempo había creído saber nadar; llevaba meses dejándose llevar por el agua, empapado, indolente. Se despertaba antes del amanecer.

Una mañana, encontró el libro sobre el escenario. No había estado allí la tarde anterior. Alguien lo había devuelto durante la noche.

Intrigado, revisó las posibles entradas al salón de actos. Las ventanas estaban bien cerradas. La puerta había tenido el cerrojo echado desde la tarde anterior. Pasó la mañana dándole vueltas al asunto, sin alcanzar ninguna conclusión. El ensayo transcurrió sin novedad hasta que, casi al acabar, Kitty Kenney preguntó:

—¿Encontró su libro, profesor?

Lou la miró largamente. *No, ella no puede ser.* Kitty era revoltosa, pero no la habría tenido por ladrona.

—Sí, me lo devolvieron —respondió—. Eso honra a quien fuera que se lo llevase, así que le dejaré un regalo en agradecimiento... Podrá encontrarlo en el mismo sitio donde me dejó el libro. Y espero que no vuelva nunca más a llevarse algo que no le pertenece.

Los niños abandonaron el salón de actos entre murmullos, preguntándose unos a otros quién había sido. Lou esperó a que se alejasen y echó la llave, como todos los días, cenó y subió a su dormitorio. Esperó unos instantes. Entonces, con la luz apagada, caminando despacio, sin hacer ruido, bajó la escalera y regresó al salón de actos, cerrando la puerta a su espalda.

Se sentó en una de las sillas del fondo, que habían quedado arrinconadas contra la pared más separada del escenario. Se sabía capaz de montar guardia durante horas, inmóvil, en absoluto silencio. Su respiración se volvió cada vez más profunda, baja, regular. Seguía atento, aunque su cuerpo descansase, a medio camino entre la vigilia y el sueño.

Lo despejó un crujido en la madera.

Rata.

Se mantuvo quieto en el sitio, tenso y alerta, la oquedad en su pecho súbitamente inundada por la repugnancia y un ánimo asesino instintivo y desapasionado. Algo se movía en el almacén tras el escenario, avanzaba lentamente hacia las bambalinas. No había entrado desde el jardín, puesto que no había ventanas en aquella pared del salón de actos. Se trataba de una criatura que habitaba aquel lugar, que se escondía entre los trastos.

El sonido de los pasos se volvió nítido y, con él, la seguridad de que aquello no era una rata, sino algo más grande, más incluso que los roedores del tamaño de gatos a los que Lou había aprendido a odiar. Se detenía, avanzaba, retrocedía. Tenía miedo.

Sabe que estoy aquí. La idea llegó con un escalofrío, seguida por otra sospecha igual de firme: *Se pregunta si estoy dormido o no.*

Aguardó con la paciencia vigilante de un cazador. Su presa dio un par de pasos dubitativos más, se detuvo, continuó. Una figura sobre el escenario. Lou calculó cuánto tardaría en llegar hasta ella, si sería lo bastante rápido para atraparla. No era una rata, era más grande. Alta. Bípeda.

Un rayo de luna a través del ventanuco. Una expresión vacilante. Un niño.

No debía tener más de diez años. Llevaba unos pantalones cortos destrozados, una chaqueta demasiado grande y zapatos desgastados, uno de ellos con los cordones desanudados. Sin calcetines. Las rodillas estaban sucias; el cabello, cubierto de telarañas. Tenía un ojo morado y sangre en el labio.

No era ninguno de los alumnos de teatro y Lou nunca lo había visto en el colegio.

El niño le devolvió la mirada y se quedó petrificado al notar que estaba despierto.

Lou no se movió. Observó el sobresalto en los ojos del pequeño. Era más asombro que miedo.

—Llevas los cordones desatados —dijo Lou.

Silencio. El niño meditó sus palabras y, finalmente, las pronunció con una voz tenue como el eco de una campanilla:

—¿Dónde está el regalo?

—Te vas a caer.

—Dijiste que habría un regalo —exigió él con más decisión de la que sentía—. Devolví el libro.

Lou se puso en pie. El niño, expectante, no hizo ademán de huir.

—¿Sabes leer?

Él resopló, herido en su orgullo.

—Claro que sé leer. No es culpa mía si el libro era el más aburrido del mundo. Ni siquiera a ti te gusta, te he visto leyéndolo y suspirando y suspirando... ¿Has leído *La historia del pequeño Henry y su mensajero*?

—No —respondió Lou, acercándose al escenario—. No soy muy lector. ¿Pasas mucho tiempo aquí?

—Sí. Es una buena historia, aunque no deja de hablar de Dios. La Biblia sí la habrás leído, ¿verdad? Todo el mundo la ha leído, salvo quizá la gente que vive en tierras remotas.

El niño parecía tan poco interesado en explicar su presencia en el salón de actos como lo estaba Lou en las tierras remotas y sus habitantes. Caminó por el escenario y siguió hablando del pequeño Henry durante un rato, insensible al desconcierto mudo de Lou.

—¿Cómo te llamas? —interrumpió este, por fin—. ¿Tus padres saben que estás aquí?

—Archie —respondió él—. Mi madre murió hace mucho tiempo, cuando yo era pequeño. No es tan triste como parece, no tengo ningún recuerdo de ella. Esto es algo que no suele entender nadie, pero es así.

Archie tenía el rostro más bien cuadrado, los ojos estrechos y muy brillantes, encendidos por un entusiasmo que no sabía bien hacia dónde dirigir, y una sonrisa que no se animaba a asomar. Fingía estar relajado, pero llevaba los dedos de las manos bien cerrados, cerca de los costados.

—Lo entiendo bien —replicó Lou.

El niño se encogió de hombros, ladeando la cabeza hasta aplastar la mejilla contra la chaqueta. Lou quería saber si se refugiaba en el salón de actos para esconderse de quien le puso el ojo morado, pero no le dio tiempo a formular la pregunta.

—Adiós —dijo Archie antes de darse la vuelta y dirigirse de vuelta al almacén.

Lou plantó el pie sobre el escenario para seguirlo. La visión llegó como un relámpago, durante un instante, nada más, un parpadeo que mostró la mancha de sangre y la herida abierta en la nuca del niño. Un golpe mortal. Detuvo en el sitio a Lou y desapareció al segundo siguiente. Bastó para perder de vista a Archie, que desapareció entre bambalinas.

Lou entró en el almacén y se quedó de pie junto a la puerta, con el corazón desbocado.

Estaba solo.

No era la primera vez que Lou Crane se encontraba a un fantasma. Desde niño había sido consciente de la presencia de dos que habitaban la casa de la tía Ada, en los retratos grises de mirada fija que, enmarcados, montaban guardia en su mesita de noche. Lou había crecido entre historias de sus padres, obligado a escucharlas cuando, de vez en cuando, Ada se sentía responsable de mantener su recuerdo vivo. Para él eran criaturas mitológicas. Les rezaba cuando deseaba algo intensamente, se acordaba de ellos en Navidad o en su cumpleaños. Temía que un día regresasen, como si la muerte fuese un viaje largo que antes o después terminaba, e insistiesen en llevarlo con ellos. No quería que nadie lo apartase de la tía Ada, de su mundo de escenarios, estrenos y fiestas en las que él era el único niño.

Aprendió a bailar, decía ella, antes que a andar. Así que lo inscribió en clases de danza cuando cumplió seis años. «No tiene voz, pero sabe moverse, así que no está todo perdido», le contaba a los amigos que preguntaban si Lou seguiría sus pasos, si se convertiría en un nombre escrito con mayúsculas en un cartel, si lo pararía la gente en la calle para que les firmase autógrafos.

Y Lou amaba bailar.

Más que a los aplausos. Más que a los fantasmas.

La tía Ada le abrió la puerta a su mundo y Lou Crane se sintió en casa.

Más tarde, cuando la guerra lo arrancó de las salas de ensayo, conoció otro tipo de fantasmas. Los que acababan de morir, con sus cuerpos convertidos en espantapájaros sobre el alambre. Los que estaban a punto de hacerlo y se les notaba. Y aquellos que algunos de sus compañeros veían, con la mirada perdida en la lejanía, incapaces de soportar más horror; fantasmas invisibles para quienes aún tenían los dos pies en la tierra.

Lou regresó y encontró cerrada para siempre la puerta al mundo que había conocido. Era uno más de los fantasmas escupidos por el campo de batalla, una sombra en la década luminosa que estaba a punto de comenzar.

Sin embargo, aquella noche, la primera que durmió de seguido en mucho tiempo, Lou regresó al teatro. Los carteles anunciaban una obra desconocida, titulada *Todo,* y él salió al escenario en solitario. En sueños bailó y bailó escena tras escena. Estaba preocupado: *Llevo años sin ensayar.* Daba lo mismo. Su cuerpo recordaba los movimientos. En el entreacto, recibió un aplauso débil. Todas las butacas estaban ocupadas por niños, la mayoría demasiado pequeños para alcanzar el suelo con los pies. En primera fila, Archie aplaudía fuerte, para compensar la falta de fervor del resto.

¿Dónde están sus padres? ¿Quién vendrá a buscarlos a la salida?

Y Archie le respondía, con una serenidad demoledora: «No vendrá nadie».

Al día siguiente, Lou despertó bien entrada la mañana. Estaba despejado, calmado y seguro de que lo que había sufrido la noche anterior había sido una alucinación. Aun así, a la hora del recreo se acercó a Edith Morgan y le preguntó si conocía a algún niño llamado Archie. No. Tampoco habían oído hablar de él los señores Bow, del pub Koster's, a quienes preguntó a mediodía. La señora Beckwith se pasó por el colegio antes de que acabasen las clases. Frunció el ceño.

—¿Archie? ¿No se referirá usted a Ernie, el hijo de los Smith?

—Puede ser que me haya confundido —concedió Lou.

—De todos modos, Ernie no está en el grupo de teatro —señaló la señora Beckwith—. Si quiere entrar, debe decirle a sus padres que lo apunten. Dígale que hablen conmigo.

—Muy bien.

Preguntó a los niños, que no conocían a nadie que se llamase así. Estaban más interesados en la peonza que había traído Douglas de Carrell, y que Lou tuvo que requisar para que prestasen atención a sus instrucciones. El ejercicio con el que iban a empezar era de concentración, ritmo y trabajo en grupo; tres verdaderos desafíos para sus alumnos. Consistía en saltar y girar, al compás, en dos filas paralelas. La complejidad del patrón que debían seguir, así como la velocidad, se incrementaban poco a poco. Lou recordaba la satisfacción que ese tipo de juegos le habían producido de niño, cuando tras varios intentos fallidos los participantes alcanzaban la sincronización de un mecanismo. Sus alumnos no llegaron a lograrlo: se perdían en bromas y charlas, no estaban atentos a cuando les tocaba moverse. Llegaron las primeras declaraciones de que aquel juego era un aburrimiento. Frustrado, Lou pasó al siguiente ejercicio.

Cuando los niños se fueron, cenó deprisa y regresó al salón de actos. Dormitó toda la noche, intranquilo, en la silla más alejada del escenario. Fue un descanso intermitente, con periodos de vigilia en los que cambiaba de postura, incómodo. No oyó ni vio a nadie.

Tuvo el cuerpo dolorido durante todo el día siguiente, que transcurrió lento y apacible. Por la tarde, la señorita Morgan impartió su clase de baile, a la que no acudían demasiados niños, y el silencio pronto invadió el colegio. Los fines de semana eran solitarios. Lou se fue a la cama temprano, se tendió boca arriba y miró el techo mientras en el exterior la noche se hacía cada vez más espesa.

El sueño le rellenaba los párpados como algodón. El cuerpo se le volvió pesado, como si quisiera atravesar el colchón y caer a un vacío oscuro y acogedor. Estaba a punto de quedarse dormido cuando oyó los golpes en el piso inferior.

Algo daba tumbos en el salón de actos. Con un ritmo irregular, a trompicones, un ruido a veces más fuerte y otras más débil, pero imposible de ignorar.

Lou aguzó el oído. En el campo alrededor del edificio del colegio reinaba un silencio sepulcral; árboles y prados escuchaban.

Golpes. Más golpes.

Saltos.

Y entonces, cuando empezaba a comprender, oyó la voz fina de un niño que daba instrucciones. Archie explicaba en voz alta el ejercicio que Lou había enseñado a sus alumnos la tarde anterior.

¿Con quién habla?

Más saltos descoordinados.

Archie no estaba solo.

De nuevo, el murmullo de su voz, intentando explicar. Y otra, igualmente infantil: alguien le respondía, preguntaba. Lou no era capaz de distinguir las palabras.

Se incorporó en la cama, que chirrió bajo su peso. Cuando apoyó los pies en el suelo, no se oía nada en el salón de actos y supo que había ahuyentado a los niños. Aun así, bajó las escaleras con la lámpara encendida. Estaba vacío. Registró la sala, el escenario y el almacén. Examinó los ventanucos, que seguían cerrados.

El aire frío de la noche de otoño lo hizo tiritar. Lou regresó a su dormitorio, donde no logró conciliar más que un sueño agitado.

Pasó los siguientes días atento a voces que no volvió a oír. Se distraía en clase, más aún que sus alumnos, cada vez que creía captar un ruido o ver una sombra espiando por el ventanuco. Cuando subía a comer al pueblo, recorría la calle atento por si veía a algún niño parecido a Archie. Desde la franja de sol en la acera, un grupo de señoras mayores que se había reunido para tejer lo miraba con curiosidad.

—Joven —llamó una de ellas—. Usted es el señor Crane, ¿no es así?

Tenían la edad de las señoras Beckwith y de Carrell, pero el trabajo en el campo las había hecho envejecer más deprisa. Contaban con la amistad cordial de la primera y una amabilidad condescendiente de la segunda, que las utilizaba como sus ojos y oídos en el pueblo a cambio de convidarlas a merendar de vez en cuando.

Querían saber si sus nietos estaban o no en clase de teatro y si los grupos harían o no una función por Navidad.

—El vestuario para los niños lo haremos nosotras, naturalmente —aseguró con generosidad una de ellas—. Nos tendrá que decir de qué va a ir cada uno.

—Necesitaremos un espacio amplio para prepararlo todo —comentó otra, preocupada—. No será cosa de un par de días.

—Quizá en casa de los White —propuso la primera—. Millicent no encontrará problemas en abrir una de las salas en desuso, y estoy segura de que agradecerá la compañía si nos instalamos allí…

A Lou le agradaba que el grupo lo apartase de su ruta a la hora de comer. Estaba más cómodo con ellas que con sus maridos, que aguardaban en el interior del pub e intentaban sonsacarle si luchó en esta o aquella batalla o alardear de las condecoraciones que habían ganado hijos o sobrinos. Apenas había pasado un año y la guerra en la que ellos no habían combatido era solo una anécdota.

—Era muy aburrida —respondía Lou con vaguedad a las preguntas sobre la vida en el frente.

Ellos se reían, escondiendo su decepción.

—Al menos te ha conseguido este trabajo —le dijo uno de ellos—. La señora Beckwith no habría logrado convencer al comité directivo de la escuela de aprobar las clases por las tardes si no hubiese sido por el apoyo de Venetia de Carrell. Y todo Bluesbury sabe que los Carrell consideran que la guerra no se habría ganado si ellos no hubiesen movilizado al pueblo, y por lo tanto están encantados de favorecer a cualquier soldado que les parezca lo bastante heroico.

—Es una suerte que no me hubieran visto en persona antes de contratarme, entonces —dijo Lou, y los abuelos del pueblo lo recompensaron con una carcajada amistosa.

La posibilidad de representar una obra coherente con los niños antes de fin de año era cada vez más tenue. Los ensayos se sucedían y el trabajo se le antojaba más de domador de circo que de profesor; en las horas de inmenso silencio cuando los pequeños se llevaban su jolgorio a la calle y se alejaban rumbo al pueblo, afloraban las dudas. Era innegable que Edith Morgan lograba inculcarles algo de conocimiento pese a que su aula contenía muchos más alumnos que los que se habían inscrito en la actividad de teatro. La maestra tenía fuerzas para mantenerlos sentados en las sillas durante varias horas, lo cual a Lou le parecía sobrenatural; y apenas lograba contener el asombro al verla salir del colegio sin haberse despeinado, silbando alegremente al encaramarse a la motocicleta.

Él, cuando el ensayo acababa, se desplomaba sobre una de las sillas y dejaba pasar unos segundos antes de empezar a recoger. Lo invadía un cansancio que el sueño no podía disipar. Como un autómata, disponía lo necesario para el día siguiente, los ejercicios que fuesen a hacer, la música que fueran a escuchar. Recordaba juegos que había aprendido hacía años, en otra vida; inventaba algunos nuevos, simplificados, que pudieran gustar a aquellos alumnos siempre al borde del motín.

Algunos requerían largos preparativos. Una tarde, Eliza Kenney encontró abierta la puerta del edificio anexo al colegio, y al entrar halló al profesor concentrado en dividir el espacio del escenario con trozos de papel pegados al suelo. El bastón había quedado a un lado, contra el pesado telón, y él estaba arrodillado, absorto en su tarea. Ella sonrió. En silencio, para no sobresaltarlo, dejó la cesta con la cena junto a la escalera.

La lámpara encendida camufló la oscuridad que se adueñaba de los campos. La niebla rodeó el colegio, solitario al final de la carretera, y difuminó las luces distantes del pueblo. En la lejana parroquia, el eco espectral del coro resonaba vaporoso en las calles vacías.

Lou se sobresaltó, consciente de la presencia a su espalda, antes de oír la voz.

—¿Para qué es eso?

Se obligó a seguir pegando trozos de papel, sin volverse hacia el niño.

—Es para un ejercicio mañana. —Y asaltado por una súbita inspiración, añadió—: ¿Te importaría ayudarme? —Archie se agazapó a su lado. Lou lo tenía tan cerca que distinguió el tono grisáceo de su piel, como si fuera una estatua que fingiese ser una persona—. Toma, termina esta línea hasta la pared.

Dejó el pegamento y el papel en manos del niño, que tomó el relevo con diligencia. Al sentarse al borde del escenario, notó el dolor en las rodillas y en la espalda por haber pasado demasiado tiempo agachado. Contuvo un quejido y alargó la mano hacia su bastón.

—Podrías hacer esto con tiza en vez de pegar papel —propuso Archie.

—Los niños lo emborronarían al pisar encima —objetó Lou—. ¿Por qué no te conoce nadie en el pueblo?

Él se encogió de hombros.

—No soy de aquí.

—¿De dónde eres?

—De Kinwick. ¿Lo estoy haciendo bien?

El niño, a cuatro patas, no tenía ninguna herida visible en la nuca.

—Sí. Podrías venir a mis clases, si tanto te interesan —ofreció Lou. Apartó la mirada hacia sus propias manos, procurando no intimidarlo, no parecer demasiado inquisitivo, no provocar que le rehuyese.

—Nos vendría bien un profesor —respondió una voz desconocida, con un timbre más decidido que la de Archie—. Hemos intentado hacer los ejercicios por nuestra cuenta, pero no hay manera de ponernos de acuerdo.

Lou se giró, despacio, evitando conscientemente los gestos bruscos. Frente a la entrada al almacén, cerca de donde estaba arrodillado Archie, había una niña más o menos de la misma edad, vestida con una camisa suelta y blanca, medias negras y un vestido azul oscuro de manga corta decorado con fruncidos, como el que hubiese llevado una dama medio siglo atrás. Calzaba zapatitos brillantes, con un adorno del mismo tono que el vestido. Su cabello rubio, bellamente recogido en bucles ordenados, armonizaba con sus enormes ojos verdes. Tenía una postura tan recta que insinuaba severidad y el brillo en los ojos de quien guarda un amplio catálogo de travesuras.

—Querrás decir —protestó Archie, sin mirarla— que no me habéis querido hacer caso. Si hubieseis tenido *la bondad* de callaros al menos medio segundo para que os explicase el juego...

—El *ejercicio* —corrigió la niña—. Los actores y las actrices no hacen juegos sino ejercicios. —Dedicó a Archie un suspiro de inmensa paciencia antes de volverse hacia Lou—. Violet Jones —respondió a la pregunta que él no había formulado—. Y tú debes ser el profesor de teatro.

—Louis Crane. —El tono de la niña demandaba una presentación.

—Muy bien —aceptó ella, con una seguridad majestuosa—. Louis, entonces. No te importa que te tutee, ¿verdad? Me ha parecido que, si Archie lo hace, es lógico que yo también... Encontrarás en nosotros atentos alumnos, si es que quieres darnos clase, claro está.

—Me encanta el teatro —afirmó Archie, que acababa de terminar la línea hasta la pared—. Fui a una obra una vez. Era larga como un día sin pan. Lo que más me gustó fueron las peleas con espadas y los aplausos al final. He estado viendo cómo ensaya con los otros niños durante el día.

Lou empezaba a marearse. Se alegró de estar sentado en el escenario.

—¿Vivís aquí? —aventuró, aunque la sola idea era absurda—. ¿En el salón de actos?

—Sí —respondió Archie—. Y en el colegio, aunque no vamos mucho a clase —confesó, como si albergase la sospecha de estar desatendiendo a su deber—. Dime, ¿lo he hecho bien? —Señaló el papel que había pegado al suelo.

Lou tenía la sensación de haber respondido a aquello ya, pero no lo recordaba con seguridad. La expresión anhelante de Archie era la de un hombre perdido en el desierto ante el dueño de una cantimplora. Necesitaba una aprobación clara y entusiasta más que respirar.

A Lou nunca se le habían dado bien las alabanzas espontáneas.

—Estupendamente —respondió—. Te lo agradezco, porque me empezaban a doler las rodillas.

El rostro del niño se iluminó.

—No ha sido nada —respondió—. ¿Quieres que haga algo más?

El mundo colapsaba sobre Lou, se había abierto bajo sus pies un profundo agujero que combaba el suelo del escenario, se tragaba tablas, sillas y paredes. Cerró los ojos un instante. No sabía qué responder. No tenía instrucciones para aquellos niños, solo preguntas.

—¿Qué coméis? ¿Qué bebéis? ¿Dónde están vuestros padres? —Se le agolpaban en la boca, se le enredaban en la lengua.

¿Quiénes sois? ¿Por qué nadie os echa en falta? ¿De dónde habéis salido?

Y la peor de todas:

¿Estáis muertos?

Y una duda subyacente, un sinsentido, un miedo:

¿Estoy muerto yo?

La confirmación de una sospecha. Hacía mucho que no se sentía realmente vivo.

Los niños no respondieron. Lou abrió los ojos.

Tal vez abrumados por sus preguntas, Archie y Violet se habían marchado.

Lou se puso en pie con dificultad. Le temblaba todo el cuerpo, con tanta violencia que le costó mantener el equilibrio con el bastón. Sus pasos resonaron en el escenario vacío, en el almacén vacío, en el salón de actos vacío. No había ni rastro de los dos niños.

Respiró hondo. Se había quedado, como tras el anterior encuentro con Archie, con más preguntas que respuestas. Sin embargo, esta vez era distinta. Esta vez, Lou sabía qué era lo que querían. Sabía cómo hacerlos regresar.

El piso superior parecía más frío aquella noche. Lou encendió la estufa y cojeó hasta el escritorio. Se dejó caer en la silla, permitió que su mirada se perdiera en la oscuridad tras el cristal de la ventana. La idea de tumbarse e intentar dormir era inconcebible. Estaba atrapado en una alucinación, un sueño o algo peor. Nadie en el pueblo conocía a Archie y estaba convencido de que tampoco habrían oído hablar de ninguna Violet Jones. Dos niños vivían solos en el edificio del colegio y su anexo, sin familia, sin sustento, sin explicación.

Y querían que él les diera clase de teatro.

No comida ni bebida ni amparo. Clase. Se aburrían, tal vez, y ese era su mayor problema. La ocurrencia le arrancó una carcajada incrédula.

¿Me estaré volviendo loco?

Intentó recordar todos los datos que habían dado los niños sobre sí mismos, antes de que él los ahuyentase con preguntas. Archie sabía leer. Le había hablado un libro, *El pequeño Henry*, o algo parecido. Su madre había muerto cuando él era pequeño. Violet se apellidaba Jones, llevaba un vestido muy pasado de moda y hablaba como una institutriz marisabidilla. Archie tenía un ojo morado, una herida en el labio y otra en la nuca, al menos la primera ocasión en la que lo había visto. No recordaba bien si aquella misma noche también había notado el moratón en el ojo, creía que no; estaba seguro, sin embargo, de que la contusión en la nuca había dejado de ser visible.

Le pareció que olvidaba los detalles sobre ellos a cada minuto que pasaba.

Lou se enderezó en la silla. Sobre el escritorio reposaban una pluma y un tintero. Alargó una mano hacia ellos y, con la otra, abrió las gruesas tapas grises del libro de condolencias. En la primera página, en blanco, ribeteada por el resto desgarrado de las que la habían precedido y habían sido arrancadas, empezó a escribir.

El ensayo terminó puntual. Lou se despidió de sus alumnos, se subió la cena fría al dormitorio y dejó pasar un rato largo, sentado ante el escritorio, hasta que consideró que todos los habitantes de Bluesbury estaban en sus casas. Era improbable que nadie se acercase al colegio. Entonces bajó con la lámpara encendida y la posó en la mesa junto al gramófono.

Después, hizo sonar la campanita color bronce que indicaba que la clase de teatro iba a comenzar.

Se giró hacia el escenario, esperando encontrar en él a un niño y una niña. Para su sorpresa, una docena de criaturas le devolvió la mirada.

El silencio en el salón de actos era estrecho y frío como una grieta en la costa, largo y sugerente, lleno de secretos, el camino a una cueva secreta, un escondite de tesoros. Lou dejó escapar el aire. Le dolían los pulmones como si vivir fuese una afrenta peligrosa. Volvió a sentir un ligero mareo, pero se sobrepuso. Se obligó a avanzar, con el bastón repiqueteando contra el suelo, con una conocida sensación de inevitabilidad.

Solo son niños.

Niños sobre el escenario en penumbra, niños con ropa de otra época, algunos de ellos despeinados, descalzos; otros aseados, con zapatos y calcetines arrugados; una niña con un lazo en el pelo, otra con una túnica descolorida que parecía un camisón. Todos lo observaban con expresiones que iban del recelo a la curiosidad.

—Buenas noches —saludó Lou. Respondió un coro de voces débiles, entre las que destacaba la de Violet, enérgica—. Vamos a sentarnos en círculo, por favor.

Los niños obedecieron, expectantes. Él se acomodó al borde del escenario.

Aquella situación le resultaba incomprensible. Delirante. Las preguntas eran tantas que se resignó a no hallar respuesta para ellas.

Apretó las manos sobre el puño del bastón para disimular el temblor.

—Vamos a conocernos todos un poco mejor. Por favor, por turnos, decidme vuestros nombres y algo sobre vosotros. —Hubo un momento de silencio. Las dos niñas que se habían sentado a su lado se revolvieron; una de ellas, Violet, deseosa de responder. La otra, una de las más pequeñas, alarmada ante la posibilidad de que le tocase empezar a ella—. Yo soy Louis Crane. Y puedo contaros sobre mí... —buscó en sus recuerdos anteriores a la Gran Guerra algo que no estuviese relacionado con la danza—. Puedo contaros que mi estación favorita es el invierno porque me encantan las castañas asadas.

Algunos niños sonrieron.

—Bien. —Violet tomó la palabra—. Me llamo Violet Jones y creo que se me va a dar bien el teatro y contar historias porque mis padres siempre han dicho que tengo mucho cuento.

Parecía enormemente orgullosa de lo que interpretaba como un cumplido. Lou se esforzó por mantener el rostro serio y asintió.

—Gracias, Violet. —Miró al niño que estaba sentado junto a ella.

—Gilbert —se presentó él. Era un muchacho mayor, de al menos doce años, de cabello oscuro y mirada inquisitiva—. Tengo dos hermanos, Owen y Frances.

Señaló al niño y la niña sentados a su derecha, que inmediatamente protestaron.

—¡Deja que nos presentemos nosotros! —exclamó la niña—. ¡Habla solo de ti!

—Bueno, bueno. —Gilbert sacudió la cabeza—. Pues... mi mejor amigo se llama James. Y me gusta... eh... no me gusta... no me gusta tener que levantarme temprano.

—¡No! —se lamentó Owen—. Era lo que iba a decir yo.

—Nunca acierto. —Gilbert se encogió de hombros.

Continuaron, uno tras otro, presentándose. Lou se resignó a no retener todos los nombres. Ellos, a diferencia de sus alumnos durante el día, lo llamaban «Louis» y lo tuteaban, siguiendo el ejemplo de Violet. La situación era demasiado extraña para pensar siquiera en corregirlos.

Se detuvieron al llegar a una de las criaturas, niño o niña, que tenía el cabello enmarañado y vestía de forma tosca; una camisa de lino sin color, amplia y fruncida, con un canesú recto en la espalda, una prenda raída que había perdido los botones; un peto de ante marrón y lana abatanada, tan roto que revelaba los calzones de lana en tafetán; y pellejos que en algún momento le habían protegido los pies, pero que estaban tan ajados que apenas eran un adorno.

—¿Cómo te llamas? —preguntó Lou.

Sin emitir sonido, levantó el labio superior para mostrar una fila de dientes amarillentos. Se le achicaron los ojos ovalados, negros, e incluso su pelo oscuro pareció encresparse como el de un animal.

La niña que había a su lado, apenas un poco mayor, se puso en pie. Tenía los ojos redondos como botones, amplificados por unos lentes que le quedaban grandes, evidentemente diseñados para un adulto. El cabello pardo le caía a ambos lados de la cara, liso y fino. Llevaba un camisón blanco y un gorrito, ropa de hospital antigua. Se subió los lentes con un dedo.

—Perdone, señor —dijo, retorciéndose las manos con nerviosismo—. Esta niña no habla. La llamamos Aullido.

—Bueno —aceptó Lou—. Entonces ya sé su nombre y algo sobre ella. Muchas gracias…

—Rosemary —se apresuró a presentarse ella—. Rosemary Walker, señor. Y algo sobre mí… Déjeme pensar… No se me da muy bien improvisar, señor.

—No pasa nada. A mí tampoco se me da muy bien. Por suerte, más adelante trabajaremos con texto, y si tienes buena memoria no te hará falta improvisar.

Ella esbozó una mueca nerviosa que aspiraba a ser una sonrisa y no lo lograba.

—Gracias, señor.

Terminadas las presentaciones, Lou se puso en pie, cojeó hasta el gramófono y le dio cuerda antes de poner un disco. La música empezó a sonar. Los niños lo miraban, expectantes, completamente distintos a los alumnos que tenía durante el día.

—Vamos, en pie —los animó él—. Habrá que moverse un poco para calentar, ¿no os parece?

En cuanto se levantaron, se relajaron un poco y empezaron a cuchichear entre ellos. Participaron en los ejercicios y juegos que les propuso

Lou, riéndose, bromeando, charlando. El alegre bullicio desprendió un peso del pecho de Lou. Sin embargo, era imposible ignorar que los colores de aquellos niños eran tenues, como si el tiempo los hubiera desvaído; que cuando saltaban, quedaban sostenidos en el aire un poco más de lo normal, como si fueran ligeramente más ligeros de lo que debieran o, tal vez, como si por un segundo hubiesen olvidado que tenían que caer.

Era imposible que esos niños estuvieran viviendo en el almacén del salón de actos y que nadie los hubiera visto nunca. Que nadie los echase en falta. Que no necesitasen alimentos ni abrigo ni atención.

Era imposible que esos niños vivieran.

Están muertos, pensó Lou. *Están muertos y no sé si yo también.*

—Hagamos grupos de tres. Vosotros... vosotros tres... vosotros tres... —Los fue dividiendo él mismo, aunque algunos de ellos protestasen—. Cada uno tendrá que inventar una historia, la que queráis... Os daré algo de tiempo para hablar, luego para prepararla entre vosotros y, finalmente, la representaréis ante los compañeros. Solo hay una condición que todas las historias deben cumplir: cada actor o actriz deberá participar, no me importa si hablando o no, pero con un papel en la obra. ¿Alguna pregunta?

Violet sacudió la cabeza, con los ojos brillantes. Rosemary levantó la mano.

—¿Sí, Rosemary?

—¿Podría darnos un tema, por favor?

Lou no lo pensó.

—El tema es la muerte.

Se arrepintió nada más pronunciar aquella palabra. Durante dos segundos eternos, intentó encontrar un modo de salvar la situación. No le dio tiempo. Los niños se apresuraron a reunirse en corros y empezar a hablar, excitados, sobre la historia que iban a contar.

—Louis —llamó Violet—. Nosotras no tenemos grupo.

Se refería a sí misma y a una niña rubia, de cabello enmarañado y sucio, cara cuadrada con mejillas redondas y pequeños ojos marrones, escondidos bajo un ceño pronunciado. Llevaba puesto un pesado vestido de sarga sin teñir, con las mangas cortadas a la altura de la muñeca. Iba descalza. Al presentarse, había hablado en un dialecto tan cerrado que a Lou le había resultado incomprensible. Ni siquiera se había quedado con su nombre.

—Sois once —replicó Lou—, de modo que uno de los grupos tendrá que ser una pareja.

—Es mejor que nos repartamos para tener dos equipos de cuatro —propuso Violet con energía—. Es un número mucho más apropiado para una obra de teatro, ¿no te parece?

Lou asintió. Violet se unió rápidamente a uno de los grupos, en el que Rosemary intentaba doblegar la naturaleza rebelde de los hermanos Owen y Frances. La otra niña avanzó hacia tres de sus compañeras más pequeñas y tímidas, que apenas habían destacado sobre los demás y por ese motivo Lou ya había olvidado sus nombres.

Se paseó por el salón de actos, observando a unos y a otros mientras les daba espacio para conversar. Sabía por experiencia que la inspiración no se alcanzaba con los ojos de un supervisor clavados en la nuca. Los paseos le permitían observar a los niños desde lejos, como un biólogo que estudiase la fauna salvaje. Buscaba en sus conversaciones alguna pista que le ayudase a entender mejor lo que estaba sucediendo, y en lugar de eso lo que distinguía con facilidad gracias a los años sobre un escenario era con quiénes sería fácil trabajar, a quiénes se les ocurrían las ideas, quiénes no destacaban por su imaginación pero eran fiables a la hora de ejecutar a la perfección un papel bien definido.

Siguió con la mirada el grupo que formaban el mayor de los tres hermanos, Gilbert, serio y contenido, con una sonrisa queriendo escapársele de los labios, el dicharachero Archie y Aullido, que los seguía dando tumbos como una cabra, más rapaz que niña, atenta a sus palabras. *Les entiende perfectamente*, pensó Lou. *No habla, pero entiende.*

Los tres niños atravesaron el salón de actos a la carrera e iniciaron lo que parecía una competición de volteretas. Lou se acercó a ellos dispuesto a intervenir para encauzar su atención hacia la tarea encomendada, pero se detuvo a tiempo. Entre acrobacia y acrobacia, Archie estaba explicando el desarrollo de una historia. Aullido escuchaba, Gilbert interrumpía de cuando en cuando para hacer sugerencias o criticar las piruetas del otro.

Lou podía comprender la necesidad de moverse y el caos inherente al proceso creativo, así que los dejó en paz y vigiló, en cambio, al grupo de las niñas sin nombre. Una de ellas, un poco mayor, se había cruzado de brazos y dado un paso atrás. Otra, con el cabello del color del trigo, ojos azules y piel pálida cubierta de pecas, trataba de explicar una idea. La del extraño dialecto, que acababa de unirse al grupo, rechazó la propuesta con violencia e hizo llorar a la tercera de las pequeñas.

La del acento no sabe trabajar en equipo, apuntó mentalmente Lou.

—¿Cómo te llamas? —le preguntó, acercándose.

—Maud —respondió ella.

—Estás uniéndote a un proyecto ya empezado, Maud —señaló Lou—. Deberías escuchar a las compañeras que te lo están explicando.

Ella replicó. Él no entendió ni una sola palabra.

—Bueno, no pasa nada —dijo la niña rubia—. La idea de Maud está bien también. Podemos hacer eso.

Maud asintió, satisfecha, y empezó a dar indicaciones. El grupo, capitaneado por ella, pronto empezó a trabajar.

No sabe trabajar en equipo, salvo que sea ella la líder, concretó Lou para sí.

Mientras tanto, el tercer grupo se había adueñado del escenario y representaba en él una escena dramática protagonizada por Violet, que rápidamente se había convertido en el núcleo de la historia. Los más pequeños corrían entre bambalinas, persiguiéndose el uno al otro y chillando en alto. Owen intentaba agarrar del pelo a su hermana; ella se quitó una bota y se la lanzó con buena puntería, acertándole en la cabeza. Rosemary, con una postura formal que no conseguía disimular su desesperación, caminaba deprisa tras ellos y los reñía con toda la diplomacia de la que era capaz.

—Si no os lo tomáis en serio, no podremos representar la escena... No querréis que seamos los únicos que no hagamos una obra de teatro, ¿no?

Sonrió con agradecimiento cuando Lou los llamó al orden. Owen y Frances obedecieron, pero él tuvo el presentimiento de que aquella autoridad se desgastaría con el uso.

Al cabo de unos minutos, anunció que había llegado el momento de ver las creaciones de sus alumnos. Se sentó en primera fila, rodeado de niños, y dejó que el primer grupo, el de Maud y sus secuaces, subiera al escenario. Representaron una obra sin pies ni cabeza, jaleados por sus compañeros desde el público, que reían y gritaban ante bromas que Lou no comprendió. Tampoco se dio cuenta de cuándo acababa la pieza, que fue sin duda demasiado extensa. Por suerte, los niños sí la seguían, y rompieron a aplaudir cuando tocaba. Él hizo lo propio.

—Muy bien —comentó—. Muy interesante. Sentaos, por favor, y que pase el siguiente grupo.

Este era el de Aullido, Gilbert y Archie. Otra pieza larguísima, representada en su mayor parte al fondo del escenario, hablando entre ellos y dando la espalda al público, por lo que Lou tuvo que adivinar todos los fragmentos que no se oían. Los niños encarnaban a tres animales, posiblemente caballos, que morían en numerosas ocasiones. Resultaba difícil llevar la cuenta, porque inmediatamente revivían reencarnados en otra criatura. Al final, eran tan viejos que apenas podían caminar, y sus pasos temblorosos hicieron reír a sus espectadores. Esta vez, la muerte fue definitiva; se derrumbaron en el suelo y solo se pusieron en pie para recibir los aplausos.

Piensan que la muerte es algo que solo le sucede a la gente muy mayor.

En la última obra de la noche, Violet acaparó la atención de todos con una interpretación muy sentida de una niña que quedaba encerrada al fondo de un pozo. Rosemary asumió el papel de narradora, solemne y profunda, lo cual ayudaba en gran medida a entender la historia. Owen y Frances lloraban por la pobre niña desaparecida, se pellizcaban mutuamente para ayudarse a sacar lágrimas auténticas y enseguida pasaban a pelearse de verdad, hasta que Rosemary les instaba a recuperar su papel de plañideras. En el pozo, que era una esquina del escenario, Violet intentaba trepar por las resbaladizas paredes de piedra, pero alguien había cerrado la tapa y ella no podía abrir desde dentro. La encontraban por la mañana, tiritando, con heridas en las manos, los brazos y las piernas.

—Vivía —anunció Rosemary—, ¡oh, vivía!, mas era demasiado tarde.

Lou contempló la escenificación del funeral, con Violet tendida en el centro del escenario y disfrutando visiblemente de la situación. No pudo evitar fruncir el ceño, disgustado por la frivolización del sufrimiento. En cuanto la escena terminó, se puso en pie apoyado en el bastón, los felicitó a todos y dio la clase por terminada.

—¿Tan pronto? —preguntó Rosemary, con gesto de genuina sorpresa—. ¡El tiempo corre tan rápido cuando lo pasamos bien! ¡Apenas me he dado cuenta de que pasaban las horas!

Sin embargo, era tarde, y el cansancio le pesaba a Lou en las piernas, los hombros, la cabeza.

—Buenas noches, Louis —gritó Violet.

—Buenas noches, profesor —corearon los demás.

Lou se dio cuenta de que acababa de aceptar un compromiso. Un papel.

—Buenas noches —murmuró.

Le costó subir las escaleras. Fue a cerrar la puerta del salón de actos con llave, como solía hacer, y el corazón le dio un vuelco. Se le hacía impensable dejar encerrados a aquellos niños.

¿A dónde van a ir?

Dejó la puerta abierta y subió al dormitorio, donde antes de meterse en la cama, tomó asiento frente a la mesa. Abrió el libro de condolencias, el de las pesadas tapas grises, y releyó lo que había escrito sobre Archie y Violet antes de seguir.

Había sido una clase insólita. Le pareció que no podía permitirse olvidar ni un solo detalle sobre ella.

Cuando terminó de relatar todo lo que había sucedido, tal y como lo recordaba, dudó antes de guardar la pluma. El tintero seguía abierto.

«Creo que han muerto y no lo saben», añadió. «Las extrañas ropas de algunos de ellos me hacen pensar que vivieron en distintas épocas, aunque no sabría decir cuáles. Diría que no se han dado cuenta de que son fantasmas, no se preguntan por qué están juntos o por qué nadie más los ve. Tal vez desconozcan del todo el concepto de la muerte; para algunos de ellos es un juego, algo reversible. Para otros, una tragedia, pero perteneciente al mundo de la ficción, algo con lo que regodearse y disfrutar, porque nunca les va a suceder a ellos».

Dejó de escribir. Miró por la ventana, aunque los campos estaban tan oscuros que no se veía nada por ella. Respiró un instante. La compasión por aquellos niños se mezclaba con recuerdos propios, una premonición de lo que podía pasar.

No sentías nada durante semanas y, de repente, en un momento inesperado, la realidad te abatía.

«No saben que han muerto o no lo comprenden, así que no hay en ellos pena ni miedo. Antes o después, les llegará el golpe y los hará trizas».

Apartó el cuaderno, guardó la pluma, cerró el tintero.

Ojalá pudiera ayudarlos.

Tumbado en la cama, boca arriba, el cansancio se convirtió en un dolor agradable. Un espasmo le sacudió el pecho. Abrió la boca para respirar hondo.

Ojalá pudiera, pero nunca he sabido cómo.

Durante las siguientes semanas, Lou dirigió el taller de teatro para niños vivos por las tardes y, por las noches, los ensayos con los muertos. También los viernes, después de la clase de baile de la señorita Morgan, se reunía con ellos. El cansancio lo obligaba a mantener libres los sábados y domingos, aunque sabía que los fantasmas seguían en el salón de actos. Contenía el impulso de bajar, consciente de la importancia de aprovechar los momentos de reposo. Sin embargo, estaba permanentemente atento a los recordatorios de su presencia: cuchicheos en el piso de abajo, la sensación de ser observado al atravesar el jardín, sus voces quedas por las noches, cuando él estaba ya acostado.

La mayor parte de las mañanas, solo se oía a los alumnos del colegio. Los fantasmas apenas se manifestaban de día, y Lou acumulaba preguntas en el libro de condolencias: «¿Los repelerá la cantidad de vida que les queda por delante a los niños?».

Los niños vivos parecían incompatibles con los muertos. La impetuosidad de Kitty Kenney, la frescura de Millie Blake, la brutalidad despreocupada de Douglas de Carrell eran antagónicas a la curiosidad hosca de Aullido, la cordial cortesía de Rosemary, la timidez colmada de ganas de agradar de la niña con cabellos rubios como el trigo, que esperaba a Lou todas las noches en el primer peldaño de la escalera.

Lilian, se recordaba a sí mismo. Era una injusticia que precisamente fuesen los nombres de los niños más retraídos, los que más necesitaban sentirse reconocidos, los que se le olvidaban.

Lilian esperaba en el escalón todas las noches; Lou procuraba no pensar que también lo hacía, tal vez, aquellas en las que él no bajaba.

Siempre tenía algo que decirle: habían cambiado el orden del almacén, Frances había mordido a Owen, Maud había inventado un cuento y había discutido con Violet por quién de las dos se quedaría con el papel protagonista... Después de las novedades, llegaban las ideas. Lilian tenía muchas. La mayor parte de ellas servían para ayudar a sus compañeros, perfeccionar una escena, conseguir que brillasen más sobre el escenario. Quería que fuese Lou el que las transmitiese. No deseaba el reconocimiento, solo que sus aportaciones sirvieran de algo.

A Lilian le gustaba mucho el teatro.

Jugaban, y entre juego y juego Lou les hablaba del espacio escénico, del movimiento, de la expresividad. Ellos querían improvisar e inventar sus propias historias, él aprovechaba para corregir la postura, quitarles la costumbre de resguardarse al fondo del escenario, animarlos a cuidar que sus obras tuviesen una estructura, un conflicto, un mensaje.

—Louis. —Se le acercaba Bessie, morena y de carita redonda, siete años de ingenuidad concentrados en sus pupilas y los labios haciendo un puchero, todavía más bebé que niña—. Tengo hambre.

«Tengo hambre», una necesidad básica y él, el único adulto cerca. Bessie tenía hambre y a Lou, que no hacía tanto había dependido a su vez de la tía Ada, aquello le conmovía como si la pequeña fuese hija suya.

Le trajo galletas envueltas en una servilleta y la niña fue incapaz de tragarlas. Aunque era lo bastante corpórea para sostenerlas, algo en ella se resistía a comer, a beber, a dormir, a respirar. Los demás se alejaron, reacios a presenciar la confirmación de una realidad desagradable para todos, pero Bessie intentó comer y, al no conseguirlo, lloró. Lou hizo desaparecer las galletas dentro de su bolsillo.

«Tengo hambre», le repetía Bessie de vez en cuando. «Louis, tengo hambre...». Había olvidado el incidente, pero él no volvió a llevar comida ni bebida a los ensayos.

Solo estaba presente la que ellos imaginaban.

—¿Cuánto cuesta una taza? —preguntaba Violet, envueltos sus hombros en un trozo de tela de saco vieja que había encontrado en el almacén, como si fuera una dama con un fular. Llevaba detrás a Maud, en el papel de hija, y a Owen, en el de hijo.

—Un momento, señora, que le pregunto a mi jefe —respondió Frances, solícita.

Archie, el dueño del puesto de té, se apoyaba con los codos en el respaldo de una fila de sillas que hacía las veces de mostrador.

—Está todo a un penique —anunció—, menos para la gente de bien, a quien hay que doblar todos los precios...

—Muy bien —aceptó Frances—. Dos peniques la taza, señora, y dos peniques también una galleta, si la quiere.

Violet se indignaba.

—¿Dos peniques? ¡Dónde vamos a parar!

—¡Señora, la vida está muy cara! —gritó Archie desde la cocina.

—Está bien, qué se le va a hacer —se resignaba ella, rebuscando en un bolso imaginario—. Aquí tiene seis peniques por el té, y cuatro más porque mis niños tomarán una galleta cada uno... y dos de propina...

—Si no hay conflicto, la obra se volverá aburrida —recomendó Lou desde el público.

—Solo nos queda una galleta —añadió rápidamente Frances.

Owen se preparó para discutir, pero Maud decidió que era necesario añadir más tensión al asunto, y con un grito iracundo volcó una de las mesas. Los niños que observaban la escena como espectadores rompieron a reír.

Las carcajadas eran lo que quedaba de la belleza que habían tenido en vida aquellos rostros descoloridos, como flores creciendo entre las ruinas. Lou dejaba de mirar la obra para contemplarlos a ellos, los niños a los que empezaba a conocer. Algunos era imposible pasarlos por alto. Otros se hacían visibles durante un parpadeo. Como la niña de cabello lacio y sonrisa ganchuda, a la que Lou creía ver por primera vez con cada una de sus infrecuentes sonrisas. Casi no se la sentía en los ensayos y él, incapaz de recordar cómo se llamaba, no se atrevía a preguntar.

Una mañana fría de noviembre, antes de tocar la campana, Edith Morgan se acercó a Lou, que estaba terminando de desayunar, y sacó un cigarrillo. Le ofreció otro al mismo tiempo que él le preguntaba si quería una taza de té. Sonrieron al decir que no a la vez.

—Parece que lo tuviéramos ensayado —bromeó ella—. ¿Qué tal van tus clases de teatro?

—Bien —respondió Lou—. Al menos ellos parece que se lo pasan de lo lindo. No sé si aprenden algo en el proceso.

—Te sorprendería lo mucho que retienen cuando parece que no están prestando atención —lo animó ella—. Ahora, a ti te han robado diez años de vida. Tienes muy mala cara.

—Vaya, gracias.

Ella hizo una mueca.

—Más te vale no enfermar, porque no seré yo quien te sustituya por las tardes, eso te lo aseguro.

Más tarde, en su dormitorio, Lou tuvo que reconocer frente al espejo que empezaba a estar demacrado. Trasnochar no debía ser el motivo, porque tenía tiempo de sobra para reponerse durante las mañanas libres y los fines de semana. Se pasó los dedos por la piel, intrigado, sin encontrar explicación a su palidez.

Por la noche, encontró a Lilian en la escalera, esperándolo. La niña dio un par de brincos hacia él, incapaz de contener la alegría. Lo puso al día rápidamente y le preguntó si durante aquel ensayo también les permitiría representar sus propias historias. A continuación, alargó la mano con delicadeza y agarró la de Lou. El contacto de sus dedos fríos y la confianza que irradiaba el gesto le estremecieron.

Jamás habría dejado que uno de sus alumnos durante el día mostrase esa cercanía. Sin embargo, sostuvo la mano de Lilian hasta que ella, al llegar al salón de actos, la retiró para correr hacia sus compañeros.

—¡Sí que nos deja! —exclamó.

Los niños se apresuraron a formar grupos con sus amigos antes de que Lou pudiera intervenir. Él lo admitió siempre y cuando hicieran hueco en alguno a Bessie, que tenía fama de llorica y no era especialmente popular.

Owen, que no solía tener ideas, se sentía especialmente creativo y propuso una obra en la que todos estuvieran en el infierno y él fuese el diablo. La premisa fue aceptada, pero no así el reparto de papeles: Maud fue elegida democráticamente como diablo. Comenzó el ensayo de la primera escena. Lilian, con los labios apretados, se separó de ellos y pidió a Lou permiso para cambiar de grupo. Susurró algo en voz tan baja que él tuvo que agacharse para quedar a su altura.

—¿Qué has dicho?

Ella se acercó para hablarle al oído.

—Me da miedo el fuego.

Él asintió.

—No pasa nada. Cámbiate al grupo que prefieras.

Ella no quería participar en obras trágicas. Las historias que inventaba eran sobre fiestas fastuosas y madres que se arreglaban con mucho mimo para asistir a ellas.

Lou empezaba a identificar los *leitmotiv* en la creación dramática de los pequeños. Todas las obras de Archie comenzaban con un aventurero que partía a «buscar fortuna», como en los cuentos, haciendo cuidadosamente un hatillo que rellenaba con mendrugos de pan imaginarios. Hacía buena pareja con Aullido, que lo acechaba entre las patas de las sillas y le daba caza convertida en loba, recorriendo el salón de actos a cuatro patas. Sus compañeros escapaban entre chillidos. Ella se esforzaba en atraparlos entre los dientes, con tanto ímpetu que en ocasiones daba un paso en falso y se caía del escenario.

La primera vez, Lou acudió en su rescate.

—¿Estás bien? ¿Te has hecho daño?

Ella lo bañó con infinito desdén, en silencio. No quiso ayuda para levantarse.

Sentados al borde de la tarima, al otro lado de la habitación, Gilbert, Frances y Bessie discutían aún el argumento de su obra. Bessie insistía en que la protagonizase un gatito interpretado por ella. Su relato, ingenuo y blando, era condimentado con crueldad por parte de los dos hermanos, que sometían al gatito a una serie de peligros escalofriantes.

—Y al final, lo agarra en brazos una niña —intentaba Bessie salvar la situación—, y ella lo quiere de verdad, y se lo va a llevar a casa...

—Y de camino, los arrolla un coche —intervenía Frances con maldad.

La conciencia de Gilbert no conseguía hacerle contener la risa. Bessie se echó a llorar.

—Habéis matado a mi gatito —se lamentó, entre hipidos. Después, echó a correr y se refugió en un rincón, entre una de las bambalinas y el fondo del escenario.

—Louis le va a dar la razón solo porque ha llorado —gruñó Gilbert—. Eso es lo que pasa siempre con los mayores.

—Es una llorica —añadió Frances.

—Tú calla —le advirtió su hermano—, que eres exactamente igual cuando te llevan la contraria.

Lou se acercó a Bessie y se dejó resbalar, con cuidado de no perder el apoyo en el bastón, hasta sentarse a su lado.

—Ya no quiero participar —sollozó Bessie. Tenía la cara hinchada y los mofletes brillantes por las lágrimas—. Sé que está mal decirlo, pero estoy muy enfadada con ellos.

Lo miró con resignada dignidad, dispuesta a aceptar una amonestación por hablar así de sus compañeros.

—Bessie, a mí me parece que a ti te gusta mucho el teatro —comentó Lou, tratando de redirigir la conversación. No en vano había pasado varios años de su vida tratando a diario con otros artistas—. Si tienes una historia que contar, es mejor hacerlo con compañeros a los que les guste tanto como a ti. ¿Por qué no buscas a otros niños que hagan la obra del gatito contigo?

Bessie se sorbió los mocos, pensativa.

—Creo que necesito un momento —murmuró.

Lou contuvo una sonrisa.

—Claro.

Un rato después, Bessie se había recompuesto lo suficiente para salir de su rincón y contar su idea a Lilian, a Rosemary y a la niña de la nariz ganchuda. La representaron ante la indiferencia del resto de compañeros, a los que una historia blanca y bienintencionada dejaba completamente fríos. Lou aplaudió con más emoción de la que en realidad sentía.

En la obra sobre el infierno, Violet logró robar toda la atención del mismísimo diablo. La interpretación de Maud, expresiva y llena de carisma, no podía hacer nada contra la fuerza demoledora de su rival. Lou las observó, preocupado, porque sabía que una diva era capaz de contaminar cualquier grupo. Violet demostraba a diario la fuerza arrolladora con la que eclipsaba a los demás sin dificultad y sin disculparse.

—Oh, el teatro es la pasión de mi vida —decía a quien quisiera escuchar—. Nací para esto.

A Lou no le agradaban las pequeñas estrellas, de modo que dio por concluido el ejercicio y encendió el gramófono. *Che gelida manina* colmó la habitación con tanta calidez como si Lou hubiese encendido una estufa. Algunos niños bailaron, espontáneamente, poniéndose en pie sobre las sillas. La niña de la nariz ganchuda, poseída por un fervor que Lou nunca había visto en ella, se acercó dando grandes zancadas.

—¿Qué es esto? —preguntó. No le dio oportunidad de responder—. ¡Es lo más bonito que he oído nunca!

—Es ópera —explicó Lou, asombrado por su entusiasmo—. La cantante es muy famosa. Se llama Doris Salomon.

A Lou le preocupaba que la música, en el silencio de la noche, pudiera atraer la atención de los vecinos del pueblo, pero no tuvo corazón para quitarla. Los niños, sin esperar indicaciones por su parte, habían empezado a interpretar la canción con cómica expresividad. Se divertían.

Habrá felicidad después de la muerte. El pensamiento llegó sin reflexión. En el gramófono, Doris Salomon cantaba: «*Era buio e la man tu mi prendevi*».

Más tarde, en su dormitorio, abrió el libro de tapas grises y escribió sobre la niña que amaba la ópera. En apenas unos días, había rellenado un buen número de páginas de anécdotas, dibujando a los niños con palabras, anclándolos al mundo tangible. Su existencia se le antojaba frágil, temía que se desvaneciesen y descubrir una noche, al bajar al salón de actos, que estaba solo. Los niños, ya fueran fantasma, imaginarios o soñados, se volvían más sólidos al ser narrados con tinta sobre el papel.

No había en el libro, sin embargo, una sola página sobre David Tutton. Ni sobre Louis Crane. Ni, mucho menos, sobre los dos. Lou apoyaba la mano en las tapas, como si así pudiera apaciguar un recuerdo. El libro de condolencias había sido doblemente robado; ya no estaba en posesión de la familia Tutton ni servía para el propósito con el que había sido concebido, y Lou no acertaba a sentirse culpable.

¿Qué sentido tenía un libro de muertos, si no era para escribir sobre ellos?

El miércoles cinco de noviembre, los alumnos del colegio celebraron la Noche de Guy Fawkes encendiendo una hoguera en el campo frente al colegio y lanzando fuegos artificiales. Lou ayudó a Edith y a un par de vecinos voluntariosos con los preparativos, pero una vez comenzó la fiesta, se retiró a contemplar los destellos multicolor desde la cerca, junto a la carretera. Apoyó los brazos cruzados en la madera húmeda. Le agradaba su firmeza. El cielo se iluminaba a ratos en rojo, a ratos en verde, a ratos en ámbar. Los estallidos arrojaban claridad sobre los rostros de los niños que corrían en torno a la hoguera.

La piel de Lou y sus iris reflejaban el color de las luces. No parpadeaba. Miraba a lo lejos, a otro lugar, otro momento. Fue el sonido de los pasos por la carretera y el crujido de la cerca cuando otra persona se apoyó en ella lo que lo devolvió al presente.

—Un festejo más —suspiró la señora Beckwith—. Es un quebradero de cabeza cada año, pero mejor organizarlo nosotros mismos que dejar que los jóvenes lo celebren como salvajes. ¿Sabe que hay ciudades en las que han arrancado madera de las vallas y las ventanas para usarla como combustible?

Lou encogió un hombro. Aquella clase de vandalismo parecía pertenecer a otro mundo, lejos de las calles tranquilas del pueblo y de las ancianas que tejían al sol.

—Bluesbury es un lugar apacible.

—Y así hay que mantenerlo —declaró ella. Arqueó las cejas al ofrecerle un cucurucho de papel—. ¿Quiere un caramelo de melaza?

Lou tomó uno y lo hizo rodar entre la lengua y el paladar.

—Gracias. —Y añadió—: La señorita Morgan lo ha dispuesto todo estupendamente.

La señora Beckwith apretó los labios. Siguió con la mirada a la profesora, que apartaba a un grupo de niños del fuego.

—La señorita Morgan debería tener más cabeza —refunfuñó—. He revuelto tierra y mar para conseguirle el puesto. Sus referencias eran excelentes. Y sin embargo... esa motocicleta que conduce... y los cigarrillos... Tendría que entender que esto no es Kinwick. En un sitio pequeño, la gente habla.

El caramelo era pegajoso y entre su dulzor se escondían notas amargas.

—¿El comité de dirección habría preferido un maestro? —preguntó Lou.

—Por supuesto que lo habría preferido. —La señora Beckwith resopló, sin mirarlo—. Pero el único camino hacia la libertad es la formación, el conocimiento. Y las niñas tienen que ver a mujeres que trabajan y son independientes. Eso también es educación.

La contundencia con la que hablaba asombró a Lou. La miró de reojo.

—¿Usted no se casó nunca? —preguntó.

—Sí —respondió ella, con algo de brusquedad, como si la duda la ofendiese—. Me casé tarde y enviudé pronto. No soy un ejemplo de independencia.

—Si usted lo dice...

Ella carraspeó para ocultar la incomodidad que le producía el tema. Le volvió a ofrecer el cucurucho, y Lou tomó otro caramelo aunque aún no había tragado el primero. Se le hinchó un carrillo, como si fuese una ardilla, y tuvo que concentrarse en masticar afanosamente pese a los esfuerzos del dulce por pegarle los dientes. Su silencio, imprescindible en aquella tarea, complació a la señora Beckwith.

—Las clases de teatro van muy bien —comentó—. Los niños están contentos y los padres también. Espero que el curso que viene, si sigue usted aquí, se apunten muchos más. Con suerte, más de la mitad no trabajarán por las tardes, y en unos años tal vez nos deshagamos completamente de esa costumbre. Los niños no deben trabajar, y las muchachas, sobre todo, no deben aprender a poner su vida en segundo plano. Esto es lo que debemos conseguir para ellos, señor Crane; el teatro o la danza o lo que sea con lo que los ocupemos es lo de menos. Cualquier cosa que los aparte del trabajo y amplíe sus horizontes servirá.

—Pero las familias están satisfechas con mis clases —puntualizó él a través de la barrera de caramelo.

—Sí, de momento sí. Creo que usted y la señorita Morgan pueden hacer mucho bien, si conseguimos mantenerlos en sus puestos. Deben tener un comportamiento intachable, no dar excusa alguna al comité directivo para cancelar las clases de la tarde o sustituir a la señorita Morgan por un maestro más conservador.

Él asintió, en silencio, y juntos observaron la hoguera hasta que se extinguieron las llamas y los vecinos fueron subiendo, poco a poco, la cuesta hacia el pueblo. La señora Beckwith se marchó con la joven señorita Muldren y su hermana pequeña, Eileen, que estaba a punto de quedarse dormida sobre una manzana de caramelo. Lou permaneció en la cerca, pese al frío y a la leve llovizna que había empezado a caer, hasta que no quedó nadie más.

Cojeó hacia el edificio anexo al colegio. Pasaban las doce cuando abrió la puerta y halló a Lilian en las escaleras, con expresión preocupada.

La niña emitió una exclamación de alivio.

—¡Has venido!

Le agarró la mano. Lou se tambaleó, a punto de perder el equilibrio, pero no la apartó.

—Vengo todos los lunes, todos los martes, todos los miércoles, todos los jueves... —enumeró—. Y todos los viernes.

—Hoy has tardado muchísimo. Y algunas noches no vienes...

—No, pero los lunes siempre aparezco de nuevo, ¿o no? No hay razón para preocuparse.

Bajaban lentamente, escalón a escalón. Hombre, niña y bastón apretujados entre las dos paredes, caminando al mismo ritmo, porque Lilian no admitía alejarse de él ni un paso.

—Mis padres no volvieron. —Los pulmones de Lou dejaron de funcionar un segundo, dos, tres. Quiso responder, pero se había quedado sin palabras, de modo que no dijo nada—. Me alegro de que tú sí.

¿Quiénes son estos niños?

Recorrieron en silencio el resto de la escalera, juntos, el contacto de sus manos siendo comunicación bastante.

El mundo está dividido entre los que tienen una herida en su historia y los que no.

Lou había creído que la guerra era la culpable de aquella diferencia entre quienes habían mirado al horror a los ojos y quienes solo lo habían olido en el papel de las cartas. Había estado equivocado.

¿Cuál es la suya?

Y enseguida, al llegar por fin al salón de actos, una pregunta más importante.

¿Cómo podrían sanar?

Sus alumnos esperaban en el escenario.

—Ya hemos hecho grupos —le informó Rosemary, trotando a su lado como una secretaria eficiente—. Hemos realizado varios ejercicios de calentamiento de los que nos ha enseñado. Estamos listos para empezar.

Lou estaba impresionado, no solo por su diligencia, sino por su capacidad para dirigir a los demás niños. Pensó en las palabras de la señora Beckwith y en que, tal vez, Rosemary estuviese mostrando talento para la enseñanza o, incluso, para ser una líder en otros ámbitos. La idea llegó como una exclamación; el recuerdo de que aquella niña no crecería hasta convertirse en adulta fue un eco lejano.

—Muy bien —alabó—. Entiendo que queréis volver a hacer vuestras propias obras de teatro.

—Sí, señor. Solo necesitamos un tema, si nos lo quiere dar.

Él no había preparado ninguno. Paseó la vista por los rostros expectantes.

—El tema es «niños que están solos».

Contadme algo sobre vosotros.

—¿Solos? Entonces no podemos hacer las obras en grupo —protestó Gilbert.

—No... No solos. Sin sus padres.

Comenzó el habitual griterío mientras los niños se apelotonaban en pequeños grupos y peleaban por contar sus ideas. Lou, aprovechando que estaban entretenidos, tomó una hoja de papel de la mesa y la dividió en dos columnas que tituló «Quiero representar un papel pequeño» y «Quiero un papel protagonista». Dejó la hoja a la vista de todos, a un lado del escenario.

—Estoy pensando en montar una obra entre todos —anunció—. Quien prefiera un papel corto, con menos texto que aprender, que se apunte en este lado... y quien no tenga miedo a memorizar un papel largo, que ponga su nombre en este otro. —Lanzó una mirada dubitativa a sus alumnos—. Si alguno no sabe escribir su nombre, que me lo diga a mí o a un compañero.

A un lado de la habitación, la niña con nariz ganchuda se había sentado en la primera fila. Lou se acercó a ella, con el ceño fruncido.

—¿No estás en ningún grupo?

Ella se cruzó de brazos.

—No me gusta este tema —respondió con belicosidad, como si esperase oposición—. No se me ocurre *nada*.

Él la miró largamente. Los iris marrones de la muchacha, que con once o doce años era una de las mayores del grupo, estaban llenos de rabia.

Su primer impulso fue insistir. Aplastar aquella rebeldía. Reafirmar su autoridad.

Lo sofocó.

—Está bien. —Ella mantuvo su postura defensiva y apretó los labios con gesto incrédulo. Él se volvió hacia los demás—: Vuestra compañera hará de público, igual que yo.

Ella abrió la boca. El aturdimiento ante la confirmación de una sospecha, de una traición, se adueñó de su expresión. El cambio fue tan drástico que Lou comprendió de qué se había dado cuenta antes de que llegase la acusación.

—No te sabes mi nombre —dijo ella.

No tenía sentido agravar el daño con mentiras.

—¿Cómo te llamas?

—Emily Jane.

—Perdóname —dijo él—. Vosotros sois muchos y mi memoria no es buena.

Ella asintió, cansada, como si también fuesen muchos los que, en su corta vida, hubiesen olvidado su nombre. Demasiados. Todos, quizá.

No respondió, y Lou no supo qué decirle. Se sentó a su lado, en silencio, para asistir a las representaciones que estaban a punto de comenzar. El primer grupo subió al escenario, con Lilian paseándose de lado a lado, con un cordón polvoriento colgando del cuello.

—¡Así, este collar combina perfectamente con mi vestido nuevo! —exclamó con voz impostada—. Uy, que me caigo con los tacones. Alfred, querido, vamos a llegar tarde...

Y Rosemary, muy puesta en su papel de marido, aguardaba en un extremo y consultaba un reloj imaginario.

—Querida, llevo esperándote media hora... Eres tú la que no deja de pasear por la casa arriba y abajo. Tengo el coche en la puerta.

—¡Ay, sí, querido, es que casi se me olvida el bolso! —Lilian no paraba quieta.

—No podemos llegar tarde a esta fiesta, querida, es mejor que te des prisa.

—¡Claro, querido! Una fiesta que además dan en tu honor, y a la que vendrá toda la gente importante de Londres...

Rosemary se llevó las manos a la cabeza.

—¿A dónde vas ahora? ¡Se va a ir el coche sin nosotros!

El público, agradecido, se reía con la caricatura que ellas dibujaban.

—¡Aún he de darles las buenas noches a nuestros queridos hijos..., querido!

Lilian se acercó a Maud y a Aullido, que se revolvían junto a las bambalinas, impacientes por participar en la escena.

—No quiero acostarme. —Maud, tal vez consciente de que Lou apenas había comenzado a habituarse a su extraña forma de hablar, se esforzaba en hablar con claridad—. ¡Odio irme a dormir!

—Hija, acuéstate ahora mismo. Y tú —añadió Lilian, arrastrando a Aullido por el brazo para devolverla a donde estaba la cama imaginaria—, métete en la cama también. Venga, a dormir. Soñad con cosas bonitas...

Aullido intentó morderle la mano.

—¡No! —Maud dio un salto hacia delante—. No me acuesto y no me acuesto. Te he dicho que lo *odio*.

—¡Así no se le habla a tu madre! —gritó Rosemary desde la otra punta del escenario.

—Hija mía, no te acerques a la ventana, que te vas a resfriar. —Lilian intentaba persuadir a Maud de regresar a la cama, a la vez que lanzaba miradas pidiendo socorro a Rosemary. Lou sonrió al deducir que aquello no estaba planeado.

—Madre, ¡son tan bonitas las luces en el horizonte! —dijo Maud.

—¿Qué dices? —Lilian estaba genuinamente confundida—. ¿Qué luces? A la cama he dicho.

—No podemos ir a dormir, madre, ¿y si vienen a por nosotros los leones?

—No vendrán —aseguró Lilian, feliz de haber regresado a la obra que habían preparado.

—¿Por qué no puedo ir con vosotros a la fiesta?

—¡Uy, eso es imposible! Es una fiesta a la que solo van los mayores. En ella, bailaremos y bailaremos durante horas, ¡durante años!

Archie la abucheó desde las últimas filas.

—¡Durante años, dice!

—¡Las fiestas de verdad son así! —se defendió Lilian.

—¿Duran años? —preguntó Lou.

—Sí...

El padre y la madre abandonaron la escena para dejar paso a Aullido, que interpretaba también a un león, y que gateó hasta donde Maud fingía dormir. Para jolgorio de los espectadores, saltó sobre ella y fingió devorarla en escena. Maud, extasiada por la tragedia de la historia, bordó el papel de víctima de los leones. Después, entre aplausos, bajó del escenario y se sentó junto a Lou.

Le hizo una pregunta que él tuvo que pedirle que repitiera.

—¿Hay veces que la gente duerme con la cabeza debajo de la almohada?

Él no pudo contener un gesto de confusión.

—Supongo que sí, si hay mucho ruido y no quieren oírlo...

Ella balanceó los pies en el aire, pensativa.

—La madre tendría que haberme puesto la almohada encima, entonces —consideró—. Tapándome la cara, para poder dormir bien.

Él asintió, sin comprender del todo lo que le estaba diciendo. No pudo indagar, porque el segundo grupo había comenzado su función.

—Oh, amada mía, ¿quieres casarte conmigo? —preguntaba Archie a Violet, hincando la rodilla en el suelo.

Los espectadores enloquecieron de risa. Lou sonrió.

—¡Ya me gustaría! —respondió Violet, pegando el hombro a la barbilla en un movimiento que consideraba el colmo de la coquetería—. Claro que hay un pequeño problema...

—¿Cuál es? Nada detendrá la fuerza de mi amor, mi florecilla de invierno, mi capullito de rosa.

El regocijo hizo que Owen se cayese de la silla.

—Tengo una hija... No te lo había contado, pero yo estuve casada —confesó Violet—. ¡Sí! ¡Sí, lo estuve! Me casé por amor, pero mi querido esposo enfermó, y me fue arrebatado... ¡ay, cuánto lloré! Mi hija era solo un bebé...

Archie se apartó de ella.

—¿Una hija? ¿De otro hombre? No, no puede ser. ¡No la quiero! Esa niña no puede vivir con nosotros.

—¡No me digas eso!

—No te preocupes, alondra de la mañana —la consoló Archie—. Tendremos otros bebés, nuevos y mucho mejores que esa niña. ¡Ven conmigo ahora, nos casaremos y te llevaré a la casa en la que viviremos hasta el fin de nuestros días!

—¿Y qué hago con la niña?

La pobre criatura era Bessie, que miraba a uno y a otro como si presenciara un partido de tenis.

Archie hizo un ademán despectivo con la mano.

—La arrojaremos por la ventanilla del coche...

Lou lanzó una mirada de reojo a Emily Jane, que se había vuelto a cruzar de brazos, como para protegerse del frío.

El último grupo era el de Frances, Gilbert y Owen. Contaron la historia de un padre de familia que moría en una mina. La madre, costurera, que era Gilbert con un pañuelo en la cabeza, no tenía suficiente dinero para mantener a su única hija durante el invierno. De modo que el antiguo patrón del padre ofrecía un empleo a la pequeña.

—Te daré unas monedas para que tu madre y tú compréis pan y leña para el fuego... —propuso Owen, magnánimo.

—Owen —intervino Lou—, estás dándonos la espalda. Colócate en tres cuartos, con un pie hacia el público y el otro hacia el lado...

El niño corrigió la posición.

—Tres cuartos —repitió para sí.

—Esto salvará nuestra vida —sollozó Frances, muy metida en su papel—. La de mi madre y la de mi hermanita bebé...

—No, tú eras mi única hija —se quejó Gilbert.

—No, que tenía una hermanita, una niña de pecho...

—Bueno. Está bien. —Rosemary, siempre dispuesta a ayudar, le lanzó un trozo de tela enrollada. Gilbert lo acunó con cariño—. ¡Mi pobre bebé!

Frances trotó por el escenario, de vuelta de la mina.

—¡Mire, madre! Hoy he ganado cinco peniques...

—Dos —corrigió Owen—. Dos peniques.

—¡Cinco!

—Cinco para los niños, pero para ti solo dos, que eres una niña y además pequeña...

—Dos peniques, hija mía —agradeció Gilbert con voz quejumbrosa—. Gracias... Y ahora yo te recibía así, con los ojos llenos de lágrimas, y tú venías a mis brazos...

—Esta obra es malísima —comentó Archie alegremente—, y ni siquiera cumple con lo que nos habían pedido, porque las niñas no están solas, tendría que morirse Gilbert...

Lou empezó a aplaudir para poner fin a la discusión y los demás niños, aunque no del todo convencidos, lo imitaron. Estaba exhausto.

—Vamos a dejarlo aquí esta noche —afirmó—. Seguiremos mañana.

Algunos niños se despidieron, otros empezaron a jugar y a comentar las obras entre ellos.

—Buenas noches y que tenga un buen día mañana —le deseó Rosemary, en un tono extremadamente formal incluso para sus estándares.

—Gracias, Rosemary.

Bessie se acercó y, dominada por un impulso, se abrazó a sus piernas. La perplejidad impidió que Lou reaccionase; acto seguido, un dolor gélido le aguijoneó el pecho. La niña se retiró, exclamó un «¡Buenas noches!» y se alejó hacia donde jugaban Lilian y Frances, sin ser consciente del efecto de su abrazo.

Lou se sentó. El salón de actos daba vueltas como un barco en una tormenta. Tardó unos segundos en recuperarse, pero por suerte ninguno de los niños se dio cuenta. En cuanto recobró el aliento, se levantó y cojeó hasta el escenario para recuperar la hoja de papel con los nombres de sus alumnos. Subió la escalera despacio, penosamente, con el eco del pinchazo aún entre las costillas.

Se fue a la cama dolorido, para sumirse en un sueño desasosegado que no le proporcionó descanso alguno.

Por la mañana, mientras desayunaba, echó una ojeada a las dos columnas sobre la hoja. Se atragantó al descubrir que, bajo las palabras «Quiero un papel protagonista», Violet había escrito su nombre en mayúsculas, ocupando en diagonal el espacio completo.

Una diva en un equipo artístico era un conflicto a punto de desatarse, Lou lo sabía bien. Sin embargo, le resultó imposible resistirse y rio al imaginar a Violet, emocionada y arrogante, asegurándose con toda meticulosidad de que nadie le hiciera competencia. Y aunque le irritaba su soberbia, tuvo que admitir, para sus adentros, que hacía mucho tiempo que no se había reído tanto, y la bocanada de aire tras las carcajadas se le antojó esperanzadora.

La mañana del jueves llegó despejada, fría y sin viento. Lou se despertó tarde. Estaba cansado y a la vez colmado de una energía inquieta. Tomó la cesta con el desayuno, sin abrirla, y pasó de largo en lugar de detenerse en la mesa del jardín. La luz del colegio estaba encendida, podía distinguir la silueta de Edith Morgan a través de los cristales empañados.

La carretera continuaba en una agradable pendiente cuesta abajo hasta convertirse en camino a la altura del cementerio. Lou se sentó junto al alto muro de piedra para desayunar. El olor del té humeante le provocó una de esas infrecuentes olas de felicidad repentina. La recibió con perplejidad, como a un desconocido amigable que llamase a su puerta a la hora de cenar.

El termo había mantenido el calor. Un par de pájaros estridentes piaban entre las copas de los árboles. La intensa luz aclaraba el cielo hasta un tono pálido de azul, una manta de bebé lavada demasiadas veces. Lou comía pan y queso con las manos. Eliza Kenney le había preparado también un paquetito de tela que contenía un puñado de arándanos. Su jugo le manchó las puntas de los dedos; él los levantó para ver el índigo contra el celeste.

No tenía nada que hacer.

Dejó la cesta junto a la puerta y paseó por el cementerio, disfrutando del silencio. Algunas tumbas, muy cuidadas, tenían flores frescas. Otras, más antiguas u olvidadas, se resignaban a que las cubriesen la hierba o el musgo. Sus lápidas se alzaban, estoicas, sin intentar disimular las grietas. Entre ellas crecían árboles de troncos gruesos, indiferentes a las vidas humanas, concentrados en lo que a ellos les atañía; el sol, la humedad, el casi imperceptible balanceo de sus ramitas peladas. Habían perdido prematuramente las hojas, tal vez impacientes por que llegase el invierno.

Se repetían apellidos conocidos grabados en la piedra: un par de Robins, algún White, varios Blake, un Joseph Kenney, probablemente, a juzgar por la fecha reciente, el marido de Eliza. Su tumba era de las adornadas.

Un poco más allá, «Julia Lowe, 1889-1915»; «Ernest Lowe, 1885-1915», ambos en la misma pequeña lápida, y debajo la inscripción «Vuestra hija no os olvida». Y justo después, tan cerca del suelo que no cabía epitafio para ella, la pequeña que habían dejado atrás y no había tardado en seguirles: «Lilian Lowe, 1908-1916».

Una fuerza invisible, como una llamada imposible de ignorar, tiró de Lou. Resistirse fue un acto reflejo. Un bloque de hielo se le expandió por el pecho, congelando órganos y músculos, y al dar un paso atrás el agarre se convirtió en escarcha que le subía por la garganta y se le derritió en los ojos.

Perdió el equilibrio, aturdido por aquella petición de ayuda desesperada, exigente, inconsolable. El dolor de cabeza lo devolvió, por suerte, a la realidad de la hierba de la mañana aún húmeda, el olor a tierra, la sangre que le latía en la sien. Se había golpeado contra una de las lápidas frente a la de los Lowe.

Azuzado por la urgencia de poner a salvo su propia vida, Lou recuperó el bastón y caminó a grandes zancadas hasta la salida del cementerio. Solo al cruzar la puerta notó el intenso dolor en el pie, que había apoyado sin miramientos durante la huida. Recogió la cesta y subió apresuradamente la carretera hasta el colegio, descargando cada vez más peso en el bastón, que el sudor volvía resbaladizo en su mano.

Los esfuerzos del sol por calentar el aire de la mañana eran infructuosos. Lou guiñaba los ojos para protegerlos y, al mismo tiempo, estaba en un bosque repleto de sombras que bailaban a la luz de unas pocas linternas. Los árboles ofrecían una protección escasa; troncos fuertes y hojas secas de haya y de roble, con claros de ceniza y astillas. En lugar de corzos y jabalíes, lo transitaban decenas de personas, alerta y desorientadas a altas horas de la madrugada: grandes grupos de refugiados que intercambiaban preguntas sin respuesta; patrullas de soldados que avanzaban despacio y sin mirar, como si caminasen eternamente; un anciano con una manta sobre los hombros; un puñado de niños escoltados por dos grandes mastines y ningún adulto; una muchacha a la que faltaba una mano, con

el brazo vendado con un camisón ensangrentado; una mujer que aborda-
ba a todo el mundo, pidiendo ayuda en francés con angustia y esperanza
a partes iguales, una vez y otra y otra y otra, y nadie le respondía. «*Pou-
vez-vous m'aider à retrouver mon fils?*», con los ojos secos, sin tiempo para
perderlo en lágrimas, se agarró del brazo de Lou para obligarlo a detenerse. Él la miró y la vio. Había estado ciego al resto de personas con las que
se había cruzado, sordo a las peticiones de ayuda, porque no tenía agua ni
comida ni refugio que ofrecer.

Hacía dos años que había aparecido aquella tira en *Le Figaro,* que Lou
no había visto, pero se la habían contado; en ella aparecían dos soldados
en la trinchera, y uno le decía al otro «Espero que aguanten», y el otro le
preguntaba «¿Quiénes?», y el primero respondía «Los civiles». Y en aquel
momento, en aquel bosque bombardeado, que incluso los árboles habían
de soportar la guerra, Lou no se explicaba cómo todo el mundo aguantaba, si era inconcebible aguantar.

«Por favor, ayúdeme a encontrar a mi hijo», le suplicó aquella mujer.
«Tiene cuatro años y lleva una chaqueta azul...».

Y él buscó, mientras andaba tras sus compañeros, un niño con chaqueta azul, entre los árboles, incluso cuando estuvieron demasiado alejados, incluso al salir a campo abierto, al llegar a aquel pueblo abandonado.
Se deshilachaba como un trapo olvidado y tendido a la intemperie, un
retazo se quedaba con aquella mujer y su hijo y, poco a poco, solo quedaba el resto mugriento y cojo que había regresado a casa.

A Inglaterra. A casa no.

No fue capaz de detenerse en el colegio. Aquel lugar que no consideraba un hogar, en el que se sentía de paso, en el que una niña muerta lo
esperaba todas las noches en la escalera. Siguió carretera arriba hasta
Hampton Road y subió al pueblo. Recorrió la calle principal, sin rumbo,
huyendo de una presencia invisible, hasta chocar con una de las ancianas. Farfulló una disculpa, pero ella no le permitió seguir adelante.

—¡Señor Crane, está usted sangrando!

Lo hizo entrar en Koster's, donde lo instalaron en una mesa mientras
la señora Bow traía agua y gasas y el señor Bow le servía una cerveza.

—Solo ha sido un golpe —dictaminó el hombre, sentándose a su
lado—. ¿Qué le ha pasado?

—Estaba paseando por el cementerio y di un paso en falso —admitió
Lou.

—Es natural —comentó la abuela que lo había traído—. Con el suelo como está y el bastón... Hay que ir con mucho cuidado.

El revuelo a su alrededor se calmó rápidamente. A aquella hora de la mañana no había curiosos. El pub estaba tranquilo, por lo que la anciana se sentó cerca de la barra y dejó que la señora Bow, cuando terminó de limpiar la herida de Lou, le sirviese algo de beber.

—Me había detenido precisamente delante de la tumba de los Lowe —explicó Lou, con cautela, atento a las reacciones de los demás; como temiendo que ellos pudieran adivinar, por sus palabras, que conocía al fantasma de la niña—. Me suena su apellido, pero no hay ningún Lowe en Bluesbury, ¿verdad?

—No, aquí no —respondió el señor Bow.

—Es un apellido común —puntualizó la anciana.

Y solo la señora Bow, pensativa, picó el anzuelo:

—Fue una pena lo de los Lowe —comentó—. Una pena.

—¿Qué les pasó?

—¿No ha visto la casa quemada que hay en esta misma calle? Esa era la de los Lowe. Una familia a la que perseguía la tragedia —relató ella, con una clara debilidad por lo dramático—. Eran una pareja muy joven, encantadores los dos. Él era médico, a mi marido le arregló un hombro cuando se le salió el hueso de su sitio, ¿te acuerdas? —Lanzó una mirada interrogante al señor Bow, que asintió—. Se cayó por las escaleras, y el querido doctor Lowe no dudó un instante, ¡clac!, devolvió el brazo a su lugar. No quiso cobrarnos nada. Y la mujer era enfermera, un cielo de persona.

Lou, a su pesar, imaginó el horror de morir entre las llamas. Un rencor repentino que lo trasladó a la ceremonia en recuerdo de David Tutton, en la que todas esas personas que creían conocerlo bien eran capaces de admirar sin estremecerse ese estúpido cuadro del joven vestido de aviador. Creían que había muerto de forma heroica, aunque a la vez rápida e indolora. Lou, por el contrario, había visto caer los aviones como bolas de fuego.

El señor Bow ofreció un cigarrillo y lo prendió antes de encender otro para sí. Él observó el humo que subía hacia las vigas de madera del techo.

—¿Murieron en el incendio?

—No, no. —La señora Bow apoyó los brazos cruzados en la barra—. Viajaron a Kinwick poco después del comienzo de la guerra. Ambos eran patriotas, por supuesto, y además estaban convencidos de que su lugar estaba allá donde su trabajo fuese más necesario...

—¡Bueno! A mí me parece que Lowe creía más en la medicina que en las personas —señaló el señor Bow—. Decía que la guerra no era enemiga de los médicos, sino una profesora. Hablaba de los adelantos que haría en su campo gracias a los heridos con más ilusión que un niño en Navidad. Estaba loco por trabajar en un hospital de campaña.

La señora Bow se encogió de hombros y frunció los labios, disgustada por la interrupción.

—Tenían una niña que no había cumplido los diez años, pobrecilla. Qué digo, tendría menos aún, nueve u ocho, una criatura que era todo ojos, muy calladita, siempre con sus cosas sin dar problemas. La dejaron a cargo de una vecina, que se ocupaba de ella, y no pasaba sola más que las noches, ya dormida y en su camita. Total, que los Lowe se marcharon a la guerra y nosotros aquí, con el doctor Hughes, que estaba retirado ya pero abrió una consulta en su propia casa, en Dunwell...

—Es un buen médico —opinó la anciana.

—Sí, pero ni punto de comparación con el doctor Lowe, que estaba aquí mismo, a apenas unos pasos de distancia. Mientras que Dunwell...

El señor Bow carraspeó.

—Nellie, ¿qué le importará al señor Crane lo lejos o cerca que esté Dunwell?

—Bueno, bueno, ¿estás contando la historia tú o la estoy contando yo? En fin, que los Lowe se fueron y nadie en el pueblo tuvo corazón para decírselo a la niña. La pobre creía que habían ido a una fiesta, imagínese, todo el día preguntando cuándo volvían y contándole a todo aquel que quisiera escucharla cómo era el vestido de su madre y cómo bailaban. ¡La fantasía de los pequeños!

—¿Y ellos murieron?

—Sí, le llegó una carta a Priscilla Norris, que es esta vecina que le digo... Tampoco se lo supo decir a la niña... Todos pusimos de nuestra parte para mantenerla, porque la mujer no tenía mucho y hacía lo que podía para no tocar el dinero que los Lowe habían dejado a la niña, pensando en que le haría falta en el futuro... Claro, ella no podía imaginar...

—Fue un avión —intervino el señor Bow—. Chocó contra el pajar que había en la parte de atrás de la casa, que ardió como una caja de cerillas. No conseguimos apagar el fuego hasta que fue demasiado tarde, la casa estaba perdida. Al piloto lo mató el fuego o el golpe. Pudimos sacar a la niña entre varios vecinos, pero no hubo forma... se nos murió antes de que llegase el doctor...

—Angelito —comentó la anciana—, se fue con sus padres al cielo.

La ceniza del cigarrillo de Lou cayó sobre la mesa. Lo había olvidado mientras se le consumía entre los dedos.

—La pobre Priscilla quedó destrozada —concluyó la señora Bow—. Vive ahora con sus sobrinos en Barleigh durante la semana, y solo pasa aquí las noches de viernes y sábado, para ir a la iglesia por la mañana, y al ensayo del coro...

—¿Sigue viviendo en la casa contigua a la de los Lowe? —preguntó Lou.

—Sí, esa bajita de fachada blanca. Le vendría bien una mano de pintura —comentó el señor Bow—. ¿Se encuentra mejor, señor Crane?

—Sí, muchas gracias.

—¡Eso habrá sido la cerveza! —Y no quiso cobrársela.

Lou se quedó en el pub Koster's hasta mediodía. Regresó al colegio bastante después de comer, a tiempo para la clase de teatro con el grupo de niños mayores. No la había preparado, pero dio lo mismo, porque sus alumnos estaban especialmente alborotados y eran incapaces de escuchar ninguna de sus instrucciones. Les permitió campar a sus anchas por el salón de actos, agradecido por el barullo y la intensa vitalidad, suficientes para espantar a cualquier fantasma. Por fin dieron las seis. Los niños se abalanzaron hacia las escaleras, casi tan deseosos de salir de aquella habitación como Lou, que cojeó tras ellos hasta la puerta.

—Hoy me he aburrido muchísimo —le informó Anabelle de Carrell con ligereza, antes de agarrar del brazo a su amiga Madge y echar a andar hacia la carretera.

Lou subió a su dormitorio con la cena, que la señora Kenney le había dejado en la cesta, se lavó con agua fría y se sentó frente a la ventana. El cuaderno de tapas grises aguardaba cerrado sobre la mesa, pero no se atrevió a abrirlo. Había demasiada información que escribir, demasiados datos a los que no era capaz de enfrentarse.

Porque Lilian, la niña que él conocía como Lilian, de cabello como el trigo y de ojos azules, «una criatura que era todo ojos», había dicho la señora Bow; una muchachita creativa, tímida, dulce, siempre dispuesta a aportar su granito de arena; esa niña se llamaba Lilian Lowe y había muerto abrasada mientras estaba sola en casa, esperando a sus padres, sin que nadie le contase la verdad.

Él sabía que aquellos niños eran fantasmas. Sabía que *no* estaban vivos.

Acababa de enfrentarse a la prueba horripilante de que *estaban muertos*.

Lou no tenía fuerzas para aquello. No sabía qué hacer. No quería pensarlo. No podía aceptar esa responsabilidad ni ese miedo.

¿No he pasado ya por suficiente? E, inmediatamente, seguía a aquel pensamiento la sensación de culpa, porque al menos él había regresado, estaba vivo, tenía un futuro por delante, aunque se le hiciese inabarcable.

Era jueves y tenía clase con su grupo de teatro nocturno, pero aun así se desvistió y se metió en la cama. El aire estaba frío, porque no había llegado a encender la estufa, y él ardía. Apartó las mantas, se durmió destapado, tiritando, febril o congelado.

Lo despertaron las largas y potentes vibraciones metálicas de una campana hecha con el vaso vacío de un obús. El barro negro azulado de las trincheras se le había tragado las piernas, la angustia de la inmovilidad le trepó por el pecho como una serpiente. Sobre su cabeza, las bengalas iluminaban el cielo. El estallido de los proyectiles no lograba acallar la campana, que seguía tañendo con fuerza, y al que se había unido una carraca que sonaba a lo lejos. El estrépito era formidable y solo podía significar una cosa.

Gas.

El terror lo puso en movimiento. Escapó del barro que trataba de inmovilizarlo y sacó a tientas la máscara. Se le cayó el casco, que rodó hacia las profundidades de aquella madriguera. La tierra había dejado de temblar y los instrumentos de alarma habían enmudecido: solo se oían las explosiones sordas de las granadas de gas. El veneno se arrastraba por el suelo en una nube densa.

Buscó a su alrededor, pero no había nadie a quien alertar. Apretó los dientes sobre la cápsula, se esforzó en permanecer tranquilo, en respirar poco, lo justo. Las dudas sobre si se habría puesto bien la máscara o no intentaban colársele en el cerebro y acelerarle el corazón: las mantuvo alejadas. No veía nada, porque el aliento empañaba los cristales. Dejó que los minutos pasasen hasta que una incomprensible quietud dominó el lugar.

Estoy sordo, pensó Lou, porque en el frente no había silencio nunca, y después se corrigió: *Estoy muerto.* Y por fin, con la claridad de un rayo de luz, una certeza: *Estoy soñando.*

De modo que se puso en pie y se quitó la máscara. El viento había limpiado el aire. Lo oía silbar entre el alambre y las tablas, por lo que dedujo que no había ensordecido y que, por lo tanto, debía ser cierto que se trataba de un sueño. Eso lo animó a salir de la trinchera y ponerse en pie sobre uno de los montículos.

El humo y la niebla cubrían el campo de batalla, pero podía distinguir la silueta de un caballo, muerto o muriendo en silencio, y sentir en la lengua el amargor de la pólvora. No se oían el eco de las detonaciones ni los gemidos de los heridos. Lou pensó, perplejo, que estaba por primera vez completamente solo en aquel lugar, y se preguntó si sería así en el presente, meses después de que diera el último disparo. Un infierno desierto y olvidado.

Fue entonces cuando se fijó en una sombra que lo observaba, a pocos pasos de distancia, y enseguida otra, y otra más, y en pocos segundos eran cientos, miles, millones de sombras que no despegaban la vista de él. Estaban en la tierra de nadie, en los cráteres, en la lejana primera línea enemiga.

Eran fantasmas.

No puedo hacer nada por vosotros, pensó Lou. Quiso decirlo en voz alta, pero tenía los labios pegados.

Lo asaltó la intuición de que aquello era mentira, de que había algo que podía hacer, pero no sabía con exactitud de qué se trataba.

Abrió los ojos. Tenía la piel azul, coloreada por el frío y por la luz de la luna.

«Mis padres no volvieron», le había dicho Lilian, que lo esperaba en el primer peldaño de las escaleras todas las noches. «Me alegro de que tú sí».

Lou jadeó, luchando por mover el aire que parecía habérsele espesado en los pulmones, esponjándose como una hogaza de pan en el horno, llenándolos por dentro. Se levantó, se puso los pantalones y la camisa sin encender la luz. Buscó a tientas los zapatos y el bastón. Bajó el primer tramo de escaleras, abrió la puerta que conducía al salón de actos y encontró a Lilian aguardando al otro lado.

Ella sonrió.

—Buenas noches —saludó él, como si no fuesen altas horas de la madrugada, como si el sueño no le pesase en las sienes—. ¿Cómo estás, Lilian?

—Bien.

Agarró la mano de Lou, que parecía muy grande en comparación, y a él lo acribillaron un millar de agujas, pero rodeó los dedos de ella con los suyos, con la esperanza de que mientras le estuviese dando la mano todo fuese a estar bien.

Escalón a escalón, notó cómo aquellas espinas se clavaban cada vez con más profundidad, a través de sus venas, hasta alojarse en el corazón. Con cada paso, más doloroso que el anterior, se le acumulaban más lágrimas en los ojos, hasta que al llegar al salón de actos, cuando Lilian lo soltó para avisar a sus compañeros de que el profesor había llegado, a él le rodaron un par de gotas saladas por las mejillas. Las secó con la mano antes de que los niños las viesen.

Las agujas no desaparecieron al romperse el contacto.

Disimulando el dolor, Lou se sentó al borde del escenario para hablar a sus alumnos fantasmales de la estructura dramática y del conflicto. Después, casi sin dejarlo terminar, ellos mismos formaron grupos para trabajar. Lou, exhausto, se quedó donde estaba y observó de lejos las animadas conversaciones de los niños, sus gestos casi cómicos de tan expresivos, sus gritos, sus tonterías.

La voz de Maud desvió la atención de Lou hacia su grupo, que había acaparado el escenario. Poco a poco, Lou empezaba a entender su forma de hablar, y no dejaban de sorprenderlo la fantasía desbordante y el curioso espíritu artístico de aquella niña extraña. Era un fracaso si se la obligaba a colaborar con otros, pero excelente cuando se le encomendaba una tarea que hacer sola o bien tenía la oportunidad de dirigir a los demás. En aquel momento, contaba a una atemorizada Bessie su papel en una historia tenebrosa sobre una amenaza que acechaba a una familia...

—Tal vez un lobo —reflexionó Maud en voz alta—. Habían oído hablar de él a gentes de pueblos cercanos: decían que se comía a los niños y dejaba sus esqueletos en los caminos...

Aullido gruñó en protesta. Maud la apartó con un gesto brusco, y la otra niña le sacó los dientes, agazapándose como un animal. Lou subió al escenario y dio unos pasos hacia ellas.

—¿Qué tal vais? ¿Sabéis ya cuál va a ser el conflicto de vuestra historia?

Bessie lo miró como si fuese un héroe que llegase para salvarla. Aullido retrocedió unos pasos, aún agachada, dispuesta a atacar.

—Les he dado una idea, pero a ella no le ha gustado —se quejó Maud, señalando a Aullido. Su ceño fruncido se suavizó enseguida—: Da igual, tengo otra. En una familia muy pobre, en la que no tienen para comer, los padres deciden abandonar a sus hijos en el bosque, y ellos echan a andar y llegan al castillo de un rey malvado, que les dice que serán príncipes de su reino, porque él no tiene hijos, pero en realidad solo los quiere para que ellos le cuenten todos los secretos del sitio donde viven, porque el rey quiere conquistarlo, y cuando se lo cuentan, él los mete en un calabozo para que se los coman las ratas...

—Entonces, ¿el conflicto es que el rey los engaña, que los niños traicionan a los suyos sin querer, que sus padres los han abandonado, que la familia pasa hambre...? —intentó guiarla Lou—. Piensa que si tienes tantos problemas, la historia será muy complicada.

—Sí, pero también más emocionante.

—Está bien —se rindió él—. Entonces, ¿cuál es el conflicto principal?

—Aún no he llegado —declaró Maud con dignidad—. Si no hubiera *tantas* interrupciones... —Lou calló, circunspecto, y ella lo miró con severidad un momento antes de continuar—. El conflicto es que por fin consiguen volver a casa, los padres deciden meterlos en el horno y se los comen, porque si no se morían de hambre...

Bessie se echó a llorar.

—Es solo una historia —intentó consolarla Lou, sin saber por dónde empezar, tieso y torpe como una marioneta de madera.

—Tampoco les gusta esta —bufó Maud.

Un grito al otro lado de la habitación proporcionó a Lou una excusa para farfullar un «No os peleéis más» y huir hacia el grupo del fondo, donde Violet se quejaba a viva voz porque, en su opinión, sus compañeros en general y Frances en particular no se estaban tomando el ejercicio en serio y ella, en esas condiciones, se negaba a actuar.

Lou contuvo la tentación de poner los ojos en blanco.

—¿Puedo cambiar de grupo para estar con alguien *menos inútil*? —preguntó Violet.

—En todas las artes escénicas es esencial el trabajo en equipo —observó Lou—. Hay que saber adaptarse a los demás, y que sus fuertes sean distintos a los tuyos no convierte a alguien en inútil.

Se esforzó en impregnar de paciencia su tono de voz.

—He escrito esta obra. —Violet sacudió un par de hojas de papel que Lou había perdido hacía unos días y ella había cubierto de líneas torcidas en una letra grande y redonda—. ¡Y Frances lo único que hace es molestar! ¡Ni siquiera sabe leer bien!

—No saber leer nunca es culpa de quien no sabe —replicó Lou. Ella, sin responder, giró sobre sus talones y echó a andar hacia otro grupo—. Violet. ¡Violet!

La niña lo ignoró con soberbia, y Lou tuvo que tragarse su enfado para no alarmar a Frances y a Owen, que examinaban atentamente su reacción.

—Pues hacemos grupo nosotros solos —decidió Owen.

Les dio unos minutos más antes de reunirlos a todos en el escenario para representar las obras. La puesta en escena fue precipitada y Lou, desconcentrado, apenas entendió nada. Se le iba la vista tras los niños y los pequeños detalles de su personalidad que empezaban a ser familiares. La risa de Archie. Los nervios de la perfeccionista Rosemary justo antes de empezar a actuar. La alegre picardía de Owen y Frances. La hosquedad observadora de Aullido.

La afabilidad de Lilian, su ternura, su quietud.

No podía siquiera imaginarlo.

Lo sobresaltó el final de la última obra. Aplaudió, desconcertado, sin saber muy bien qué había visto. Los niños percibieron su ausencia sin comentarios. Lou se despidió de ellos con toda la normalidad que fue capaz de aparentar y deseó que Lilian lo acompañase de vuelta escaleras arriba, que volviera a clavarle agujas en el pecho al tomarle la mano, pero ella se fue, como de costumbre, a jugar con los demás. Y cuando Lou les dio la espalda y regresó a su dormitorio, sintió que los dejaba tan solos como estuvo ella en aquella casa que ardía, confiada y tranquila, sin saber que no conseguirían salvarla.

L o despertó Eliza Kenney, cohibida y preocupada, al abrir la puerta y preguntar: «¿Señor Crane?». Los señores Bow le habían dicho que Lou no se había presentado para almorzar, de modo que había bajado a recoger a Kitty de clase y, de paso, comprobar que todo estuviera en orden. Cuando había visto la cesta del desayuno junto a la puerta, sin tocar, se había asustado.

En cuanto él dio señales de vida, ella se disculpó y bajó de nuevo la escalera. Lou no tardó en aparecer, vestido de cualquier manera, y ambos se dieron mutuamente explicaciones, a la vez, sin escuchar del todo lo que decía el otro.

—¿Qué hora es? —preguntó por fin Lou.

—Debe ser la una y media ya. Seguro que los Bow aún le sirven algo de comer si se da prisa.

Lou negó con la cabeza y alzó la cesta del desayuno.

—No hará falta. Con esto me bastará. Lo que más me apetece ahora es una bebida caliente, y este termo es milagroso.

—Perdone que lo haya despertado —volvió a disculparse ella—. Imaginé que quizá se encontraba enfermo o... ¡bueno, o que se habría caído por la escalera, vaya usted a saber! Lo importante es que está bien. Me alegro. En fin, ya me marcho, entonces. Recogeré la cesta por la tarde, cuando le traiga la cena.

Lloviznaba, de modo que Lou desayunó en su dormitorio. Después, tras lanzar una mirada de recelo al cuaderno de tapas grises y calibrar su propio aplomo, se obligó a sí mismo a abrirlo y empezar a escribir en él.

«Lilian».

No fueron más que un puñado de frases, datos, fechas, impresiones; aun así, tardó un par de horas en quedar satisfecho. Escribió la última nota («La vecina de los Lowe, Priscilla Norris, vive ahora fuera y solo pasa en Bluesbury los viernes y los sábados») y cerró de nuevo el cuaderno. Hizo la cama, se aseó un poco y se enfundó en un jersey grueso y el abrigo. Había dejado de llover.

Salió al jardín, esquivando a los niños que salían en tropel y saludando de lejos a Edith Morgan, que había desistido de seguir el ritmo a los pequeños y caminaba varios pasos tras ellos. Lou aceleró el paso hasta llegar a la carretera. Una vez que dejó el patio de recreo y el colegio atrás, más tranquilo, cojeó cuesta arriba prestando atención a que el bastón no resbalase sobre el suelo húmedo.

Llegó al pueblo y se detuvo frente a la panadería. Aún no le había devuelto el libro a Harry White. El recuerdo llegó como un mosquito en una noche calurosa, justo cuando uno está a punto de conciliar el sueño. Lou le dio un manotazo y entró en el local.

El panadero le sonrió con calidez desde el otro lado del mostrador.

—¡Cuánto tiempo! Lo deben tener muy ocupado los niños.

—Sí, así es. —Lou se apoyó en el bastón más de lo necesario—. Quería, por favor... una bandeja de galletas o de dulces...

—¿Mediana? ¿Grande? —Y al ver que Lou dudaba, Harry White acudió en su ayuda—: ¿Para cuántas personas, más o menos?

—Para dos.

—Pequeña, entonces.

El panadero lo miró con curiosidad, pero no preguntó. Lou observó cómo colocaba en una bandejita de cartón una fila de galletas de té doradas que olían a mantequilla y otra de pasteles en miniatura con nata y trocitos de fruta. Después, lo envolvió todo en papel y lo aseguró con un cordón suave de color blanco. Un arreglo sencillo, práctico, pero a la vez, pensó Lou sin saber por qué, lo más bonito que había visto en su vida.

Cordón blanco sobre papel marrón, un envoltorio frágil para una merienda dulce. Ahí se quedaban los arcoíris, las obras de arte, los campos floridos.

—Gracias.

Harry White ensanchó la sonrisa.

—Ah, no tan deprisa, pienso cobrarle.

La sonrisa fácil que el Lou veinteañero despilfarraba se había agotado en algún momento. Descubrió con sorpresa que tenía otra, más cautelosa, que le salía casi a regañadientes, unida a una mirada solapada que juzgaba a quien tenía delante, «Sí, tú, tú eres culpable de esto».

—En fin, si se pone usted así. —También las bromas eran furtivas en sus labios.

La seriedad nunca lo había gobernado. Había en él una solemnidad casi infantil muy escondida, en las capas más profundas de su ser, pero eso era todo. De más joven, sus amigos le habrían descrito como dicharachero, y al marcharse de Londres había adoptado una socarronería lánguida y grosera con la que esconder el miedo y la triste aceptación de no ir a regresar. Pero lo había hecho, y ni una ni otra eran suyas ya, ni la jovialidad despreocupada ni la sorna irreverente. Solo le quedaba ese muro que trataba de retener la alegría, que fruncía el ceño ante a quien amenazase con hacerle reír. Sonrisas subrepticias, chistes ocultos.

Me miro a mí mismo en un espejo empañado.

Pagó los dulces y salió de la panadería. Subió la calle principal del pueblo, hacia la transversal que conducía a la iglesia, y se detuvo frente a la casa quemada de los Lowe y la construcción vecina, de fachada blanca y una sola planta.

Hizo sonar la campanilla. Unas pisadas lentas se arrastraron al otro lado de la puerta, hasta llegar a ella y abrirla. Se asomó la dueña, una anciana de cabellos blancos y ojos hundidos.

—¿Señora Norris? —preguntó Lou. Ella asintió, sin decir nada—. Soy Louis Crane, el nuevo profesor de teatro. Llevo en Bluesbury algo más de un mes, pero todavía no nos habíamos conocido.

Ella entornó los ojos, desconcertada.

—¿El profesor de teatro? Yo no tengo… Mis hijos son ya mayores… Y ni siquiera viven aquí.

—Solo quería conocerla a usted —dijo él, consciente de lo extraño de la situación y lleno de reproche hacia sí mismo por haberla provocado. Levantó el paquete de dulces como una muestra de buena voluntad—. Le he traído esto. Siento mucho importunarla.

La señora Norris, que no se llevaba especialmente bien con los vecinos de Bluesbury, comprendió de pronto que aquel joven quería que lo invitase a tomar el té. Ella era más bien torpe a la hora de tender puentes; formar parte del coro, de hecho, había sido un intento desesperado por iniciar una vida social más animada en el pueblo. No había salido mal, pero tampoco demasiado bien. Con los Lowe había congeniado porque venían de fuera y estaban decididos a trabar amistad con todo el mundo.

Hacía mucho tiempo que no recibía a alguien en casa para merendar. No conocía a aquel muchacho, pero se le iluminaron los ojos.

—No, ¿quién dice que me importunas? Hijo, yo dejé de estar ocupada cuando se casaron mis hijos y solo volví a estarlo cuando nacieron mis nietos. Y están todos en Barleigh, así que aquí no tengo nada que hacer. Es un remanso de paz, y tu visita no me importuna en absoluto. Los remansos de paz pueden ser de lo más aburridos. Pasa, pasa. ¿Qué traes ahí?

Agradecido, Lou la siguió por un pasillo estrecho y retorcido hasta una salita estrecha y retorcida, con papel pintado con manchas de humedad y una lámpara apagada en la pared. La señora Norris encendió una cerilla para prender el gas. La habitación se iluminó con un sonido crepitante.

—Siéntate, muchacho. Perdona la memoria de una anciana, ¿cómo me has dicho que te llamas?

—Louis. Louis Crane.

—Siéntate entonces, Louis. Voy a poner una tetera al fuego.

Él se acomodó en uno de los dos sillones *bergère* de madera tallada. Rozó con los dedos la tela de damasco roja del tapizado, mal conservada. Los sillones y el sofá a juego, con sus rechonchas patas cabriolé y cojines de plumas, eran extraños en aquella sala pequeña, parecida a una madriguera.

Un regalo de boda, pensó Lou, aunque los muebles no tendrían más de diez años.

La señora Norris regresó con una tetera caliente, dos tazas y los dulces en una gran bandeja negra. La colocó en equilibrio sobre la pequeña mesita auxiliar. Aquel arreglo, que ella realizó con la confianza que otorga la costumbre, podía funcionar para una sola persona. Con dos a los lados de la bandeja, la salita estaba atestada.

—Hace mucho tiempo que no tengo invitados —comentó la señora Norris, con una sonrisa nerviosa.

—Siento haberme presentado sin avisar.

—No, está bien. Imagino que conocerás ya al resto del pueblo, que no es muy grande. Y tendrías curiosidad por la vecina que faltaba, la que no está nunca... ¡Qué lástima! Dicho así parezco mucho más misteriosa de lo que en realidad soy. Vamos a tener que esperar un poco por el té, pero si te parece bien podemos empezar a comernos estos pasteles que has traído.

Lo miró como si le pidiera permiso. Lou alargó la mano para servirse uno. Se dio cuenta, demasiado tarde, de que no tenía un plato en el que posarlo, de modo que tras un instante de indecisión, se lo metió entero en la boca. La señora Norris, que había tomado a su vez un pastel de nata, dejó escapar una carcajada.

—¡Qué mala anfitriona soy! ¡No he traído platos, ni servilletas...! —Hizo el ademán de levantarse. Lou quiso tranquilizarla, pero tenía la boca ocupada. Ella se volvió a reír—. Aunque ya veo que eres un hombre resuelto.

Y dicho esto procedió a comerse el pastel igual que él, de un solo bocado.

Se miraron mutuamente, con gran solemnidad, mientras masticaban. Lou recordó un cumpleaños, suyo o de algún otro niño, hijo de los compañeros de trabajo de la tía Ada; una memoria borrosa, desvaída, en la que ambos se colaron en la cocina antes de poner las velas a la tarta, que no debían ser más de tres o cuatro, y hundieron las manos en la cobertura de merengue. No sabía ya el nombre de aquel niño con el que había compartido un lazo de complicidad fugaz, como la mayor parte de los vínculos infantiles, idéntico al que se acababa de formar entre él y Priscilla Norris.

—Déjeme ir a mí —pidió, en cuanto pudo volver a hablar, poniéndose en pie.

—En el cajón de la mesa, querido, muchas gracias —le indicó ella. Él entró en aquella cocina desconocida, encontró las servilletas y los platos, y volvió con ellos—. Entonces, ¿enseñas teatro? Qué inusual. Nunca he estado en un teatro, mucho menos se me ha ocurrido participar en uno. Hoy en día, la gente tiene toda clase de ideas peregrinas con las que entretener a los niños; cuando yo era pequeña, bastante ocupada estaba con mis obligaciones. Imagino que esto es cosa de las señoras del comité directivo o como se llame, es decir, de Venetia y el resto de las damas del pueblo... Tienen un comité para cada asunto, que si la decoración de las vallas de los jardines, que si la recolecta de eso o de no sé qué otra cosa, que si esta o aquella festividad... ¡Hay que reconocer que se esfuerzan! Ellas sí que no necesitan clases de teatro para entretenerse. Me agota solo pensarlo. Pero mírame, quejándome de todo el mundo como una vieja gruñona. Creo que el té ya está listo.

Lo sirvió cuidadosamente, primero la taza de Lou, luego la suya, y le acercó con alegría contenida el azucarero y sus pinzas. Por no negarle el placer de usarlas, él permitió que le echase un terrón en el té.

Bebieron unos segundos en silencio.

—Esta mañana, mientras paseaba, visité las tumbas de la familia Lowe —dijo Lou, por fin. No sabía cómo alargar la conversación cortés antes de abordar el tema—. En el pueblo me han dicho que usted tenía muy buena relación con ellos. Le confiaron el cuidado de su hija.

La señora Norris tardó en responder. Tragó un sorbo de té y, con él, hizo desaparecer también su sonrisa. Solo quedó la gravedad cómplice que habían compartido, que se había vuelto ubicua e inatrapable como el eco en una caverna.

—¿Los conocías? —preguntó.

Lou sabía que aquella respuesta marcaría el rumbo de la conversación.

—Sí —respondió—. La niña era un encanto. Lilian.

La tensión alrededor de los ojos de la señora Norris se dulcificó. En la voz de Lou no había jucio; en la mirada de ella, la culpa cedió ante la tristeza.

—Ay, Dios mío. No supimos de parientes ni de amigos, ¿puedes creerlo? Nadie. Eres el primero que viene a visitarlos. Sé que tenían unos primos en el norte, pero nunca me dieron más detalles. —Esperó un momento, tal vez con la esperanza de que Lou admitiese conocer al resto de la familia Lowe.

—En los últimos años, muchas familias se han visto reducidas —respondió él—. De la mía, hasta donde sé, solo quedo yo. Puede que mis padres o mi tía, que falleció hace unos meses, tuvieran contacto con algunos parientes lejanos, pero no lo conservo.

Ella asintió. Comió pensativamente una galleta y después otra más. Lou le dio tiempo. Se terminó la taza de té. La señorra Norris, casi mecánicamente, la rellenó de nuevo y le puso otro terrón de azúcar.

—Es cierto que la pequeña era un encanto —comentó ella. Tenía los ojos brillantes.

Lou le sostuvo la mirada. El silencio vibraba entre los dos como un sollozo. Él alargó las manos y tomó las de ella. La ternura del gesto, su calidez, puso fin a toda reserva restante.

—Lamento mucho lo ocurrido —dijo Lou en voz baja—. No debió ser fácil para usted.

La gente muere, pensó, con cierta indiferencia aletargada, *de un disparo o una explosión o una fiebre. Pero los niños nunca deberían ser fantasmas.*

—Ni siquiera he sido capaz de ir al cementerio —confesó la señora Norris—. No he sido capaz.

—Los cementerios son para los vivos. A los muertos les da igual que se vaya o no.

Ella retiró las manos, se enderezó y sacó un pañuelo del bolso que descansaba en el sofá. Se enjugó las lágrimas antes de derramarlas.

—Los señores Lowe le regalaron una muñeca de trapo antes de irse, para consolarla, pero ella ni siquiera la sacó de la caja. No se la quiso llevar a la casa, y yo no la quise obligar. Me pareció que asociaba la muñeca a la despedida, que la entendía como un pago por la ausencia de sus padres, y no quería aceptarlo... Le dije que entonces jugaría con ella cuando regresasen, que la reservaba para celebrar el reencuentro, y me decía que sí, que sí... La tengo todavía arriba guardada. No sé qué hacer con ella. Se la debería regalar a otra niña y que al menos se aproveche para algo el juguete, pero me da un no sé qué... —A la señora Norris se le quebró la voz. Calló hasta recomponerse, y Lou respetó su silencio sin intervenir—. Me imagino que ahora está por fin con sus padres, pero ya no le puedo dar la muñeca...

Aquel objeto solo tenía significado para ella. Constituía una tragedia imaginaria, pequeña y artificial, sobre una real. Un abalorio brillante entre montañas de oro. Lou la observó con sus ojos secos, sin compasión ni simpatía ni reproche ni opinión. No era quién para tasar dolores ajenos.

—Puedo llevársela yo.

Ella parpadeó, mezclando las preguntas con las lágrimas. Se tragó unas y otras. Sin decir nada, se puso en pie con dificultad y se perdió en la penumbra del pasillo. Lou, consciente de que no podría quedarse mucho más tiempo en aquella casa, apuró la taza y se levantó. El tictac de un reloj antiguo, en un estante de pared, marcó el ritmo de los segundos, que parecían algo más lentos de lo normal, hasta que la anciana regresó con una caja de cartón.

Lou se la colocó bajo un brazo y maniobró con el bastón para salir en dirección a la puerta, esquivando sillones y la bandeja.

—Espero que vuelvas otro día —dijo la señora Norris.

Los dos sabían que no lo haría.

—Muchas gracias por su amabilidad —murmuró él.

—Hijo —suplicó ella—. ¿No me dejarás darte un abrazo? No conozco a nadie... no pude decirle a nadie lo mucho que sentí... Lo mucho que... No haber estado esa noche... Si se hubiese quedado en mi casa, pero cómo iba yo a saber...

Él era lo más cercano a los Lowe que se le había presentado. Era, en aquel momento, el sustituto de los padres de aquella niña que había muerto bajo su responsabilidad.

—Sí —dijo él.

Una mano en el bastón, la otra en la caja de la muñeca. No pudo devolverle el extraño abrazo que ella le dio, pero permitió que le apoyase la cara en el hombro durante un instante y que lo estrechase contra sí.

—Gracias —dijo ella. Y al abrirle la puerta, alcanzada por una comprensión sobrehumana, añadió—: Dígale... dígale que siento... que siento que estuviera sola.

Lou asintió. Aunque la luz de la tarde lo cegó al salir a la calle, se resistió a detenerse. Con la cabeza dándole vueltas, continuó adelante, sin volverse.

No oyó a la señora Norris cerrar la puerta.

El sol desapareció tras las montañas antes de que terminase la clase de baile de los viernes por la tarde. Lou se había refugiado en su dormitorio y estaba sentado ante la ventana, con la mirada perdida en la lejanía, el cuaderno de tapas grises cerrado sobre la mesa y, junto a él, la muñeca de trapo en la caja abierta. El papel de seda arropaba al juguete, como si descansase en una cuna.

O un ataúd.

Comió el sándwich que le había dejado la señora Kenney en la cesta, aunque tenía el estómago cerrado como un puño. Anochecía ya cuando los alumnos de Edith Morgan salieron al patio y de ahí a la carretera. Lou sostuvo la muñeca entre los brazos, su peso lo empujó hacia abajo como si quisiera trasladarlo a la fuerza al salón de actos. Tras un instante de duda, la guardó en una bolsa de tela que se colgó del hombro.

Con la lámpara en la mano, bajó despacio la escalera. El golpear del bastón anunciaba su llegada. No le sorprendió encontrar en el primer escalón a Lilian, con sus ojos esperanzados, esperándolo para ponerle una mano helada en el brazo y acompañarlo, apretujada a su lado, hacia abajo.

—¿Qué vamos a hacer hoy?

Una bruma densa enturbiaba la mente de Lou.

No quería admitir que no lo sabía.

—Un juego.

—¿Qué juego es?

—¿Qué juego querrías que fuera?

Ella lo pensó con seriedad. Tamborileó con los dedos sobre la barbilla. Se le arrugaba la nariz al concentrarse.

—Podrías escribir en unas tarjetas un sitio, por ejemplo, un arroyo o un bosque o una plaza, y en otras una persona, como por ejemplo un niño o el cartero o una ardilla —Lou frunció el ceño, pero no la interrumpió—, y luego cada niño elige dos tarjetas e inventa una historia con las dos cosas...

Escalón tras escalón tras escalón.

—¿Y si te toca, por ejemplo, un bosque y una ballena?

Lilian rio.

—Pues... ¡tengo una idea! Había una vez una ballena que dijo: «¡Me gustaría visitar el bosque!», y entonces va por el aire así... —La niña trazó ondas en el aire con la mano.

—Podría subir por un río.

—Sí, bueno —respondió ella, con el tono cortés con el que los niños ocultan en ocasiones que la sugerencia del adulto les parece muy pobre—. También podría hacer eso.

En el salón de actos, el resto del grupo esperaba sobre el escenario. Lou contempló sus rostros expectantes y se sintió invadido por el desánimo.

Todos aquellos niños con historias a las espaldas, historias con un final escrito y que ellos parecían desconocer.

Todo este ensayo para una función que ha acabado antes de empezar.

La única forma de sobrevivir a aquella clase era volver a aquello que podría repetir con los ojos cerrados, a sus propios ensayos para una carrera fulgurante que no tendría lugar. Una cosa por la otra. Una profecía compartida. Un lugar conocido. Lou no estaba seguro, pero aquellos niños esperaban que iniciase la clase.

Calentaron articulaciones, estiraron músculos. Ellos no se iban a lesionar y él no se iba a mover. Daba lo mismo. La disciplina de la danza le había enseñado a hacer las cosas bien. Después, los distribuyó en cuatro parejas y un trío.

E hicieron ejercicios de desplazamiento. Diagonales. Una vez y otra y otra y otra. Un reto distinto en cada ocasión, de lado a lado del escenario. Luego trabajaron distintos puntos de apoyo; en cuclillas como si fueran ranas, intentaron hacerse perder el equilibrio mutuamente. Las risas y chillidos de los niños aligeraban el pecho de Lou; los dejaba divertirse un rato, luego pasaban al siguiente ejercicio. Les pidió que, espalda contra espalda con un compañero, se levantasen del suelo sin utilizar las manos. Que bailasen al son del gramófono, que se detuvieran al parar la música. Que formasen con su cuerpo las esculturas que él les proponía, con un solo apoyo en el suelo, uno en la pared, otro en un amigo. Una mano en algo de color verde. Un pie en el aire. Cada vez era más difícil, ellos cumplían todos los desafíos. Ninguna extremidad tocando el suelo. Frances se tumbó boca arriba con manos y pies en el aire. Aullido dio un salto. Rosemary protestó en voz alta: aquello era hacer trampa...

—Esto no ha sido del todo teatro —comentó Violet al terminar la clase—. Si acaso ha sido baile... o algo parecido.

Lou encogió un hombro.

—Lilian —llamó en voz baja—. ¿Me acompañarías a la escalera?

A ella le sorprendió la petición. Asintió.

Él procuró no mirarla demasiado, temeroso de que lo traicionasen los ojos. Le parecía que en cuanto se alejase de ella se desvanecería su recuerdo y, con él, toda ella; como si la memoria de Lou fuese lo único que ataba a la realidad aquellos ojos grandes, el cabello color trigo, la redondez de las mejillas, las pecas sobre la nariz, los movimientos confiados, la cabeza llena de ideas, la ambición de ayudar sin eclipsar.

Lou pensó que habría dado su pierna sana a cambio de una oportunidad para aquella niña de crecer y convertirse en adulta.

Se detuvo ante el primer escalón, dejó la lámpara en el suelo y se sentó. Lilian sonrió, confundida.

—¿Estás bien?

Los demás niños no estaban a la vista. A Lou le preocupaba que estuviesen escuchando, pero no podía hacer nada por evitarlo.

Podría no decirle nada.

Sacó de la bolsa la muñeca y se la tendió a la niña.

—Creo que es tuya.

A ella se le escapó una exclamación. Una mano se aferró a la otra. La boca quedó entreabierta, muda. Él calló también, sin saber cómo seguir.

—Van a volver. —No fue una pregunta, sino una afirmación esperanzada.

La señora Norris había dicho que se la guardaría hasta su regreso, que estrenaría el juguete con sus padres, dado que no lo quería en su ausencia. Lou intentó tragar saliva, pero tenía la garganta seca.

Lilian no tomó la muñeca. Esperaba una confirmación.

—No —respondió Lou—. No debes esperarlos más.

A ella se le inundaron los ojos. Apretó los labios. Quiso hacer una pregunta que no llegó a formular. El aliento esquivo la obligó a tomar aire entrecortadamente una vez y otra más.

—¿Han...? ¿Están...? —Imposible pronunciar aquella palabra impensable—. ¿Has hablado con ellos?

—Lilian. —Lou alargó la mano, tomó las de la niña. El frío le empapó la piel como si la hubiese hundido en agua helada—. Son ellos los que te esperan a ti.

Ella emitió un sonido de alivio, a medio camino entre el sollozo y la risa.

—Seguro que la fiesta no ha durado tanto —aventuró—. Acabó hace mucho, ¿no?

—Sí.

—Y ellos han estado esperándome todo este tiempo. —La niña se frotó los ojos con decisión—. Entonces, tengo que encontrarlos yo. —Se inclinó hacia Lou hasta acercar los labios helados a su oreja. A él se le erizó la piel—. ¿Crees que los encontraré antes de que se haga de noche? No me atrevo a irme a la cama, porque la última vez que dormí sola tuve un sueño horrible.

—Ha sido el último mal sueño —musitó Lou—. No volverás a estar sola.

Ella se incorporó de nuevo, apartándose de él.

—Buenas noches, Louis.

Se quedó quieto hasta que ella desapareció de su vista y, poco después, la lámpara se apagó; y algo más tarde, empezó a dolerle la espalda por tener los brazos agarrotados, y se dio cuenta de que aún sostenía la muñeca que Lilian no se había llevado.

El fin de semana lo pasó en la cama, exhausto y sin apetito. Eliza Kenney le trajo la comida del pub e incluso la señora Beckwith se acercó, la noche del domingo, con un poco de sopa en un termo.

—Si necesita un médico, puedo hacerlo venir mañana...

Sin embargo, él solo quería dormir, y el lunes se levantó a primera hora, con el dolor aún en los músculos y la familiar certidumbre, cuya falsedad había aprendido a reconocer, de no ser capaz de aguantar más. Aparcó la aprensión, ignoró las quejas del cuerpo, se obligó a bajar las escaleras y a desayunar. Con la mente puesta a un lado y el corazón embotado, se rindió ante no gobernar sus propios movimientos, se replegó hasta ser un títere manejado por el deber y la inercia.

—¿Se encuentra mejor, señor Crane? —La señora Kenney, con su bullicio y su alegría habituales, era un gorrión gorjeando con los primeros rayos del sol invernal—. Me alegro de volver a verlo en pie.

Por la tarde, la clase transcurrió sin novedad, con la fluidez indolente de la rutina. Lou cenó pronto y se preparó para el acero en el pecho, como si anticipar el golpe pudiera evitar el sangrado. Abrió la puerta que conducía al salón de actos.

Nadie lo esperaba en la escalera.

Un vacío vasto e insignificante. Una soledad más para su colección de soledades, que era extensa. Lou se empezaba a resignar a componerse de agujeros que dejaban los demás al fallecer, los pequeños de fantasmas sin nombre, y los inconcebibles, como los que habían excavado en él las muertes de David Tutton y la tía Ada.

Guardó aquel vacío con un parpadeo de ojos secos y bajó los escalones.

Los demás niños no parecían echar de menos a Lilian. Archie saludó a gritos a Lou desde el escenario. Violet trotó hacia él.

—Buenas noches —saludó con energía—. ¿Vamos a empezar hoy a ensayar una obra?

—¿Una obra?

—Sí, habrá que ir empezando, ¿no? Los ejercicios están muy bien, pero digo yo que haremos una obra de verdad y una función, tal vez para Navidad...

Lou suspiró. Al parecer no era suficiente con la presión de sus alumnos vivos, sus madres, las ancianas del pueblo y la señora Beckwith para que montase un pequeño espectáculo navideño. También el grupo de clases nocturnas deseaba meterle prisa.

—No, no nos da tiempo —cortó con firmeza—. Haremos una función a final de curso, en primavera...

—Será mejor que nos traigas el texto pronto —señaló Violet con petulancia—. Necesitaré tiempo para preparar mi personaje.

Lou reunió a los niños sobre el escenario. Gracias a las clases diurnas, en el salón de actos disponía de papel y lápices, y los pequeños los aceptaron, con una mezcla de curiosidad y desconfianza, cuando él los repartió.

—¿Vamos a escribir la obra nosotros? —La expresión de Rosemary se iluminó.

—No, olvida la obra de momento —pidió Lou—. Esto es un ejercicio.

—¿Otro ejercicio?

—Sí, por grupos...

—¿Otra vez grupos?

—Silencio, por favor. Vamos a hacer dos montones de papel. En uno habréis apuntado personajes, por ejemplo... un oso, un vendedor de periódicos o una... ballena. Y en los otros, pondréis lugares, como un bosque...

Algunos, sin esperar al final de la explicación, habían comenzado a escribir. Frances llamó a Lou en voz baja.

—¿Puedes escribir aquí «ratón»?

Le tendió el lápiz, pero él no lo tomó.

—No hace falta que lo escribas. Puedes dibujarlo. —Y anunció más alto, sin dirigirse a nadie en particular—. Podéis dibujar. Todos sabéis dibujar.

—Yo sé leer —declaró Gilbert con una pobre imitación de modestia, para fastidio de sus hermanos—. Desde pequeño he acompañado a mi padre al trabajo todos los días.

—Desde pequeño no —protestó Owen.

—Pues sí...

—Es *imposible*. Es *imposible* que acompañases a papá al trabajo cuando tenías *un mes* de vida. O cuando tenías *un día* de vida. Si fueras un bebé, sería imposible que acompañases a papá, porque no sabrías ni andar. —El ímpetu de su propia argumentación alimentaba la hoguera de su elocuencia—. Es más, ni aunque tuvieras *un año*...

Indolente, Gilbet cortó el discurso de su hermano con un chasquido de la lengua.

—Desde que era tan pequeño como tú ahora —declaró—. Le llevaba las herramientas y tiraba del carro.

—Para eso no hace falta saber leer —comentó Lou, que atendía a la conversación con disimulado interés.

Gilbert lo miró con sus profundos ojos serios. Se balanceó sobre los talones al responder.

—Bueno, es que eso solo lo hacía al principio. Luego...

—Yo sí iba al colegio —interrumpió Owen—, cuando era más pequeño, iba algunos días. Aprendí el abecedario...

—Sí, pero no sabes leer —criticó Gilbert, molesto por el robo descarado de atención—. Solo sabes las letras y se te olvidan. Ni siquiera ahora, que podrías ir a clase todos los días...

—La profesora no me hace ni caso —gruñó Owen.

Las consecuencias de que aquellos niños comprendieran bruscamente su propia muerte, sin contexto ni consuelo, eran impredecibles. Lou se apresuró a cambiar de tema.

—Frances, ¿tú sabes el abecedario?

Ella hizo un mohín.

—Ella nunca ha ido al colegio —se burló Owen.

—Iría, pero estoy demasiado cansada —farfulló ella—, porque trabajo desde las seis de la mañana hasta las seis de la noche.

—Bueno, ya está —dijo Gilbert, que había garabateado palabras torcidas en un par de papeles—. ¿Has dibujado tu ratón o también estás demasiado cansada para eso?

Lou se paseó entre los demás niños, lanzando miradas distraídas a los que le mostraban lo que había dibujado, respondiendo con vaguedad a las preguntas. Se acercó al gramófono para encenderlo y quedó junto a él, mientras sus alumnos terminaban las tarjetas y las apilaban en dos montones. El roce de algo liso contra los dedos lo hizo sobresaltarse, y su respingo asustó a Aullido y la hizo dar un salto hacia atrás, dejando caer la castaña que había estado intentando meterle en la mano.

—¿Qué es esto? ¿Qué me das?

Ella no respondió y vigiló desde una distancia prudencial cómo recogía el fruto del suelo, antes de reunirse con el resto de los niños.

Con la castaña entre los dedos y aire ausente, Lou supervisó la formación de grupos, luego se sentó en la primera fila, dejó que los niños eligiesen un papel de cada pila y se dispersasen por la sala, cuchicheando animadamente, discutiendo qué obra podían construir con aquellas piezas.

Él se hallaba muy lejos de allí y, al mismo tiempo, sabía que no podía estar en otro sitio.

La tía Ada le había contado en muchas ocasiones la sensación de predestinación que había sentido en aquel momento mágico, segundos antes de que se abriese el telón, cuando el murmullo del público se apagaba y la expectación crecía.

«Era la primera vez que actuaba, figúrate, la primera vez y en un gran teatro, con no menos de mil espectadores aquella noche. Lógicamente, habría empezado por papeles menos importantes de no haber sido porque una de las actrices enfermó, la más jovencita de la compañía, y el productor pidió ayuda a un conocido suyo que había sido uno de mis profesores en la escuela. Él me recomendó, puesto que otras mujeres con más experiencia no daban el perfil o no estaban disponibles a tan corto plazo. Y ahí estaba yo, que llevaba dos semanas sin dormir porque me quedaba despierta memorizando las líneas para estar a la altura en los ensayos... Entonces se apagaron las luces. Iba a abrirse el telón. Aquello duró un segundo, tal vez dos, pero a mí me pareció que era una eternidad. Estaba temblando; pensé que de miedo, pero no, era de pura excitación. En ese momento lo supe. Había nacido para aquellos instantes antes de comenzar una actuación; todos los pasos que había dado en mi vida me habían conducido a aquel lugar, al escenario, al teatro. Me dedicaría a ello el resto de mi vida. Lo entendí esa noche, cuando aún no era nadie y nadie me conocía, y décadas después, cuando me hacían entrevistas para los periódicos y me preguntaban si siempre había sabido que triunfaría como actriz, debían pensarse que era muy arrogante al decir que no, que desde siempre no, pero sí desde esa edad, los catorce o quince años, desde que hice mi primera obra. ¿Triunfar? Triunfar no lo podía saber con seguridad. Pero dedicarme a ello sí, intentarlo con todas mis fuerzas sí, porque para ello existía. Solo dos veces en mi vida he recibido un mensaje tan claro, del universo o de Dios, un mensaje que decía: "Te he traído para esto, aquí es donde debes estar, este es el plan que tenía para ti, este ha sido siempre el plan"».

Y la tía Ada sonreía con gesto culpable, como si le avergonzase la ternura, y añadía: «La segunda vez, niño mío, fue cuando me llamaron para avisarme de lo de tus padres, fui para allá y te tomé en brazos».

Lou nunca había tenido una revelación semejante. Al contrario, en más de una ocasión en su vida había sentido lo contrario: que no pertenecía a un sitio, que no debía estar ahí, que aquel no era su destino. Se había encontrado fuera de lugar cuando lo sacaron del zoo y lo colocaron en aquel tren ambulancia, al embarcar en el puerto francés, al bajar del tren de la Cruz Roja y quedar en manos de las voluntarias que lo trasladaron a un Hospital Militar a poca distancia de la Royal Opera House, como si le gastasen una broma pesada al ubicarlo tan cerca de un edificio que nunca volvería a ser su hogar. Había sido una nota discordante después, en la alegría que trajo consigo la paz. Desde lejos había observado cómo el resto de Londres salía a las calles a armar alboroto con trompetas, silbatos y bandejas de té, cómo los oficinistas del Ministerio de Guerra lanzaban los formularios oficiales por las ventanas, cómo completos desconocidos bailaban juntos en las aceras, se besaban y abrazaban, lloraban y reían a la vez. No había tenido ninguna señal del universo durante los meses que pasó en aquel piso prestado, solo y con los sentidos anestesiados, repugnado al sospechar con horror que echaba de menos la guerra, porque la persona en la que se había convertido no tenía cabida en el mundo al que había regresado.

En el exterior el viento hacía silbar las copas de los árboles. Lou contemplaba a los niños con un nudo en el pecho y un latido insistente en el cuello que lo taladraba como un pájaro carpintero. Se había imaginado aquella revelación más agradable.

Esto es. Lo que había descrito la tía Ada. *Esto es lo que he venido a hacer. Este ha sido siempre el plan.*

Aquellos niños no sabían que habían muerto. «La profesora no me hace ni caso», había dicho Owen. Frances hablaba como si todavía fuese a trabajar. Creía que estaba viva. No entendían por qué la señorita Morgan no se dirigía a ellos en clase igual que al resto de alumnos.

Y, sin embargo, Lilian lo había comprendido. Había sabido a dónde ir, cómo continuar su camino. Solo había necesitado descubrir que sus padres la estaban esperando. La pieza que faltaba en el rompecabezas.

Lou observó a los diez niños restantes. Violet con sus pretensiones de estrella. Archie, que desbordaba entusiasmo. Bessie y sus lágrimas fáciles. Maud, sus ideas oscuras y misteriosas, su acento impenetrable. La astucia de Gilbert, el anhelo juguetón de Owen, la impetuosidad de Frances que impedía que sus hermanos la eclipsasen. Rosemary, seria y diligente con sus gafas redondas. Aullido y su enigma. Emily Jane, siempre a la sombra de otros.

El cuaderno de condolencias que Lou había robado en el funeral de David Tutton y cuyas páginas habían comenzado a albergar las historias de aquellos niños.

Un libro de fantasmas.

Este ha sido siempre el plan.

El martes, mientras preparaba el salón de actos para la clase de los niños mayores, Lou encontró en un rincón del escenario uno de los papeles que había utilizado en el ejercicio de la noche anterior. En él había dibujado un león y, en el dorso, un escudo con otros dos leones en el interior. El trazo inseguro era el de una mano poco habituada a sostener un lápiz, aunque la imagen transmitía una seguridad inequívoca: aquella no era la primera vez que se plasmaba.

Maud, pensó Lou, recordando la enorme decepción de la niña cuando ninguno de los papeles que ella había preparado salieron en las primeras rondas del ejercicio. «¿Ningún león?», había preguntado a unos y a otros. «¿A nadie le ha salido un león?».

Así como le resultaba fácil hacerse una idea de cómo eran los niños, Maud era un bosque impenetrable. Además de su extraña forma de hablar, su hosquedad y su reserva impedían a Lou conectar con ella. Si bien le intrigaba, no despertaba en él una especial simpatía, y estaba seguro de que lo último era mutuo.

Tengo que hablar con ella.

Aguardó con impaciencia a que llegasen las seis y sus alumnos vivos se marchasen a casa. Cenó deprisa y bajó a reunirse con los fantasmas antes de lo habitual. Lo esperaban, dispuestos a embarcarse en la aventura que hubiese preparado para ellos.

No tardó en encontrar un momento para hacer un aparte con Maud.

—¿Esto lo has dibujado tú?

Ella no quería charlar con el profesor, sino tramar una nueva historia con sus compañeros.

—Sí —respondió, lacónica.

—¿Qué significa?

Ella se encogió de hombros. No lo miraba a los ojos: se había girado ostensiblemente hacia Owen y Violet, que unos pasos más adelante, estaban a punto de pegarse porque ninguno de los dos quería hacer lo que proponía el otro.

—Es de lo que todos hablan —explicó Maud de mala gana—. ¿No has visto las banderas?

—No —contestó Lou con franqueza—. ¿De quién son?

—De un rey. No sé. Viene para matar hasta el último de los Wessex. Le da miedo a todo el mundo.

No logró sacar nada más de ella. Al acabar la clase, subió penosamente las escaleras y se tumbó en la cama con el libro que le había prestado Harry White, con el mismo escudo de los leones en la tapa. Hizo lo posible por leerlo, pero los normandos, los gaélicos, los vikingos y los anglos se diluían y se le mezclaban en la mente, formando un galimatías imposible de comprender. Se quedó dormido con el libro contra la nariz, y la lámpara ardió hasta que se agotó el combustible.

Por la mañana se sentó a desayunar con el libro abierto sobre la mesa. Pasó las páginas con energía, recorriendo las líneas con el dedo índice, pero tuvo que admitir, pasado el primer capítulo, que no conseguía concentrarse lo suficiente para retener nada. Derrotado, tomó el libro bajo el brazo y salió al jardín.

Subió la cuesta lentamente. El sol había ascendido un trecho cuando llegó a la calle principal. No había clientes en la panadería.

—¡Buenos días! —saludó Harry White. Sonrió al fijarse en el libro—. ¿Qué le ha parecido?

Lou tensó uno de los músculos sobre sus mejillas, estrechando el ojo entre este y el ceño. La sonrisa de White se ensanchó ante la mueca.

—Creo que está escrito para lectores más avispados que yo —admitió Lou.

—No es la lectura más ligera —justificó amablemente Harry—. Me sorprendió que le interesase en un principio. Pensaba que el único apasionado de la historia del pueblo era yo.

—¿Lo ha leído? —El timbre de esperanza en la voz de Lou pasó desapercibido.

—Varias veces.

—¿De qué trata? —La pregunta fue rápida como un disparo. Apenas le dio tiempo a recargar antes de la siguiente—: ¿Qué representa el escudo de la portada?

Harry se acomodó sobre el mostrador, preparándose para una conversación más larga de lo que había previsto.

—Es el de Guillermo el Conquistador. El libro cuenta cómo, tras la derrota de los ingleses en Berkhamsted... —Harry se detuvo un segundo, dubitativo—. Espera, a lo mejor sabe todo esto perfectamente y estoy quedando como un pedante.

Lou dio un paso adelante y se tragó una maldición al tropezar con el bastón. Se recompuso.

—No, en absoluto. No he sido nunca el mejor estudiante, ni en historia ni en ninguna otra materia. Si le digo la verdad, no tengo muy claro qué hizo Guillermo el Conquistador.

Harry rio.

—Bueno, el nombre es bastante ilustrativo —bromeó.

—Está bien. —Lou se rindió y rio por lo bajo—. ¿Y qué es lo que conquista?

—En este libro, el norte —resumió Harry—. A ver, hablo de memoria y quizás me invento algún detalle...

—Le aseguro que no me daré cuenta.

—Bien, el primer capítulo narra cómo Guillermo el Conquistador, en respuesta a los avances del sobrino de Eduardo el Confesor, que con la ayuda de Escocia y Dinamarca quiere reclamar la corona, envía un ejército al norte. Y sus hombres no se andan con tonterías: queman todos los pueblos desde el río Humber al Tees, aniquilan a todo aquel que se cruza en su camino, destruyen almacenes, matan a los rebaños y echan sal en los campos de cultivo. La gente del lugar murió de hambre durante el invierno y los años siguientes. Dicen que incluso acabaron por comerse unos a otros. Una salvajada.

Lou intentó sonreír, pero tenía los labios congelados.

—Mucho más emocionante de lo que me pareció al intentar leerlo —comentó.

Harry ladeó la cabeza.

—Eso me tranquiliza, porque tiendo a destrozar las historias más que contarlas. —Se incorporó—. Por cierto, qué mal trato le estoy dando como cliente. Aquí me tiene, dándole charla y sin preguntar si quiere algo.

La respuesta remoloneó en sus labios. La camisa de Harry White caía suavemente sobre sus brazos, como los visillos sugerentes de un dormitorio. A Lou le agradaba la luz en su expresión y le asustaba sentirse a gusto en su compañía.

Harry White ponía en evidencia la existencia de una herida que amenazaba con sanar. Lou deseaba hundir los dedos en ella y volver a abrirla. Conocía el horror escondido tras la falsa seguridad de la vida cotidiana.

—No. —Alargó el brazo con el libro en la mano—. Solo quería devolver el libro. Gracias por el resumen.

—Nada, un placer. Cuente conmigo si necesita que le cuente el resto.

Lou salió de la panadería y, aunque era pronto para comer, pasó por Koster's solo para no tener que bajar y regresar unas horas más tarde. La señora Bow no puso problemas. Le sirvió unos huevos en escabeche con chicharrones y patatas.

—¿Ya están preparando la obra de Navidad? —preguntó con alegría—. Me sé de algunas abuelas que no hablan de otra cosa.

Espoleado por el recordatorio, Lou comió deprisa. Regresó al colegio antes del recreo, por lo que los niños seguían en el aula y él pudo visitar con tranquilidad la pequeña biblioteca.

Consistía en una estantería de seis baldas en una habitación pequeña, del tamaño de una despensa, en la que también había un sillón apolillado. Tras una rápida revisión de los volúmenes, Lou se decidió por una edición antigua de *Cuento de Navidad* y un tomo no demasiado grueso de mitos griegos.

Se atrincheró en su dormitorio para leer este último por encima, hasta dar con uno que estaba seguro que gustaría a sus alumnos del grupo nocturno. Había visto suficientes obras inventadas por ellos para deducir su afición por lo melodramático, y *La leyenda de Neaera* tenía los ingredientes precisos.

Se tendió boca arriba en la cama.

¿Hace cuánto vivió Guillermo el Conquistador? ¿Ocho siglos? ¿Nueve?

Se le hacía imposible que Maud hubiese nacido y muerto tanto tiempo atrás, en algún pueblo perdido en un libro de historia, tal vez asesinada por un ejército cruel, tal vez de hambre o de frío en el invierno que se encargaba de completar lo que los soldados empezaron.

Y, sin embargo, algunos detalles quizá encajasen. ¿Sería su acento extraño la forma en la que hablaban las gentes del norte en la antigüedad?

¿Cómo voy a seguir la pista de una niña, probablemente plebeya, que murió hace siglos?

Incómodo, Lou se revolvió en la cama. Tuvo un respingo al intuir una sombra a través de la ventana, en la tarde que empezaba a oscurecer.

¿Cómo habrá acabado ella en Bluesbury, de todos los sitios posibles?

A las cuatro y media, se reunió con sus alumnos en el salón de actos, les leyó *Cuento de Navidad* y les permitió pelearse por los papeles durante un rato. Después los separó en grupos y propuso a cada uno hacer una versión corta de la obra, con lo que recordasen de lo que habían escuchado y lo que deseasen añadir de su propia imaginación. Los ayudó, paseándose de un grupo a otro, antes de asistir al final de la clase a las cuatro obras, cada una más estrafalaria que la anterior. Los niños se fueron satisfechos a casa. Lou se despidió de Edith Morgan, que se había quedado corrigiendo algunos exámenes, y esperó a que su motocicleta se perdiera de vista antes de bajar de nuevo al salón de actos.

—¡Por fin! —lo recibió Violet—. ¿Vamos a empezar a preparar nuestra obra?

—Hoy no —la decepcionó Lou—, pero si os portáis bien, os leeré la historia en la que la vamos a basar.

—Señor —solicitó Rosemary con su formalidad acostumbrada—, ¿podemos volver a inventar obras cortas? Se me ha ocurrido una idea formidable.

—Está bien —aceptó Lou. Los niños empezaron a decidir a voces quién iría con quién y a discutir sus propuestas, obligándole a alzar el tono—. ¡Atención, por favor! Dadme un momento para explicar cómo tienen que ser las obras... Tendréis tiempo para prepararlas cuando yo os avise...

—Tendrán que tener un principio y un final claros —adivinó Violet, convencida de estar en posesión de todas las respuestas.

—Sí —asintió Lou—, pero hay algo más. Algo que es vital en cualquier obra de teatro... ¿os imagináis qué puede ser?

—Personajes —sugirió Frances.

—Diversión —propuso Gilbert.

—¿Un final feliz? —aventuró Rosemary, no del todo segura.

—No necesariamente. ¿Se te ocurre algo a ti, Emily Jane? —La niña se encogió de hombros—. Está bien, lo que tiene que tener es un problema. Imaginaos que hacéis una obra de teatro sobre una niña...

—Una niña que tenía un gatito —dijo Bessie, encantada con la premisa.

—Muy bien. Había una vez una niña que tenía un gatito y era muy feliz. Fin. ¿Os parece una buena historia?

Lou estaba sentado en una de las sillas de la primera fila. Los niños, normalmente inquietos, se habían congregado en el escenario en un semicírculo irregular. Solo Aullido retozaba desasosegada tras ellos, tan reacia a la quietud como las ovejas a trepar a los árboles.

—No —respondió Archie con seguridad—. Es un aburrimiento de historia.

—Exactamente. Pero ¿y si añadiésemos un problema? Había una vez una niña que tenía un gatito. Un día, el gatito se perdió...

—No —lloriqueó Bessie—. La niña lo buscaría por todas partes.

—Eso es. Esa es una historia mucho más interesante.

Rosemary levantó una mano para pedir el turno de palabra.

—¿Siempre tiene que pelearse alguien en una obra? —preguntó Owen en voz alta.

—No. Un problema no tiene por qué implicar una pelea, aunque podría. Dime, Rosemary.

—¿Y si el problema no tiene solución?

—Si el problema no tiene solución o si la solución sale mal, entonces estaríamos trabajando con una tragedia. ¿Alguna pregunta más o queréis empezar? —Un coro de voces se manifestó a favor de la segunda opción—. Muy bien. Entonces vamos a hacer grupos. Cada obra tendrá un problema y el tema será «sentirse perdido» —improvisó Lou—. Por ejemplo, uno de vuestros personajes podría ser un pez que está solo en medio del océano, o tal vez un pájaro que ha quedado atrás en plena migración...

Había perdido la atención de los niños, que estaban inmersos en la creación, de modo que calló. Se paseó entre ellos, escuchando sus discusiones y observando los inicios de sus obras. Le fascinaba cómo apalabraban cada decisión del montaje, cómo permitían que fluyesen las ideas. «Yo era tal, tú hacías cual...».

—No, yo soy el pájaro que ha quedado atrás —declaró Archie—, pero en lugar de buscar a mi familia, me iba por mi cuenta en busca de aventuras...

—Tienes que buscar a tu familia —protestó Rosemary—. Los pájaros que se quedan aquí en invierno se mueren, ¿no lo sabías? Por eso vuelan hasta África.

—Lo que podría hacer es unirse a cualquier otro rebaño de pájaros —dijo Maud.

—*Bandada* —corrigió Rosemary—, se dice *bandada* de pájaros.

—Unirse a cualquier otro rebaño de pájaros y confiar en que ellos sepan lo que están haciendo —continuó Maud, impertérrita—. Eso es lo que haría yo.

Más tarde, mientras representaban sus obras, Lou no despegó la vista de Maud mientras ella encarnaba al pájaro que se separaba de su familia y los otros niños a la bandada a la que se unía, para descubrir poco después que los demás pájaros estaban tan desorientados como él.

Cuando terminaron, se sentó junto a ellos al borde del escenario y les leyó *La leyenda de Neaera*. Apenas había acabado cuando comenzó el chaparrón de sugerencias sobre cómo poner aquel texto en escena.

—Habrá que hacer la adaptación primero —los calmó Lou, secretamente complacido de que les hubiese agradado la historia—. Luego pensaremos en todo lo demás.

—He decidido cómo voy a ir vestida —le informó Violet—. Te lo mostraré en cuanto lo tenga listo.

Aún no habían repartido los papeles, pero la niña se había adjudicado uno. Lou sacudió la cabeza y barrió el salón de actos con la mirada en busca de Maud, con la esperanza de arañar unos segundos más de su tiempo. Sin embargo, la niña, quizá precisamente para rehuir sus preguntas, había hecho mutis por el foro y desaparecido de su vista.

La lluvia fría y constante de mediados de noviembre caía sobre los campos y tamborileaba contra los cristales de los ventanucos del salón de actos, como si una mano espectral intentase abrirlos desde fuera.

En el interior, sobre el escenario, Rosemary fruncía el ceño tras las lentes.

—¿Un mapa? ¿Quiere decir que lo dibujemos?

—No —respondió Lou—. Lo representaréis vosotros mismos. Por ejemplo, uno puede ser un río... pero tendrá que pensar cómo hacer de río, ¿me explico? Para eso utilizaréis el cuerpo, la voz, el movimiento... —Se volvió hacia los demás, que amenazaban con dejar de atender para ponerse manos a la obra—. A ver, vamos a hacer dos mapas. La cartógrafa de uno será Maud y Archie el del otro. ¿Queréis formar los grupos vosotros mismos o preferís que lo haga yo?

Sabía que aquella pregunta era una fórmula mágica para que los equipos se formasen en un abrir y cerrar de ojos.

—¿Hay algún tema? —preguntó Archie, que empezaba a conocer el *modus operandi* de Lou, aunque aún no sospechaba de su motivación.

—Sí —dijo Lou sin darle mucha importancia—. Haréis mapas en los que el centro sea el hogar. Mostraréis lo que hay alrededor de vuestra casa.

—De la mía, ¿no? —quiso confirmar Archie—. No de la de todos del grupo, sino todos hacen lo que haya alrededor de la mía.

—Eso es. Tu grupo hará un mapa de los alrededores de tu casa y el de Maud, de la de ella.

El equipo de Archie se instaló en el escenario. El otro se parapetó al fondo del salón de actos, tras la última fila, lo que obligaba a Lou a cojear de un lado a otro de la sala para supervisar la creación de los mapas humanos. Los niños estaban acostumbrados a su ir y venir y apenas alzaban la vista hacia él. Sabían que no se acercaba con ánimo de interrumpirlos, ni para hacer preguntas ni para darles instrucciones. Se convertía en un espectador callado y respetuoso de sus procesos creativos. Ellos le permitían mirar.

A él le bailaba algo en el pecho ante aquella mezcla de creatividad y esmero. La potencia y la contención de un tren silbando sobre los raíles. La sensación de estar llegando a alguna parte. Era un alborozo pequeño, sencillo, como el de un pájaro bañándose en un charco entre las baldosas del patio.

Sobre el escenario, Frances y Bessie estaban tendidas en el suelo, una sujetando los tobillos de la otra, ambas con los brazos estirados. Archie y Gilbert se habían subido a un par de sillas. Violet, encorvada, emitía un murmullo que recordaba al fluir del agua.

—Veamos si sé leer este mapa —dijo Lou—. Violet es... un río...

—¡No! Mira, soy pequeña, pequeña... Estoy en medio de la ciudad...

—¡No des pistas! —protestó Gilbert.

—Eres una fuente —adivinó Lou—. Y vosotros dos sois edificios de la ciudad. Y ellas... ¿un camino?

—Chucu, chucu, chuc —emitió Frances con mucho ánimo—. ¡Pu, pu! Chucu, chucu, chucu, chuc.

Archie casi se cayó de la silla de risa. A Gilbert, en cambio, la improvisación de su hermana no le hacía la menor gracia.

—¡Nada de pistas! ¡Siempre lo fastidias todo!

Frances se puso en pie y dio una patada a la silla de su hermano, que se tambaleó. Lou le puso una mano en el hombro, mientras tendía el brazo a Gilbert para sostenerlo.

El contacto le heló ambas extremidades. Dio un respingo de dolor, conteniendo un gemido.

—¿Lo has adivinado ya? —preguntó Archie.

—Son las vías del tren. —Lou hizo una mueca.

—Son la línea ferroviaria de Oxhampton —matizó él—. ¡Los trenes de Gran Bretaña son los más antiguos del mundo! ¿Lo sabías?

—No. ¿Es una ciudad cercana, entonces?

—Es Kinwick —declaró Archie con orgullo—. Donde nací yo hace diez años y dos meses.

No creo, pensó Lou, pero se guardó de comentar nada al respecto. En lugar de eso, los felicitó y continuó hasta el siguiente grupo. Entre un coro de regañinas de los demás niños, Bessie se puso en pie, abandonando su papel, y corrió hacia él para colgarse de su mano, con las consiguientes punzadas dentro de la piel de Lou.

—¡Soy un león! —exclamó la niña—. Es como un gato enorme.

—Nada de eso —corrigió Maud, malencarada—. Eres una pesada, eso es lo que eres. Vuelve a tu sitio o serás una cerdita chillona y llorica...

Bessie se echó a llorar inmediatamente.

—Eres muy mala conmigo —sollozó.

—Oink, oink —replicó Maud sin conmoverse—. Es *muy* difícil hacer nada contigo. Ven, Louis, yo te explicaré todo...

El mapa era muy distinto al de Archie. En el centro, congregados, Owen y Emily Jane estaban agachados y rodeándose las rodillas con los brazos. A unos pasos de ellos, Aullido apoyaba manos y pies en el suelo y arqueaba la espalda. Se habían colocado los tres muy cerca de las sillas, de modo que dejaban ostensiblemente un gran espacio abierto a su derecha.

—Sé amable, Maud —recomendó Lou. Bessie le había soltado la mano y se había retirado a las escaleras, donde lloraba pegada a la pared.

Los niños del otro grupo, aburridos, echaron a correr hacia ella y la rodearon con una nube de preguntas.

—¿Qué te pasa, Bessie?

—Bessie, no puedes llorar por *todo*.

—¿Ya estás otra vez?

—Eres una llorica.

También Owen y Maud corrieron hacia ella, para hacerle burla fingiendo llorar con grandes aspavientos. Lou cojeó hasta allí y apartó a los niños.

—A ver, todos a vuestros sitios. Los que habéis terminado podéis decidir a qué vamos a jugar al final de la clase. Venga, dejadla tranquila...

Ahuyentó a los mirones que se resistían a marcharse y dedicó unos segundos a consolar a Bessie, hasta que ella se secó los ojos con los puños cerrados, se levantó y le dio la mano. A él le desaparecieron la carne y los huesos y fueron sustituidos por cristales rotos, pero aun así no la soltó.

—¡Vamos a ver el segundo mapa! —llamó a los demás.

Emily Jane y Owen volvieron a agacharse junto a las sillas, con Aullido arqueada tras ellos. Bessie se unió a los primeros, en el suelo.

—Somos un pueblo —afirmó con voz temblorosa. La cercanía de Owen le provocaba aprensión.

—¿Y tú, Maud? —preguntó Lou.

—Yo soy la guía. Por aquí tenemos la finca de los herreros...

—No es así —dijo Archie—. No vale explicarlo, tiene que adivinarlo él...

—No pasa nada —atajó Lou—. Cada grupo lo hace a su manera. Sigue, Maud. ¿Qué es Aullido, un puente?

—Sí, un puente. Por ahí corre el río. Y por ahí —señaló el amplio espacio vacío hasta la pared— se va a los páramos.

—¿Cómo se llama el río?

Ella se encogió de hombros.

—¿Y el pueblo?

—Ya lo he dicho... es el de los herreros... —La niña miró con fiereza a Lou—. ¿Te gusta o no?

—Sí, pero me gustaría saber...

—Hemos decidido a qué queremos jugar al final de la clase —anunció Frances—. ¿Podemos empezar?

—Un momento...

Pero los integrantes de ambos grupos corrían hacia el escenario, con la mente en el siguiente juego. Lou contempló el espacio vacío, desesperanzado. Un pueblo de herreros aledaño a un río y en la cercanía de unos páramos no era sencillo de localizar en un mapa real.

Más tarde, entrada la madrugada, seguía desvelado frente al libro de los fantasmas, en el que había anotado, con desánimo, la poca información que había logrado sacar en claro aquella noche.

Repasó las líneas de tinta seca. «Archie nació en Kinwick». No era mucho, pero era algo.

Le dolían los ojos y las manos. Se las miró, asombrado. No había escrito tanto como para justificar aquel sufrimiento. Para su sorpresa, descubrió la piel blanquecina, como si le faltase la sangre. Aún sentía el hormigueo por dentro, causado por espinas invisibles o esquirlas de hielo clavadas en los dedos. Estaba exhausto, como si incubase una enfermedad, aunque tenía los ojos completamente abiertos y no se veía capaz de dormir.

«El contacto con los fantasmas es perjudicial», escribió al pie de la página. La pluma bailaba díscola entre sus dedos torpes. «Un instante de consuelo para ellos, un golpe para mí».

Al mover el brazo, derribó el tintero con el codo. La mancha negra inundó la siguiente hoja blanca, como un presagio de lo incontenible.

Durante el fin de semana escribió una docena de cartas que acabaron en la papelera. En un momento de sobresalto febril, se levantó en mitad de la noche para sacarlas y partirlas en trozos pequeños. En sus sueños, la señora Kenney las leía al sacar la basura y admitía ante la señora Beckwith la sospecha de que el profesor de teatro estuviera loco. ¿Qué motivo cuerdo podría darse para escribir a diferentes parroquias del norte del país, preguntando por los datos de bautismo de una niña nacida siglos atrás? Una niña de la cual solo sabía el nombre de pila, en una época en la que Lou ni siquiera estaba del todo seguro que existiera tal cosa como un registro de los nacimientos.

Edith Morgan había resultado ser de más ayuda que Harry White, porque podía proveerle de libros más sencillos sobre la historia de Inglaterra («¿Es para una obra de teatro?», le había preguntado, y Lou le había dado una respuesta ambigua), pero ni siquiera esos le habían servido más que para hacer una lista de posibles pueblos de origen de Maud. Por otro lado, si el lugar había sido arrasado, no quedaría nada de él.

Consciente de estar dando palos de ciego, con las primeras luces del lunes bajó al banco junto a la puerta del colegio y empezó a escribir otra carta. Se quedó dormido sobre ella, con las ojeras azules sobre la tinta azul aún fresca, y no despertó hasta que Edith Morgan le quitó el papel arrugado de las manos, lo alisó y preguntó en voz alta:

—¿Estás indagando en la historia de tus ancestros? —Sonrió a Lou, que había despertado con un respingo—. Buenos días.

—Algo así —masculló él—. Es de mala educación leer la correspondencia ajena.

—No te hacía con familia en York.

—No la tengo, que yo sepa.

—Imagino que te será más fácil conseguir esta información si te presentas en persona —aportó ella, siempre dispuesta a ayudar—. Aunque no sé si tendrás mucha suerte. No hay archivos históricos eclesiásticos hasta el siglo xiv, y esta Maud tuya es anterior. ¿Se apellida Crane? ¿Has pensado en visitar cementerios locales?

—Desconozco su apellido. Y no sé exactamente dónde vive.

—Ah, entonces tu idea es escribir cartas como esta a todas las parroquias de Inglaterra par ver si te dejan echar una ojeada a los libros sacramentales... con la esperanza de que se mantengan en buen estado pese a ser de una época remota. ¿Estarán hechos de papiro?

Lou gruñó al desperezarse.

—Queda claro que no es un plan infalible.

—Apenas es un plan.

Ella bromeaba, él no tenía energía para tomárselo con humor. Se apoyó en el bastón y le arrebató la carta de las manos.

—¿Puedo ayudarte? —preguntó la maestra.

—No hay mucho que hacer —contestó él—. Como has visto, no sé por dónde empezar.

—¿Quién es esta persona?

—Nadie. Una vieja historia que me contaba mi tía.

No era nadie, pero a la vez le importaba, y Edith Morgan se dio cuenta de esto. Como le era imposible adivinar el verdadero porqué, asumió que Lou intentaba revivir un vínculo con uno de sus muertos y espontáneamente le posó la mano en el brazo.

—Louis, consolar no es mi fuerte, pero sé que a veces hace falta hablar y tengo un par de orejas.

Él forzó una sonrisa

—Lo tendré en cuenta.

Que era lo mismo que decir que no tenía previsto hablar ni con ella ni con nadie de la tía Ada.

Desanimado, descartó la idea de escribir a las parroquias sin saber siquiera el nombre completo de la niña a la que investigaba. No volvió a pensar en ello ni en su conversación con Edith Morgan hasta la noche. Sus alumnos pidieron permiso una vez más para inventar historias propias. Él les prometió que lo harían al final de la clase, siempre y cuando antes completasen con diligencia los ejercicios de construcción de personaje que había preparado.

Les dio tiempo para pensar en ellos y se fijó en que Maud estaba a un lado del salón de actos, dibujando con el dedo en el polvo que se acumulaba junto a la pared.

«A veces hace falta hablar».

Se sentó en la tercera fila, a apenas unos pasos de ella.

—¿Tienes pensado a tu personaje?

—Sí.

—¿Quieres hablarme de él?

—No. Lo presentaré con todos.

—¿Has respondido las preguntas que hemos planteado? ¿Quién es, cómo es, qué quiere...?

—¡Sí!

Su tono impaciente lo hizo callar unos segundos. Maud era una de esas niñas que contemplaban con desdén la ignorancia de los adultos respecto a todos los asuntos que importaban en la vida, y los trataba en consecuencia.

—Maud, ¿te acuerdas de dónde vivías antes de estar aquí? ¿En esa casa... la del pueblo de los herreros?

—Sí.

—Vivías con tus padres, ¿no? —Ella no respondió—. ¿Tenías hermanos?

—Tenía tres hermanos —respondió la niña—. Uno un poco más pequeño que yo, Walle, una mucho más pequeña y un bebé. Walle y yo teníamos una cama y los otros dos dormían con mi madre.

—¿Y tu padre?

—No estaba. Se fue con otros hombres.

Lou buscó en su interior el cuidado para escoger las palabras precisas, pero solo encontró torpeza e incomodidad.

—Debió pasar algo importante para que decidieras marcharte tú también.

Maud tardó tanto en responder que, para cuando lo hizo, Lou había aceptado que no contestaría.

—No me acuerdo.

Mentía, pero Lou no tuvo oportunidad de hacer más preguntas, porque Violet lo llamaba a gritos desde el escenario:

—¡Hemos terminado! ¿Podemos enseñar los personajes y empezar con nuestras obras?

Sentados en círculo, hicieron una puesta en común de los personajes a los que habían dado forma. Lou hizo sugerencias y corrigió algunas descripciones demasiado vagas. La atención de los niños estaba puesta en los grupos que harían a continuación, de modo que no los obligó a permanecer sentados mucho más tiempo.

—Tenéis diez minutos para montar las obras, así que mejor que no perdáis el tiempo —indicó—. El tema es libre, pero hoy cada historia tendrá un narrador o una narradora.

Aullido dio botes alrededor de su grupo. Gilbert la apartó de un empujón.

—¿Cómo vas a ser narradora tú, si no hablas?

La niña le enseñó los dientes brevemente, antes de volver a dar saltos junto a los demás, como si con su energía los intentase convencer.

—¡Que no! Que una narradora tiene que hablar —espetó Frances, siguiendo el ejemplo de su hermano—. *Ha-blar*, ¿entiendes? *H-a-b-l-a-r*.

Lou carraspeó.

—No es imprescindible —intervino—. Hay muchas formas de comunicarse sin palabras. A mí me parecería muy original e interesante una obra con una narradora que no hablase.

Gilbert resopló. Lou no quería que su opinión fuese entendida como una imposición del profesor, de modo que se alejó de ellos y les dejó espacio para discutir.

Unos minutos después se acomodó en la primera fila para ver las obras. La primera comenzó con Owen, Emily Jane y Rosemary sentados en el suelo. Violet entró en escena con un trapo viejo y polvoriento hecho un burruño entre los brazos.

—Esto era un bebé, ¿de acuerdo?

—No nos expliques nada —pidió Lou—. Puedes contarnos que es un bebé sin decírnoslo, actuando...

Ella meció el trapo y lo arrulló con un murmullo cariñoso.

—Niños, a dormir —ordenó. Emily Jane, Owen y Rosemary se tumbaron diligentemente en el suelo, con la cabeza apoyada en jirones de tela de saco a modo de almohadas. Ella acostó al bebé junto a ellos—. Oh, Dios mío. —Violet se llevó una mano al pecho con gesto dramático—. ¿Qué ha sido eso? ¿Es el fragor del combate?

Lou se esforzó en permanecer circunspecto, pese a la gracia que le hiciese el vocabulario de la niña.

—¿Qué pasa, madre? —preguntó Rosemary, incorporándose.

—Nada, hija, vuelve a la cama.

—No llegarán hasta aquí, ¿verdad, madre?

—No, hija.

—Buenas noches, madre.

Violet se paseó por el escenario, la viva imagen de la preocupación contenida.

—Todo lo que habéis de temer está ahí fuera, y yo jamás dejaré que os alcance. Aquí estáis seguros los cuatro. No... —Se detuvo en el centro y bajó la barbilla, escondiendo su expresión—. No tenéis que temer nada de *fuera*. Claro que lo que pase dentro... es otra cosa.

Violet se acercó a sus hijos para comprobar que estaban profundamente dormidos. Emily Jane tenía los ojos cerrados con firmeza, Owen incluso dejó escapar un pequeño ronquido. Se esforzaba por dar brillo a su interpretación por pequeño que fuese el papel.

Rosemary abrió los ojos y observó con disimulo los movimientos de su madre, sin que esta se diese cuenta. Así, fue testigo de cómo Violet agarraba al bebé y con gesto determinado, lo apretaba con fuerza. Sacudió un poco el trapo, imitando un pequeño forcejeo. Después lo dejó, inerte, de nuevo en el suelo.

Caminó hasta Owen sin que Rosemary reaccionase. Le puso la almohada en la cara y, de nuevo, fingió asfixiarlo. El niño se debatió fugazmente. Luego quedó tendido boca arriba, con la lengua fuera. Emily Jane fue la siguiente.

Rosemary solo se movió cuando sintió las manos de Violet en la garganta.

—¡No, madre!

Maud, que en su papel de narradora había estado al margen hasta entonces, subió al escenario de un salto y señaló a Rosemary.

—¡No hiciste nada! —gritó—. ¡Confiaste en la mala! ¡Estúpida! ¡Estúpida!

Su ira tomó desprevenida a Rosemary, que apenas tuvo ánimo para gritar:

—¡Ayuda!

—¡No mereces que nadie te ayude!

Maud abandonó el escenario. Violet, que había quedado petrificada, apretó el trozo de tela que hacía de almohada contra la cara de Rosemary hasta que esta se derrumbó sobre el escenario.

—Fin —dijo Maud.

—No. —Violet, con gran dignidad, avanzó hasta el centro del escenario y se inclinó ante su público. Los niños del segundo grupo aplaudieron sin demasiado entusiasmo—. Ahora sí. Gracias.

Gilbert y los demás ya se habían puesto en pie y abordaban el escenario. Lou asistió a su obra sin enterarse del todo del argumento, pese al magnífico alarde de expresividad de Aullido, que tal vez por primera vez estaba volcándose en la escena.

En cuanto terminaron, Lou se puso en pie con la ayuda del bastón.

—Lo dejamos aquí por hoy —anunció—. Seguimos mañana.

—Muchas gracias, profesor —dijo Rosemary, antes de desaparecer entre bambalinas.

—Lo has hecho *muy* bien —comentó Lou a Aullido, que pasaba corriendo a su lado. La niña lo miró un instante e hizo una mueca, como si aquello fuese lo más ridículo que le hubiesen dicho jamás. Su orgullo era secreto, pero no podía esconderlo de Lou.

Él cojeó hasta la pared, donde estaba Maud. Había salido disparada al acabar la obra para pisotear su dibujo. No quedaba ni rastro del escudo ni de los leones.

—Maud —llamó él con suavidad.

Perdóname si te he hecho recordar el horror.

Ella no quería escuchar.

—Odio la clase de teatro —declaró con dureza—. No voy a venir más.

Él la vio marchar, con el peso insoportable en el estómago de todas las palabras que le habría gustado poder decir y la esperanza de tener otra oportunidad cuando el dolor de ella se hubiese enfriado.

Sin embargo, Maud no volvió la noche siguiente ni la siguiente, y pasó una semana, y otra, y otra más sin rastro de ella.

Ninguno de los demás fantasmas mencionó su ausencia.

La primera semana de diciembre, Lou llegó a clase con un par de copias de una adaptación teatral de *La leyenda de Neaera*. Los niños, emocionados, se apiñaron en torno a Archie, Violet, Gilbert y Rosemary, los cuatro que mejor leían, para escuchar la historia.

—¿Haremos pruebas para repartir los papeles? —preguntó Archie.

—No, los repartiré yo. —Lou tenía una idea de qué niños veía para cada personaje. No en vano había escrito él mismo la adaptación. Disimuló una media sonrisa al captar el brillo en los ojos de Bessie cuando apareció la madre que se transformaba en gata.

—Yo seré Neaera, por supuesto —declaró Violet.

—*Por supuesto* —se burló Frances.

A Violet no le importó lo más mínimo.

Al acabar la lectura, Lou confirmó que la obra les gustaba y querían empezar a trabajar en ella para representarla en primavera. Los niños asintieron, apartaron los papeles y se dispusieron a empezar un ejercicio con algo más de movimiento.

—Vamos a hacer un poco de improvisación —adelantó Lou. El corazón se saltó un latido al percibir un movimiento entre bambalinas. Lou tragó saliva—. ¿Maud? ¿Quieres participar?

No obtuvo respuesta.

—¿Qué tenemos que hacer? —preguntó Rosemary, colocándose bien las gafas con el dedo índice.

—Entra uno de vosotros y propone una escena. Entra el siguiente y entablan un diálogo, según la premisa del primero. Entonces yo daré una palmada y ambos se quedan muy quietos, como congelados. Entra un tercero y escoge con quién de los dos se quiere quedar, el otro sale y los dos que quedan comienzan una nueva escena...

—Espera, espera, no me he enterado de nada —dijo Owen con sinceridad.

—Yo tampoco lo entiendo —se unió a él Archie.

—Yo sí —intervino Violet—. A ver.

Antes de que Lou pudiera impedírselo, tomó el puesto central entre sus compañeros y les explicó el ejercicio con sus propias palabras.

—Por ejemplo, va primero Emily Jane...

—¿Yo?

—Sí, por favor —la invitó Violet, con educada condescendencia—. Y ella empieza una escena. Entonces entra Gilbert y le sigue la corriente. Y entonces entro yo y digo... vale, Emily Jane fuera, y hago otra escena distinta con Gilbert, y así seguimos...

—Eso es —se rindió Lou.

No era la primera vez que Violet entendía a la primera los ejercicios que él planteaba, y para desesperación de Lou, también era recurrente su empeño en explicárselos al resto. Él había procurado interrumpirla y recobrar las riendas de la clase en más de una ocasión, pero no era fácil cortarla.

¿Es razonable castigarla por hacerlo todo demasiado bien?

Los juegos se sucedieron uno tras otro. A los niños les divertía improvisar, aunque encontraban una enorme dificultad en esperar su turno.

—¿Usted no quiere participar? —le preguntó Rosemary a Lou, con el tipo concreto de timidez que suele acompañar la admiración—. Siempre nos saltamos su turno.

A él le enterneció la invitación que traslucían sus palabras. «Me haría ilusión que actuase conmigo». Al mismo tiempo, la aprensión a la cercanía y la prudencia, que le recordaba que que un roce accidental con los fantasmas dolería como mil agujas bajo la piel, le obligaron a negar con la cabeza.

—Prefiero veros a vosotros.

Así fue espectador de Archie, cuyos personajes invariablemente buscaban fortuna, escapaban de casa y recorrían el mundo de aventura en aventura, y de las historias de Bessie con su gatito imaginario. Relatos que se repetían, variaciones de los elementos que fascinaban a aquellos niños y, de vez en cuando, algo nuevo.

Algo nuevo que lo clavaba en el asiento como perforándole el pecho con una estaca. Lou parpadeó, la boca seca y los ojos húmedos, porque Frances, ignorante del efecto que causaba lo auténtico de su interpretación, estaba de pie en el escenario y decía, olvidado el personaje, con la verdad en la palma de la mano:

—Lo siento. Lo siento. Me dormí porque se me había apagado la luz, la lámpara se había quedado sedienta de aceite. Estaba muy asustada, alguien me había robado el pan y el queso. Creo que fueron las ratas.

—No, la premisa que te ha dado Rosemary tiene que ver con quedarse dormida *por la mañana* —criticó Violet—. Ha dicho que llegas tarde al colegio. ¿Qué sentido tiene que se te apague la lámpara y te quedes a oscuras si es *de día*? Tienes que prestar más atención, Frances.

Sus palabras rompieron de un martillazo la frágil sinceridad del momento. Frances saltó sobre Violet con un rugido de rabia. Esta esquivó el cabezazo.

—No importa —intentó decir Rosemary, pero nadie la escuchó.

—¡Salvaje! —gritó Violet.

Los hermanos de Frances la jaleaban.

—Basta —pidió Lou.

Tuvo que interponerse entre ellas y colocar las manos sobre los hombros de Frances para detener sus embestidas furiosas. Un rato después de soltarla, aún no podía abrir y cerrar los dedos de las manos. El frío los había recorrido por dentro, helándole tendones y músculos.

—Gracias por traernos una obra tan interesante —le dijo Rosemary al acabar la clase—. Y la clase de hoy ha sido estupenda también. Es una pena que Violet... —calló, siempre diplomática, y reformuló—: A Violet se le da realmente bien el teatro, pero no se puede negar que su actitud no la hace muy buena compañera.

—El teatro es un trabajo colectivo —señaló Lou—. Para ser «bueno en teatro», hay que trabajar en equipo.

Rosemary sonrió.

—Buenas noches, señor, y que tenga usted mañana un buen día.

A él siempre lo desarmaba su cortesía.

—Gracias, Rosemary. —Nada de lo que dijese en respuesta estaría a la altura. Sus palabras eran de cartón en comparación a las de ella—. Tú también.

Subió al dormitorio sin fuerzas para lavarse ni cambiarse de ropa. Se tendió como estaba en la cama, sobre las sábanas, y se cubrió con una manta.

Solo un momento. Pero sabía que iba a pasar así la noche.

Sus pensamientos volvieron a Frances, que pedía perdón por haberse quedado dormida, con una lámpara de aceite apagada. ¿Sería aquel un recuerdo relevante de su vida? La emoción con la que había pronunciado aquellas palabras, el miedo subyacente, lo sugerían. Recordó el escalofrío con el que Lilian había hablado del fuego, sin comprender del todo el incendio que la había rodeado en sus últimos segundos de vida.

Se durmió sin darse cuenta. Un abrir y cerrar de ojos y lo despertó la campana que la señorita Morgan hacía sonar todas las mañanas para convocar a sus alumnos.

La luz del día entraba por la ventana. Él ni siquiera se había descalzado.

Se levantó. Le dolía la garganta. Hacía demasiado frío para dormir sin arroparse bien. Por suerte, podía contar con la señora Kenney, que le había dejado el desayuno junto a la puerta, incluido el imprescindible termo con té caliente.

Lou se sentó frente a la mesa con una taza humeante en la mano.

¿Dónde estaba Frances cuando se quedó dormida?

Había estado a oscuras y rodeada de ratas. Lou pensó en una casa más que humilde, en la que reinase la pobreza, en un invierno duro.

Ratas. Oscuridad. Miedo.

Él también había dormido, aunque a duras penas, en un lugar así.

Barro. Lluvia. Estar bajo tierra.

Ir con el mismo par de calcetines durante meses, pensó con ironía. *Debería cambiarme de ropa. Entonces no podía, ¿cuál es mi excusa ahora?*

No llegó a levantarse, porque la idea, que había pasado por su mente como un relámpago, regresó en forma de trueno.

Bajo tierra.

Abrió el libro de los fantasmas y buscó cualquier mención a Gilbert, Owen y Frances. Tenía algunos datos sobre ellos: habían empezado a trabajar muy jóvenes, Gilbert acompañaba a su padre al menos al principio. Una nota apresurada: «¿Padre muerto o desaparecido? ¿La ausencia del padre obliga a Owen y a Frances a trabajar también?», pero Lou no recordaba qué comentario de los niños le había hecho sospechar aquello.

Bajo tierra. Se quedó dormida bajo tierra, sin su lámpara, asustada por las ratas.

Y anotó en el libro, bajo los nombres de los tres hermanos: «¿Minas?».

L as voces acaloradas de las dos mujeres en la entrada del colegio llamaron la atención de Lou. Bajó la escalera despacio y se detuvo en el umbral de la puerta, visible, sin intención alguna de espiar la conversación. Grace Beckwith le dedicó una mirada fugaz. Tenía los labios apretados y escuchaba con gesto tenso a la señorita Morgan.

—Estaría encantada de tener unas palabras con los señores Farley...

—Solo conseguirás ponértelos en contra —afirmó la señora Beckwith, con un ímpetu que sorprendió a Lou—. El niño es casi un joven, el año que viene no lo tendrás en clase. La familia piensa que es una tontería que el muchacho tenga que ir a la escuela...

—No. —La señorita Morgan estaba roja de enfado—. Lo que les parece una tontería es que su querido hijo tenga que lidiar con una maestra claramente inferior a él, que aunque tenga trece años es *un hombre*. Eso es lo que Marvin Farley deja claro en clase todos los días, y yo no tengo por qué soportar sus desplantes ni sus faltas de respeto, mucho menos aún delante del resto de niños y niñas. ¿Qué clase de ejemplo le estamos dando si su comportamiento no tiene consecuencias?

—Castígalo o sácalo de clase —sugirió la señora Beckwith, sin darle demasiada importancia—, pero no lleves el asunto a los padres, porque acabará siendo peor.

—Eso es precisamente lo que él quiere —gruñó Edith Morgan—, que lo eche de clase.

Lou pensó en Marvin Farley, a quien había visto en el recreo, porque de ninguna forma se habría quedado por su propia voluntad más horas de la cuenta en el colegio, y mucho menos para participar en clase de teatro. Sus alumnos eran una minoría compuesta por perfiles muy determinados: niños creativos y fantasiosos, probablemente poco cómodos dentro de la norma por la que se regía la jerarquía de los muchachos, y niñas con imaginación e historias que contar, que no ansiaban convertirse en adultas pronto.

Se dio cuenta, al pensarlo, de que se sentía totalmente desligado de sus alumnos vivos. Se había aprendido sus nombres, por fin, y les enseñaba lo mejor que sabía; ahí acababa su relación con ellos. La distancia era producto del vértigo que le daba que le importase la gente. Lo espantaba la rutina, lo conocido, las redes de relaciones humanas.

Y, sin embargo, sí empezaban a haber conexiones entre sí mismo y sus alumnos de las clases nocturnas. Les regalaba la energía que perdía a cada segundo que pasaba con ellos.

—Siempre habrá algún alumno como Marvin Farley —argumentó la señora Beckwith—. Pensé que estarías acostumbrada a lidiar con ellos. No es tu primer año dando clase.

—Siempre los habrá —replicó la señorita Morgan— mientras tengan como cómplice este tipo de tolerancia. Esta resignación.

Las aletas de la nariz de la señora Beckwith temblaban peligrosamente.

—Querida, te haría bien comprender que hay problemas complejos que no se resuelven de un día para otro. Tu impetuosidad podría provocar más daño que otra cosa.

—Por supuesto, nada relacionado con los derechos de las mujeres tiene ninguna urgencia —ironizó Edith Morgan—. Lo mismo da que el voto que no conseguimos hasta el año pasado siga, a día de hoy, sin estar en igualdad de condiciones al de los hombres. ¿Qué más da? ¿Qué prisa hay? Dejemos que los Marvin Farley del mundo campen a sus anchas. Ya cambiarán las cosas dentro de cincuenta años o de cien...

—Tú no sabes lo que yo misma... lo que mujeres como tu madre han hecho...

—Mucho, muchísimo —interrumpió la señorita Morgan—. Resulta admirable vuestra humildad, que permite que os acobardéis ante gente como los Farley.

La señora Beckwith cerró los ojos un momento y respiró hondo. Pareció que aunaba fuerzas para gritar, aunque lo que hacía era mucho más difícil.

—Tengo que pedirte que dejes de saltarte el contrato que has firmado —solicitó, en tono autoritario—. Te han visto fumando en más de una ocasión, y esa motocicleta tuya es impropia de una maestra. Conseguirás que los padres insistan en tu despido, y yo no podré protegerte mucho más.

La indignación hacía imparable a Edith Morgan.

—A mí no tiene que decirme nadie lo que tengo que hacer. Faltaría más.

Pasó delante de Lou como una exhalación y cruzó el jardín, bajo la llovizna, colocándose el casco sin detenerse.

—La sustituirán por un maestro más conservador —vaticinó la señora Beckwith, mientras el estruendo de la motocicleta de la señorita Morgan se alejaba cuesta arriba—. O peor aún, cerrarán el colegio. Ya me dirá ella en qué modo beneficiará eso a la educación de los niños y qué clase de ejemplos recibirán entonces.

Aunque había hablado para sí, al acabar clavó la mirada en Lou. Él se encogió de hombros.

Se dicen demasiadas cosas.

El pensamiento cruzó su mente tan rápido que desapareció antes de poder encontrarle una explicación. Se sentía súbitamente exhausto.

No tenía una opinión sobre las discrepancias entre Edith Morgan y la señora Beckwith. No quería formarse una. No deseaba reflexionar sobre ello ni entender las distintas posturas.

La vida es frágil y fugaz. Tanta palabra no merece la pena, es enemiga de la quietud, del existir sin más.

Cobijaba en algún punto de su cuerpo un agujero limpio como el de un disparo, del que reptaban todos aquellos pensamientos etéreos y la sensación adormecedora de que nada era importante.

A la señora Beckwith no le gustó su silencio.

—Y usted —añadió con frialdad—, espero que en unas semanas pueda mostrar a los vecinos del pueblo y al comité directivo de la escuela un par de obras de teatro navideñas que les plazcan y los convenzan de que su trabajo tiene sentido.

—Sí, señora —respondió Lou desapasionadamente.

Ella se cerró el abrigo, tapándose bien el cuello, y tras una rápida despedida salió hacia la carretera. Lou la observó alejarse bajo su paraguas negro, una figura solitaria y recta, demasiado estirada para el barro marrón que manchaba el asfalto.

Él disfrutó del silencio y de la lluvia suave. Pensó, con cierta tristeza, que había perdido la costumbre de interesarse por asuntos del día a día. Le importaba saber qué iba a comer, dónde dormiría las siguientes noches. Su incapacidad de soportar la cháchara de los demás era, en realidad, un síntoma de su disminución como ser humano.

Mis preocupaciones son las de un perro.

Se preguntó cómo le afectaba aquello como artista, aunque tal vez ya no fuese pertinente considerarse tal.

Y los niños, añadió, inconexo, para sí. Las historias de sus alumnos fantasma aún lo conmovían. No le costaba prestar atención a sus miedos, a sus ideas, a sus recuerdos deshilachados. No le abrumaba estar en silencio entre ellos, dejar que llevasen la batuta de la conversación.

Seguramente, se le ocurrió, *alguien con quien no me agotaría compartir largos silencios es Harry White.*

Cerró la puerta antes de que las gotas de lluvia terminasen de empapar el escalón de entrada.

L a lluvia, cada vez más fuerte, envolvió el fin de semana en un sosiego apagado. La señora Kenney le dejó una nota y la cesta con la cena en el pub, para no tener que bajar hasta el colegio. La señora Bow le contó a Lou que la pequeña Kitty Kenney había enfermado aquella mañana y estaba en cama.

La niña no fue al colegio el lunes ni el miércoles de la semana siguiente.

—¿Sabes cómo está Kitty Kenney? —preguntó el viernes Lou a Edith Morgan, que no había mencionado nada del altercado que había presenciado él la semana anterior.

—Mejor —respondió ella—. El lunes la tendrás dando guerra.

Aquello fue un alivio mayor del que Lou podía admitir. No se veía capaz de aceptar un fantasma más en su grupo nocturno, y mucho menos a uno al que hubiese conocido en vida.

Por otro lado, seguía sufriendo la ausencia de Maud, que continuaba en el salón de actos, trasteando en ocasiones en el almacén o entre bambalinas, pero no acudía a las clases ni se materializaba ante Lou. El mismo viernes, a última hora, el profesor se quedó sobre el escenario cuando todos se hubieron marchado y le pidió en voz alta que regresase, que hablase con él solo un momento.

Aunque estaba seguro de que ella lo escuchó, no obtuvo respuesta.

El sábado amaneció despejado y un frío sol de diciembre asomó sobre las montañas. Lou arrastró la mesa y la silla por el dormitorio, de modo que siempre le diera la luz al estar sentado. Tenía el libro de los fantasmas abierto y la breve obra de teatro que había compuesto a partir de *Cuento de Navidad* junto a él, pero estaba demasiado cansado para dedicarle atención a ninguna de las dos cosas. Dormitó sobre la silla, con el sol colándosele teñido de rojo a través de los párpados, y soñó con focos de teatro y filtros, con su cuerpo, ileso, flotando sobre un escenario alto, frente a butacas vacías.

Despertó a la hora de la cena, hambriento porque no había subido al pueblo a mediodía. Estiró los músculos agarrotados. Se abrigó para subir la carretera, seca por fin, por primera vez en varias semanas.

El pub estaba abierto, y seguramente le habrían ofrecido algo de comer, pero Lou pasó de largo. Más adelante, en la calle principal, Harry White cerraba la puerta de la panadería. Iba vestido con pantalón de lana cálida y resistente y un abrigo largo en lugar del habitual delantal, y sonrió al ver a Lou.

—Lamento decirle que llega tarde —advirtió—. Hasta mañana, nada.

—Está claro que a mala suerte no me gana nadie. No he cenado y confiaba en disfrutar al menos de un poco de ese pan recién hecho tan popular.

—¿Recién hecho a las seis y media de la tarde? Está claro que es usted un hombre optimista.

—He perdido la cuenta del tiempo, inmerso en la apasionante tarea de planear los ensayos para terminar de montar en los próximos cuatro días una función navideña que agrade a las familias de mis alumnos.

—Imagino que la mayor dificultad serán los propios alumnos. Conociendo a mis sobrinos, tienen talento de sobra... para formar parte de un circo de pulgas.

A Lou se le escapó una sonrisa furtiva. A Harry White le brillaron los ojos. La luz de una pequeña victoria en un juego en el que solo competía él.

—Lástima que no se me haya ocurrido esa idea a mí —comentó Lou—. Un circo de pulgas no habría necesitado ensayos.

Harry White se echó aliento en las manos para calentarlas y las guardó en los bolsillos del abrigo. Echó los hombros hacia atrás con despreocupación.

—¿Y dice que no ha cenado?

—No.

—Qué casualidad, yo tampoco. Puedo ofrecerle un plato de sopa y gallina hervida. Y pan, por supuesto, que sé que es lo que realmente ansía su corazón...

—No me gustaría molestarlo.

—No me molesta. Vivo aquí mismo. —El panadero señaló una de las calles transversales—. Puede echar un vistazo a mis libros, si le interesa saber más sobre la conquista normanda.

—Sabe que soy incapaz de resistirme a la conquista normanda.

Esta vez fue a Harry White al que se le escapó una carcajada. Echó a andar hacia su casa, con pasos lentos, acompasándose al cojeo de Lou. Este lo siguió, cruzó la puerta tras él, subió los escalones desgastados. El hogar de Harry White era modesto pero agradable y bien iluminado, con las paredes cubiertas por un papel espigado de color claro y muebles escasos que no atiborraban las habitaciones. Tenía una cocina pequeña, un salón con una chimenea y una gran estantería que ocupaba una de las paredes, de esquina a esquina. Un sofá viejo, una alfombra tupida tan limpia que a Lou no le hubiera importado tumbarse en ella y una gran ventana con cortinas blancas. Al final de un corredor un poco torcido, una puerta entreabierta insinuaba el dormitorio, con una cama, colcha azul, una manta suave a los pies.

Un lugar en el que uno quería quedarse.

—Tendremos que comer en la cocina. Es la única mesa que tengo. Espero que no le importe, señor Crane.

—Lou.

No había caído, hasta ese momento, en que Harry White no conocía su nombre de pila.

—Lou —repitió él, como si al presentarse, el profesor le hubiese hecho un regalo—. Ven, siéntate, por favor.

Al acomodarse en una de las sillas de madera de la cocina, Lou se fijó en el frasco de cristal que, recogido discretamente sobre una alacena, albergaba una colección de plumas blancas de distintos tamaños.

Harry siguió su mirada e hizo una mueca. El momento de brillantez del almirante Fitzgerald al animar a las mujeres a que entregasen a todo hombre sin uniforme que viesen una pluma blanca, símbolo de cobardía, como presión para que respondiesen *voluntariamente* a la llamada a filas, había sido odiado tanto por aquellos que se resistían a alistarse como por los propios soldados. Por un lado, había hombres que por alguna razón ignota no ardían en deseos de entregarse a las delicias de la guerra y a una muerte en la alegría del frente. Por otro, el entusiasmo con el que muchas mujeres se unieron al movimiento las llevó a intentar humillar con sus plumas blancas a funcionarios públicos que no podían alistarse, veteranos de guerra que habían sido despedidos con honores debido a sus heridas o soldados que intentaban disfrutar de un breve permiso.

—Podrías rellenar un par de cojines —sugirió Lou.

—Sí, casi lamento haber tirado algunas, pero llegué a reunir tantas que tuve que elegir entre que cupiesen ellas o yo en la casa. —Harry se encogió de hombros y puso a calentar la comida. Despreocupado, colocó sobre la mesa platos, cubiertos y dos servilletas de tela bordadas, discordantes en la austeridad de la mesa, que carecía de mantel—. Durante unos dos años, fui el único hombre de nuestra edad en Bluesbury. Con lo cual se lo ponía fácil a las chicas de las plumas. Prácticamente tenían que hacer cola para entregármelas.

Lou chasqueó la lengua.

—Encantador. —Harry desvió la mirada, tal vez inseguro. Lou ladeó la cabeza—. Yo también coleccioné unas cuantas —añadió.

La tensión resbaló de los hombros del otro.

—¡Cómo! ¿Y fue eso lo que te animó a...?

—No. Me reclutaron.

El disgusto en su voz fue más elocuente que sus palabras. Harry White arqueó las cejas mientras servía la comida.

—No es eso lo que he oído en el pueblo. Venetia de Carrell te tiene por un patriota ejemplar, de los que hubiesen llegado al continente a nado si hubiese sido necesario. Presume de tus condecoraciones y de la fatídica lesión que te impidió seguir combatiendo, para desolación tuya, como si fuesen propias.

Las arrugas del rostro de Lou se intensificaron.

—Es muy amable por parte de Venetia inventar un personaje heroico. Supongo que le avergonzaría respaldar ante el comité directivo a un cojo que antes se hubiese cortado la lengua que ir al frente, por muchas plumas blancas que le diesen.

—Ya me sorprendía a mí que no me tratases con la frialdad avinagrada de los mandamases del pueblo. Te habrán informado como es debido de que fui objetor de conciencia, ¿no?

Lou se encogió de hombros.

—Objetor o no, estuviste allá, ¿no es eso? —Carraspeó, tapándose la boca con la servilleta—. He visto cómo os jugabais el pellejo los camilleros. Le debo la vida a un par de ellos. ¿Dónde estuviste?

Harry se encogió de hombros.

—Mesopolónica —replicó con vaguedad. Un nombre inventado con resignación por las tropas enviadas a los Balcanes o a Oriente Medio, que muchas veces no tenían claro dónde estaban—. ¿Y tú? ¿Dónde te hicieron eso?

—A unas millas del Sambre.

—Mierda, ¿hace cuánto?

—A principios de noviembre. Hace poco más de un año.

—Joder. Justo al final.

—Justo al final.

—¿Eras profesor de teatro antes?

Lou no pudo contener un gesto de dolor, no ante el recuerdo de la herida, sino de lo perdido.

—Cuando me reclutaron, era el primer bailarín de mi compañía. Bailaba en la Royal Opera antes de que la guerra la convirtiese en un depósito.

Harry asintió y tuvo la deferencia de comer en silencio un rato, sin insultarlo con palabras compasivas.

—Siempre me preguntaba qué hacían antes —comentó, al cabo de unos minutos—. Antes de entrar en aquel negocio de matar o mutilar o morir o ser mutilados. Cuando venían los compañeros a recoger sus pertenencias o cuando se llevaban las carretas cargadas de piernas y cabezas y cuerpos y piojos dándose un festín. Me preguntaba si esa gente antes eran veterinarios o zapateros o estudiantes... Y los del otro lado, también... Cuando llevábamos a un herido en la camilla y un avión alemán se lanzaba en picado para bombardearnos, horas más tarde yo pensaba en ese piloto, ¿tendría familia? ¿Estaría preocupado por las cosechas de su granja, tal vez, o afligido porque era arquitecto y no dejaba de ver pueblos destruidos? No lo sé.

—Humanizar al enemigo —musitó Lou— no debe ser muy patriótico.

Harry sonrió.

—No, seguramente no.

Era la primera conversación sobre la guerra que mantenía Lou, o al menos la primera a escenario desnudo, sin decorado ni artificios. Tal vez fue eso lo que lo impulsó a seguir hablando, o tal vez la extraña culpa por lo distintos que eran Harry, presente y luminoso, y el recuerdo de David, lleno de incertidumbres: el amor, el final, el espejismo, la decepción.

—Tuve un amigo que era aviador.

—¿Un amigo?

No había palabras para responder aquello.

—Sí.

Harry parecía comprender.

—¿Qué le pasó?

En la cuerda floja sobre la muerte que era el frente, se evitaba mencionarla con la misma cortesía de quien procura no hablar de alguien en su presencia. Los soldados tenían una infinidad de caminos para abordar el tema sin tocarlo directamente.

—Se hizo terrateniente. —La falta de gravedad en las formas de hablar servía para tomar distancia. Hablar de ello como si no importase *tanto*. Abrazar la idea del final como una parte más de la vida, inevitable, a la vuelta de la esquina.

Nada serio y, a la vez, lo que más.

—Lo siento —dijo Harry White.

Fue como levantar una caja que en manos de otros siempre está vacía y descubrir que por una vez se encuentra repleta de matices. Lou agradeció recibir algo más que una fórmula educada, pero al mismo tiempo, era incapaz de cargar con tanto peso.

—Estaba enfadado con él —admitió—. Le faltó tiempo para alistarse. Parecía —no se dio cuenta de lo que estaba diciendo hasta que comenzó a hacerlo, y una vez pronunciadas las primeras palabras, el resto fue incontenible— que se muriese de ganas de alejarse de todo.

De mí.

—¿No volviste a verlo?

—Sí. En un permiso suyo, cuando yo aún estaba aquí. Teníamos un reloj que compartíamos… una tontería. —Tensó los hombros al decirlo, como si pudiera sacudirse de ese modo el sentimentalismo ridículo de un par de muchachos—. Se lo di y se lo llevó consigo, estará por ahí con él en alguna parte.

Lou no habría sabido decir qué simbolizaba aquel reloj, qué era lo que David Tutton se había llevado y ya nunca volvería. Sin embargo, Harry asintió como si para él estuviese claro, y a Lou lo embargó la idea, quizás absurda, de que bastaba con que lo entendiese él.

—Cuando volví, la gente de mi vida de antes seguía aquí. Mi hermano murió en la guerra, pero eso había pasado antes de irme —comentó Harry—. Regresé y lo que más había cambiado era yo. Empecé a construir desde donde lo había dejado. Imagino que para ti fue extraño volver y que todos tus amigos estuviesen, excepto él.

Lou se encogió de hombros.

—No guardo contacto con nadie de *antes*.

—¿No? ¿Por qué no?

Era inconcebible hacerlo.

Por vergüenza.

—Ya no soy la misma persona. Prefiero que conserven la imagen que tenían de mí.

No quiero que quien soy ahora se convierta en Louis Crane. No quiero que lo que ha escupido la guerra sea quien soy de verdad. Prefiero que se conserve el recuerdo, convertirme en un fantasma.

—No es fácil volver —estuvo de acuerdo Harry.

—Me resulta admirable que lo hayas hecho —dijo Lou con una espontaneidad rara en él, discordante con la desconfianza huraña con la que se había acostumbrado a arroparse—. Sobre todo teniendo en cuenta cómo te tratan.

Harry sonrió. Retiró los platos vacíos, puso una tetera al fuego. Se quedó de pie, esperando a que se calentase el agua, con los brazos cruzados. No tenía nada que añadir al respecto, tampoco era necesario.

El silencio fue cómodo como una madriguera para un ratón.

—No sé si será mucho consuelo y yo no te conocí antes —comentó Harry—, pero la imagen que tengo de ti me agrada.

Miraba a Lou y veía más allá del rostro al mismo tiempo joven y desgastado, más allá de los lunares y la línea suave de los labios, más allá de los ojos claros de mirada ausente y de la melancolía, más allá del cabello oscuro que se le desordenaba por encima de la frente; incluso más allá de las cicatrices visibles e invisibles de un cuerpo que había sido entrenado y transformado, roto y recompuesto, brutalmente acondicionado para la danza clásica, indolentemente sumergido en fango y agua y fuego y metal.

Un golpe de viento sacudió el cristal de la ventana. Al otro lado, en la oscuridad de la noche, el cielo estaba despejado y desplegaba un manto de estrellas claras ante cualquiera que alzase la vista.

L a mediocre y alegre puesta en escena de *Cuento de Navidad* por parte de los grupos de teatro de día avanzaba a un ritmo excelente para su estreno antes de las fiestas. Los niños estaban nerviosos, lo cual, consideraba Lou, era parte de la experiencia.

Él flotaba sobre sus ensayos, reservando fuerzas para las clases nocturnas, en las que los alumnos fantasmales trabajaban con ahínco en la preparación de los personajes que más deseaban interpretar de cara al futuro reparto de papeles.

Sin que ellos se dieran cuenta, aprovechando la excusa que le brindaba su excitación por la posibilidad de recibir uno de los roles más deseados, Lou realizó con ellos una larga serie de ejercicios de creación de personaje, movimiento escénico, control de la voz y matices de intención. Lograba dar clases de técnica teatral sin necesidad de enmascararla con juegos y recompensas. Los niños no parecían aburrirse y, en apenas unos días, Lou consideró que les había enseñado tanto como en los dos primeros meses del curso.

Claro que algunas cosas nunca cambiaban. El jueves por la noche, mientras los niños hacían un ejercicio en parejas, Rosemary se acercó discretamente a Lou.

—Señor, Bessie está llorando.

—¿Qué ha pasado?

—No lo sé. Está entre bambalinas. He intentado consolarla, pero dice que se ahoga.

Él ya estaba en movimiento. La niña lo escoltó, solícita, mirando con ojo crítico el temblor de la mano del adulto sobre el bastón. Parecía considerar poco fiable aquel apoyo, y estaba preparada para sostenerlo ella misma si era necesario. Por suerte, no hizo falta. Lou logró subir al escenario, encontró a Bessie hecha un ovillo en el suelo y se agachó a su lado.

—¿Te importaría dejarnos a solas, Rosemary?

—No, por supuesto. Estaré cerca por si me necesitan.

Cruzó el escenario hasta el otro lado y se quedó quieta, contemplando cómo trabajaban los demás, haciendo un evidente esfuerzo por demostrar que no tenía interés en espiar la conversación. Lou sintió por ella un súbito ramalazo de simpatía que le incomodó como un pellizco.

—¿Bessie?

La niña no reaccionó. Lou tomó aire. Con aprensión, colocó una mano sobre el hombro de la pequeña. No permitió que el dolor inmediato le crispase los dedos.

Bessie giró la cabeza para mirarlo de reojo.

—Louis —jadeó.

Había miedo en su expresión. Pánico.

—Todo está bien —dijo él—. Estás a salvo, Bessie. No te puede pasar nada malo. ¿Puedes contarme qué te sucede?

Las manos de la niña lo buscaron, se aferraron a su camisa.

—No puedo respirar. —Le costaba pronunciar aquellas palabras—. Ayúdame.

Él abrió los brazos, ella giró para acurrucarse entre ellos, con la cabeza apoyada contra su pecho, la espalda en sus rodillas. Lou se figuró que así debía ser tragarse una granada y sentirla explotar. Se le llenaron los ojos de lágrimas, pero el control absoluto de su cuerpo, obtenido en más de una docena de años de intenso entrenamiento, le permitió contener el dolor y mantener una fachada tranquilizadora.

—¿Lo que no te deja respirar está dentro de tu garganta?

La niña negó con un gesto casi imperceptible.

—¿Te está apretando por fuera?

Ella gimió y asintió. Lou le colocó la mano en la barbilla, con suavidad, y ella la levantó, facilitándole el desabrochar los primeros botones de su vestido.

Lou apretó los dientes al ver con claridad las marcas de los dedos en el cuello blanco de la niña. Señales que habrían sido de una brutalidad imposible en una persona viva, y una explicación evidente en una muerta. Estrangulamiento.

La certeza de que alguien había tenido la sangre fría de agarrar a Bessie del cuello y apretar hasta matarla era cortante como el filo de un cuchillo.

Alargó él sus dedos y los colocó sobre las marcas. La niña lo miraba confiada. Él le masajeó la piel, insensible a su propio sufrimiento, agradecido porque las marcas estuviesen en un lugar en el que la niña no podía verlas.

Poco a poco, su calma invadió a la pequeña, que se destensó entre sus brazos y quedó convertida en una muñeca de trapo, un peso suave y cálido. Un recuerdo lejano, de algún parpadeo de la infancia de Lou, en el que un cachorro se le había dormido en los brazos. Paz.

Las marcas se volvieron débiles hasta desaparecer. Lou pensó en la herida de Archie, solo la había vislumbrado una vez, meses atrás. ¿Qué invocaba aquellas huellas de la muerte? ¿Qué era lo que determinaba que la apariencia de un fantasma fuera la del instante final o la de un momento anterior en su vida?

—¿Te encuentras mejor?

Bessie asintió, sin separarse de él.

—Louis, me he quedado con mucha pena. Estoy muy triste ahora mismo, como si se me hubiera roto el corazón en mil pedazos.

—¿Solo por el susto o ha pasado algo malo?

—Es que ha sido un susto muy grande.

—¿Está por aquí tu gatito invisible? —preguntó él—. Tal vez te sintieras mejor si se acercase a consolarte.

—Sí. —Bessie alargó una mano para llamar al animal imaginario—. Pspspsps. Mira, ahí está. —Una sonrisa se abrió camino entre las lágrimas—. Tenías razón. Me siento mejor.

Aquella era una oportunidad para indagar, pero Lou tenía sus reservas. Con Maud no había logrado ser lo bastante sutil, y la falta de delicadeza había espantado a la niña. El dolor del contacto fantasmal le impedía pensar con demasiada claridad.

No quería perder a Bessie como había perdido a Maud.

—¿Tenías...? ¿Has tenido alguna vez un gato que no fuera invisible?

—No. —Bessie acomodó al felino imaginario en su regazo y le acarició las orejas—. Mi madre no me deja.

—Cuando era pequeño, yo vivía con mi tía —le contó él—. Y ella tampoco me permitió nunca tener mascotas. No le gustaba que dejasen pelos por todas partes.

Bessie sacudió la cabeza.

—Nosotras no tendríamos cómo darle de comer —explicó—. Y mi madre dice que una niña no puede cuidar a un gato. Las mamás son quienes deben cuidar a los niños y a los gatos.

—¿Y ella no puede cuidaros a los dos?

—No, porque trabaja mucho, ni siquiera a mí me puede cuidar... —Y antes de que Lou pudiera intervenir, ella añadió—: Como la tuya, ¿no? Por eso te cuidaba tu tía. ¿Se llamaba Eunice tu tía?

—No, se llamaba Ada.

—Ah. Ada sería un nombre encantador para una gatita.

Un golpe con los nudillos en el marco de madera de la bambalina llamó la atención de Lou. Rosemary se había acercado de nuevo a ellos.

—Bessie, ¿te encuentras mejor? —preguntó con amabilidad—. Si es así, deberíamos continuar el ejercicio, porque los demás ya están terminando.

La niña se separó de Lou, dejó cuidadosamente a su gato invisible en el suelo y permitió que su compañera se la llevase al escenario. Lou suspiró.

Tardó unos minutos en recomponerse para levantarse, dolorido como si le hubiesen dado una paliza. Caminó despacio hasta la primera fila de asientos, donde se derrumbó sobre una de las sillas.

No se movió de ahí durante el resto de la clase. Al terminar, se despidió de los niños y aguardó mientras se iban, poco a poco, hacia el almacén. El salón de actos quedó en silencio.

Prefería que no fuesen testigos de su debilidad. Protegerlos de la preocupación. Protegerse a sí mismo de la vergüenza.

Se incorporó. Dio dos pasos antes de caer sobre el escenario y rendirse. Se sentó al borde.

Hacía solo cuatro años se había sentido ingrávido. Hacía cinco, preocupado por la guerra y añorando a David Tutton, había pasado de solista a primer bailarín. Aquella noche, solo ponerse en pie era un esfuerzo sobrehumano.

Pensó en Bessie y en su madre viviendo en tal pobreza que ni siquiera tenían sobras que darle a un gato. Una madre que no la cuidaba, porque el trabajo no se lo permitía. Bessie había estado a cargo de otra persona, tal vez su tía, tal vez una «tía Eunice». O tal vez no. En cualquier caso, Lou se alegraba de que la historia no pareciese apuntar a que había sido la madre de Bessie la culpable del estrangulamiento. Un filicidio era más que suficiente.

Estaba triste.

Como si me hubieran roto el corazón en mil pedazos, pensó, pero ni siquiera eso le hizo sonreír.

—Creo que Bessie no volverá a ver a su madre.

El sobresalto le provocó un respingo doloroso. Lou no se volvió a mirar a Maud. La niña avanzó por el escenario, como quien no quiere la cosa, en un amplio arco hacia la pared que la alejaba de Lou.

—Quién sabe.

—¿Crees que volveré a ver a la mía?

Lou quería creer que Lilian había continuado hacia lo desconocido y que ahí, fuese donde fuese, se habría encontrado con sus padres. El caso de Maud era distinto.

—¿Te gustaría volver a verla? —preguntó.

La niña se volvió hacia él con la fiereza de sus ojos dorados, el espíritu indómito de las greñas asalvajadas, su sed de algún tipo de justicia.

—La estoy buscando —declaró.

Venganza.

—Estás enfadada.

—Está loca —dijo Maud, con el odio que solo surge de la traición de alguien amado—. A veces querría matarla, como en *La leyenda de Neaera.*

Su desparpajo al admitir que había estado asistiendo a los ensayos, vigilando desde las sombras lo que hacían en ellos, levantó el ánimo de Lou.

—Puedo entenderlo.

—¿A ti te pasa también? —El tono de Maud se volvió cauteloso—. ¿Has pensado en matar a tu madre?

—No he tenido ocasión. Mi madre murió cuando yo era muy pequeño.

Maud rumió la respuesta. Lou permitió que el silencio se expandiese entre ellos. No tenía prisa. Ella contaba con la eternidad, él no era capaz de moverse.

—No se me había ocurrido que quizá mi madre esté muerta —meditó Maud.

Su tono parecía indicar que eso lo cambiaba todo.

Ninguno de los dos dijo nada más. Se quedaron juntos en el salón de actos vacío, hasta que la luz de la lámpara se apagó y Maud se marchó sin despedirse.

Lou logró levantarse y subir despacio los escalones.

A ciegas, sin dar un solo paso en falso, recorrió un camino que se había vuelto familiar.

El viernes por la noche, Maud esperaba de pie sobre el escenario como una capitana sobre la cubierta de su barco.

—Hoy la historia la cuento yo.

El resto de los niños no objetó. Lou asintió, la impasibilidad que residía en sus ojos contra el desafío de los de Maud. Ninguno de los dos era auténtico.

—Tenéis un cuarto de hora para montarla —declaró. Para los niños, aquello era una eternidad.

Se sentó en primera fila. Llevaba suficiente tiempo asistiendo a sus procesos sin intervenir como para que ellos no lo considerasen un intruso. En el exterior, el viento rugía y la lluvia repiqueteaba contra los cristales. Maud contaba su historia.

Una mujer, interpretada por Violet una vez más, anticipaba el peligro y se encerraba en casa con sus hijos. Maud, haciendo de sí misma, con Owen, Frances y un burruño de tela como sus hermanos pequeños, observaba con aprensión la inquietud de su madre. El resto de los niños eran los leones, rondando amenazadores los laterales del escenario, cada vez más cerca.

—Hay luces en el horizonte —decía Violet.

Y creyendo que sus hijos dormían ya, se acercó al bebé y lo mató, y después a Frances, y la mató también, y finalmente a Owen. Maud, con los ojos abiertos, presenció el asesinato de sus hermanos, paralizada de miedo e incredulidad, una cómplice aterrorizada.

Lou estaba siendo espectador de un recuerdo.

—¡No! —gritó Maud cuando su madre le sujetó el cuello con las manos.

—Tú me has visto hacerlo —dijo Violet—. Los hemos matado juntas.

—¡No! ¡No! —Maud forcejeó, pero la otra era adulta y más fuerte—. ¿Por qué?

Violet miró al público con dramatismo.

—Yo *soy* los leones.

Lou no quería ver morir a Maud en escena. No quería que ella tuviese que hacerlo, otra vez, aunque pareciese completamente decidida.

Se puso en pie, con los nudillos blancos sobre el puño del bastón.

—Vamos a hablar de objetivos —propuso—. En teatro, hay algo que los personajes quieren y que no siempre es fácil de conseguir. ¿Por qué no puede ser fácil?

—Porque no habría conflicto —respondió Violet, que nunca olvidaba una lección— y la obra sería un aburrimiento, como la de Bessie con el gatito.

—No habría conflicto si el objetivo fuese fácil de conseguir —repitió Lou—. ¿Cuál diríais que es el objetivo de los leones?

—Matar a la gente del pueblo —propuso Gilbert.

—Comérsela —matizó Archie.

—¿Son leones de verdad? —preguntó Lou.

—Sí —respondió Frances.

—A lo mejor no. —La mirada de Rosemary se iluminó ante una posibilidad que le resultaba mucho más interesante—. A lo mejor los leones son el peligro en general, podrían ser ladrones o gente mala... Alguien que quiere hacer daño a esta familia.

—Muy bien. ¿Y cuál es el objetivo de los niños?

—¿Dormir? ¿No morirse? —Gilbert sonrió de medio lado cuando los demás se rieron.

—¿Y el de la madre? ¿Maud?

Ella se cruzó de brazos. Tenía el ceño tan fruncido que le arrugaba la cara entera.

—La madre es la mala. Asusta a los niños con los leones, pero ella es la peor.

—Es aburrido un personaje que es malo porque sí. ¿Cuál podría ser su objetivo?

Maud lo fulminó con la mirada.

—Quizá para ella es más fácil escapar de los leones sin los niños —propuso, con desgana.

—O tal vez *sabe* que no pueden huir —intervino Violet, cautivada por el dramatismo—. Quiere salvar a sus hijos de un peligro terrible, de la crueldad y el fuego y el hambre y la muerte y...

—Violet —llamó Lou.

—Sí, perdón, todo eso, y para evitar que sus hijos sufran, se ve *obligada* a matarlos, y después, incapaz de vivir con la culpa, se mata ella también...

Maud tenía los ojos clavados en Lou.

«No se me había ocurrido que quizá mi madre esté muerta».

—¿Afectaría este cambio de objetivo a la forma de interpretar a la madre?

Aunque no dijo su nombre, ambos sabían que la pregunta era para ella.

—Lloraría —sugirió Maud—. Si fuera ella. Porque querría mucho a los niños, y ellos no lo sabrían porque estarían muertos. Y seguiría sin estar bien, pero los querría.

Lou ladeó la cabeza. Se le ocurrió, por primera vez, que encontrar las razones de la madre de Maud no era tan importante para la niña como abrazar la posibilidad, fuese la que fuese, de que aquello tuviese algún sentido.

La cuestión no era la verdad, sino la esperanza. La paz.

—El objetivo de la madre no tiene por qué cambiar nada para los hijos.

Quizá te ayude entender a quien se ve obligado a hacer daño, pensó, *pero nadie puede obligarte a perdonar.*

—No —dijo ella—, pero lo cambia todo. —Después, sonrió—. Esto podría ser una obra clásica.

Los demás niños, menos interesados en el tema, se empezaban a distraer. Lou no intentó detener su charla ni sus juegos. Aunque no se había acercado a ningún fantasma aquella noche, le temblaban las manos.

Maud se marchó antes de que terminase la clase, sin despedirse, sin dar ninguna explicación. Y Lou supo con certeza que no necesitaba nada más de ellos y que no volvería a verla.

El vacío invadió el salón de actos, aunque solo faltaban dos niñas. Los nueve alumnos fantasmales restantes resolvieron rellenar con su alboroto el hueco que ellas habían dejado mientras fuera, el silencio ensordecedor de la nieve sustituía el tintineo de la lluvia. Lou, con la cabeza embotada por el cansancio, retomó el ensayo como lo había planeado y habló sobre las distintas profesiones del ámbito teatral. Una vez más, les pidió que inventasen obras breves, porque era lo que más disfrutaban de la clase. En esa ocasión, tendrían que repartir las responsabilidades de dramaturgia, dirección e interpretación.

Él se sentó a un lado del escenario. Las fuerzas lo abandonaban cada vez más deprisa, apenas había aguantado media hora de ensayo nocturno antes de que el mareo amenazase con derribarlo. Contempló la posibilidad de acortar las clases, de reducirlas a dos días a la semana.

—Profesor —llamó Emily Jane—. Bessie está llorando otra vez.

Él se incorporó.

—¿Qué pasa?

—No le hemos hecho nada —protestó Archie—. Es que llora por todo.

—Sí me han hecho —sollozó Bessie—. Están siendo malos conmigo...

—¿Qué le habéis dicho?

—Bessie estaba siendo pesada con lo del gato —explicó de mala gana Gilbert—, y ha dicho que Archie y yo tendríamos que ponernos de su parte porque es pequeña y nosotros somos mayores, y entonces Archie le ha dicho que él, por suerte, no es su padre...

—Bessie —suspiró Lou—. No puedes tomártelo todo tan a pecho. Si Archie solo ha dicho eso...

Bessie se ahogaba en sus propias lágrimas.

—Yo no quiero que nadie hable de mi padre —lloriqueó—, porque yo no tengo padre... Y es muy feo que él haya dicho que «por suerte»... Y no me parece bien...

Lou se sacó un pañuelo del bolsillo y se lo dio a Bessie para que se secase los ojos y se sonase. El gesto le encantó a la niña, que se pasó la tela por la cara con grandes aspavientos. La ofensa quedó rápidamente olvidada.

—Os quedan solo cinco minutos para terminar vuestra obra —les recordó Lou.

El otro grupo fue el primero en representar el resultado. En él, Violet había ignorado la premisa del ejercicio y había insistido en ejercer al mismo tiempo de dramaturga, directora y actriz protagonista. Su creación, un drama trágico, contaba la historia de una niña a la que, al cumplir catorce años, sus hermanos obligaban a dejar la escuela para antender a su anciana madre.

—Tomad, compañeras mías —gemía Violet, con pesar—. No volveremos a vernos, pues tendré que quedarme en casa. Os regalo mi lápiz, mi pizarra, mi precioso cuaderno, pues ya no habré de usarlo ni aprenderé nunca nada más. Poco a poco lo olvidaré todo, la aritmética, la lectura y la escritura, y mi mundo será pequeño, pequeño, como el de mi pobre madre.

Aullido se había sentado delante de Lou, también sobre el escenario. Poco a poco, lanzándole miradas de refilón para asegurarse de que él no se daba cuenta, se deslizaba hacia él. Hasta quedar a su lado, con el cuerpo tenso, dispuesta a huir ante cualquier movimiento brusco. Lou no despegó los ojos de los niños que actuaban, dejándole espacio a ella, sin saber bien qué era lo que se proponía.

Por fin, la pequeña, muy despacio, controlando cada segundo de distancia que los separaba, se apoyó con timidez contra las rodillas de Lou. Continuó atenta a la representación de sus compañeras y dejó caer lentamente su peso sobre él. Alerta al principio, después, gradualmente, más tranquila.

Él se esforzó en no moverse en absoluto. Le permitió estar ahí, tolerando ese contacto que era como mil cuchillas clavándosele en la carne.

Y ella se relajó, por primera vez desde que la conocía, y permaneció acomodada contra él durante la siguiente obra, y rio cuando los demás lo hicieron, y pareció, durante unos segundos interminables, una niña confiada que nunca hubiese tenido nada que temer.

La noche llegó cargada de sueños extraños. Lou marchó por campos de remolacha hasta un ramal de aproximación, hasta la primera línea, hasta la alambrada. Alumbrado de vez en cuando por la luz fantasmal de una bengala, sin miedo. Sabía que iba a morir, y también que el peligro que lo amenazaba no lo suponían los del otro lado.

Marchaba hacia un lugar desconocido y lo hacía voluntariamente.

¿Dónde está todo el mundo?

Recordó a los camaradas con los que entablaba conversación a la hora de cenar, pero sus rostros eran los de otros bailarines de la compañía de danza, que fumaban en los descansos. Ninguno de ellos estaba en aquel terreno muerto que él atravesaba hacia un destino lejano. Estaba solo.

Despertó temblando de frío, en su dormitorio. Se había revuelto tanto que había tirado la ropa de cama al suelo.

Era media mañana y hacía sol. Lou se echó la manta sobre los hombros para acercarse a la ventana. Los niños estaban jugando en el patio, lleno de luz que se reflejaba en la nieve. Las clases habían terminado pronto, porque era la víspera de Nochebuena, y Edith Morgan charlaba con ellos, casco en mano, junto a la verja.

Arrastrado por un súbito impulso, Lou se vistió deprisa y bajó las escaleras.

—¡Edith!

Ella lo oyó a tiempo, antes de montarse en la moto. Esperó a que él la alcanzase, cojeando sobre el bastón, con una media sonrisa.

—¿Hoy no nos peinamos, señor Crane? —le preguntó cuando estuvo lo bastante cerca para que no la oyesen los niños. Él hizo una mueca y se pasó la mano por el pelo, sin que eso sirviese para mejorar su aspecto en lo más mínimo—. ¿Va todo bien?

—Sí, gracias. Quería preguntarte, si no tienes prisa, si te apetecería tomar algo conmigo en el pueblo.

Ella le lanzó una mirada intrigada. No era capaz de leer, en el habitual gesto inexpresivo de Lou, qué intenciones había detrás de la propuesta. Finalmente, se encogió de hombros.

—Solo si subimos en moto. No voy a ir y venir andando por la carretera.

Se puso el casco y montó con gesto decidido en el vehículo. A Lou le agradó que no le ofreciese ayuda y subió tras ella, agarrándose con una mano al asiento y sujetando el bastón con la otra. No fue hasta que estuvieron de camino carretera arriba, para diversión de algunos de los niños, que los siguieron corriendo hasta que no pudieron más, que pensó en la imagen que darían entrando así en el pueblo.

Lo siento, señora Beckwith.

En el pub, la señora Bow estaba decorando un árbol de Navidad bajo y tupido, al que le habían cortado la copa para que no chocase contra el techo. Sus ramas estaban cargadas de bolas de cristal, una larga cinta roja y varias velas. Del techo colgaba un farolillo de nido de abeja de papel, en un festivo color rojo, y en el aire flotaba un intenso olor a jengibre.

Lou y Edith se instalaron en la mesa de la esquina, la más alejada de las corrientes de aire frío que entraban cada vez que se abría la puerta. Además del té caliente, la señora Bow les trajo un plato de galletas, y el estómago vacío de Lou gruñó en agradecimiento.

—¿Querías hablar de algo en concreto? —preguntó Edith.

—No.

Así que ella le contó que había recibido una carta de un tal Edgar Macey, el otro cliente de la librería con las iniciales E. M. y el verdadero dueño del libro que ella había recibido por error.

—Me escribió que se leyó el que había encargado yo, que le pareció de lo más interesante y que agradecería más recomendaciones. De modo que le respondí mencionando a tres o cuatro autoras que es imprescindible leer, y a las pocas semanas me contestó con algunos comentarios. Me asombra y agrada que los haya leído... Sobre todo viendo el desdén que merecemos las mujeres en general según algunos de mis alumnos y sus familias...

Lou recordaba aquella conversación con la señora Beckwith. Chasqueó la lengua, disgustado porque no era capaz de recordar el nombre del niño.

—¿Martin...? ¿Marvin...?

—Marvin Farley. Sí.

—¿Ha vuelto a darte problemas?

—No, pero yo a él sí. —Edith rio por lo bajo—. Les he encargado que escriban durante las vacaciones cuentos protagonizados por niñas o mujeres. Tendrías que haber visto sus caras de desconcierto. Están demasiado acostumbrados a que los héroes de todos los libros que leen, si es que leen algunos, sean hombres. A Marvin parecía asquearle la idea de tener que siquiera imaginar lo que puede pasar por la cabeza de una muchacha.

Lou bebió, pensativo.

—Vas a encontrarte con un museo del horror cuando tengas que corregir esos relatos —vaticinó.

Ella se inclinó sobre la mesa, con aire a medias culpable, a medias cómplice.

—De hecho, tengo que confesarte que te he enredado en esto sin haberte preguntado primero. Espero que te parezca bien. He propuesto que el mejor de los cuentos sea representado por los alumnos de teatro...

Lou suspiró. En realidad, esto le quitaba el trabajo de decidir qué hacer después de las vacaciones.

—Está bien —respondió—, pero esta me la guardo. Ya me la devolverás.

—Prometido —sonrió ella.

Aprovechando que estaba en el pueblo, Lou recogió las últimas piezas del vestuario que las abuelas de Bluesbury habían preparado para la función de Navidad de sus nietos, que se representaba esa misma tarde, y las llevó al salón de actos. El escenario había sido preparado con la ayuda de la señora Kenney y su hermano Fred, con una escenografía muy modesta, compuesta en su mayor parte por muebles y enseres donados por los padres.

A mediodía se pasó por allí la señora Beckwith, sumida en un intenso desasosiego, para comprobar que todo marchase según el plan.

—Empieza a las cinco y media, ¿verdad? —preguntó, aunque ella misma había sido la encargada de colgar el aviso en el tablón de anuncios de la parroquia—. A las cinco y media. Aquí estaré. Dígamelo si necesita algo más.

Los niños llegaron a las tres, algunos de ellos con un plan claro en mente, como Kitty Kenney y Millie Blake, que solo querían que se las dejase en paz para poder dedicarse a maquillar a sus compañeros y a recorrer el escenario, haciendo aspavientos y suspirando con secreto deleite sobre lo nerviosas que estaban. Otros, como Douglas de Carrell, estaban enternecedoramente angustiados y necesitaban que Lou resolviese los cientos de dudas que los asaltaban. Los más pequeños lo seguían por el salón de actos, piando como pollitos.

Lou permitió que se le contagiase algo de su exaltación, pese a la barrera de estoicismo que había construido a lo largo de años de experiencia. Se dejó zarandear por ellos de un lado a otro, solucionando imprevistos y regalando palabras de ánimo, y cuando horas más tarde se encendieron las luces y comenzó la función, descubrió que estaba disfrutando.

La obra fue mediocre, pero muy aplaudida. Al acabar, varios padres sin rostro cuyos nombres Lou desconocía se acercaron a felicitarlo. La señora Beckwith parecía satisfecha.

—Es una pena que tras tanto esfuerzo solo haya una función. Podríais volver a hacerla en enero —propuso—, con algo más de ensayo y mejor escenografía.

—Sí, por supuesto —respondió Lou. Entre eso y la adaptación del cuento de Edith, estaría ocupado hasta el verano.

—Lo anunciaremos en los pueblos de alrededor para que venga más gente a veros —resolvió la señora Beckwith.

Al salir, encontró a Harry White, que había ido a ver actuar a sus sobrinos y lo esperaba en la puerta junto a los Blake y la familia White al completo. Lou dio la enhorabuena a sus alumnos y estrechó las manos de Thomas Blake, el padre de Millie, y su mujer Ethel, hermana de Harry. La madre de los dos, la anciana Millicent White, había acudido en una silla de ruedas que empujaba el mayor de sus nietos, un muchacho que estaba ya en edad de trabajar.

Harry los presentó a todos y Lou esbozó una sonrisa, incapaz de retener en su memoria quién era quién.

—Volvamos antes de que se nos haga de noche —propuso el señor Blake—. Muchas gracias por todo, señor Crane.

—Que tenga unas felices vacaciones, profesor —le deseó Millie, plantándose ante él y ofreciéndole un sobre.

Lou lo aceptó. Los hermanos Helen y Charles White se adelantaron también para ofrecerle dos tarjetas más.

—Gracias —respondió él—. Feliz Navidad.

El patio del colegio quedó paulatinamente vacío. Harry White, que sostenía una cesta y se la pasaba de una mano a la otra una y otra vez, se quedó con Lou hasta que los demás se marcharon.

—Me dijiste que tenías otra hermana —recordó Lou—. Una es la madre de Millie. Y la de Helen, Charles y los demás...

—Es la mujer de mi hermano, que murió en la guerra —explicó Harry—. Ella y los niños viven con mi madre.

—¿Y tu otra hermana?

—Evelyn. Vive en Barleigh. Su marido, Frank Bowd, es minero.

Aquello llamó la atención de Lou.

—¿Minero? ¿Hay una mina en Barleigh?

—Cerca de Barleigh, en Millmarsh.

—¿De carbón?

—Sí.

—¿Está muy lejos de aquí?

—A unas dos millas de Bluesbury. ¿Te interesan las minas? —preguntó Harry, divertido—. Eres un hombre con intereses muy diversos.

—Soy curioso —admitió Lou—. ¿Sabes si se puede llegar en tren?

—Sí, seguro. Si quieres saber sobre el tema, puedo ponerte en contacto con Frank.

Lou asintió. No sabía cómo justificar la emoción que sentía, como la de un perro de caza que ha encontrado un rastro, pero por suerte Harry no parecía esperar ninguna explicación.

—Me gustará conocerlo —respondió.

—La señora Kenney estaba dispuesta a bajar esta cesta para ti —cambió de tema Harry—, pero le dije que lo dejase en mis manos. Esta tarde, debía venir solo como madre de artista. Así que te la he traído yo.

—Gracias. ¿Quieres quedarte a cenar?

Harry hizo una mueca, como si lamentase profundamente no poder aceptar.

—Voy a pasar esta noche en casa de mi madre, y si no me presento a cenar se llevará un disgusto. Pero ¿te gustaría acompañarnos mañana? No puedes cenar solo en Nochebuena, no está permitido. Estoy seguro de que hay alguna ley que lo prohíbe.

Lou rio. Le agradaba Harry, pero la idea de cenar con toda su familia lo abrumaba.

El antiguo Lou habría aceptado, pensó.

—Te lo agradezco —respondió—, pero creo que esta vez prefiero cenar aquí. Incluso aunque me arriesgue a ser perseguido por la ley.

Harry sonrió.

—Nos vemos por el pueblo, entonces. Feliz Navidad, Lou.

—Feliz Navidad.

Al caer el sol, el frío había dominado el paisaje. Harry se alejó calle arriba y Lou subió a cenar a su dormitorio, caldeado por la estufa. En la cesta encontró pan, queso, carne de ganso fría y pudín de ciruelas, además de algunas galletas con decoración navideña sin duda hechas por Kitty Kenney. Mientras comía, abrió las tarjetas de los sobrinos de Harry. Las tres estaban hechas a mano, decoradas con dibujos hechos por los propios niños. La de Millie mostraba a los alumnos del colegio jugando en la nieve, la de Charles, un petirrojo, y la de Helen, la más sofisticada, una hermosa dama con un opulento abrigo rojo con un estilo muy moderno.

Las colocó sobre el escritorio, un triste recuerdo de que era tan profesor de aquellos alumnos vivos como de los fantasmas, aunque estos ocupasen la mayor parte de sus pensamientos.

Terminó de cenar deprisa, a tiempo para bajar de nuevo al salón de actos. No había vacaciones en los ensayos nocturnos.

as fiestas pasaron deprisa. El frío mantuvo a Lou dentro del edificio como un oso en hibernación, durmiendo, comiendo, leyendo, ensayando. Solo subía al pueblo a mediodía, en las horas de más sol, y regresaba sin apenas hablar con nadie. Los vecinos, cuya vida aquellos días giraba en torno a la familia y el hogar, no se dieron cuenta. Harry White hacía reparto de pan diario, pero la panadería estuvo cerrada la semana que él pasó en casa de su madre, a las afueras de Bluesbury.

Los alumnos regresaron como la primera lluvia después de meses de sequía y llenaron de vida el patio, el colegio y el salón de actos durante el día. A Lou le costó acostumbrarse de nuevo a su ritmo bullicioso. Las improvisaciones en clase de teatro se vieron invadidas por las anécdotas familiares, las frutas y nueces que habían llenado los calcetines y, por supuesto, los regalos que habían recibido, desde osos de peluche hasta combas, trenes y ejemplares de las revistas infantiles como *The Magnet* o *Boy's Own Paper*, que pasaban de mano en mano hasta acabar desgastadas de tanto manoseo.

Incluso Douglas de Carrell, que era especialmente activo y que Lou no creía que hubiese tenido jamás un libro en las manos, se había entregado a la lectura. Sus historias, en clase de teatro, las protagonizaban los héroes de las revistas, así como otros personajes extravagantes como la Capitana Ojo de Lobo y su acompañante, la pistolera As.

—Esas nos las hemos inventado nosotros —le explicaron los niños—. Son de unos cuentos que hemos escrito en vacaciones.

Más tarde, Edith Morgan confirmó que, contra todo pronóstico, la iniciativa había sido popular al menos entre una generosa mayoría de alumnos.

—¿Y la totalidad de las niñas? —adivinó Lou.

—Bueno, sí, aunque algunas han escrito cuentos calcados de la realidad más aburrida, sobre mamás y niñas ejemplares —le contó la profesora—. Y, claro está, Anabelle de Carrell escogió como protagonista a una princesa...

—Algo es algo.

—Sí, y varios niños han admitido que pidieron ayuda a sus madres o hermanas... otros, en cambio, concibieron el relato con un héroe y después lo versionaron cambiándole el nombre... Qué se le va a hacer. Los hemos leído en clase, con gran alborozo y yo diría que un considerable éxito. Aún tengo que elegir el mejor para que lo conviertas en teatro...

Lou tenía otras cosas en la cabeza. En cuanto la panadería volvió a abrir, hizo una visita a Harry White para sacar el tema de su cuñado, el minero. El panadero, aunque claramente intrigado, no hizo demasiadas preguntas. Le dio la dirección de su hermana.

—Le he hablado de ti —añadió—. Si quieres hacerle una visita, lo mejor es que vayas un domingo.

Por un instante, Lou creyó que Harry iba a ofrecerse a acompañarlo y libró una lucha en su interior entre la parte que deseaba hacer la excursión con él y la que sabía bien que su presencia entorpecería las pesquisas. No ganó ninguna de las dos. Tal vez consciente del conflicto, Harry guardó silencio.

A la hora de comer, en el pub, Lou mencionó al señor Bow que necesitaba que alguien lo llevase a la estación de Dunwell el domingo a primera hora.

—¿Ha preguntado al bueno de Benedict Culpepper? Va a Dunwell día sí, día no.

Lou no tenía un buen recuerdo del anciano, que había mencionado su cojera a los pocos minutos de recogerlo de la estación el día de su llegada a Bluesbury, pero no fue capaz de detener al señor Bow, que estaba decidido a organizar el viaje. Cuando Culpepper entró en el pub apenas media hora más tarde, fue asaltado por el dueño del local.

—Sí, por supuesto —aceptó de buena gana—. Pasaré a buscarlo al colegio a las seis, para que no tenga que subir la cuesta.

—Gracias —respondió Lou.

Fue una suerte que a Benedict Culpepper le viniese bien acercarlo a la estación, no solo por lo conveniente de hacer el trayecto en carro, sino porque el hombre, tras preguntar a dónde iba Lou y recibir una escueta explicación, exclamó, con algo de orgullo:

—¡Mi tío trabajó en la mina muchos años! Desde que se inauguró en 1837.

—¿Qué edad tenía entonces su tío?

—Pues debía tener unos diez años cuando empezó. Cuando yo nací, llevaba ya doce años trabajando en ella, y lo dejó en el 72 o el 73... No había cumplido los cincuenta. Le pasó factura a la salud, ¿sabe? Es muy duro... Muy duro.

—No era más que un niño cuando empezó... —comentó Lou.

—Claro, usted es profesor y muy joven, es natural que esto le sorprenda, pero era muy frecuente que hubiese niños en la mina. Si le interesa el tema, debería hablar con un buen amigo mío, el viejo James Cliford. Antes de subirse al tren, pásese por el pub que hay frente a la estación y lo más probable es que lo encuentre...

El carro entró en Dunwell y Lou admitió, para sus adentros, que el día de su llegada apenas había reparado en el pueblo. Más grande y más animado que Bluesbury, había sacrificado algo de su encanto atemporal para decorar sus fachadas con colores claros, una gama otoñal que aportaba calidez a sus calles nevadas. Benedict Culpepper dejó a Lou en la plaza, a pocos pasos de la estación.

El silbido del tren en dirección a Barleigh le llamó la atención. La locomotora se acercaba deprisa, de modo que él cojeó, tropezando en el suelo adoquinado y doblando la muñeca sobre el puño del bastón, hacia la plataforma de piedra del andén. Cruzó sin aliento el jardín silvestre, subió los escalones y se detuvo un instante, dolorido y malhumorado, para ver cómo el tren seguía adelante sin él. Las dos señoras que se habían apeado lo contemplaron con lástima.

—¿Necesita ayuda?

—No, gracias.

Ellas se alejaron, cuchicheando molestas por su tono desabrido.

Lou se sentó en uno de los bancos del jardín. Estiró la muñeca, conteniendo una mueca por el dolor, y utilizó su pañuelo como venda para inmovilizarla. Dejar de apoyarla no era una opción, de modo que al ponerse en pie volvió a agarrar con ella el bastón y calibró cuánta cantidad de peso podía soportar. Después, echó a andar hacia el pub de la estación.

Se trataba de un local pequeño, con una única sala con mesas de madera oscura, sillas antiguas y moqueta roja. Una chimenea ardía en el lado opuesto a la barra. Una pareja ocupaba uno de los bancos junto a la ventana, y tres hombres de mediana edad jugaban a las cartas en la mesa más amplia.

—Buenos días —saludó Lou—. Estoy buscando al señor James Cliford.

Los tres alzaron la vista y se fijaron inmediatamente en el bastón, que contrastaba con la juventud de Lou. Apenas tardaron unos segundos en sacar conclusiones. Uno de ellos se puso en pie, y Lou supo, solo por su postura, que había sido soldado. El hombre le tendió la mano.

—Horace Hadley. Usted no es de aquí, ¿verdad?

—Vivo en Bluesbury —respondió Lou, sin querer dar detalles—. Louis Crane.

Le presentó rápidamente a los otros dos hombres.

—El viejo Cliford no vendrá hoy —explicó uno de ellos—, tiene algo en la garganta. Ayer ya se encontraba mal.

—Siéntese con nosotros —ofreció Hadley—. No somos Cliford, pero tampoco hacemos mala compañía.

Lou aceptó, porque la muñeca volvía a molestarle, y Hadley hizo un gesto al camarero para que le trajese algo de beber.

—¿Para qué lo busca?

—Me han dicho que puede hablarme de los niños que trabajaban en la mina de Millmarsh.

—Bueno, es que él puede contártelo de primera mano. Empezó a trabajar allí a los diez años… Y es uno de los pocos que ha llegado a viejo: cumplió noventa hace un mes. Ahora se pasa la vida en su casa o aquí, haciéndonos trampas a las cartas.

—Pero de la mina en general puede hablarte cualquiera. Mi padre trabaja en ella, el de Horace también…

—¿Ustedes no?

—No. ¿No sabe cómo es el trabajo en la mina? —Horace Hadley sacudió la cabeza—. No es peor que fortificar trincheras, pero sí dura mucho más tiempo. No se lo deseo a nadie.

El camarero trajo una cerveza para Lou y la conversación se interrumpió para brindar y beber.

—Y ya no trabajan niños en Millmarsh —aventuró Lou.

—No, no, o al menos no tantos. Más o menos por esa época, cuando Cliford empezó a trabajar, hubo una explosión terrible, y desde entonces empezó la preocupación por la seguridad en las minas. Que si lo regulaban, que si no, que si los niños ya no podían trabajar bajo tierra... Se hizo público todo el asunto. —Hadley se volvió hacia el camarero—. Tú tienes más idea que yo de esto, ¿no es así, Stuart?

El camarero, que recogía los vasos vacíos, asintió.

—Publicaron listas con nombres y edades de las criaturas que trabajaban en las minas, una investigación sobre las condiciones de trabajo... En fin, el revuelo que era necesario para presionar y conseguir una ley al respecto. Los nombres de los mineros de Millmarsh que murieron en la explosión salieron en un periódico de Kinwick, entre ellos, los de mi abuelo y sus hermanos. Mi madre guardó una copia, y cuando murió no quise tirarla.

—¿Me permitiría verla? —preguntó Lou.

Esperaba una negativa, pero el tal Stuart parecía halagado por el interés de aquel extraño en su abuelo, y asintió con vehemencia. Lou lo vio quitarse el delantal antes de desaparecer por una puerta trasera que, seguramente, conducía a su vivienda.

—De todos modos, oficialmente, los críos tienen que estar en el colegio hasta cierta edad, ¿no? —señaló otro de los hombres—. Ya no pueden pasarse la vida ahí abajo.

La cerveza pareció amargarse y convertirse en arena; Lou no fue capaz de dar ni un solo trago más hasta que el camarero regresó con una carpeta de cartón que colocó a un lado de la mesa, a salvo de las bebidas.

—Mire, ¿ve? Esta es la noticia, y aquí añadieron los nombres de los mineros de la región... En verano del año siguiente, se aprobó la Ley de Regulación de las Minas de Carbón, y seis o siete meses después, se volvió ilegal que mujeres o niños menos de diez años trabajasen bajo tierra en Gran Bretaña...

Lou planeó sobre las letras impresas.

No esperaba encontrarlos y, al mismo tiempo, tenía la completa seguridad de que lo haría. Y ahí estaban. Los tres, uno detrás de otro, juntos.

Gilbert Scott, muerto en 1841.

Owen Scott, muerto en 1841.
Frances Scott, muerta en 1841.

Una muchacha abrió la puerta de la casa y observó a Lou con iris verdes y desconfiados.

—Buenos días —saludó él, antes de que ella pudiera preguntarle qué quería. La joven estaba dispuesta a cerrarle la puerta en las narices cuanto antes—. Vengo a ver al señor Cliford.

Si ella hubiese sido mayor o él la hubiese encontrado menos ocupada, tal vez le habría preguntado quién era. Sin embargo, tenía prisa por regresar a la redacción de una carta importante, y no se molestó en averiguar siquiera si aquella visita había sido concertada. Se limitó a gritar, en dirección a la escalera:

—¡Abuelo! ¡Sube a verte un señor! —Y después de hacer pasar a Lou, añadió—: Está en el piso de arriba.

Cerró la puerta y se metió en una salita, dejando la puerta abierta. En apenas unos segundos, volvía a estar enfrascada en el papel, mordisqueando distraída el extremo de la pluma.

Lou subió la escalera despacio, agarrado a la barandilla. El salón de la planta superior era pequeño y estaba en penumbra, solo alumbrado por la estufa. En un sillón desvencijado, un anciano envuelto en una bufanda de lana acababa de despertar. Tenía los ojos inundados.

—Perdone que lo moleste —dijo Lou en voz alta—. Me llamo Lou Crane. Usted es James Cliford, ¿verdad?

—Sí —respondió el anciano—. Crane, Crane. Conocí un Crane hace tiempo. William Crane. Era lechero. Un buen hombre. Murió un invierno cuando yo era aún niño, y se quedó la granja un ahijado suyo con otro apellido, no recuerdo cuál. A mis padres no les agradaba mucho. ¿Es usted familia?

—No creo. Mis padres eran de Londres.

—Ah, bueno, nunca se sabe. Siéntese, señor Crane. Hoy no voy a ir a ninguna parte, estoy enfermo. No es grave, solo se me ha metido algo de frío en el cuerpo, y a los noventa años, cualquier cosa me deja tumbado. El único problema es que es muy aburrido estar aquí todo el día, y mi nieta no tiene tiempo para entretener a un viejo.

Lou tomó asiento en una silla de madera junto a la pared. No se acercó a James Cliford. Su piel era demasiado pesada para su rostro y se le escurría hacia abajo. En la penumbra, parecía una calavera.

—Usted trabajó en la mina de Millmarsh de niño —comentó.

—Y de adulto, también —replicó Cliford—. Me jubilé pronto, como los demás, pero me negué a morirme pronto. ¿Qué le parece?

—Algunos murieron *muy* pronto. ¿Recuerda a unos niños... tres hermanos? Frances, Owen y Gilbert Scott.

El silencio de Cliford, pesado y febril, llenó el salón como el crepitar de las brasas. Lou esperó, casi sin respirar. El tiempo no existía en aquel salón.

—Gilbert Scott —repitió el anciano, pensativo—. Hacía mucho tiempo que no pensaba en él. Un buen muchacho. Muy responsable. Siempre pendiente de sus hermanos. Nos llevábamos bien.

—¿Eran amigos?

—Sí, solo le sacaba un año. Éramos *hurriers* él y yo, y también su hermano, ¿cómo se llamaba?

—Owen.

—Eso es. Gilbert y Owen Scott. Así nos pasábamos los días, de seis de la mañana a seis de la noche, arrastrándonos en la oscuridad como topos por sus túneles. Empujábamos las vagonetas cargadas de carbón con las manos y la cabeza. Ahora he perdido todo el pelo, pero entonces tenía una buena mata, excepto aquí, en la parte de arriba. Así reconocías a un *hurrier*. No era raro que tuviésemos una calva. Sí, una calva... Y las rodillas siempre arañadas por el suelo rugoso, y los pulmones llenos de polvo... Las rodillas se han curado, pero el polvo... el polvo se queda toda la vida.

—Y usted siguió trabajando después de la prohibición —añadió Lou.

—Sí, porque había cumplido ya los trece. Gilbert también habría seguido, de haber estado vivo. Aunque Owen y la niña habrían tenido que regresar a la escuela.

—¿Frances también era *hurrier*?

—No, no. Era demasiado pequeña. ¿Cuántos años tenía? ¿Seis? No tenía fuerza para mover la vagoneta. Los más pequeños hacían de tramperos: montaban guardia junto a las trampillas y se dedicaban a abrirlas y cerrarlas para que pasásemos los demás.

A Lou le mareaba la penumbra de la habitación. Los túneles oscuros se mezclaban en su mente con madrigueras y pasadizos, el carbón con la tierra, el polvo con el agua. Raíles que hacían tropezar. Una vagoneta, el correteo de las ratas. Una lámpara de aceite que se apagaba, una niña con miedo a la oscuridad.

—Seis años —repitió para sí—. ¿Sus padres...?

El anciano suspiró. Comprendía que los jóvenes no entendiesen las circunstancias del pasado. Cabalgaba entre el horror y la costumbre.

—Sus padres eran de lo mejor que hay, pero necesitaban la ayuda. El señor Scott fue minero también. Gilbert lo acompañaba como ayudante, hasta que el pobre hombre murió. ¿Qué iba a hacer la señora Scott? No ganaba suficiente para sacar adelante a los cuatro. Sí, cuatro, porque tenía otra niña más. Pobre mujer. Entonces el patrón de la mina se ofreció a dar trabajo a los tres mayores. No ganaban mucho, pero bastante para comprar pan y leña, y el señor le salvó así la vida a la familia entera.

—No les salvó la vida la buena acción del patrón, sino el esfuerzo de las tres criaturas —musitó Lou.

Cliford se entregó a un ataque de tos.

—No seré yo quien niegue el trabajo de esos niños —repuso—. El bueno de Gilbert Scott. Qué pérdida supuso su muerte. Habría sido un hombre excelente. Fue él quien nos avisó para que saliésemos de la mina justo antes de la explosión, ¿sabe? No sé cómo lo supo.

—¿Gilbert dio la voz de alarma?

—Sí. Pasó a mi lado como una exhalación, gritando que saliese. Normalmente no lo habría hecho, no durante las horas de trabajo, pero había algo en su voz... Obedecí enseguida. Solo unos pocos le hicimos caso.

—¿Por qué no escapó él? ¿Buscaba a sus hermanos?

—Quizás a la niña. Pasé junto a Owen al salir. Estaba en el túnel, creo que esperando a Gilbert. Más tarde pensé que tendría que haberlo arrastrado conmigo. Si hubiese sabido lo que iba a pasar...

El anciano calló y se sumergió lentamente en sus pensamientos, como una barca que hace aguas.

—Señor Cliford —llamó Lou—. Ha dicho que la señora Scott tenía otra hija. ¿Qué pasó con ella?

—¿La pequeña? Era solo un bebé. El pueblo entero se volcó en ayudar a la señora Scott después de la tragedia, como es natural. Cada uno aportaba lo que podía y, entre todos, se aseguraron de que a la cría no le faltase nada. Sarah Scott. Se casó y ahora se apellida Arkley.

—¿No sabrá usted su dirección?

Cliford rio.

—No, lo siento mucho. Todo esto pasó hace muchos años, señor Crane. Sarah Arkley tuvo hijos que se marcharon a vivir fuera, luego estos a su vez le dieron nietos, y creo que ella dejó el pueblo para irse a vivir cerca de ellos. Si es que sigue viva, no creo que guarde contacto con nadie de aquí. Como comprenderá, ella también es una dama mayor; no tanto como yo, pero mayor al fin y al cabo.

El crujido de las escaleras anunció la llegada de la nieta de James Cliford, que se asomó al salón y miró a Lou como si hubiese olvidado por completo su existencia.

—Abuelo, voy a hacer té y le traeré una taza. ¿Quiere usted una, señor?

—No, gracias —respondió Lou, poniéndose en pie—. Ya me iba. Señor Cliford, muchas gracias por recibirme.

—De nada —contestó el anciano—. No hay tanta gente en el mundo a quien sigan interesándole los recuerdos de la infancia de un carcamal de casi cien años.

—Anda, abuelo —sonrió la muchacha—. Aún te queda un trecho para los cien. No eres más que un jovencito.

James Cliford rio otra vez y, por un instante, Lou pudo distinguir en la forma de su sonrisa y las arrugas de sus ojos achinados el reflejo del niño que fue.

Hacía un par de horas que había oscurecido y la luz de la panadería, a través de los cristales, iluminaba la acera. La calle llevaba un buen rato en completo silencio, por lo que el traqueteo de las ruedas del carro sobresaltó a Harry y le hizo alzar la vista. Observó al señor Culpepper conducir hacia el cruce con Hampton Road. Lo acompañaba Louis Crane.

El señor Bow, que no abría el pub los domingos por la mañana, tenía la costumbre de acercarse a por pan bien temprano y desayunar tranquilamente con su mujer. Era uno de los vecinos que seguían tratando a Harry con normalidad tras la guerra, y siempre intercambiaba algunas palabras amables con él. Aquella mañana, le había contado que el señor Crane tenía pensado ir a la estación de Birchton, y había hipotetizado en voz alta que tal vez el profesor fuese a hacer una visita a Londres, donde habría dejado familia y amigos, y que en tal caso era una pena que no se hubiese marchado el viernes para aprovechar todo el fin de semana. Harry, poco interesado en aquella conversación, le había dado la razón con un gesto.

No creía que Lou hubiese viajado a Londres un domingo. Se preguntó, al verlo regresar, si no habría estado en Barleigh, visitando a Evelyn y a su marido, Frank, para preguntarles quién sabía qué sobre las minas.

¿Por qué no me ha dicho nada?

Aunque resultaba un poco extraño que hubiese visitado a su hermana sin comentárselo, Lou era un tipo solitario. Si iba a Barleigh o a cualquier otro sitio, era probable que quisiera hacerlo sin compañía.

A Harry le resultaba simpático y creía que el sentimiento era mutuo, pero era evidente que el otro prefería guardar las distancias con todo el mundo. No subía a menudo al pueblo, apenas cruzaba algunas palabras con los vecinos. Llevaba casi cinco meses en Bluesbury y aún era un desconocido.

Harry terminó de amasar el pan que hornearía a la mañana siguiente y apartó con cuidado tres bolas para hacer los panecillos de sus sobrinos. La más pequeña para Charles, dos iguales para Helen y Millie. Sonrió al recordar que esta última afirmaba que su panecillo era siempre el mejor. Él nunca lo admitiría en voz alta, pero aunque quería a todos los hijos de sus hermanos, Millie era su favorita. El pan, sin embargo, era el mismo para todos.

Dejó reposar la masa y desvió la atención hacia el horno, que aún estaba encendido con una remesa de galletas. Inspeccionó el interior a través del cristal y, tras decidir que el tono dorado era el adecuado, sacó la bandeja. El calor le dio en la cara como aquel aire de verano insoportable en 1916. Harry había podido olvidar mucho de lo vivido en la guerra, pero no el calor.

El reclutamiento obligatorio obedecía a la necesidad de proveer al frente con soldados y otros trabajadores, por lo que Harry, cuando se le exigió que cumpliera con su papel en la guerra, asumió que lo destinarían a Francia o a Bélgica. Tras apenas unas semanas de entrenamiento, otro recluta, Evans, le puso al corriente de los rumores: un hospital de campaña había volado por los aires en el este y había que enviar de inmediato un cirujano acompañado de un equipo sanitario. Harry, Evans y otros dos hombres habían sido asignados a la unidad como camilleros.

Los recuerdos de Harry estaban fragmentados, como los pedazos de sueño que se recuerdan al despertar. El viaje. El calor agobiante. El hospital reconstruido, el frente, el largo camino hasta el puesto de socorro.

Lo emparejaron con un hombre que tenía más experiencia. Egerton le enseñó a hacer su trabajo bien y a mantenerse con vida.

—¿Es verdad que eres objetor de conciencia? ¿De qué tipo? —le preguntó al poco tiempo de conocerse. Harry lo miró en silencio. Egerton, comprendiendo su reserva, porque sabía que muchos soldados tenían una opinión firme respecto a los objetores de conciencia, sacudió la cabeza—. Hay dos clases de objetores de conciencia, los socialistas y los religiosos —explicó, sin darle demasiada importancia—. En realidad, por mí puedes creer en lo que te venga en gana, lo único que me importa es que no seas un cobarde. Ahí fuera no voy a estar tirando de ti, eso te lo aseguro.

La primera vez que salieron con las camillas fue bajo el fuego enemigo. Evans y su compañero alcanzaron a uno de los heridos; acto seguido, una bala perdida, tal vez incluso de uno de los suyos, derribó a Evans, que cayó muerto al suelo.

Semanas después, las ampollas en las manos de Harry se habían endurecido y sus dedos parecían hechos para agarrar las varas de madera de la camilla. Dormía junto a ella y la sacaba del refugio en cuanto Egerton lo despertaba de un golpe en el hombro.

«¡Camilleros!».

Durante los combates, iban y venían desde el puesto de socorro. Cada viaje era una vida más que podían salvar. Elegían a los menos graves, los que más posibilidades tenían de sobrevivir o los que más fáciles eran de rescatar. Cuando la artillería callaba por fin, ambos bandos salían a recoger a los muertos, y los camilleros se aventuraban más lejos en busca de heridos.

En una ocasión, un hombre los llamó con voz ronca. Su cuerpo colgaba del alambre de espino y lo habían cosido a tiros, pero seguía relativamente entero y tal vez las balas hubiesen esquivado los órganos importantes, por lo que Harry se tomó su tiempo en desengancharlo. Las moscas habían despertado y se amontonaban, glotonas, en las heridas.

«¿Cómo te llamas?».

«Noor...».

Lo sacaron del campo de batalla y regresaron a por el siguiente herido, hasta que el alto al fuego llegó a su fin y se reanudó el combate.

La temperatura era insoportable y en el puesto de evacuación los heridos se mezclaban con los afectados por golpes de calor. Llevaban más de un mes sin recibir suministros. Dos semanas a medias raciones de cordero en lata con polvo de patata y la perspectiva del hambre a corto plazo pesaban tanto como la falta de medicamentos y material de primeros auxilios. El oficial médico escogía a los pacientes a los que creía poder salvar y descartaba al resto: no podía malgastar recursos en quien probablemente fuese a morir.

«White», llamó Egerton. «¿Te queda agua?».

«Sí».

«Pues deja la cantimplora aquí».

«¿Por qué?». A Harry no le gustaba la idea. Lo razonable era ahorrar agua para beber a lo largo del día, pero no todos los hombres lo hacían. Los que se la acababan por la mañana pasaban sedientos toda la tarde y no dudaban en robarla a un compañero despistado.

«Hazme caso».

El oficial había ordenado que trasladasen a los pacientes a los que no podían tratar. Debían llevarlos lejos, tenderlos junto a la fosa en la que se los enterraría más adelante, y dejarlos morir.

Harry y Egerton cargaron con los moribundos, la mayor parte de ellos tan débiles que no eran conscientes de lo que sucedía a su alrededor. El último, en cambio, era Noor y estaba despierto.

«No me dejéis aquí», les pidió. «Puedo curarme. No estoy tan mal. Por favor».

Egerton lo dejó en el suelo, recuperó la camilla e hizo un gesto a Harry.

«Tengo sed», se quejó Noor. «Agua, por favor».

No podían malgastarla en alguien que moriría en unas horas. Aun así, Harry llevó la mano a donde normalmente hubiese colgado su cantimplora, olvidando que la había dejado atrás.

Egerton levantó la camilla vacía.

«Vamos. Aún podemos descansar un poco».

«No me dejéis», repitió Noor.

Harry se sentó a su lado. Egerton sacudió la cabeza, pero se marchó sin él y le permitió quedarse junto al hombre herido, pasando sed juntos bajo el sol de la tarde.

«Me alegro de no volver a casa», murmuró Noor. Había pasado tanto tiempo en silencio que Harry había empezado a sospechar que había muerto. «No podría mirar a nadie».

Meses después, a Harry lo habían enviado a Francia y, al acabar por fin la guerra, de vuelta a Inglaterra. En Bluesbury, en una noche de domingo fría, con una bandeja de galletas doradas enfriándose en la rejilla, se acordaba de Noor y pensaba en los horrores que también Louis Crane había traído consigo del frente y que tal vez aún no le permitiesen mirar a nadie.

Harry limpió la encimera y, sin encontrar otra excusa para quedarse más tiempo en la panadería, la cerró y regresó a su piso vacío y silencioso, en el que las noches eran especialmente largas.

El comité directivo de la escuela tardó casi tres semanas en aprobar el uso de unos tablones guardados desde hacía años en el almacén del teatro. La repetición de *Cuento de Navidad* que había propuesto la señora Beckwith iba a tener lugar a finales de enero y, a día diecinueve, Lou se encontraba sobre el escenario con un decorado de madera que apenas se mantenía en pie y que no daba el pego como la oficina del prestamista Scrooge. Bajó del escenario con ayuda del bastón y le lanzó una mirada desesperanzada a su obra. Después, abandonó la construcción para ir a buscar la cesta con la cena fría, que bajó al salón de actos.

No era un manitas; nunca había utilizado una sierra o un martillo antes de la guerra, y aunque había aprendido a marchas forzadas a reforzar y reparar protecciones, tender cables y levantar barreras de alambre, nada de eso lo hacía más hábil a la hora de construir decorados.

—No se te da muy bien. —La voz de Archie lo sobresaltó. La noche había llegado sin que se diese cuenta y, con ella, los fantasmas.

—Y que lo digas —replicó Lou—. Fred Robins habría resuelto esto en media hora.

—A lo mejor te ayuda si se lo pides —recomendó el niño.

—Está enfermo —explicó Lou—. Su sobrina, Kitty Kenney, le pegó un resfriado que tuvo hace unas semanas, y el pobre lleva arrastrándolo desde entonces.

—No conozco a ninguna de esas personas —respondió Archie, perdiendo rápidamente el interés en la conversación—. ¿Qué vamos a hacer hoy?

—Técnica, técnica, técnica. —Lou sonrió para sí al oír el lamento del niño, que se dio la vuelta sin darse cuenta de que se trataba de una broma y fue a compartir las malas noticias con el resto de los alumnos, que se presentaban por goteo.

Violet se plantó frente a él.

—Espero que *no* vayas a enseñarnos a hacer decorados, primero, porque claramente no es tu punto fuerte y segundo, porque yo soy actriz, construyo solo con palabras y gestos. —La niña echó con gracia un fular imaginario sobre los hombros.

—No —se rindió Lou—. Se acabó la escenografía por hoy.

—La técnica es muy importante —opinó Rosemary—. Y no está reñida con la diversión.

—Yo quiero inventar historias nosotros o jugar a algo —declaró Owen—. Lo demás me da un poco igual. No voy a ser actor de mayor.

Lou contuvo el reflejo de preguntarle qué quería ser.

—Un par de ejercicios de voz —propuso— y algunos de cuerpo y respiración. Después trabajaremos en el texto de *La leyenda de Neaera*.

—¿Cuándo vamos a repartir los papeles?

—Cuando hayamos leído y analizado la obra.

Los niños accedieron a hacer los ejercicios y se negaron a releer *La leyenda de Neaera*. Lou renunció a persuadirlos. Estaban demasiado inquietos para concentrarse y, por otro lado, no había motivos para ser estricto en cuanto al contenido de los ensayos. Owen tenía toda la razón. Ninguno de ellos iba a dedicarse a aquello.

—Está bien, podéis hacer grupos e inventar historias, pero yo decido el tema —cedió—. Hoy haremos obras en las que haya un gran peligro. Quiero que penséis en una situación que tenga a los espectadores a punto de caerse de la silla de la tensión. —Emily Jane y Violet rieron—. Puntos extra si está basado en algo que hayáis vivido vosotros. Un momento *emocionante* y aterrador. Recordad que tiene que haber un conflicto dramático.

—¿Cuántos grupos? —preguntó Rosemary.

—Dos.

—¿Solo dos? Vamos a ser muchos en cada uno...

—Mejor, así podéis hacer más personajes —improvisó Lou—. Archie, Gilbert, Owen y Frances en un grupo. Las demás en el otro.

—¡Yo quiero ir con las chicas! —exclamó Frances.

Lou fingió no haberla oído.

—Tenéis cinco minutos para inventar la historia y diez para ensayarla —dijo, a sabiendas que siempre acababan necesitando el doble de tiempo.

El grupo de Violet se quedó con el escenario y el de Archie y los hermanos Scott se retiró al fondo del salón de actos. Lou, demasiado cansado para pasearse entre unos y otros, se sentó en la primera fila y pensó en Maud, en su reticencia a la hora de enfrentarse con su propia historia, en su angustia, en sus dudas.

En su serenidad cuando decidió marcharse. En la de Lilian al despedirse.

Todo va a ir bien.

Y se lo repitió a sí mismo, en silencio, cuando Violet saltó hasta las butacas anunciando que ya habían terminado y que actuarían las segundas. Bessie se sentó a la derecha de Lou y Rosemary a su izquierda. El otro grupo, aún discutiendo algunos detalles de su historia en voz baja, se apropió del escenario.

—Buenos días —saludó Archie a los demás, apoyado en el decorado de madera—. Venga, chicos, hay que acarrear carbón desde la cabecera hasta el camino principal. Sesenta yardas y esas vagonetas no se van a empujar solas.

—Señor —dijo Gilbert—. Mi hermana se encuentra mal.

—¿Qué le pasa?

—He pasado la noche con tos y no he dormido bien —explicó Frances.

—¿Y a mí qué me cuentas? Vete a la trampilla, a vigilar que esté abierta cuando tenga que estar abierta, y cerrada cuando tenga que estar cerrada.

—Señor, déjela descansar hoy, por favor. Mi hermano se ocupará de la trampilla —insistió Gilbert.

—A mí no me importa —intervino Owen—. Lo prefiero, en realidad. Las vagonetas no tienen ruedas y me duelen las manos de empujarlas y arrastrarlas. La semana pasada una de ellas arrolló a un niño...

—A callar —ladró Archie—. Cada uno a su tarea o aquí no cobra nadie hoy.

Frances bostezó ostensiblemente.

—Me duermo —anunció.

—Venga —los espoleó Archie—, ya pasan cinco minutos de la hora. Daos prisa.

Salió por la derecha del escenario, seguido de Gilbert y Owen.

—Será mejor que a media mañana vayas a comprobar cómo está Frances —aconsejó el mayor a su hermano en voz baja.

—Flora —corrigió Frances—. Mi personaje se llama Flora.

—Vale, pues a *Flora* —admitió Gilbert.

Frances frunció el ceño, una expresión de mal genio que no lograba ocultar el temblor de su labio inferior. Le costaba estar en escena. Se resistía a interpretar lo que seguía, y sabía que solo era capaz de hacerlo si se convencía de que aquello le estaba pasando a Flora y no a Frances.

Así que fue Flora la que se apostó frente a la trampilla, entre los raíles imaginarios; Flora la que se quedó dormida; Flora la que fue atropellada por una de las vagonetas.

Flora a la que descubrió Owen muerta, al desatender sus obligaciones para ir a verla.

Por suerte, el niño acertó con el nombre:

—Flora, muerta —declaró, con los puños apretados y el cuello tenso—. Mi padre también. Algún día, mi hermano. Algún día, yo. Es todo culpa de la mina.

En cuando Owen se alejó de ella, Frances gateó hasta la puerta del almacén y abandonó la escena. Su hermano corrió de vuelta hasta donde estaba Gilbert para darle la noticia fatal. Él lo agarró por los hombros.

—¿Qué has hecho, Owen… digo… Oswald? ¿Has dejado la compuerta abierta?

—¿Qué importa la compuerta? ¡Flora está muerta! ¿Cómo se lo vamos a decir a mamá?

—Owen… Oswald. Con la compuerta abierta, el gas se filtrará en el túnel.

Owen se encogió de hombros. Tenía los ojos iluminados por la fiereza, y Lou pudo imaginarlo así en el túnel, rodeado de roca, con carbones encendidos como iris, más de cincuenta años atrás.

—Por mí, pueden irse al diablo todos. Vámonos, George. Vámonos ahora mismo y dejemos que esto estalle.

—¡No! —Gilbert le dio un empujón—. Vete tú. ¡Tengo que hablar con el patrón!

Echó a correr, dejando atrás a un enfurecido Owen. Archie, solícito, apareció al otro lado del escenario a tiempo para que Gilbert se enfrentase a él.

—Tonterías —respondió a su advertencia jadeante—. No puedo evacuar la mina. Cada segundo que no estemos trabajando es dinero perdido. De todos modos, lo más probable es que estés equivocado.

Gilbert lo miró a los ojos.

—Tres, dos, uno —susurró—. ¡Bum!

Los dos se tiraron al suelo a la vez. Archie alzó la vista para ver si Owen se estaba haciendo el muerto también, como debían haber apalabrado. El niño, sin embargo, seguía de pie, mirándolos con rabia.

—¡Owen! —lo reconvino Archie—. Tienes que morirte.

—No me da la gana.

Gilbert se incorporó.

—Imaginad que Owen se ha caído al suelo también —pidió a los espectadores—. La mina entera explota, y...

—¡No! —gritó Owen.

—Sí —replicó Gilbert con serenidad.

—Si te fastidia, es culpa tuya por haber dejado la compuerta abierta —argumentó Archie con ligereza—. Tendrías que haberlo pensado mejor.

Owen se abalanzó sobre Archie, lo sacó a patadas del escenario y a continuación, convertido en un remolino furibundo que ni siquiera Gilbert pudo contener, tiró al suelo con gran estrépito el decorado de madera.

—¡Yo no soy malo! ¡No soy malo! —chilló, fuera de sí.

—A lo mejor sí lo eres —dijo Gilbert con tristeza, intentando sujetarle los brazos.

Owen se zafó de su agarre, dio dos zancadas por el aire como si no pesase en absoluto y salió del salón de actos por el ventanuco central, rompiendo en pedazos el cristal. Junto a Lou, Bessie dio un respingo, sobresaltada. Desde el patio se oyó el grito desesperado de Owen y el crujido de la madera al romperse. Una segunda lluvia de cristal.

Las ventanas del colegio, adivinó Lou.

Después, silencio. El frío se coló en el sótano, la luz escapó hacia fuera.

—A lo mejor sí que lo es —repitió Gilbert, meditabundo.

Nadie se atrevió a responder.

El martes a primera hora, Edith Morgan hizo bajar a Lou para enseñarle el desastre. Las tres ventanas del aula de clase habían reventado, igual que el ventanuco central del salón de actos. Lou, incapaz de fingir asombro, optó por mostrarse simplemente consternado.

—Me despertó un estrépito en mitad de la noche —mintió—, pero me figuré que lo habría imaginado.

—¿Cómo lo habrán hecho? No hay piedras ni palos en el interior, y es un primer piso. Nadie más que yo tiene las llaves... —comentó Edith, desconcertada—. ¿Y quién...? ¿Por qué...?

—Quizás haya granizado —propuso Lou—. O habrá sido algún animal, buscando refugio...

—¿Qué animal? ¿Un oso? —rio Edith—. Esto no tiene ni pies ni cabeza.

Como Fred Robins estaba enfermo, la reparación de las ventanas fue aplazada. Lou y Edith taparon los huecos con cartón y madera, para evitar que entrasen la lluvia y el aire helado. La poca luz invernal que había entrado en el aula quedó también fuera.

La clase de teatro de la tarde transcurrió en una penumbra decaída. Los niños no parecieron notarlo y los ejercicios se sucedieron entre la habitual algarabía, con la distracción añadida de la escenografía a medio construir en el escenario. A las seis, los pequeños se marcharon en desbandada. Lou calibró sus fuerzas, decidió que no le quedaban bastantes para subir y bajar la escalera y se resignó a no cenar.

Se sentó entre las butacas a esperar la llegada de sus alumnos fantasma.

Sabía que tenía que hablar con los hermanos Scott, como había hecho con Maud, como había hecho con Lilian. La sola idea lo mareaba.

¿Cuándo me convertí en el mensajero de las peores noticias?

Estaba preparado para que los niños lo evitasen, que temiesen mantener esa conversación tanto como él. Sin embargo, Frances fue la primera en presentarse y, con el salón de actos aún vacío, tomó asiento a su lado, en la segunda fila de sillas. Como si fuesen espectadores de una obra invisible.

Él no encontró palabras para hablar. Guardó silencio, con los brazos cruzados, derrumbado en el asiento. Los labios apretados. La vista fija en el escenario. Y ella a su lado, con los pies colgando dentro de los zapatitos sucios, la falda deshilachada, el jersey de lana. Tenía las cejas tan finas que eran casi indistinguibles, lo cual le hacía tener una perenne expresión de ligero asombro. Graciosa, ruidosa, llena de energía, en aquel momento estaba callada y meditabunda.

No, pensó Lou. *No quiero hablar de esto.*

No quiero que estés muerta.

Una lluvia suave tamborileaba sobre los cristales y el cartón.

—Me dormí —dijo Frances.

«Me dormí». Como si dijese: «Fue culpa mía».

Y Lou suspiró.

Estaba muy cansado. Exhausto. Convalenciente de una enfermedad muy larga que no era consciente de haber pasado.

Es el contacto con ellos. No fue una idea, sino una certeza. *Es la cercanía.*

—Yo también me habría dormido en tu lugar —admitió—. Diablos, a veces estoy tan cansado que lo raro es que no me duerma durante los ensayos.

La risa de Frances fue un pequeño milagro.

—¿En los ensayos? No podrías dormirte —le sacó la lengua, burlona—, hacemos demasiado ruido.

—Pues imagínate. En la oscuridad, en silencio y durante muchas horas me habría quedado frito. Seguro.

Frances balanceó los pies, recuperando su acostumbrada vitalidad.

—Los niños somos como las plantas —afirmó con convicción—, no podemos vivir bajo tierra, nos tiene que dar el sol.

—Sí —Lou se frotó la cara con las dos manos y respiró hondo—, estoy de acuerdo. Y hay que regaros dos veces por semana.

Ella volvió a reír. Él le devolvió una sonrisa.

Los demás niños no tardaron en aparecer y el ensayo comenzó como si no hubiese sucedido nada la noche anterior. Owen, tímido al principio, olvidó la aprensión al comenzar el primer ejercicio. Lou se armó de juegos pensados para romper el hielo, para fomentar el sentido de la maravilla, para prender la imaginación. De aquellos niños no hacía falta tirar demasiado. En cuanto estuvieron en movimiento, marcaron el ritmo de la clase hasta el final.

Después, Lou escaló hasta el piso superior y mordisqueó la cena, sin demasiado apetito, antes de sentarse frente al libro de los fantasmas con el termo de té y empezar a escribir las páginas que correspondían a los hermanos Scott.

No solo el final. No solo el miedo y el sueño y la explosión. Sobre todo las historias que ellos contaban en clase. El sentido del humor imparable de Owen. La energía de Frances, su risa. Las peleas entre los dos, los celos, la complicidad. El aplomo de Gilbert y su heroísmo al adentrarse en la mina para dar la voz de alarma.

La tinta, a la luz de la lámpara, era negra como el carbón.

Amaneció y Lou fue incapaz de levantarse de la cama. Los brazos y las piernas no le respondían. Los pulmones no se hinchaban, respiraba bocanadas pequeñas e insuficientes. No había dolor ni pesadez, solo una inabarcable insensibilidad. No era la primera vez que se enfrentaba a ella. No hay bailarín que no sepa que el cuerpo es gobernable. Sí fue la primera vez que decidió quedarse quieto.

Podría volver a Londres hoy.

Y, sin embargo, no tenía ni amigos que lo esperasen ni escenarios a los que regresar. La casa de la tía Ada en Keldburn, que ahora le pertenecía a él, aunque fuese horrible pensarlo, estaba llena de sombras.

Como el salón de actos por la noche. El único que llevaba luz consigo era él.

No soy especialmente valiente, pensó. *Pero hasta ahora nunca he huido.*

La campana sonó con fuerza en el piso de abajo.

Lou rodó sobre sí mismo para incorporarse. Algo en su pecho tiraba hacia abajo, desgarrando todo lo que opusiera resistencia. Aun así, se levantó, se vistió con lentitud, se asomó a la ventana.

Era un día desapacible, casi sin luz. En el patio, la señora Beckwith, enfundada en un abrigo color ratón, se sujetaba el sombrero con la mano. En la otra, llevaba una caja de herramientas.

—¿Señor Crane? Son las cinco y media de la tarde. Me he encontrado a Millie Blake en el pueblo y, cuando le he preguntado por qué no estaba en clase de teatro, me ha dicho que hoy usted no ha acudido. ¿Qué ocurre? Si está enfermo, debería notificármelo con tiempo.

Él apoyó el peso en el marco de la ventana y se pasó una mano por la cara.

—¿Las cinco y media?

—No tiene usted buena cara —resopló ella—. Está medio mundo enfermo, esperemos que no sea la gripe.

Lou se echó el abrigo sobre los hombros y bajó la escalera para abrirle la puerta. La señora Beckwith se había alejado unos pasos para contemplar el desastre de las ventanas del colegio. El cartón, mojado por la lluvia, se caía en pedazos.

—Siento mucho haberme quedado dormido —dijo Lou con torpeza—. No me encontraba tan mal ayer por la noche.

—Bueno —la señora Beckwith negó con la cabeza—, lo hecho, hecho está. Avisaré a los niños de que mañana tampoco habrá clase de teatro.

Lou asintió.

—Gracias. —Sacó el termo de la cesta que había dejado la señora Kenney aquella mañana. No había comido desde la noche anterior, pero tenía el estómago cerrado, así que siguió a Beckwith por el colegio, escaleras arriba, hasta el aula—. ¿Va a venir el señor Robins a arreglar las ventanas?

Ella le lanzó una mirada inescrutable.

—No. Hágame un favor y váyase a la cama. Si se encuentra mal, no debería estar aquí tomando el aire.

Obedeció. Regresó a la habitación y se acostó de nuevo, con el termo caliente entre los brazos, y escuchó con asombro los martillazos y el jaleo en el edificio contiguo. Al cabo de un par de horas, el estruendo se trasladó al salón de actos. Incapaz de contener la curiosidad, Lou volvió a bajar.

La señora Beckwith, encaramada a una de las sillas, terminaba de fijar con clavos finos un cristal nuevo en el ventanuco que Owen había roto. Se volvió a tiempo para ver el rostro estupefacto de Lou.

—¿Ya está usted aquí otra vez? —exclamó, sacudiéndose las manos en el delantal que se había puesto, para proteger el vestido de las astillas—. ¿Es que hay algo más en que pueda ayudarlo?

Lou esbozó una sonrisa incrédula.

—No querría aprovecharme demasiado, pero si desea echarme una mano con el decorado de *Cuento de Navidad*, no le diría yo que no —replicó, con una nota de humor en la voz—. ¿Dónde ha aprendido a hacer todo esto?

Sin responder, ella echó un vistazo a la triste estructura de madera que se torcía peligrosamente sobre el escenario.

—No sé si con una mano bastará —comentó para sí.

Después, levantó la caja de herramientas, se arremangó la falda para subir al escenario y empezó a trastear con el decorado. Lou se sentó en la primera fila para asistir como espectador al desmontaje y montaje escenográfico a manos de la señora Beckwith. Sin decir ni una sola palabra, con los movimientos seguros de quien sabe lo que hace, ella convirtió aquella ruina en una sólida fachada de madera, con una puerta que se abría y cerraba y una ventana a través de la cual se podrían asomar los niños.

—Estoy muy impresionado —le dijo Lou, cuando ella volvió a guardar sus útiles en la caja y se preparó para volverse a casa.

—Hay que saber un poco de todo —sentenció ella—. Buenas noches, señor Crane, y cuídese. El lunes lo quiero aquí a las cuatro y media, completamente recuperado.

—Sí, señora.

La señora Beckwith se giró para mirarlo. Lou se atrevió a sonreír un poco, y creyó ver un reflejo en los labios de ella.

No merecía la pena volver a subir al dormitorio. Debían ser casi las ocho. Pensó en el reloj que había compartido con David Tutton y en cómo él se lo había quedado, para perderlo en algún lugar remoto en Francia o más lejos. Pensó en los hermanos Scott y en los agujeros en su historia que él, tal vez, podría llenar. Pensó en a dónde irían cuando supiesen suficiente. Pensó en el grupo de niños fantasma que había dado sentido a su presencia en Bluesbury.

Pensó en que, si los hermanos Scott seguían adelante, significase eso lo que significase, solo quedarían seis alumnos en el grupo nocturno. Pensó que antes o después se irían todos.

Pensó que él mismo sentía que se estaba desvaneciendo, y le aterró la posibilidad de perder las fuerzas antes de que el último de ellos partiese. Dejarlos solos de nuevo.

No quiero tener esta conversación.

No quiero dar esta clase.

Pero los niños llegaron, y eran completamente ajenos a su aprensión. Aullido recorrió el salón de actos gruñendo como un perro, seguida por Emily Jane y Frances, que gritaban como demonios. Solo Rosemary se detuvo a admirar la recién adquirida estabilidad del decorado, el resto persiguió a las niñas que corrían, jaleándolas y chillando.

—¿Qué pasa? —preguntó Lou.

Bessie se acercó a Lou para darle un abrazo gélido. Él disimuló el escalofrío y esbozó una sonrisa.

—Se están peleando Emily Jane y Aullido —explicó—. Se están portando fatal...

—¡Emily Jane! —llamó Lou, poniéndose en pie—. ¡Frances! ¡Dejad a Aullido en paz y venid a aquí a explicarme cuál es el problema!

Emily Jane se acercó, no del todo convencida, sin dejar de mirar por encima del hombro a Frances, que aún perseguía a la otra niña.

—¡Me ha robado! —acusó, en voz alta—. ¡Aullido me ha robado!

El resto de los niños se reunió a su alrededor, en corro.

—¡No era tuya!

—¡Sí, era mía!

—¡La encontró en el almacén, que lo vi yo!

—¿Qué es lo que te ha robado?

—Una postal —dijo Emily Jane, con lágrimas de rabia en los ojos—. Y además le ha roto una esquina.

—No era tuya —insistió Archie—. Estaba en el almacén...

—Era mía —insistió Emily Jane—. La perdí hace mucho tiempo.

Lou cojeó hasta la esquina más alejada del escenario, donde Aullido se había hecho un ovillo bajo una de las sillas.

—¿Puedes darme la postal, por favor?

Ella gruñó en respuesta. Frances, aprovechando su despiste, metió la mano bajo la silla y le arrancó la postal. Aullido bramó de rabia.

—¡La tengo! —exclamó Frances.

Lou se la quitó con un movimiento rápido.

—Déjame verla.

Era una tarjeta antigua en la que se veía un barco de vapor, de casco negro y cuatro mástiles. A un lado, sobre el cielo, unas letras mayúsculas negras decían: «WHITE STAR LINE. TWIN-SCREW R. M. S. CELTIC. 21.026 TONELADAS».

Los niños corrieron hacia él.

—¡Dámela, por favor! —pidió Emily Jane.

Lou observó su expresión. Nunca la había visto tan alterada.

—¿Cómo es la postal que has perdido? —preguntó.

—Sale un barco grande de pasajeros.

—¿Y pone algo?

—Sí, el nombre del barco que es S. S. Alonzo.

Lou le mostró la postal.

—Entonces, esta no es la tuya. El barco que sale aquí se llama R. M. S. Celtic.

Emily Jane examinó la imagen, agarrándola con tanta fuerza que le empalidecieron los dedos. Después, soltó un suspiro de decepción.

—No es —confirmó—. No es la que había perdido yo.

—¿La perdiste aquí? —preguntó Lou.

—Podemos ayudarte a buscarla —propuso Bessie con dulzura.

—No. —Emily Jane soltó la postal—. Fue lejos de aquí, hace mucho tiempo. No recuerdo exactamente dónde.

—¿Vivías cerca de un puerto? —Lou recuperó la tarjeta y se la devolvió a Aullido, que la dejó en el suelo, sin tocarla—. ¿O quizás alguien que tú conocías se fue de viaje en ese barco y te envió la postal?

Emily Jane se encogió de hombros.

—¿Qué vamos a hacer hoy? —preguntó Violet—. Podríamos empezar de una vez a leer el libreto.

—Yo una vez recibí una postal porque mi padre estuvo de viaje —comentó Archie—, pero no salía ningún barco en ella, sino unos monos del zoológico.

—¿A verla? —pidió Owen.

—No... —Archie se esforzó en hacer memoria, como si no le cupiese en la cabeza que aquel objeto valioso ya no estuviera en su poder—. Yo también la perdí.

—A mí no me la mandaron —intervino Emily Jane—. Me la regalaron en el barco. Nos daban un montón de cosas, buena comida... y nos dejaban correr por toda la cubierta y hacer lo que quisiéramos. Y al llegar a tierra, nos regalaron las postales.

—¿A ti y a tu familia? —quiso saber Lou.

—No, a mí y a los otros niños. Estábamos de vacaciones —explicó ella—. Unas vacaciones especiales o algo así.

—Necesitaremos varias copias del texto —dijo Violet—. No podemos estar compartiendo, necesito mi propia copia para memorizar mis líneas y para hacer anotaciones...

—Y yo también —exclamó Rosemary—, si puede ser.

—Y yo —se sumó Archie.

Cuando incluso Aullido abandonó su escondite para reclamar su copia del libreto, Lou supo que la conversación sobre barcos había concluido. Sacó el único ejemplar del texto que tenía a mano.

—Hoy habrá que compartir. Intentaré traeros más copias la semana que viene.

—La semana que viene sin falta —canturreó Violet—, no puedo esperar más. El papel protagonista no puede prepararse deprisa y corriendo.

—Nadie ha dicho que vayas a ser la protagonista —protestó Frances.

—Ya, bueno. —Violet le dedicó una sonrisa luminosa a Lou—. ¿Quién es de todos nosotros el que mejor actúa? Dilo, venga, no pasa nada. Di la verdad. ¿A que soy yo?

Lou se sentó a un lado del escenario.

—Vamos a leer algunas escenas.

—No quiere desanimaros, eso es todo —concluyó la niña, instalándose a su lado.

—Cállate, Violet —suspiró Gilbert.

—Neaera *baila* —argumentó Violet—. ¿Cuántos de vosotros sabéis bailar bien? Y he pensado que la escena en la que huye de los espíritus malignos podría hacer alguna acrobacia, así...

Rosemary contempló las volteretas y evoluciones de Violet, pensativa. Tanto ella como el resto de los niños y el propio Lou eran conscientes de que la idea era muy buena. Sin decir nada en voz alta, porque la modestia le impedía expresar su deseo de interpretar a la heroína, Rosemary procuró imitar a Violet, discretamente. Se detuvo ante la primera voltereta. Bajaba la cabeza, pero una barrera invisible le impedía lanzarse.

—¿Veis? —jadeó Violet, triunfal.

Mientras el resto de los alumnos se lanzaba de bruces al suelo intentando superarse unos a otros en agilidad, Lou se acercó a Rosemary y se agachó a su lado. Le colocó una mano en la espalda, se congeló los dedos y la palma, perdió la respiración por unos instantes.

—Relájate —aconsejó en voz baja—. Si lo fuerzas, estarás tensa y te harás daño. Solo tienes que bajar la cabeza, hacerte una bola y dejarte llevar.

—Me da miedo.

—Prueba solo a balancearte. No tienes que hacerlo todo de golpe. Deja que sea tu cuerpo el que te lleve a donde quiera. —Fue después de pronunciarlas que se dio cuenta de que aquellas palabras no eran suyas, sino de la tía Ada.

Se las había repetido mil veces. Millones.

«No fuerces. Respira».

Y Rosemary se relajó y respiró y se hizo una bola. Se balanceó hacia delante y hacia atrás. Su espalda, curva, giró sin dificultad. Lou retiró la mano y la dejó ir, compartiendo su alegría cuando ella recuperó la posición, unos pasos más adelante.

—¡Lo he hecho! —Y porque ni siquiera en la exaltación olvidaba los modales, añadió—: Gracias.

Lou asintió, apretando los labios en una de esas sonrisas que se le escapaban.

Los niños dieron volteretas, hicieron el pino, el puente y varias piruetas inventadas por ellos mismos. Después, leyeron el principio del texto, deteniéndose constantemente a discutir quién de ellos tenía más derecho a interpretar a este o aquel personaje.

Excepto Gilbert, que callaba.

Sabía, como Lou, que él no iba a salir en ninguna obra de teatro.

Y por eso, al acabar, Lou se dirigió a las escaleras pero no las subió. Se sentó en el primer escalón. Cansado. Expectante. Triste.

—Owen quiere hablar contigo —anunció Gilbert.

Tenía a su hermano al lado, callado y mohíno. Tras ellos, Frances cambiaba el peso de un pie al otro, fingiéndose menos interesada de lo que estaba.

—Dime, Owen.

—Siento haber roto las ventanas.

Lou asintió.

—No pasa nada. Las hemos arreglado.

Owen le lanzó una mirada agradecida.

—¿Me puedo ir?

—No —respondió Gilbert, con una mano sobre el hombro de su hermano—. Se puso como una fiera porque la historia que contamos ese día pasó de verdad. No exactamente así, pero muy parecido.

Lou carraspeó. Tomó aire, el que pudo, el que su pecho le permitió. Poco.

—Lo sé.

Gilbert parpadeó, asombrado. A Owen se le abrió cómicamente la boca de la sorpresa, del mismo modo que a Frances. Ambos nunca habían sido tan parecidos como en aquel instante.

—¿Lo sabes?

—Sí. —Y a continuación añadió, en el tono más suave que pudo—: Fue hace casi ochenta años.

Los niños absorbieron la información. Frances se sentó en el suelo. Owen se inclinó hasta apoyar parte de su peso en el pecho de su hermano, que lo rodeó con los brazos.

—¿Ochenta años? —preguntó.

Los ojos de Gilbert no se despegaban de los de Lou.

—¿Sabes lo que pasó después?

—Hubo una explosión.

—¿Murió todo el mundo?

—No. Algunas personas. —Lou ladeó la cabeza—. Tu amigo James sobrevivió. ¿Sabes quién digo? ¿James Cliford?

Gilbert asintió, conmovido.

—Se salvó. Me hizo caso.

—Sí. Se acuerda de ti. De vosotros.

Frances, que se había arrastrado hasta acercarse a ellos, llamó con dos golpecitos del dedo índice sobre el zapato de Lou.

—¿Y mamá?

Lou se pasó la lengua por los labios secos. No había forma de endulzar aquello sin mentir.

—Estuvo muy apenada —explicó—. Os echó mucho de menos. Pero siguió adelante porque vuestra hermanita la necesitaba.

—Sarah —recordó Gilbert—. ¿Está bien? —Y con una exclamación de sorpresa, casi una risa, comentó—: ¡Será muy vieja ahora!

—Sí, lo es. Vivió y vivió, tuvo hijos y nietos y es, efectivamente, una persona muy mayor.

—Ochenta años —repitió Gilbert, impresionado.

Owen susurró algo, tan bajito que Lou tuvo que inclinarse hacia él.

—¿Puedes repetirlo?

Y el niño volvió a pronunciar, casi inaudible:

—¿Están aún enfadados conmigo?

Lou habría querido abrazarlo. Acariciarle la cara preocupada. Asegurarle que todo estaba bien, fuese verdad o mentira.

No se movió.

—No. No están enfadados contigo. Mucha gente se enfadó, eso sí, con hombres como vuestro patrón, que os ponían en peligro y no escuchaban las advertencias. —Un destello en la expresión de los tres niños lo animó a continuar—. Tanto se enfadaron con ellos que, unos meses después de vuestra muerte, se aprobó por fin una Ley de Regulación de las Minas de Carbón. Y ahora es ilegal que los niños pequeños trabajen en ellas.

—¿Y James ya no trabaja tampoco en la mina? —preguntó Gilbert.

—James también será un viejo, tonto del bote —exclamó Frances—. Será un viejo calvo con manos de viejo y cara de viejo...

Gilbert se tapó la cara para ocultar la sonrisa. La idea de que su amigo fuese así le resultaba imposible, irreal, una broma.

—Anda, que dices unas cosas... —murmuró en dirección a su hermana, tendiéndole la mano. Frances la aceptó.

—¿A dónde vamos? —preguntó Owen.

Me gustaría saberlo también.

Gilbert chasqueó la lengua.

—Ya va siendo hora de salir de la mina. —Saludó con la cabeza a Lou—. Buenas noches, Lou.

—Tened cuidado —dijo él.

—Hasta mañana, profesor —bostezó Frances.

Owen hizo un gesto vago de despedida antes de arrastrar los pies tras sus hermanos. La lámpara de gas de Lou no alumbraba el salón de actos al completo, por lo que los perdió de vista antes de que llegasen al escenario.

Un dolor metálico, como una hoja de sierra que rasgase carne y tendones, le recorrió del hombro al tobillo al ponerse en pie. Levantó la lámpara, solo para comprobar que el salón de actos estaba completamente vacío y sentir que también en su interior se abría un hueco en el que faltaba algo. Trepó lastimosamente las escaleras hasta llegar a su dormitorio. Se metió en la cama sin desvestirse, con los zapatos puestos y el abrigo encima, y se sumergió en un sueño pesado y febril que duró hasta bien entrada la mañana siguiente.

Llegó la claridad tímida del cielo nublado, permaneció el mareo, el dolor de cabeza, la rigidez en los músculos, el plomo en el pecho. No fue capaz de levantarse y la señora Kenney tuvo que subir a traerle agua, porque incluso comer era impensable.

Me muero, le decía un Lou sano y lúcido, de pie en la habitación. *He abierto la puerta y parte de mí se ha ido al otro lado.*

Y entonces el jueves se las arregló para convertirse en lunes y él, débil y tembloroso tras cuatro días sin comer, se levantó de la cama.

G race Beckwith bajó Hampton Road entre los montones de nieve acumulada en el arcén, con una cesta colgando del brazo. Le había ahorrado el viaje a la señora Kenney, porque ella de todos modos quería bajar a ver cómo estaba el señor Crane después de su enfermedad. El sol de media mañana brillaba en el cielo, por lo que los niños habían salido a jugar al patio durante el recreo, y ella tuvo que esquivar las bolas de nieve para llegar al porche, donde Louis Crane, con una pesada manta sobre el abrigo, los contemplaba apoyado en el balaustre.

—Buenos días —saludó Grace—. Me alegro de ver que vuelve a estar en pie. ¿Cómo se encuentra?

—Mejor —dijo él, aunque aún tenía muy mala cara.

—¿Quiere comer algo?

A ella le gustaba pensar que nada pasaba o dejaba de pasar en el colegio sin que llegase a su conocimiento, es decir, sin que se lo contase Eliza Kenney; y sabía que él llevaba varios días en ayunas. Sacó de la cesta un sándwich envuelto en papel encerado y un termo con té. El señor Crane aceptó la bebida.

—Gracias. Tengo el estómago cerrado.

—Si no come, no se pondrá bien —determinó ella, arrebujándose en el abrigo.

Él bebió té y algo de color volvió a sus mejillas. Después, sacó un cigarrillo y lo encendió.

—Comeré —aseguró—. Es solo que sigo un poco mareado, pero se me pasará.

—Lo mejor será que descanse también hoy. Las clases las puede retomar mañana o el miércoles, si se siente mejor. No hay que precipitarse con estas cosas.

—Gracias.

—También es importante la fruta. Me quedaban algunas mandarinas y pedí a Eliza que las metiera en la cesta. Están muy buenas.

—Sí. —El señor Crane sonrió—. Las tomaré.

El gesto de su mano, que había quedado olvidada a un lado con el cigarrillo consumiéndose entre los dedos, sugería que quería decir algo más y no sabía cómo. No hacía falta, porque Grace podía ver las sombras en su sonrisa, y leía en ellas que Louis Crane guardaba meticulosamente las ocasiones en las que otras personas cuidaban de él, y que aquellas mandarinas y la tranquilidad de tomarse el tiempo de convalecencia que necesitase eran dos regalos que no había pasado por alto. Sintió un ramalazo de simpatía por él, quizá porque la enfermedad lo hacía parecer más joven y permitía adivinar el niño que fue, o porque demasiada gente había aceptado sin un ápice de gratitud su preocupación, o porque ella misma se enorgullecía secretamente de no olvidar a quienes alguna vez se apartaron de su camino para hacerle la vida más agradable.

Le devolvió la sonrisa. La de él era recelosa como un animal silvestre, la de ella, tensa y controlada como el timón de una embarcación.

Él recordó el cigarrillo y le dio una calada. Ella volvió la vista hacia los niños, que habían construido fortificaciones de nieve a cada lado del patio y se bombardeaban unos a otros.

Notó la desesperanza de él. La aprensión.

—Es normal que jueguen a la guerra —comentó ella en voz baja—. Dios no lo quiera, pero es más que posible que participen en la siguiente.

—«La guerra para terminar con la guerra» —dijo el señor Crane.

Ella sacudió la cabeza.

La pregunta llevaba un tiempo rondándole, pero no había contado con hacerla hasta aquel momento, en el que intuyó un camino entre los dos. Se le escurrió entre los dedos antes de que ella decidiera conscientemente sacar el tema.

—Usted y Harry White parecen haber simpatizado, ¿no es así?

Captó, por el rabillo del ojo, el respingo del señor Crane.

—Nada pasa desapercibido en el pueblo —comentó él.

—Hasta cierto punto —matizó ella.

Él apartó el termo y se apoyó junto a ella, los dos mirando al patio, observadores lejanos de la guerra de nieve.

—Sé que no es muy popular —dijo el señor Crane—. No era consciente de que por ello fuese a resultar llamativo que entablase amistad con él.

Grace no era dada al cotilleo, pero al mismo tiempo daba la importancia merecida a la política discreta y cotidiana de Bluesbury. Sabía que el comité directivo del colegio respondía a la voluntad de los Carrell, concretamente a la de Venetia, y que el marido de esta, William, había convertido en su batalla personal el contagiar a los hombres del valle del debido ardor patriótico. Su hijo, Everald, a quien por lo demás la familia no tenía en demasiada estima desde que se empeñó en casarse con alguien a quien Venetia no aprobaba, había tomado una y solo una buena decisión en toda su vida: alistarse como voluntario, como tantos otros jóvenes aquel verano, y servir como teniente de navío en la Armada durante la guerra. Muchos aristócratas y sus hijos habían luchado, *noblesse oblige,* y los Carrell no iban a ser menos.

Ese era al mismo tiempo el motivo por el que habían procurado convertir a Harry White en paria y, también, por el que el comité se había visto inclinado a aceptar como profesor a Louis Crane, cuya participación en el conflicto había sido ligeramente adornada por la propia Grace Beckwith. La campaña para reconducir a los valientes exsoldados hacia ocupaciones civiles aseguraba que los valores adquiridos en el campo de batalla como el respeto, la confianza en sí mismos o la responsabilidad los convertían en hombres rectos y trabajadores ideales. Además, no había nada más patriótico que conseguir un trabajo a los jóvenes que habían luchado por el país.

Aun así, que ella supiese cómo pensaban los Carrell y lo utilizase para conseguir sus propios fines no significaba que estuviese de acuerdo.

—No tiene importancia —mintió a medias—. Aunque debo admitir que personalmente me ha llamado la atención. Me figuraba que alguien que ha combatido podría tenerle inquina a un hombre que hizo lo posible para no ir a la guerra, para dejar que se encargasen otros, sin su ayuda...

—Harry White *sí* fue a la guerra —corrigió el señor Crane.

—Sí, por supuesto. Disculpe. —Grace solía expresarse con claridad y concisión, y le incomodaba sentirse torpe al transmitir una idea. Sacó el pañuelo para toser a un lado y ganar unos segundos—. No pretendía emitir ningún juicio. Verá, yo *soy* una de las personas que podría haber hecho más de lo que hizo. —Y al percibir la media sonrisa del otro, que seguramente no la imaginaba con un fusil al hombro, ella frunció el ceño y habló con un tono algo más contundente—. Estudié en el Instituto de Mecánica de Londres.

Louis Crane alzó las cejas y se guardó cualquier exclamación de sorpresa.

—Con razón se las arregla mucho mejor que yo con las herramientas —señaló—. ¿Vivió mucho tiempo allí?

Grace contuvo una sonrisa.

—No mucho. Mi amiga, Mardie Goodwin, quería estudiar Artes, así que me arrastró con ella. Consiguió la licenciatura en 1880. En cambio, yo tuve que regresar a Barleigh cuando mi madre enfermó. Mardie se quedó en Londres, dando clase en una escuela para niñas y al mismo tiempo, matriculada como estudiante de Medicina. Obtuvo el título y dejó las clases para trabajar en un hospital benéfico para mujeres y niños. Allí conoció a Albert Morgan, un viudo con una hija de un matrimonio anterior. Se casó con él a los treinta y cinco años, cuando todo el mundo la consideraba ya una solterona. —Grace resopló—. Pero lo estoy aburriendo. Lo que le quería contar es que veinte años después, tras la temprana muerte de su marido, Mardie viajó a Francia para unirse al Cuerpo Hospitalario Femenino y trabajar en un hospital de campaña. Murió allí hace tres años.

—Lo siento —dijo Louis Crane—. Imagino que no es consuelo, pero seguro que antes de morir, su amiga salvó un gran número de vidas.

—Oh, sí es consuelo —admitió Grace—. Lo que lamento a veces es… —Se interrumpió al no encontrar las palabras adecuadas e hizo una pequeña pausa—. Creo que, si me hubiese quedado en Londres para terminar los estudios, tal vez me habría marchado con ella a Francia.

Un golpe de viento les dio en la cara, como si quisiera llevarse cuanto antes las palabras de Grace y liberarla de su peso. Ella tomó una bocanada de aire, notó el frío en la garganta y el pecho.

—Mecánica o no, nadie la puede juzgar por no *querer* meterse de cabeza en el infierno —respondió Louis Crane—. A mí me nombraron primer bailarín de la Novella Massine en 1914. Cuando más tarde tuve que abandonar la Royal Opera, le puedo asegurar que no lo hice de buen grado.

Grace suspiró. No tenía claro si aquello hacía peor persona a Louis Crane o menos solidario o menos patriótico. Solo sabía que cuando recordaba a Mardie, sobre la pena y el cariño y la añoranza, primaba la culpa.

—Y, sin embargo, fue útil allí —murmuró—, igual que mi amiga.

Él pareció comprender. Su voz se tornó un poco más suave.

—¿Le reprochó ella en algún momento no haberla acompañado?

Incluso dentro de los guantes, se le estaban quedando los dedos helados. Grace se metió las manos en los bosillos y saludó con un movimiento de cabeza a Edith Morgan, que se había asomado a avisar a los niños de que el recreo había terminado. Grace y Louis Crane, al cabo de pocos minutos, quedaron solos ante el jardín vacío y las huellas de la batalla.

—No —respondió ella—. Lo que sí me reprochó mucho fue haber vuelto a Barleigh a hacer compañía a mi madre. En lugar de quedarme en Londres, luchando por los derechos de las mujeres, volví a casa para, según ella, someterme a la voluntad de mi padre...

Louis Crane escuchaba, y Grace recibió su silencio con agradecimiento. Quién le iba a decir que un joven como él, con su extrañeza y su hosquedad, sabría entender cuándo no hacía falta decir nada más. Quién sabía en qué estaría pensando él durante el rato que siguió, con la vista fija en el paisaje nevado. Ella no se lo preguntó. Reflexionó sobre sí misma y sobre Mardie, sobre cómo esta era la que actuaba y Grace la que cuidaba, sobre cómo Mardie partía hacia el peligro con la tranquilidad de saber que una buena amiga, la más querida y la que más la quería, se ocuparía siempre de su hija. Reflexionó sobre los papeles que había asumido, sobre sus pequeñas victorias, sobre sus decepciones.

Disfrutó de la compañía muda que le brindaba Louis Crane, cada uno a un lado del puente que habían descubierto, sin ninguna prisa por cruzarlo.

Las horas oscuras de la tarde se habían sucedido indistinguibles unas de otras. Después de comer, Lou dormitó hasta el caer de la noche. Sabía que la señora Beckwith tenía razón y que lo prudente era dejar pasar algunos días sin dar clase, pero hacía demasiado tiempo que no veía a sus alumnos del grupo nocturno.

¿Quién irá si no voy yo?

El pensamiento tomó un cariz más inquietante cuando se le ocurrió que, si continuaba debilitándose a aquel ritmo, tal vez aquellos niños quedasen de nuevo completamente solos.

Bajó la escalera despacio, agarrado a la barandilla con una mano y al puño del bastón con la otra. Oyó las voces antes de llegar al salón de actos. Archie y Violet discutían a voces sobre el escenario, aunque Lou no llegó a saber de qué hablaban, porque los interrumpió el grito de Bessie.

—¡Ha venido!

Corrió hacia él y se abrazó a sus piernas antes de que Lou pudiera reaccionar. Soportó el dolor que le causaba el contacto fantasmal, aunque le temblasen las rodillas y le preocupase, por un segundo, la alarma que provocaría en sus alumnos si se derrumbaba.

Ha ido a más, pensó cuando la niña se separó de él para mirarlo a la cara mientras charlaba animadamente, ignorante de que él ya había perdido el hilo de su historia.

Las primeras semanas no notaba su efecto en mí. Cuando más tiempo pase con ellos, peor será. Me afecta el mero hecho de estar en la misma habitación que ellos. Quizá incluso también, aunque no sea tan perceptible, me haga mal vivir aquí, dormir en el piso de arriba todas las noches. Como si el aire en este lugar fuese venenoso.

—Buenas noches —saludó, acercándose a ellos para encender la lámpara—. Siento haber faltado los últimos días.

—No se preocupe —respondió Rosemary con amabilidad—. Supusimos que estaría ocupado, profesor.

Eran solo seis. Lou miró alrededor, intentando ocultar su consternación. El salón de actos se le antojaba vacío y frío.

No parecen echar en falta a los que se han ido.

—¿Ha traído la obra? —preguntó Violet—. ¿Vamos a repartir papeles ya?

Aullido, con su habitual tendencia a mantenerse en movimiento, dio vueltas en torno a Lou, cerca pero sin rozarlo, canturreando en voz baja.

—Vamos a leerla primero —dijo él. Alargó la mano hacia la carpeta que reposaba junto al gramófono, en la que había guardado las tres copias de la obra. Idealmente, habría querido tener una para cada niño, pero había hecho las paces con la idea de que dos ejemplares para ellos serían más que suficientes, y él conservaría el tercero—. Los que sabéis leer, ayudad a los que no.

Entregó uno de los fajos de papel a Rosemary y el otro a Archie. Violet y Emily Jane se sentaron cerca de ellos, para leer sobre su hombro, y Bessie se acomodó junto a Lou, al borde del escenario. Aullido, para asombro del profesor, hizo lo propio, sin dejar de murmurar su cancioncilla.

La lectura en voz alta de *La leyenda de Neaera* fue larga y trabajosa. Lou tenía que dictar a Bessie sus intervenciones en susurros y ayudar a Emily Jane, que no leía bien. Archie rápidamente se hizo con el personaje de Thero, un aventurero hecho a medida para él. Violet, por supuesto, quería ser la propia Neaera.

—Me he aprendido las dos primeras escenas —declaró Violet—. El resto tendré que leerlas, espero que me perdonéis.

—No era necesario aprender nada —suspiró Lou—. Aún no hemos repartido los papeles.

—Ya, bueno. —Violet se encogió de hombros, le guiñó un ojo.

Para desánimo de Lou, que habría preferido dar el papel protagonista a Rosemary o a Emily Jane, Violet procedió a interpretar a Neaera de manera impecable y se negó a leer a ningún otro personaje.

Bessie, por otro lado, anhelaba ser la madre de Neaera.

—Por favor, me hace mucha ilusión —suplicó a Lou en cuanto acabaron la lectura—. Solo quiero hacer de la mamá.

—Claro —protestó Emily Jane—, porque los demás personajes son chicos. ¿Por qué tenemos que hacer Rosemary o yo de chicos? Yo también quiero ser la madre...

—¡No quiero hacer de chico! —Bessie empezó a hacer pucheros.

—Vamos a seguir leyendo —sugirió Lou, que se sentía inclinado a darle el personaje a Bessie porque no lo había interpretado nada mal—. Y ya repartiremos los papeles después.

—Se lo va a dar —susurró Emily Jane a Rosemary— solo para que no llore. Así es como consigue todo lo que quiere.

—Se lo debería dar a Rosemary —intervino Violet—, porque es la que mejor lee después de mí.

—La que mejor lee en general —la picó Archie.

—Mentira. —Violet desestimó lo que decía su compañero con un simple gesto de la mano—. A mí siempre se me ha dado muy bien leer. Me encanta ir al colegio, e iré hasta los catorce años, así que si ahora leo bien, imagínate cómo lo haré entonces.

Lou alzó la vista del papel que tenía entre las manos para fijarse en ella, con su vestido antiguo y sus zapatos brillantes.

—¿Y por qué vas a dejar el colegio a los catorce si tanto te gusta? —preguntó Archie—. ¿No quieres seguir estudiando?

—Oh, probablemente tenga que quedarme en casa, donde cada vez me necesitan más. Mis hermanos fueron a la escuela de gramática hasta los dieciocho, y os imaginaréis mi disgusto al saber que no tendré la misma oportunidad. Aun así, toda casa necesita una mujer a cargo.

—¿Y tu madre?

—Mi madre es muy mayor, y mi padre murió hace un año. —Violet sacudió la cabeza—. Mis hermanos solo me tienen a mí. Por eso entiendo tan bien al personaje de Neaera, que está sola en el mundo, y...

—¿A qué colegio vas? —interrumpió Lou.

—Al de Dunwell, *por supuesto* —replicó Violet con ligereza—. Está muy cerca, los niños de Bluesbury vamos andando juntos.

—¿Va a decirnos ahora quién es cada personaje? —preguntó Rosemary, esperanzada.

—No —Lou tuvo que levantar la voz por encima del coro de lamentos—, os lo diré el próximo día. Tengo que pensarlo bien.

—Bueno, ¿podemos hacer un juego entonces? —propuso Archie—. Yo sé uno muy divertido...

Lou dejó que Archie explicase las reglas mientras él recuperaba las copias de *La leyenda de Neaera* y las volvía a guardar en la carpeta. Aullido alargó las manos, ofreciéndose a llevarla hasta el gramófono para que él no tuviese que ponerse en pie. Más adelante, cuando dieron el juego por concluido y Lou se despidió, la niña trotó a su lado hasta las escaleras.

—Au, ou, ou —aullaba en voz baja, alegremente, como si se tratase de una extraña cantinela celebratoria.

Al llegar a la escalera, bajó la cabeza como un animal y le dio un topetazo en el costado. Lou tragó de golpe una bocanada de aire. Había sentido el suave empujón como un latigazo. Se esforzó en sonreír cuando Aullido le lanzó una mirada fugaz, y consiguió a cambio una fugaz sonrisa de la niña. Aquella colisión había sido un pequeño gesto de afecto.

—Buenas noches, Aullido.

Ella le dio la espalda y volvió al escenario, aún canturreando. Fue entonces cuando él, por primera vez en toda la noche, entendió lo que decía la niña. «Lou, Lou, Lou».

No tuvo tiempo de conmoverse por la idea de que lo hubiese echado en falta las pocas noches que había estado enfermo. El pensamiento llegó rápido y certero, sin espacio para la emoción.

Tengo que ayudarlos a salir de aquí cuanto antes.

Subió la escalera despacio, en la oscuridad, sin manos libres para cargar con la lámpara.

Ninguno debe quedar solo cuando a mí me fallen las fuerzas.

El martes por la mañana, Lou avisó a Eliza Kenney de que a mediodía iría al pueblo, por lo que no era necesario que le trajese la comida. Ella le aseguró que no era ninguna molestia, pero aun así él estaba decidido a subir Hampton Road. Salió con tiempo para recorrer la calle despacio, deteniéndose a recobrar el aliento cuando era necesario, y llegó a High Street revitalizado por el aire frío en el rostro. En la esquina, antes de cruzar la calle, se fijó en que la panadería estaba abierta. A través del escaparate podía ver a Harry White, detrás del mostrador, con las manos hundidas en una masa suave y dorada.

Lou no pensaba entrar, pero antes de que pudiera darse la vuelta y dirigirse a Koster's, el panadero lo vio y saludó con la mano. Tras un instante de duda, Lou cruzó la puerta.

—Cuánto tiempo —comentó Harry—. Ya empezaba a preocuparme.

Lou se encogió de hombros.

—Ha sido un resfriado, nada más —dijo, quitándole importancia—. Espero poder retomar las clases mañana o pasado.

—Mis sobrinos se llevarán una alegría... y sus respectivas madres, también, no te lo voy a negar. Aunque no hay que apresurar las cosas. Si puedes descansar unos días más, hazlo. —Convirtió la masa en una gran bola de superficie lisa que metió en un cuenco. Sonrió al ver que Lou contemplaba su obra—. Bollos de pasas. Les falta aún un par de horas para estar listos, pero si tienes paciencia, cuando se enfríen puedes llevarte algunos. Invita la casa.

Lou sacudió la cabeza, sin pensarlo, pero antes de rechazar del todo el regalo, antes de la explicación de que llevaba varios días comiendo poco y a regañadientes, el gesto se anuló, como si fuese una marioneta y alguien le hubiese cortado el cordel.

Miraba al hombre que tenía delante. Al rostro amable, los ojos atentos, la espera tranquila en su postura. «Usted y Harry White parecen haber simpatizado», había dicho la señora Beckwith.

Fue del todo consciente, en aquel momento, no solo de la inmensa soledad de la que se había rodeado, sino de lo desesperadamente que añoraba la compañía. No para pasar el rato, para cruzar algunas palabras amables en la calle o fumar un cigarrillo en el porche mientras los niños jugaban en el recreo. Una camaradería más cercana, la de alguien que conociese los recovecos del camino que tenía delante, los trechos embarrados, los baches; alguien que lo recorriese también y en cuyos pasos poder apoyarse cuando estuviese demasiado oscuro.

No soporto más ser un náufrago.

Sus hombros cayeron, pesados, hacia el suelo. No había ninguna fuerza en sus brazos ni en su espalda. Los músculos de la cara se relajaron, dejando espacio a los ojos abiertos. Todos los muros se derrumbaron. Se descubrieron el anhelo y el desamparo, sin disfraces, sin defensas.

Y Harry, como si supiera que su oferta muda de amistad era lo que lo había desarmado, se sacudió la harina de las manos en el delantal y las adelantó sobre el mostrador, con las palmas hacia arriba.

Una invitación.

—Lou —llamó en voz baja, propia de las altas horas de la madrugada a oscuras, al oído—, ¿estás bien?

Y Lou avanzó también, olvidando que cualquiera pudiera verlos desde la calle, porque no tenía más opción que aceptar aquella invitación. El bastón quedó apoyado contra el mostrador, sus manos buscaron las de Harry. Sus dedos entraron contacto; la corriente erizó la piel de Lou desde las muñecas hasta los hombros y le bajó por los costados hasta el estómago.

Harry esperaba una respuesta y, por un segundo, Lou estuvo tentado de dársela. Contarle todo. El *ballet*, David Tutton en uniforme, el frente y los cientos de cartas, la *blighty wound* que lo envió de vuelta a Inglaterra, la confusión y el desorden, la segunda y peor despedida de la tía Ada, los meses en un hogar ajeno, la casa de Keldburn a la que no se había atrevido a volver, el funeral de Tutton y el libro de condolencias y, sobre todo, los fantasmas a los que veía todas las noches, en eterna espera de una señal para seguir adelante, quién sabía a dónde, *igual que yo mismo*, pensó en un arrebato de lucidez, *igual que yo he estado esperando una indicación de qué hacer desde que regresé, porque no puedo bailar y estoy solo y todo ha cambiado.*

Tragó saliva, abrumado. Harry sonrió.

—Toma. —Apartó una de las manos, solo una, para levantar una de las galletas de mantequilla que tenía en las bandejas detrás del mostrador. Era cuadrada, estaba recubierta de azúcar y bajo la superficie crujiente se adivinaba el interior blando. Se la ofreció a Lou—. Quizá no sirva para solucionar las grandes penas, pero no hace un mal trabajo con las pequeñas e inmediatas.

Lou habría querido aceptarla. Sin embargo, no se movió del sitio, bloqueado por la cantidad de palabras que habría querido pronunciar y la aversión a la sola idea de apartar la mano.

Harry sonrió.

—No están envenenadas —bromeó. Dio un mordisco a la galleta y la masticó con ganas. Después, le tendió la mitad restante.

Lou se rio. Hacía años que no lloraba, y aquella carcajada le resultó extrañamente parecida a un sollozo, aunque era evidentemente risa, risa nada más, que le humedeció los ojos y le permitió volver a moverse. Tomó lo que quedaba de la galleta, se la llevó a la boca, dejó que la mantequilla se deshiciera sobre la lengua.

—Gracias.

El pulgar de Harry le acarició el dorso de la mano y desató un incendio.

—De nada. Es solo una galleta.

Es mucho más.

La campanilla de la puerta los sobresaltó a ambos. Retiraron las manos deprisa y el bastón, golpeado por Lou por accidente al separarse del mostrador, cayó con estrépito al suelo.

—Perdón —se disculpó Edith Morgan, con una sonrisa incómoda—. Los he asustado, ¿verdad? Lo siento mucho.

—No se preocupe —respondió Harry, recuperando la entereza en un abrir y cerrar de ojos—. ¿En qué la puedo ayudar?

Edith se agachó, recuperó el bastón y se lo tendió a Lou.

—No necesito nada, gracias. En realidad, venía a buscarlo a él. —Y cuando Lou la miró, sin entender, ella añadió—: He dado por terminadas las clases pronto. Me preguntaba si querrías que te acompañase para comer.

—Sí —respondió Lou. Lanzó una mirada a Harry, que asintió—. Que tengas un buen día.

—Buenos días a los dos —replicó él.

En la calle, Edith Morgan se agarró del brazo libre de Lou en un gesto impropio de ella. Él la miró, asombrado, hasta que entendió que lo hacía únicamente para poder hablarle en voz baja con comodidad:

—Tú te has propuesto ganarme en esta competición nuestra de escandalizar al pueblo —le dijo—. Me parece admirable tu esfuerzo, pero tendrías que ser un poco más prudente.

Lou apretó los dientes.

—No estaba planeado —gruñó.

No le apetecía dar explicaciones a Edith Morgan sobre asuntos que él mismo no terminaba de entender.

Cojeó a su lado hasta la mesa más cercana a la puerta de Koster's, donde enseguida fueron atendidos por la señora Bow. Asintió, sin prestar demasiada atención, a la educada preocupación de la dueña del pub, le aseguró que se encontraba mejor y le agradeció los deseos de pronta recuperación. Solo un rato después, con dos platos de sopa humeantes entre Edith y él, empezó a recobrar la calma.

—En junio —estaba diciendo Edith—. ¿Lo puedes creer?

—No —respondió él.

—No me estabas escuchando.

—No. —Por suerte, ella prefería la honestidad a la cortesía y rio—. ¿Me lo repites, por favor?

—Edgar Macey. El hombre que recibió mi libro por error, y yo el suyo, ¿recuerdas? Por fin, después de intercambiar algunas cartas, quedamos para merendar, y...

—¿Cuándo?

—¿Cuándo? Hace *un mes* que nos vemos regularmente. Louis Crane, ¿no será que este resfriado te ha hecho perder la memoria?

—Nunca he tenido demasiada —admitió él—. Perdóname. Edgar Macey. Un caballero *interesante*, imagino.

—*Muy* interesante. Es un gusto entenderse así de bien con alguien. Y tengo que admitir que me esperaba lo peor. Hasta ahora, me he especializado en conocer casi exclusivamente a cretinos.

—Cada cual tiene sus gustos.

—No es que los *busque* así. Es que resultan serlo, pero no lo descubro hasta las dos o tres semanas. Sin embargo, Edgar de momento sigue pareciendo bastante decente. Por eso ha sido una enorme decepción descubrir que se marcha a América a final de curso, para trabajar allí durante un año entero, quizá más...

—Todavía falta mucho para junio. —Lou se encogió de hombros—. Aún puede revelarse como un cretino.

—Lo preferiría. Espero que lo haga —suspiró Edith, revolviendo la sopa.

Lou esbozó una media sonrisa.

—¿Has vivido en Dunwell desde siempre?

—No. Nací en Londres, estudié en el Bredston College. Me mudé a Dunwell para sustituir al maestro de la escuela. Me consiguió el trabajo Grace Beckwith, que era amiga de mi madre. —Levantó la mirada del plato de sopa, con la cuchara a medio camino hacia su boca, y se encontró los ojos fijos de Lou, que ataba cabos—. ¿Qué pasa?

—Nada. —Lou tosió en su servilleta—. ¿Sabes desde cuándo hay un colegio en Dunwell?

Ella se encogió de hombros.

—Si no recuerdo mal, desde 1895. Antes, los niños tenían que ir hasta Kinwick, con lo cual en la práctica la educación infantil en el valle era escasa, por no decir inexistente. Nadie iba a llevar a los críos tan lejos todos los días. Finalmente, se inauguró el colegio para cumplir la ley, según la cual la escolarización era obligatoria desde hacía al menos quince años...

—Mucho tardaron —comentó Lou, con la cabeza en otra parte—. Y la escuela de Bluesbury, ¿de qué año es?

—Vaya, o la señora Beckwith se contiene mucho al informarte sobre la historia del pueblo o tienes realmente mala memoria. La escuela de Bluesbury está en funcionamiento desde 1910 y se cerró otra vez en 1914, también por ausencia del profesor.

Lou asintió, pensativo.

Si Violet, en el momento de su muerte, había ido al colegio en Dunwell porque aún no había uno en Bluesbury, tenía que haber sido entre 1895 y 1910.

¿Por qué es su ropa tan antigua?

Al terminar de comer, Edith Morgan se ofreció a llevarlo de vuelta al colegio. Lou le aseguró que no era necesario y la vio alejarse en su motocicleta, hacia su mundo de encuentros fortuitos, libros y mentes afines. No quería pensar en qué hubiera pasado si hubiese entrado en la panadería otra persona.

La carretera hacia el colegio bajaba la pendiente como un río negro, plana y rodeada de campos aplastados por la nieve. El aire resplandecía con demasiada claridad. Lou avanzaba despacio, un paso tambaleante tras otro, y aun así a mitad del trayecto todavía no se había cruzado con ningún vecino. El pueblo parecía haberse congelado en el tiempo y solo estaba él, caminando por la carretera, una lengua de asfalto sobre un mar blanco.

Estaba despierto, pero a la vez soñando que había vuelto a Keldburn. Tenía doce o trece años, era una tarde luminosa de invierno y atravesaba los campos corriendo para reunirse con sus amigos en la linde del bosque. El silencio le hizo pensar que lo habían dejado plantado, pero no: uno había acudido a la cita. Se acercó a David Tutton tímidamente. Era la primera vez que se veían a solas desde aquel momento de quietud otoñal en el jardín de su casa, en el que sentados en el suelo, uno junto al otro, habían ojeado los dos el mismo tebeo de medio penique. Lou había tenido que releerlo más tarde, porque los dedos de David, que se habían entrelazado a los suyos, le habían impedido concentrarse en la historia.

Los demás niños de la pandilla se habían quedado en casa. Estaban solos. La nieve brillaba, el recuerdo se mezclaba con la realidad y el Lou niño trotaba carretera arriba mientras el Lou adulto cojeaba cuesta abajo.

El mareo lo hacía flotar unos centímetros sobre el suelo. Un repiqueteo metálico le resonaba en los oídos como si alguien golpease un plato de metal con un macillo. Entonces lo distinguió, de pie en el arcén, entre los montones de nieve. Un hombre a contraluz. No llevaba el uniforme de la Real Artillería, como la última vez que Lou lo había visto, cuando aún era responsable de municiones y suministros; en aquel encuentro fugaz durante un permiso, en el que Lou le había entregado el reloj compartido. No: iba vestido como un piloto. Era un fragmento del verano de 1918 traído a un presente en el que ya no encajaba.

Lou se detuvo. El bastón le resbaló de las manos.

No puedes estar aquí, y a la vez: *Te he estado esperando.*

David Tutton y la nieve y la añoranza.

Y el latido. El tintineo en el oído. El mundo que se desvanecía a su alrededor.

Lou dio un paso hacia él, echó a correr. Por un instante, era un recuerdo o un sueño, como David, y capaz de alcanzarlo y volver a perderse en el bosque para construir cabañas secretas, embarcarse en cacerías imaginarias y tantear la frontera entre la infancia y la adolescencia. Al segundo siguiente, el pie le falló, forzándolo a arrodillarse con violencia. La carretera le rasgó el pantalón. El latigazo de dolor le trepó por las piernas. Quiso levantar la cabeza para no perder a David Tutton de vista, seguro de que un parpadeo haría que desapareciese, pero la nieve se volvió negra a su alrededor.

La luz lo teñía todo de rosa al colársele a través de los párpados. Estaba temblando, seguía haciendo frío y él llevaba mucho tiempo quieto, con la ropa pegada al suelo húmedo. Una mano firme le sostenía el hombro. Una voz grave pronunciaba su nombre, en tono calmado.

—¿Estás bien? ¿Me oyes? —Lou abrió los ojos. Harry White estaba arrodillado a su lado—. Deja que te ayude a levantarte. —Llevaba una caja bajo el brazo izquierdo que ni siquiera se tambaleó cuando él, pasando el derecho bajo el de Lou, tiró de él hasta ponerlo en pie—. ¿Puedes andar? Ten, toma el bastón.

—Sí… —Rodeó con el brazo los hombros de Harry y se apoyó en él, más que en el bastón, para avanzar despacio.

—Venga, no te preocupes. Vamos a llevarte a casa, ¿eh? Y ya vemos si hace falta que llamemos a un médico. ¿Qué te ha pasado?

—Un mareo…

De modo que Harry lo llevó hasta el colegio, y como Lou no se veía capaz de subir al piso de arriba con él, lo sentó en los escalones del porche y se acomodó a su lado, con sus piernas contra las de él. Estaban al aire libre, pero mucho más solos que en la panadería, con el maldito escaparate, y podían ver y oír a cualquiera que se acercase. Harry chocó la rodilla contra la de Lou y le sonrió.

—¿Estás un poco mejor? —Y cuando él asintió, abrió la caja para mostrar cuatro bollos de pasas redondos, perfectos, de tono dorado—. Pensé que te gustaría alguno con el té.

Lou tomó uno y lo partió con las manos. El interior, suave y esponjoso, estaba tan caliente que despedía vaho. Lo mordió aunque no tuviese hambre, y masticó pedazos pequeños, agradecido por la compañía. Normalmente habría temido que su silencio hiciera pensar a la otra persona que su presencia no era deseada, pero con Harry White eso no era un problema. Lo dejó comer tranquilamente, mientras él alternaba el escuchar cantar a los pájaros del jardín y la charla calmada sobre temas poco importantes. Poco a poco, Lou volvió en sí lo suficiente para unirse a ella y hablar con él sobre dulces favoritos, sobre clases de teatro, sobre la próxima llegada de la primavera.

Era aún pronto por la tarde, pero el sol de invierno se escondía tras una densa capa de nubes. La penumbra ayudaba a deslizar la conversación hacia profundidades más lejanas, y Harry, que se había recostado sobre los escalones, jugaba con una astilla del suelo de madera, casi sin darse cuenta. Lou no podía dejar de mirarlo mientras él le explicaba que de pequeño había soñado con marcharse del pueblo, y él a su vez se encontró contándole cómo había sido su vida en Londres; el frenesí de los ensayos, la suave placidez de los remansos en la creación, la sucesión de funciones, el fin de la temporada. Sus palabras desvelaban más nostalgia de la que habría querido admitir, sobre todo por lo pequeño y cotidiano, como el placer de los estiramientos, la tensión en los músculos durante los ejercicios, el alcohol, las fiestas, la despreocupación.

—Todo parecía eterno —comentó, y después sacudió la cabeza, como si aquello no significase nada.

—Nada desaparece —dijo Harry con una media sonrisa—, solo se transforma.

—Algunas cosas desaparecen —insistió Lou, aunque no sabía a dónde se iban los niños fantasma cuando hacían las paces con la idea de haber muerto.

Se transforman, tal vez.

—Qué lástima que no tengamos música —suspiró Harry—, porque está claro que tú bailas muy bien, pero yo te dejaría con la boca abierta. Te aseguro que quedarías muy impresionado.

—¿Ah, sí? ¿Eres un bailarín de primera?

—Sí, aunque me limito a bailar en privado. Para no haceros sombra a los profesionales —bromeó Harry.

Lou contuvo la risa.

—Bueno, si te atreves a demostrarlo, tengo un gramófono abajo.

Harry se puso en pie de inmediato, como un resorte, y le tendió la mano.

—No se diga más. Siempre y cuando te veas con fuerzas para bajar, claro.

Aún faltaban algunas horas para que llegase la noche y comenzase la clase de teatro nocturna. Lou aceptó la ayuda para incorporarse. Harry le acercó el bastón sin pensarlo, como si fuese un gesto natural. Como si aquel palo ajeno y aparatoso le perteneciese tanto como las orejas o los dedos de las manos.

Lou entró en el edificio y bajó las escaleras despacio, con Harry a sus talones.

—¿Siempre vas a oscuras?

—Necesito las dos manos —suspiró Lou—. Tengo una lámpara abajo.

—Se te ha pasado el mareo, ¿verdad?

—Estoy mucho mejor. —Era verdad. Lou atravesó el salón de actos, con la cabeza más despejada que cuando se había levantado por la mañana.

Dio cuerda al gramófono, lo encendió y se volvió hacia Harry.

—Estoy preparado —declaró este.

Lou contuvo la risa. Harry se movía, los pies inquietos, marcando un ritmo, los brazos delante y atrás. Sonreía de oreja a oreja, con arrogancia fingida, como si tuviera la menor idea de lo que estaba haciendo. No la tenía: bailaba como un niño pequeño, torpe, descoordinado, alegre. Bailaba fatal. Bailaba perfectamente.

Entre la primera fila de sillas y el escenario, se bamboleaba sin ningún sentido del ridículo y era una delicia verlo. Harry se rio en voz alta porque también Lou estaba riendo, imposible saber quién había empezado. Entonces alargó las manos hacia él, invitándolo a unirse.

Lou, aferrado al bastón, dudó un segundo.

Solo un segundo. Después, porque el deseo de que aquello fuese real era demasiado grande, lo soltó y apoyó el peso en los brazos de Harry. No fue danzar como antes, no fue sentir que desafiaba la gravedad y que su cuerpo era infinito; sí fue movimiento y diversión y juego. Durante un abrir y cerrar de ojos, fue como si su pie derecho no le hubiese traicionado horriblemente dejando de funcionar.

Un abrir y cerrar de ojos. Un destello de felicidad, pero no como aquellos cotidianos a los que empezaba a acostumbrarse, sino uno más profundo y más peligroso. Un miedo. Un rechazo instintivo. Culpa.

Porque Harry estaba cerca, y era fácil y agradable y Lou deseaba abrirle la puerta. Y David Tutton estaba lejos y era tenebroso y frío y nunca tendría que haberse ido.

Lou se separó de él con brusquedad. Dio un traspié hacia atrás, buscó el borde del escenario.

—¿Te has hecho daño?

—No.

—¿Qué ha pasado? —Harry se acercó, preocupado. Lou solo quería que se marchase—. ¿Te has vuelto a marear? Lo siento, tendría que haberte dejado descansar...

—Las cosas no se transforman —dijo Lou en voz alta, aunque hablaba más para sí mismo que para Harry—, empiezan y se terminan. No vuelven atrás. Nada va a ser igual que antes.

Harry se quedó de pie, frente a él, las manos caídas a los lados del cuerpo, las palmas hacia arriba. Rendido. Cauteloso.

—No, claro que no —respondió—, pero eso no tiene por qué ser algo malo.

—Tal vez no para ti —gruñó Lou—. Has vuelto a casa, con tu familia, con tu negocio.

Una pausa. Aunque Harry intentaba comprender, su paciencia no era infinita. Lou sintió cómo cedía, como la madera podrida de un viejo embarcadero.

—Puede que tengas una idea equivocada de lo que ha sido para mí volver a Bluesbury.

—Puede que tú tengas una idea equivocada conmigo —replicó Lou.

Harry asintió en silencio.

—Bueno —murmuró—. Lo siento mucho si es así. —Y después se frotó los brazos, como si tuviese súbitamente frío—. Creo que será mejor que me vaya.

—Sí. —Lou no lo miró—. Gracias por ayudarme a volver.

No podía alzar los ojos hacia él, porque si lo hacía no sería capaz de quedarse donde estaba mientras Harry White le daba la espalda y subía las escaleras, e intentaría alcanzarlo y suplicarle que no lo dejase solo, del mismo modo que habría querido pedírselo a David Tutton; pero si no se lo había dicho a uno, habría sido una traición hacer lo propio con el otro.

L as sombras se alargaron sobre el suelo del salón de actos. Cubrieron la espalda, los hombros y la cabeza, aún agachada, de Lou, lo sumergieron. La luz cambiante de la lámpara de gas no podía hacer nada contra ellas aquella noche.

—¿Hoy nos vas a decir quiénes somos?

Archie estaba sentado a su lado y lo miraba con ojos esperanzados. El moratón le manchaba casi la mitad de la cara. Tenía la nuca empapada en sangre. No parecía ser consciente de ello y Lou se descubrió mirándolo, de reojo, con la indiferencia entumecida que provocaba el exceso de conmoción.

La debilidad me hace verlos mejor.

La presencia de los niños aplastó el desasosiego y el cansancio. Lou se puso en pie. Incluso el dolor del pie malo pasó a un segundo plano.

—Sí —declaró—. Venid todos al escenario. Repartiremos los personajes y volveremos a leer la obra, esta vez cada cual en su papel.

—¿Otra vez leer la obra? —se lamentó Violet—. Es lentísimo y muy aburrido, sobre todo porque hay quienes no leen del todo bien...

—Hay que leerla *varias veces* antes de empezar a ensayar —insistió Lou.

—De acuerdo, ¿pero podemos después hacer otra cosa? ¿A lo mejor inventar historias nuestras? —pidió Archie.

—Para que tenga que ver con la obra, podríamos hacer escenas del pasado de los personajes —propuso Rosemary—. Así vamos acostumbrándonos a interpretarlos.

—Está bien, pero solo si da tiempo después de la lectura —concedió Lou—. Así que más vale que nos pongamos a ello cuanto antes.

Hicieron un corro sobre el escenario. Violet tenía los ojos hundidos y la piel descamada en el cuello y la cara, enrojecida y brillante. También Rosemary tenía un aspecto enfermizo, pálida y delgada hasta el extremo. *La debilidad o la indolencia o la falta de miedo.*

Repartió los papeles en voz alta. El de Archie había estado claro para todos. Violet sería la protagonista y Bessie también obtuvo el que había pedido, con los consiguientes murmullos despectivos de los compañeros. «Siempre consigue lo que quiere», y algún remedo de llanto por lo bajo que Lou ignoró. Bessie hizo un puchero.

—No es verdad que siempre consiga lo que quiero —se lamentó con voz temblorosa—. Tengo *hambre...*

Rosemary había preferido ser la madre de Neaera, pero se conformó con el papel secundario que le encomendó Lou. Aullido y Emily Jane, por otro lado, compartieron varios figurantes: todos aquellos personajes que Lou no veía viable eliminar pese a que cada vez contase con menos actores.

—¿Estáis de acuerdo? —les preguntó, con una punzada de culpabilidad, porque sabía que estaba encasquetando los papeles menos apetecibles a la niña que no hablaba y a la que sabía que no protestaría.

—Sí —respondió Emily Jane, con una expresión opaca imposible de descifrar—, está bien.

Violet abandonó el escenario corriendo y regresó enseguida, envuelta en una sábana como si fuese una túnica.

—Es solo para acostumbrarme —informó a los demás—. Utilizaré esto como ropa de ensayo. No os preocupéis, *obviamente* no será mi vestuario definitivo.

Releer el libreto fue arduo, porque una vez repartidos los personajes los niños habían perdido todo el interés en aquella sucesión de páginas y escenas que les parecía interminable. Lou, harto de luchar con ellos para mantener su concentración, se alegró el que más cuando por fin terminaron.

—Haced dos grupos —sugirió, y se paseó, inclinado sobre el bastón como un anciano, de un lado a otro del salón de actos.

Sentarse habría supuesto una oportunidad para hundirse en los pensamientos previos a la clase, necesitaba mantenerse en movimiento.

Estoy bien. Estoy bien. Estoy bien.

Estaba ciego y ausente; tanto que tropezó con Aullido y la niña, que llevaba un rato siguiéndolo, lanzó un breve gruñido, más de advertencia que de queja, y después hundió la mano en el bolsillo de su chaqueta.

Ante la expresión interrogante de Lou, ella esbozó algo parecido a una sonrisa y se alejó de él para regresar con su grupo.

Lou metió la mano en el bolsillo para sacar lo que ella había escondido en él: un puñado de muñecos del tamaño de la yema de su meñique, hechos con trozos de hilo y tela. Algunos tenían cuatro patas, tal vez fuesen perros redondos como ovejas lanudas. Otros, seres humanos, aunque tan pequeños en comparación que seguramente fuesen niños.

Se sentó en la primera fila, jugando distraídamente con uno de los muñecos entre los dedos, para ver las obras de los niños. La del primer grupo, claramente liderado por Violet, regresaba a la historia de una niña con habilidades prodigiosas, entre ellas un don para la escritura.

—Es un talento —suspiraba la propia Violet, que hacía de narradora, profesora y madre de la protagonista—, un diamante en bruto. Lástima que fuese también de una familia muy muy pobre, que la obligaba a quedarse en casa para cuidar a sus hermanitos mientras sus padres iban a trabajar. Ella, cuando volvía del mercado, se detenía junto a la escuela para mirar por la ventana, anhelante, el tesoro del conocimiento... Y no tenía ni papel ni lápices, que eran muy caros...

Bessie interpretaba a otra niña, esta vez rica, que se hacía amiga de la otra. Con dificultad, esta ocultaba su estatus por miedo a que Bessie la rechazase, pero cuando se producía el inevitable descubrimiento, esta le regalaba un bonito cuaderno que había recibido por su cumpleaños.

—A ella no le gustaba estudiar y en el colegio aún usaba la pizarrita de tiza —explicó Violet—. Era tonta, pero también muy generosa...

Aunque la historia dejase que desear, Lou tenía que admitir que ver actuar a Violet siempre era una delicia. Al acabar, la niña se sentó a su lado para pedirle instrucciones de dirección como una actriz profesional. Él hizo lo posible por contentarla, aunque era consciente del obstáculo que suponía su propia falta de conocimientos sobre la técnica teatral.

—Se me da maravillosamente bien actuar, ¿no te parece? —comentó Violet, sin avergonzarse lo más mínimo de su vanidad—. Me gusta mucho más que la aritmética, incluso más que leer y escribir, porque a veces las lecciones son *tan* aburridas... Y no hablemos de las clases de cocina, costura e higiene. Mi padre dice que son las más útiles, y yo digo que también son las más sosas. Aunque no me vendrá mal todo lo que sé para hacer el vestuario, ¿verdad? Para la función de fin de curso, me refiero. Tengo algunas ideas...

—Estoy seguro de que sí. Luego me las cuentas —la interrumpió Lou—. Ahora vamos a ver la obra del otro grupo.

En esta, Emily Jane había asumido el papel principal. Era la directora de un orfanato y recibía a Rosemary, una huerfanita a la que habían traído «las monjas».

—¿Tiene nombre el orfanato? —preguntó Lou.

—Sí —respondió Emily Jane, sin dudar ni salir del personaje—. Es el Saint Oliver's Orphanage, jovencita, no olvides el nombre. Aunque no pasarás aquí mucho tiempo...

—¿A dónde iré? —preguntó Rosemary, frotándose las manos con nerviosismo, en un esfuerzo por representar la indefensión.

—Estás aquí porque tu padre y tu madre no te querían —declaró Emily Jane con dureza—, y si a ellos no les importas, al resto de la gente del país aún menos. Así que pronto te irás de Inglaterra... tú y ese otro niño también...

—¡No, por favor, no quiero irme a ninguna parte! —suplicó Rosemary.

—¡Me escaparé! —amenazó Archie, poco contento con el papel que le había tocado.

—¡Silencio, hijos de puta! —gritó Emily Jane.

Lou dio un respingo.

—Alto —exigió, poniéndose en pie—. Vamos a parar aquí. Emily Jane, ¿puedes venir un momento?

—La va a reñir —auguró Archie.

Emily Jane se acercó a Lou, inquieta, sin saber por qué se la requería.

—Solo estábamos jugando —se explicó—. Quiero decir, haciendo teatro. Mi personaje *es muy mala*.

—Entiendo —aseguró Lou—. ¿Por qué los has llamado «hijos de puta»?

—La directora *habla así* —reiteró ella, con cierta impaciencia.

—¿Sabes lo que significa? —Emily Jane se encogió de hombros—. ¿Qué significa?

—Es como decirle a alguien que es muy pesado, que se está portando mal.

Lou apretó los labios.

Tal vez no necesite saberlo.

—Está bien, vamos a dejar el ensayo por hoy —dijo alzando la voz—. Mañana empezamos con la primera escena de la obra. Voy a dejar el guion aquí, por si le queréis echar un vistazo...

—Yo me la sé ya —le recordó Violet.

—Sí... eso está muy bien —reconoció Lou—. Gracias, Violet.

Bessie lo siguió hasta la escalera.

—Profesor —llamó con voz suave—. ¿He hecho bien del personaje de la madre?

—Sí, por eso te lo he dado.

—¿No me lo has dado porque lloro?

Él se giró hacia ella sobre el primer escalón. Volvió a bajar y se agachó frente a la niña, quedando a su altura.

—No. Te lo he dado porque creo que lo harás estupendamente. —Bessie sonrió, feliz con unas pocas palabras. Lou replicó su sonrisa y sintió que algo de la tensión del día se desvanecía entre sus costillas—. Bessie, me preocupa que tengas tanta hambre.

Ella suspiró.

—Tengo *mucha* hambre. A los bebés les dan agua con leche y azúcar, pero a los mayores ni eso, nada de nada.

—¿Tú eres de los mayores? —preguntó él.

—Sí. Tengo ya siete años y lo que más hay son bebés...

—¿Dónde? —la interrumpió él.

—Pues donde vivo yo —replicó ella—. A lo mejor otro de los niños puede ayudarme a leer la primera escena, y así me la aprendo para mañana —añadió, esperanzada.

Lou había aprendido que no podía tirar del hilo sin arriesgarse a romperlo. Se puso en pie con la ayuda del bastón.

—Yo en tu lugar le preguntaría a Rosemary —aconsejó—. Buenas noches, Bessie.

Eliza Kenney había dejado una segunda lámpara sobre la mesa, junto a la cesta con la cena. Lou la encontró cuando, pasada la medianoche, subió al piso de arriba y se dejó caer en la silla. La contempló durante unos segundos, incómodo y culpable, porque aquel gesto llevaba la firma de Harry White.

No tenía hambre ni sueño. Los pensamientos zumbaban como moscas encerradas en su cabeza.

El cielo estaba despejado y la luz de la luna llena caía sobre el libro de los fantasmas. Lou encendió la lámpara, abrió el tintero y sacó de la cesta el termo. Apoyó los codos en la mesa. Se frotó los ojos. Suspiró.

Hacía mucho tiempo que no apuntaba nada.

«Bessie vivía con su tía, porque su madre trabajaba demasiado y no podía ocuparse de ella. Convivía con muchos bebés a los que se les daba leche aguada. El resto de niños, entre los cuales ella era de los mayores, pasaban hambre. ¿Primos, tal vez?».

No era su tía, se le ocurrió. *Era una mujer que cuidaba a niños ajenos.*

«Posiblemente murió ahogada».

Sobre Violet sí había tomado algunas notas. Las revisó y completó con una mención a su madre muy anciana y sus hermanos, la ausencia de su padre, la expectativa de su familia de que la niña dejase el colegio y se convirtiera en ama de casa. Añadió, aunque no estaba seguro de hasta qué punto era relevante, que a Violet le gustaba leer y escribir y, en cambio, le disgustaban las labores domésticas.

«Emily Jane habla poco de sí misma y en escasas ocasiones toma las riendas de las obras propias que inventan», escribió en una página nueva. «Hoy, sin embargo, ha aportado un granito de arena. Si la historia que ha contado es la suya, significa que ha vivido en un orfanato, el Saint Oliver's Orphanage, aunque solo temporalmente. Antes estuvo bajo la custodia de unas monjas y después la enviaron a algún sitio fuera de Inglaterra, supuestamente porque sus padres no la querían. Ha mencionado en alguna otra ocasión que, en vida, tuvo una postal en la que aparecía un barco grande de pasajeros, el S. S. Alonzo. Según ella, recibió la postal tras hacer una travesía a bordo del barco junto con otros niños, durante unas *vacaciones especiales*. Tal vez se refiera a ese viaje fuera de Inglaterra».

Se apartó del libro y se reclinó hacia atrás al llegar al nombre de Archie. Aunque hizo memoria, no le vino a la mente ningún dato que el niño hubiese dejado caer en los ensayos. Tampoco de Rosemary sabía nada, más allá de que estaba muy delgada. Tal vez hubiese estado enferma justo antes de morir.

Tomó aire. Volvió a pasar la página para comenzar una nueva.

«Aullido», escribió. No tenía mucho que escribir sobre ella. Se frotó los ojos, ahuyentando al sueño que empezaba a alcanzarle. «¿Lobos?», anotó finalmente. «¿Ovejas?».

Dudó un instante.

«David Tutton», escribió en la siguiente hoja.

Le dolió el pecho como si se le congelase el aliento. Tachó el nombre. *Es su libro. Se lo robé.*

La lámpara de gas se apagó de pronto. Un estremecimiento, un presagio. La ventana se abrió de golpe, empujada por una ráfaga de viento, y cuando Lou se puso en pie para cerrarla, tras dejar la pluma sobre el libro, vio a la luz de la luna un hombre de pie junto a la cancela del jardín.

El frío se coló en la habitación y lo bañó de la cabeza a los pies. Lou buscó a tientas el bastón. Tropezó escaleras abajo, descendió atropelladamente, sin darle importancia a las marcas de los escalones en las piernas, de la barandilla en la frente. Perdió el bastón, lo recuperó, voló hacia el porche.

¿Por qué ahora, tantos meses después?

¿Ha estado conmigo todo este tiempo, invisible, en silencio?

Y una y otra vez, como si sus propios pensamientos sonasen de fondo, grabados en un disco del gramófono: *La debilidad me permite verlo mejor. Estoy más cerca del mundo de los muertos que del de los vivos.*

David Tutton lo esperaba junto a la cancela, como tantas veces años antes, cuando lo recogía de casa de la tía Ada para ir a ver una carrera o al teatro o a bailar. David Tutton con su estúpida chaqueta, la que decía que le daba un aire ilustre; David Tutton y su corbata mal anudada; David Tutton con sus planes disparatados y su sed de aventuras.

¿Cómo has llegado hasta aquí? ¿Cómo me has encontrado?

David Tutton, que se daba la vuelta y se alejaba campo a través. Lou corrió tras él, pero la cojera lo retenía como un grillete aferrado al tobillo, y David Tutton se desvanecía ante sus ojos, sin dejar huellas en la nieve de plata.

—¡David! —La voz de Lou se transformó en una nube. *Nada desaparece*—. ¡Vuelve! —Y estaba hecho pedazos por dentro, suplicándole al vacío y a la oscuridad—. ¡Por favor, vuelve conmigo!

Pero los fantasmas no obedecen a los vivos.

La luz que entraba por las ventanas daba un aspecto apacible al comedor de la señora White. La comida de los domingos se alargaba hasta entrada la tarde, y a los niños, que ya habían terminado, se les había dado permiso para dibujar en la mesita baja, al fondo de la habitación, siempre y cuando estuvieran en silencio.

Harry no participaba en la conversación que mantenían sus hermanas y su madre. El sol daba en su lado de la mesa y le calentaba las piernas y tenía una taza caliente entre las manos. No necesitaba más.

—La pobre Daisy está en cama otra vez —comentaba su madre—. Pobrecilla.

—¿No tendrá lo mismo que el señor Crane? Está enfermo también —dijo Ethel—. Aunque parece que él sí se está recuperando. Este lunes vuelve a haber clase de teatro, ¿verdad, Millie?

—Sí, mamá.

—¿Qué te dijo la señorita Morgan?

—Que el lunes vuelve a haber clase de teatro —respondió la niña, lacónica, con toda su atención volcada en su dibujo.

Harry contempló el jardín a través de la ventana y pensó que su hermano mayor, Andrew, de estar allí, habría señalado que hacía falta una poda.

«Nada va a ser igual que antes», había dicho Lou.

Y tenía razón. Andrew no estaba sentado a la mesa y no volvería a estarlo nunca. En su lugar estaban su hijo mayor, Jack, que era su vivo retrato, y Alice, que había cumplido ya los quince y se consideraba a sí misma completamente adulta. Andrew había dejado atrás a cuatro niños y a su mujer, viuda antes de cumplir los cuarenta.

«Cuida de ellos hasta que vuelva», le había dicho antes de alistarse. Él, el mayor de los hermanos, había cubierto el rol de hombre de la familia desde la muerte de su padre, y con su marcha este recaía sobre Harry, que acaba de cumplir veintiún años. «Sobre todo de mamá».

De Millicent White, que estaba enferma. De Ethel, cuyo marido Thomas también se alistaba, y que se quedaba sola con una niña pequeña. De la mujer de Andrew y de sus cuatro hijos, de los cuales el menor acababa de aprender a andar.

Andrew le hizo entender que se iba, igual que Thomas, gracias a que Harry se quedaba para cuidar de sus familias. En realidad, Harry sentía que él, a quien horrorizaba la idea de la guerra y de hacer daño a otro ser humano, tenía permiso para quedarse porque ellos se marchaban en su lugar, dejándole en bandeja un motivo para negarse a ir.

Uno que, pese a todo, no era suficiente.

«¿Vas a quedarte de brazos cruzados mientras ellos luchan, Harry?».

Estaba dividido entre la urgencia por cumplir con su deber para con su país y su fiera negativa a matar. Sopesó la posibilidad de prestarse voluntario como personal no combatiente, porque como conductor de ambulancia o en la cocina de un hospital podría ayudar a salvar vidas en lugar de acabar con ellas, pero esa semana llegó el telegrama que les informó de la muerte de Andrew. La salud de su madre empeoró drásticamente y tuvo que quedarse en cama, con las últimas cartas de Andrew sobre la mesita de noche. Harry pospuso indefinidamente la idea de marcharse.

Se mantuvo en sus trece pese a las miradas de refilón, a los comentarios fuera de tono, al desprecio de quienes se habían despedido de hijos, hermanos y amigos.

«No te quedes por mí», le dijo su madre. «En un sitio pequeño, la opinión de los vecinos es importante».

Harry coleccionó plumas blancas y encajó con entereza la humillación.

Cuando el ejército lo reclamó, se declaró objetor de conciencia y se presentó ante el tribunal que decidiría si tenía motivos legítimos para ser eximido de sus obligaciones o si, sencillamente, era un cobarde.

«¿Qué haría si un soldado alemán fuese a violar a su hermana, señor White?».

El tribunal decidió que no tenía motivos suficientes para quedarse, le dio un uniforme y lo metió en un barco. Tres años después, le permitieron regresar a casa, exhausto y cubierto de heridas visibles e invisibles. Su familia le dio la bienvenida. Thomas también había vuelto de una pieza y la ausencia de Andrew se notaba más que nunca.

Pusieron a su cargo la panadería y Harry se mudó al piso en el centro del pueblo, dispuesto a desechar sus sueños de viajar por el mundo, porque había tenido suficiente por el momento, y en lugar de eso encontrar de nuevo su hueco en Bluesbury.

Una mañana, se acercó a hablar con el lechero, Barrie Clements, para pedirle que lo incluyese en el reparto de cada mañana, y el señor Clements le respondió que una objeción de conciencia le impedía venderle leche. Fue el primero de los vecinos en demostrar que no le tenía ningún respeto, pero no el único.

—Harry, si lo ves podrías llevarle algo de nuestra parte, a lo mejor algún dulce de los de la panadería —propuso Ethel, sacándolo bruscamente de sus pensamientos.

—¿A quién?

—Al señor Crane. Te llevas con él, ¿no?

A su familia le preocupaba que fuese a convertirse en un solterón sin amigos. Habían desistido de presionarle para que se casase, y la llegada a sus vidas de Lou Crane, que no parecía tener nada contra él, les había llenado de optimismo. Al menos, podría congeniar con alguien fuera de la familia.

También Harry había tenido esa esperanza. Y alguna más, de la cual su familia no sabía nada.

—Sí, claro, puedo llevarle algo.

No estaba seguro de ir a hacerlo.

«Puede que tengas una idea equivocada», le había dicho Lou, tenso y enojado de pronto, justo después de que bailasen juntos, de un pequeño momento de cercanía.

A Harry le dolía pensar que quizá tuviese razón. Que hubiese confiado en encontrar en él algo que Lou no quisiera o no pudiera darle.

Se levantó de la mesa, aprovechando un cambio en el tema de conversación, y se sentó en el suelo junto a sus sobrinos. Millie le ofreció una hoja de papel en blanco y él garabateó la silueta de la casa.

—Qué bien dibujas, tío Harry —dijo Charles.

—Gracias. A mí me gusta más cómo lo haces tú. ¿Es un retrato? ¿Quién es?

—Mi mejor amigo, John. Tiene un perro enorme y lo voy a dibujar también.

—Ah, muy bien.

—Mi mejor amiga es Kitty —dijo Millie—. Y no tengo mejor amigo, pero si tuviera, serías tú.

—¿Yo? —preguntó Charles, agradablemente sorprendido.

—No, tú eres un bebé. El tío Harry.

Harry sonrió. Le reconfortó la idea de que era natural que algunas cosas fueran a cambiar con el tiempo. No podía hacer nada para conservarlas, solo apreciar lo bueno mientras durase e intentar no lamentarlo demasiado cuando la vida siguiese su rumbo.

Las clases de teatro se retomaron aquella semana, aunque Lou apenas pudiese sostenerse sobre el bastón. Eliza Kenney lo observó con preocupación cuando, unos días después, volvió para limpiar el piso de arriba y cambiar la ropa de cama. El profesor estaba sentado frente a su mesa, con un jersey de lana y una bufanda al cuello aunque estuviese en el interior y las brasas siguieran encendidas. Hizo un gesto para levantarse, pero ella le indicó que no se moviese.

—Desayune aquí tranquilamente —le propuso—. Hoy hace mucho frío. En invierno no tiene sentido que baje a comer al piso de abajo y mucho menos al jardín.

—Aquí estoy en medio —señaló él.

—A mí no me estorba.

Abrió las ventanas para ventilar mientras quitaba el polvo. Por suerte, el profesor de teatro era relativamente ordenado y tenía pocas cosas, por lo que no le hacía perder tiempo colocando todo en su sitio. En ese sentido, la casa de la señora Beckwith le llevaba mucho más rato. La señora Kenney estuvo a punto de comentarlo en voz alta, pero se mordió la lengua: sabía que tenía fama de chismosa y no le gustaba.

El señor Crane se sirvió té del termo y cerró los ojos un instante. Eliza Kenney sonrió para sí. Le daba lástima aquel muchacho, que aunque tenía edad para estar casado, seguía solo. Se preguntó si sería por su cojera que no había llamado la atención de ninguna muchacha.

—Me contó Benedict Culpepper que lo llevó a Dunwell —comentó, incapaz de contenerse—. Le dije que no me extrañaba, porque hay mucha más vida allí que en Bluesbury. Si quiere conocer a gente joven, tiene que ir a Dunwell, eso le dije.

Lanzó una mirada al señor Crane, al que no parecía molestar su entrometimiento.

—En realidad, fui a Dunwell para preguntar por un antiguo amigo de mis padres —explicó él—. No tuve el placer de conocerlo, aunque mi familia lo recordaba con cariño. Al parecer, fue minero.

—¿Minero? ¿Cómo se apellidaba? Seguro que lo conozco, si no a él, a alguno de sus parientes. Tengo muchas amigas en Dunwell.

—No lo recuerdo. Por eso me está resultando tan difícil seguirle la pista. Solo sé que fue minero y que, de niño, vivió en un orfanato.

Tras cerrar las ventanas, Eliza comprobó con agrado que las plantas del alféizar seguían en buen estado y las regó. El señor Crane no las tocaba nunca, lo cual era buena cosa. Eliza Kenney trabajaba en varias casas y siempre llevaba alguna maceta para alegrar las habitaciones, pero conocía a más de una señora empeñada en ahogarlas. Lo prefería cuando le dejaban el cuidado de las plantas a ella, que tenía buena mano.

—¿Sabe el nombre del orfanato?

—Creo que era el Saint Oliver's Orphanage.

Eliza, que había pasado al dormitorio para sacar las sábanas limpias de la canasta y colocar en su lugar las sucias, se asomó por la puerta.

—¡No me diga! Sabe, mi suegra, en paz descanse, era huérfana también. A ella la adoptaron unos tíos suyos, pero a su hermano mayor no, así que a él lo enviaron al Saint Oliver's. Pobre Bert. Perdieron completamente el contacto, fíjese que él vivió muchos años en Queensland, y ella en cambio se casó muy joven y se mudó a Bluesbury, su casa es en la que estamos mi niña y yo ahora, porque se la dejó a mi marido, y será de Kitty cuando crezca. Por suerte tenemos a mi hermano Fred, que es un manitas, ya lo conoce, y nos ayuda a mantenerla en buen estado. La casa es lo bastante grande como para alojarnos los tres. A mi querido Joe siempre le cayó bien mi hermano, nunca puso ninguna pega a que viviese con nosotros. Era un buen hombre, mi marido. Pero lo estoy aburriendo. ¡Ya estoy otra vez hablando por los codos!

Desapareció de su vista para concentrarse en su trabajo. Dio la vuelta al colchón antes de hacer la cama.

—No me aburre en absoluto —le dijo el señor Crane desde la otra habitación—. ¿Está lejos de aquí el Saint Oliver's?

—¡Uy, sí! Muy lejos. En la costa.

Eliza volvió a salir a la habitación contigua al dormitorio para barrer. El señor Crane levantó los pies para dejarle paso.

—¿Cómo? ¿Por qué enviaron allí al hermano de su suegra entonces, si su familia era de aquí?

—Bueno, no sé si se sigue haciendo, si le digo la verdad —respondió ella—, pero antiguamente a los niños huérfanos o a aquellos cuyas familias no los pudieran mantener se los llevaban a un sitio en Kinwick, a cargo de las Hermanas de la Caridad. Era muy pequeño, de modo que era habitual que los niños fuesen después al Saint Oliver's para enviarlos desde ahí a las colonias, a Australia o a Canadá o a Nueva Zelanda o a donde fuese... Disculpe un momento, señor Crane, que voy a molestarlo otra vez —advirtió Eliza Kenney, antes de atacar la alfombra con una limpiadora mecánica Ewbank de al menos veinte años de antigüedad. La señora Beckwith, a quien pertenecía el aparato, ignoraba que Eliza se lo llevaba de paseo de vez en cuando—. Bueno, con esto termino ya y lo dejo tranquilo. ¿Ha acabado de desayunar? Estupendo, así me llevo la cesta.

Bajó las escaleras con los útiles de limpieza, la limpiadora mecánica y la canasta de la ropa sucia, con la facilidad que solo otorga la costumbre, y no se dio cuenta hasta que estuvo en la carretera, de camino a su siguiente parada, de que no le había preguntado al señor Crane cómo era que su familia tenía amigos en Dunwell, y si eso significaba que sus padres eran de la zona. Sin embargo, iba cargada, de modo que decidió que no merecía la pena regresar para saciar su curiosidad y continuó su camino.

Bajo la mirada de dos monjas jóvenes, que charlaban a la sombra de las ramas peladas de un árbol, un grupo de niños construía un muñeco de nieve en el patio de las Hermanas de la Caridad. Lou se detuvo junto a la reja, a observarlos mientras recuperaba el aliento, como si aquella escena se alargase a través de las décadas y en cualquier momento pudiese distinguir entre sus rostros el de Emily Jane.

—¿Una niña que vive aquí? —preguntó la mujer que le abrió la puerta—. ¿Es usted su padre?

—No. Una niña que vivió aquí hace tiempo, no sé exactamente cuánto. Me preguntaba si tienen ustedes algún tipo de registro...

—¿Antes de la guerra?

—Mucho antes. Cuarenta o cincuenta años.

Ella lo hizo pasar a un recibidor.

—Espere aquí, por favor.

El banco de madera que había junto a la pared crujió bajo el peso de Lou. Hacía más frío en aquella habitación que en el exterior. Aguardó en silencio, con las dos manos sobre el puño del bastón, hasta que la puerta volvió a abrirse y la monja regresó con una anciana de ojos vidriosos. Tenía la cara llena de arrugas, pero ninguna de ellas había sido provocada por una sonrisa.

—Señor Crane, la hermana Patience se ocupó de las niñas durante años. Si hay alguien que pueda ayudarlo, es ella.

Lou acompañó a la anciana hasta un despacho estrecho, en el que él se acomodó en un butacón sin cojines, con la puerta abierta a su espalda, y ella tras el escritorio.

—¿Cómo se llamaba la niña? ¿Era familia suya?

—Emily Jane.

Siguió con la mirada las manos de la mujer, que parecían demasiado frágiles para soportar el peso del grueso tomo que colocó sobre la mesa. Lo abrió y recorrió una larga lista de nombres y fechas.

—Sí —musitó, como para sí—. Recuerdo una Emily Jane. Por aquí han pasado muchos. Acogemos a niños hasta los cinco años y a niñas hasta los doce. Si me preguntase por una Mary o un John, no sabría decirle. Pero Emily Jane sí, creo que sí. Estuvo mucho tiempo aquí, además. Desde bebé. Una chiquilla feúcha, callada, pero muy obediente. Aquí está. Usted dirá si es esta la niña, porque pese a todo podría ser que hubiese otra que se llamaba igual. Emily Jane Doyle.

—Puede ser. ¿Cuándo estuvo aquí?

—Nos la entregó su madre en 1843 y estuvo hasta que cumplió los doce. Como le he dicho, aquí no tenemos niñas mayores. Cuando alcanzan esa edad, van a otros centros o a alguna familia. Era habitual que entrasen a servir en alguna casa o encontrasen ocupación en algún negocio. Respecto a Emily Jane no hay ninguna anotación: eso suele significar que la recogieron sus padres o algún otro familiar…

—Unos conocidos me dijeron que debería preguntar en el Saint Oliver's Orphanage —mintió Lou—. ¿Es posible que la trasladasen allí?

La hermana Patience negó con la cabeza.

—El Saint Oliver's es un orfanato para niños. No, debió venir a por ella su madre. —La monja volvió a consultar el libro—. Kathleen Doyle. Irlandesa. Me acuerdo de ella. Una muchacha muy joven, y no estaba casada. Expulsada de su casa, seguramente, pobre criatura, sin poder esconder lo que había hecho al tener que ocuparse del bebé. No es un caso raro, aunque le sorprenda. Nos la dejó cuando la niña tenía dos años de edad, para que estuviese a nuestro cuidado mientras ella ponía las cosas en orden. Y cuando su situación mejoró, volvió a por ella. Una niña afortunada, esta Emily Jane. Pasó su infancia a salvo, entre estas paredes, querida por nosotras, y sin que su madre la olvidase. —La mujer calló unos instantes, tal vez pensando en otros críos con menos suerte, y suspiró—. ¿Hay algo más en lo que pueda ayudarlo?

Lou miró a la anciana y pensó en Emily Jane, con su nariz demasiado grande y sus ojillos pequeños, «feúcha», había dicho la monja, «feúcha pero obediente», y se arrepintió de haberle dado un papel de figurante solo porque sabía que ella no iba a protestar.

Una niña afortunada, con una madre que supera toda adversidad para tener-la a su lado, querida y arropada. Una niña que muere poco después del reencuen-tro y es incapaz de comprenderlo, muere y le quedan tantas dudas que permanece como fantasma y acaba en Bluesbury, acogida por un grupo de niños igual de perdidos que ella.

La historia estaba incompleta, pero no encontraría la pieza que falta-ba en aquel lugar: la monja, con los labios bien apretados, cerró el libro.

Sus pasos resonaron en el pasillo vacío y, al llegar al recibidor, la hermana Patience colocó una mano en el brazo de Lou y lo apretó con suavidad.

—Las sombras del pasado no deberían eclipsar la luz del presente —musitó—. Tenemos que estar agradecidos por estar aquí hoy, ahora.

Vivimos tiempos felices, pensó Lou.

—Gracias por su tiempo —respondió—. Que pase una buena tarde.

La puerta no se cerró hasta que él se perdió de vista.

Por la noche, la temperatura en el edificio del salón de actos era demasiado baja y el escaso calor que daban las brasas no alcanzaba el dormitorio. Lou regresaba al piso de arriba de madrugada, completamente helado, y se instalaba con la almohada y las mantas en la silla, para dormir las pocas horas hasta el amanecer lo más cerca posible de la estufa. En cuanto se hacía de día, subía la carretera hasta el pueblo y se metía en el pub Koster's. La señora Bow mantenía la chimenea bien encendida toda la mañana. No le importaba que Lou se acomodase cerca y disfrutase del ambiente caldeado hasta la hora de comer.

El viernes por la mañana, la señora Beckwith entró en el pub con la energía de un huracán contenido en una bola de cristal. Lou se tensó al verla, aunque no supiese a qué se debía su enfado, y ella le hizo un gesto de saludo distante antes de elegir una de las mesas junto a la ventana. Pidió una infusión y se frotó las manos al quitarse los guantes. Lou la contempló, sin decidirse a acercarse a ella. No tuvo demasiado tiempo para considerarlo, porque al cabo de unos minutos la puerta se abrió de nuevo para dejar paso a una ráfaga de aire frío y a Venetia de Carrell, envuelta en un abrigo forrado de piel con un sombrero a juego. La señora Beckwith se puso en pie para recibirla, pero ella se quedó a unos pasos de la mesa y extendió hacia ella un dedo tembloroso.

—¡Vaya despidiéndose de esa salvaje que ha querido colocarnos como maestra! —exigió, indignada y amenazante—. ¡Tratar a mi nieto como un delincuente, habrase visto!

—Venetia, querida... —empezó la señora Beckwith, pero la otra mujer no estaba dispuesta a dejarla hablar.

—¡A mi pobre Douglas, que jamás ha roto un plato en su vida!

En todos los recuerdos que Lou tenía de Douglas de Carrell, uno de sus alumnos de teatro por las tardes, el niño estaba saltando, gritando o destruyendo algo. Con frecuencia, las tres cosas al mismo tiempo. Era un muchacho simpático y enérgico que seguramente habría tomado como una ofensa que se le acusase de portarse bien.

—Pegó un puñetazo en la nariz a un compañero —argumentó la señora Beckwith. Un par de puntos rojos en sus mejillas pálidas delataban su nerviosismo—. En mitad de la clase.

—¡Es un niño! Si la maestra no sabe cómo son los niños, no debería darles clase. Está claro que no es apta para el puesto. Además, le falta autoridad. No se sabe imponer.

—Precisamente, tolerar este tipo de comportamiento sería demasiado permisivo. Expulsar a Douglas y a Marvin ha sido necesario para...

—Basta. —Venetia levantó la palma de la mano—. No estás pensando con claridad. Te ciega tu debilidad por esa joven. Esta no es una conversación que debo tener contigo, sino con la junta directiva. Solo he accedido a tener unas palabras por respeto hacia ti.

—Venetia...

—Al próximo maestro me encargaré de buscarlo yo. Te agradezco tu tiempo, pero tiene sentido que lo haga alguien que *tiene* hijos o nietos como alumnos. Buenas tardes, Grace.

Venetia abandonó el pub. La señora Beckwith suspiró profundamente antes de dejarse caer de nuevo en el asiento. Continuó bebiendo despacio, hasta que vació la taza y se cansó de juguetear con la cucharilla entre los dedos. Entonces se levantó para pagar y, al disponerse a salir, se encontró de frente con Edith Morgan, que acababa de llegar.

—Sí —exclamó la maestra, con el ceño fruncido—, ya lo sé, ya lo sé. He escuchado los reproches de los padres de Marvin y de la mismísima Venetia, no me hace falta que ahora llegues tú con los tuyos. No podía hacer otra cosa.

—Buenas tardes, Edith —dijo con frialdad la señora Beckwith—. Lamento no que tengas que soportar *durísimas palabras* de las familias de tus alumnos, sino que te arriesgues a quedarte sin trabajo. Cuánto me gustaría poder ayudarte y qué difícil me lo pones.

—Siento mucho decepcionarte. Buenas tardes también a ti. —Edith se apartó de la puerta, dejando paso a la señora Beckwith, que asintió con la cabeza, sin fuerzas para añadir nada más, y se marchó.

Lou apartó una silla de su mesa para ofrecérsela a la maestra. Esta tomó asiento a su lado, bufando como un gato atosigado.

—Te has enterado, me imagino.

—El pueblo entero no habla de otra cosa —bromeó Lou, aunque ella no se dio cuenta de que le tomaba el pelo—. ¿Douglas ha pegado un puñetazo a alguien?

—Bendito Douglas —respondió Edith—. He sentido tener que expulsarlo. El problema es el insoportable Marvin Farley, a quien sus padres están decididos a criar como si fuese un hombre de las cavernas. Se ha puesto especialmente impertinente en clase hoy, y antes de que pudiese reñirlo por faltarme el respeto, Douglas lo ha hecho callar de un puñetazo. Los he echado a los dos porque me ha parecido feo aplaudir a un niño que acaba de agredir a otro.

Lou resopló. Le alegraba poder seguir manteniendo una buena opinión de Douglas, el único de los Carrell a los que conocía que merecía la pena.

La señora Bow se acercó para ofrecerles algo de comida. Como la clase de baile se había cancelado por el frío, ambos tenían la tarde libre y ninguna prisa para abandonar el pub, de modo que aceptaron con entusiasmo todos los platos que ella propuso. El tiempo animaba a comer.

—Estoy harta de este pueblo —comentó Edith Morgan, en cuanto la señora Bow se hubo alejado—. Me siento atrapada aquí.

Aquello tenía que ver sin duda con el hombre con quien se estaba viendo, E. M. de Kinswick que en unos meses se mudaría a los Estados Unidos. Lou no era capaz de recordar su nombre, pero reconocía con claridad la consternación de Edith.

Está pensando en irse con él, adivinó. *A la señora Beckwith no le va a hacer gracia.*

Edith Morgan había cambiado de tema y hablaba de las dos funciones que tenían pendientes, la repetición de *Cuento de Navidad* y la puesta en escena de los relatos que habían escrito sus alumnos. Lou la escuchaba y asentía, mientras pensaba en Grace Beckwith y en su amiga Mardie, que había ido a la guerra como médico, segura de que Grace protegería a su hijastra de llegar a faltar ella. Mardie, que era viuda de un tal Albert Morgan.

Si Edith pierde el trabajo, si se marcha de Inglaterra, Grace Beckwith lo considerará un fracaso personal, auguró. *Una traición a Mardie. La segunda vez que la decepciona...*

Se preguntó si Edith lo sabía.

—La señora Beckwith y tu madre... —empezó a decir, casi sin pensarlo.

—No vayas por ahí —le interrumpió ella—. Estoy muy cansada, Louis. Intento hacer mi trabajo como maestra lo mejor que sé, que creo que es bastante bien. Me amarga tener que cargar con las opiniones y las críticas constantes por parte de gente que no ha dado una clase en su vida. ¿Podemos hablar de otra cosa?

Él asintió.

—Tal vez —propuso— podríamos dejar la teatralización de los relatos para junio. Así me quitaría de encima *Cuento de Navidad* y podría dedicarme a ello sin más distracciones.

—Y te solucionamos el fin de curso —señaló ella—. Me parece estupendo. Dime en qué te puedo ayudar con lo de *Cuento de Navidad*... Quizá pueda repasar con ellos el texto en clase, como ejercicio de lectura...

Después de comer, el exceso de conversación animó a Lou a regresar al frío del colegio. Se despidió de Edith Morgan en la puerta y bajó la carretera despacio, con cuidado de no resbalar. Desde la carretera, antes de alcanzar la cancela del jardín, pudo ver que la puerta del edificio del salón de actos estaba abierta. Lou apretó el paso.

—¿Hola? —llamó al cruzar el umbral.

—¡Estoy arriba, señor Crane! —gritó la señora Kenney—. Esto parece el Polo. Hace más frío dentro que fuera. ¡Qué horror! Le he traído más carbón y una manta más gruesa. ¡No me diga que está durmiendo en la silla!

—No —mintió Lou—. Por la mañana, cambio la almohada de sitio para estar más cómodo.

Subió los últimos escalones y se apoyó en el marco de la puerta. Eliza Kenney había dejado la cesta sobre la mesa y estaba terminando de poner un poco de orden.

—Veré si puedo encontrar otra. Así no tiene que estar moviéndola.

—Gracias.

—Está refrescando mucho, pero es lo suyo. Dentro de poco subirán las temperaturas, no se preocupe. La primavera está a la vuelta de la esquina. Bueno, lo dejo, que querrá cambiarse si viene de la calle. Además, tengo visita en casa y hay que preparar la cena. Fíjese qué casualidad, ha venido el tío de mi marido, el bueno de Bert, ¿se acuerda que le hablé de él el otro día? En fin, no me dejo nada, ¿verdad? Buenas tardes...

Se plantó ante él con una sonrisa amable, esperando a que le dejase paso. Lou tragó saliva.

—Perdone, señora Kenney, ¿se refiere a Bert, el que estuvo en el Saint Oliver's? Pensé que me dijo que se había ido a vivir a Queensland.

—Oh, sí, de niño, y estuvo allí muchos años, pero por suerte pudo regresar y encontrar a su hermana. Todo gracias a que recordaba el nombre de algunas ciudades del valle, y así pudo localizarlas. ¡Qué memoria la de los niños! Ahora vive en Dunwell.

—Me parece una historia fascinante —comentó él—. Me encantaría conocerlo.

Eliza Kenney lo miró con ternura. Aquel pobre muchacho debía sentirse solo, en la oscuridad del invierno, encerrado en aquella habitación fría y desapacible todas las noches.

—¿Le gustaría venir a cenar a casa? —sugirió.

—No, no, no quiero ser una molestia.

—¡Tonterías! Sé que mi hermano te tiene aprecio y a mi hija le hará ilusión que su profesor cene con nosotros. Y para mí no es una molestia en absoluto, todo lo contrario. El único problema es que mi casa no está cerca, y...

—No es problema. —Lou ignoró el cansancio en las piernas y el dolor en la mano que apoyaba en el bastón—. Iré andando.

Se apartó para dejarla salir. Se sentía incómodo, como si un millón de disculpas se le hubiesen pegado en el paladar y se negasen a salir. Afortunadamente, la señora Kenney no parecía esperar oírlas. Le dedicó una sonrisa, le aseguró con voz cálida que estaba encantada de que fuese a cenar con su familia e insistió en lo contentos que se pondrían todos. Después, se fue para preparar la cena, dejándolo con la dirección e instrucciones de llegar a las siete.

La señora Kenney vivía en una casita de piedra en una de las calles transversales a High Street. Tenía una parcela pequeña y cubierta de nieve que, dada la mano que ella tenía con las plantas, probablemente fuese una delicia en primavera. La puerta principal estaba decorada con una guirnalda de ramas, creación de Kitty Kenney. Fue la niña la que abrió para recibir a Lou, con una enorme sonrisa. La entrada daba directamente a la habitación principal, en la que los adultos se reunían junto al fuego. Lou saludó a Fred Robins, que se puso en pie para estrecharle la mano, y después Kitty le presentó a su anciano tío abuelo Bert.

—Bienvenido —la señora Kenney se asomó desde la cocina—. Kitty, cuelga el abrigo del señor Crane, ¿quieres?

Lou entregó el abrigo a la niña y se frotó las manos, nervioso. Lo incomodaba no haber traído un dulce para el postre siquiera, pero la idea de pasar por la panadería de Harry White era inconcebible.

Se sentó junto a los dos hombres y respondió a las preguntas corteses de Bert sobre su trabajo con los niños. Fred Robins hizo un gesto que Lou no supo entender.

—Dice que si no es verdad que usted antes era bailarín —tradujo Kitty, que iba y venía de la cocina para poner la mesa.

—Sí —respondió Lou—. Así es. Era bailarín en Londres.

Ninguna de las miradas se volvió hacia el bastón.

—Le parecerá muy pequeño Bluesbury en comparación —dijo Bert.

—Me gusta estar aquí. —Se dio cuenta, al pronunciar aquellas palabras, de que no lo decía solo por cortesía—. Llevo casi medio año.

—Eso es bueno —se alegró la señora Kenney, que acababa de colocar una fuente en el centro de la mesa—, con suerte, se quedará mucho más tiempo.

La cena transcurrió alegremente, impulsada por la conversación inagotable de Eliza Kenney y su habilidad de incluir en ella a cada uno de sus dispares comensales. Al acabar, sirvió pastel de manzana. Kitty se zampó su trozo, sin dejar que el sueño, que ya empezaba a notársele, ahogase la pasión por el dulce. Después, dio las buenas noches y se fue a la cama, al piso de arriba. El techo, sostenido por una viga central agrietada, era al mismo tiempo el suelo de las estancias superiores, y crujió bajo sus pasos.

—Me ha contado la señora Kenney que residió usted en el orfanato de las Hermanas de la Caridad, en Kinwick —le comentó Lou a Bert.

—Así es. —El hombre llenó de tabaco una vieja pipa y se la llevó a los labios sin encenderla—. Tendría yo cuatro o cinco años.

—Era muy joven —observó Lou—. Tendrá pocos recuerdos del sitio, entonces.

—No se crea, lo recuerdo bien. Aquel lugar era un infierno.

Lou tragó de golpe el trozo de pastel que acababa de meterse en la boca.

—¿A qué se refiere, tío? —preguntó la señora Kenney—. Es natural que fuese un momento duro, si acababa de perder a sus padres, pero ¿era malo el lugar?

—Eran malas las monjas —concretó él, con firmeza—. Verdaderos diablos. La peor de todas, la hermana Patience. Un día la vi levantar a un niño pequeño y darle tal sacudida que lo lanzó al otro lado del dormitorio. Una mujer muy cruel. Todos la temíamos. Me alegré cuando me trasladaron al Saint Oliver's, aunque me separasen de mi hermana.

—Al Saint Oliver's no la podían llevar, imagino —dijo Lou—. Es un orfanato solo para niños, ¿no es eso?

Bert se acomodó en la silla, complacido por el interés.

—Sí y no. No residían en él niñas de forma permanente, pero sí alojaba durante algunos días a niños y niñas que fueran a enviar a las colonias. Eso fue lo que pasó conmigo, y le puedo asegurar que con nosotros había niñas también.

—¿No recordará usted si una de ellas se llamaba Emily Jane Doyle?

El segundo que tardó Bert en responder se alargó, líquido como la cera de las velas.

—Hijo, no recuerdo el nombre de nadie, éramos muy chicos. Después, ya en Australia, de adulto, sí conocí a muchas personas que habían pasado por lo mismo. Nos ayudábamos unos a otros a ir desenterrando la historia. Gracias a ellos pude averiguar dónde vivía mi hermana y reunirme con ella... Y aquí estoy, cerca por fin de mi familia. —Sonrió en dirección a Eliza Kenney, que colocó la mano cariñosamente sobre la del anciano.

Un rato después, cuando Lou había recuperado su abrigo y dado las gracias a la señora Kenney por la cena, Bert volvió a llamarlo desde la sala.

—Un placer conocerlo, señor —se despidió Lou.

—Espera, antes de que te vayas. Estaba pensando en cómo podría echarte una mano para localizar a esa Emily Jane Doyle, y se me ha ocurrido algo. Hay una mujer a la que conocí allí, siendo adultos los dos. Ella también quiso regresar a Inglaterra y vive en Kent. Es mayor que yo, así que tal vez recuerde mejor los detalles de lo que pasó entonces.

—¿Tiene teléfono?

—No... No lo sé. Creo que no. Puedo darte su dirección, porque nos carteamos con frecuencia. Se llama Polly Price... Eliza, en mi abrigo tengo una carta suya, dale el sobre vacío al señor Crane, por favor, si eres tan amable...

Con el sobre en el bolsillo, Lou salió a la calle gélida. Fred Robins insistió en acompañarlo hasta Hampton Road; ambos caminaron en silencio, uno al lado del otro, disfrutando de la quietud de la noche.

Llegó al colegio tan tarde que ni siquiera tuvo ocasión de subir al piso de arriba. En el salón de actos, los niños habían comenzado por su cuenta a montar sus propias obras, ignorando por completo *La leyenda de Neaera*. Una vez repartidos los papeles, el libreto había perdido todo el interés.

Alguien, sin permiso, había dado cuerda al gramófono y puesto el disco en el que cantaba Doris Salomon.

—Archie, Bessie y yo tenemos una idea —anunció Rosemary—. Hemos empezado ya a ensayar. Yo soy su hermana mayor...

—Y yo era el segundo mayor —intervino Archie.

—Y yo era un bebé —se conformó Bessie.

—Sí, y yo me llamaba Jane y vosotros vais a tener los dos nombres más bonitos del mundo, mis favoritos, porque erais mis hermanos y os quería...

—Si nos habíais puesto el nombre tú, serías nuestra madre —objetó Archie—. Los nombres nunca los ponen los hermanos.

Rosemary reflexionó un momento.

—Bueno, yo le había *sugerido* a nuestra madre los nombres, y ella había estado de acuerdo en que eran los mejores... Tú te llamabas Gerald, y te decíamos Gerry... Y tú, Abigail, y te llamábamos Abby... Abby y Gerry...

—¿Tú tienes hermanos? —le preguntó Bessie a Rosemary—. Yo no tengo.

—No —respondió ella—, pero mis padres dicen que los tendré, y entonces...

—Sí, sí, vale —interrumpió Archie—. Me llamaba como tú digas, y hacemos que un día me escapaba de casa...

Lou los dejó inmersos en su proceso de creación y se acercó al segundo grupo, compuesto por Violet, Aullido y Emily Jane.

—¿Qué estáis preparando vosotros?

—Nada —confesó Violet—. No les gusta ninguna de mis ideas, así no se llega a ninguna parte.

—Quizá tengan ellas alguna que les gustaría compartir.

—¡Ojalá! —exclamó la niña—. ¡Ojalá alguien más aportase ideas! ¡Estaría *agradecida* si *alguien* se dignase a hacerlo, pero todo es «esto no me gusta», «esto no me convence»!

Aullido la miró, inexpresiva, inalterable.

—Dinos algo tú —pidió Emily Jane a Lou.

Él apretó los labios un instante.

—Quizás algo que tenga que ver con un viaje —insinuó—. Si quisiérais contar la historia de un largo viaje, ¿en qué pensaríais?

Violet refunfuñó algo por lo bajo. Aullido, sentada en el suelo, se retorció para estirarse.

—Un viaje largo en barco —dijo Emily Jane—, para llegar a un sitio en el que se hacen un montón de cosas divertidas.

—¿Como qué?

—Bañarse en el arroyo y, si nos portamos bien, jugar antes de la cena. Escuchar a Doris Salomon, como ahora mismo.

—Vaya muermo —resopló Violet.

—¿Y qué pasa después? —preguntó Lou—. ¿Seguís adelante? ¿Os enamoráis de aquel lugar y os quedáis para siempre?

Los ojos de Emily Jane se oscurecieron. La lámpara de gas pareció alumbrar menos.

—No, de pronto se termina todo y hay que volver.

—¿De pronto? —Lou inclinó la cabeza a un lado—. ¿Qué es lo que pasó?

Ella no lo escuchaba.

—Hay que volver sin barco, y el mar da muchísimo miedo, está todo oscuro y hace mucho frío, las olas son grandes, como gigantes.

—No podrías volver sobre el mar sin barco —interrumpió Violet—. Te ahogarías.

—Podría si está nadando —intervino Archie, que frustrado porque sus compañeras no querían permitir que su personaje se escapase de casa, había abandonado al grupo.

—No. —Violet puso los ojos en blanco—. Si ha sido un viaje largo, es imposible que aguante nadando durante *días y días*. Nadie puede nadar durante *días*. Ahora, Lou —cambió de tema rápidamente—. ¿Podríamos hablar sobre el vestuario de la obra? Estoy un poco preocupada...

Lou sacudió la cabeza.

—No. Si no vais a representar vuestras obras, nos pondremos con *La leyenda de Neaera*... No con el vestuario, sino con el montaje... ¡Aún no hemos ni empezado! Vamos a releer la primera escena...

Consiguieron marcar los movimientos hasta la mitad de segunda antes de que Lou dejase de sentir los dedos de las manos. Al terminar el ensayo, hizo tiempo ordenando los discos con la esperanza de que los niños se distrajesen y le diesen oportunidad de hablar en privado con Emily Jane. Sin embargo, ella fue de las primeras en marcharse y, por su parte, Violet se quedó a su lado para transmitirle todas sus dudas sobre los vestidos de Neaera a lo largo de la obra. Lou la atendió, exhausto, y permitió que lo acompañase hasta la escalera.

—Buenas noches —se despidió ella—. No te preocupes, podemos seguir hablando de esto la próxima vez.

Él sonrió, subiendo la escalera a oscuras, al pensar en que aquella perspectiva, más que el dolor, el frío o el cansancio, le hacía acariciar la idea de saltarse el siguiente ensayo.

La puerta del dormitorio, abierta, dejaba pasar el calor de la estufa. Este se esforzaba por caldear el aire sobre la cama, pero no alcanzaba a hacerlo. Lou volvió a acomodarse en la silla, frente a la mesa, donde estaba

más a gusto. Aunque le pesaban los párpados, abrió el libro de los fantasmas y anotó en él que Rosemary soñaba con unos hermanos que aún no
tenía, a los que querría llamar Gerry y Abby.

Y Emily Jane...

«Creo que Emily Jane intuye que ha muerto. Viajó a las colonias a
bordo de un barco y regresó como espíritu, sola y asustada, buscando un
sitio conocido en el que sentirse segura. Creo que ella lo sabe, sí, y sin
embargo parece que aún le falta algo para decidirse a seguir adelante. No
imagino qué puede ser, y está claro que ella tampoco. Temo indagar, si la
abrumo demasiado podría rehuirme. Odio reunir pistas sobre su sufrimiento».

Jugueteó con la pluma entre los dedos, manchándose de tinta las ye-
mas. Estaba tan cansado que le parecía dormir y ser sonámbulo. Aun así,
escribió unas líneas más sobre Bert y los niños del orfanato Saint Oliver's
que eran separados de sus familias y trasladados a las colonias. Después,
en un pliego suelto, redactó una carta para Polly Price.

«Estoy investigando la historia de una pariente perdida que viajó en
el S. S. Alonzo en torno a 1850», explicó. «¿Recuerda a una niña llamada
Emily Jane Doyle?».

La respuesta de Polly Price llegó en poco más de una semana. La letra temblorosa de la anciana se extendía por cuatro pliegos enteros, menuda y apretada. «No recuerdo haber conocido a una niña llamada Emily Jane», comenzaba. *La niña que nadie recuerda*. «Al menos viva. Pero es posible, si viajó en el S.S. Alonzo, que fuera a Fremantle, como yo. La historia de cómo llegó a ese lugar, si no es idéntica a la mía y a la de otras niñas a las que conocí, seguramente será similar».

Polly también pasó dos noches en el Saint Oliver's, «en una litera que compartía con otra niña más pequeña», antes de que le informasen que había sido elegida para ir a Australia. «No tenía ni idea de dónde estaba eso. Me habría quedado igual si me hubiesen dicho que me llevaban a Saturno». Embarcó en el S. S. Alonzo con medio centenar de niños y niñas. El ambiente era alegre, como si se fuesen de vacaciones. Comían bien, lo cual era una primera vez para muchos de ellos, y les dejaban jugar y correr por el barco. Nadie sabía qué les esperaba una vez llegasen a puerto, aunque circulaban rumores, iniciados por los adultos en Saint Oliver's, que habían descrito Australia como un País de las Maravillas en el que los niños iban a caballo al colegio y tomaban lo que deseasen de los frutales que crecían por doquier.

El viaje en barco duró unas seis semanas.

En Fremantle los esperaban dos hombres como perros malencarados. «Brutos, violentos, rabiosos», describió Polly. «Separaron a los niños de las niñas. Nos llevaron a un edificio grande y destartalado, donde nos quitaron la ropa y nos dieron prendas que nos quedaban grandes. No teníamos zapatos ni ropa interior. Ellos mandaban en el centro, aunque trabajaban en él algunas mujeres también. Un par de ellas eran decentes;

la mayoría, igual que ellos». Las hacían trabajar («cosíamos») y rezar. No iban al colegio. Dormían en colchones sin sábanas. Algunas niñas eran las encargadas del jardín o del huerto, otras hacían la colada. «A un lado, en una franja de tierra triste junto al edificio, había un cementerio improvisado. A las niñas nos fascinaba, pero nadie quería contarnos quiénes estaban enterradas ahí. Nos decían que eran niñas a las que se les había acabado el tiempo, que habían sido llamadas... Nosotras, si teníamos algún minuto libre en el día, jugábamos entre las cuatro cruces de madera. Era un lugar triste, en el que reinaban el viento, los pájaros, las malas hierbas. Las tumbas estaban descuidadas, pero alguien se había tomado la molestia de grabar sus nombres en las cruces. Los repetíamos en voz alta con solemnidad y algo de espanto, teníamos miedo de sus fantasmas. Eran Faith, Peggy, Victoria y Emily Jane».

Lou dejó de respirar durante unos segundos.

«La cruz de Emily Jane era la única que no estaba torcida. Su tumba era reciente. ¡Cuántas veces nos preguntamos si no habíamos convivido con aquella niña, en el barco o en aquel lugar desgraciado! Podía haber muerto hacía solo meses, tres tumbas y de pronto cuatro, sin que nadie se diese cuenta. Por la noche, me preguntaba si a mí me echarían en falta. Me horrorizaba pensar que podía desaparecer un día y convertirme en otra tumba... Lloraba hasta quedarme dormida y me despertaba habiéndome hecho pis en la cama. Las demás se reían de mí, pero creo que en secreto les espantaba la misma idea. Volvíamos al cementerio una y otra vez, a comprobar que siguiesen siendo cuatro las cruces y a recitar sus nombres».

Polly Price no sabía si la Emily Jane del cementerio era la misma a la que buscaba Lou y sentía no poder serle de más ayuda. Le hablaba, brevemente, del final de su propia historia: cómo creció y vivió en Perth durante muchos años, hasta que encontró a otros adultos que habían viajado igual que ella y que la ayudaron a recuperar las piezas de su propia historia. «Durante toda mi vida, me preguntaba qué habría hecho yo a mis padres para que me abandonasen, qué crimen terrible me había hecho merecer aquello. Descubrí que había un registro oficial de mi muerte; si en algún momento mis padres quisieron recuperarme del orfanato, eso fue lo que les contaron. Saber esto no me devolvió a mi familia, pero respondió algunas preguntas».

Y al final de la carta, regresaba a aquel cementerio, a aquellas tumbas abandonadas. Aún recitaba sus nombres al rezar por ellas.

«Esas pobres niñas habían estado solas durante la vida y solas en la muerte».

Lou dobló y guardó la carta. Escribió una rápida respuesta agradecida a Polly Price. Gracias a ella, tenía una imagen clara de lo que le había sucedido a Emily Jane, pero la buena mujer se equivocaba en dos cosas. La primera, que aquel no había sido el final de la historia.

La segunda, que Emily Jane, en la muerte, no estaba ni estaría sola.

En el cielo brillaban las primeras estrellas. Lou tomó el bastón y bajó las escaleras hacia el salón de actos.

El miércoles a primera hora, de camino al pub Koster's, Lou se encontró en la calle a Harry White.

Había logrado evitar al panadero durante algo más de tres semanas, pero Bluesbury no era lo bastante grande como para alargar aquella situación. Lou cojeó hasta él, fingiendo que el corazón no bloqueaba el paso del aire al latirle con fuerza en la garganta.

—Buenos días —saludó.

No había nada capaz de ahogar a Harry White. Apretó los labios al sonreír.

—Buenos días, Lou. ¿Estás mejor?

—Sí, gracias. Mucho mejor. —Las ojeras denunciaban la mentira.

—Me alegra oírlo.

Harry hizo un leve gesto de despedida con la cabeza. Antes de que se alejase, Lou lo detuvo al abrir la boca para hablar. Fue una mala idea. No tenía nada que decir. No sabía cómo decirlo.

—Harry.

Él se detuvo y lo miró, vacío de palabras igual que él, pero en su lugar Harry tenía un océano inabarcable de comprensión. Lou rechinó los dientes.

Fue Harry el que cortó el silencio que crecía entre ellos.

—¿Me lo quieres contar?

Sí.

Hablar de fantasmas a plena luz del día, en la calle principal del pueblo, era absurdo. Al cabo de unos segundos, ante el mutismo de Lou, Harry murmuró una despedida y echó a andar hacia su panadería. El cielo estaba despejado y el exceso de luz, tras los meses oscuros, resultaba desagradable. La nieve empezaba a derretirse en la acera y resbalaba, sucia y sin forma, hasta la cuneta.

Despertó de madrugada, sin saber si el rostro que había visto en la ventana o su pregunta queda («¿Quieres que me quede contigo?») eran realidad o pesadilla. *David*. Se puso en pie, olvidando la lesión y recibiendo inmediatamente un recordatorio. Hizo una mueca frente al cristal. Las únicas siluetas fantasmagóricas en el jardín eran las de los árboles sin hojas.

Dormitó hasta el amanecer, soñando con una mujer que dejaba a su hija al cuidado de las monjas, con la intención de recuperarla cuando pudiera ocuparse de ella. Elegía aquel lugar frío y recto, de paredes de piedra y pasillos sin iluminar, en Kinwick.

En Kinwick.

Lou abrió los ojos. La estufa se había apagado y la manta había resbalado hacia el suelo, dejándole las piernas al descubierto.

La madre de Emily Jane trabajaba en Kinwick o en alguno de los pueblos del valle.

Se abalanzó sobre la mesa y abrió con torpeza el libro de los fantasmas. Buscó hasta encontrar el nombre. «Kathleen Doyle». El sol ya iluminaba el jardín, no había ni rastro de sombras ni espectros. Lou se calzó y salió a la calle antes de que llegase Edith Morgan y tocase la campana.

Bluesbury acababa de despertar. Lou pasó todo lo deprisa que pudo frente a la panadería, cuya luz estaba encendida, y se refugió en Koster's. La señora Bow, aunque aún no había abierto, estaba en la cocina y le sirvió una taza de té. Lou se sentó junto a la chimenea. Los ojos se le cerraban sobre la taza humeante.

No pasó demasiado tiempo hasta que el señor Culpepper entró en el pub para beber algo que lo hiciera entrar en calor antes de seguir con su carro hasta Dunwell. Lou saltó de la silla. Benedict Culpepper le palmeó la espalda afablemente.

—Sí —respondió a su petición—, claro que sí, muchacho, no me cuesta nada llevarlo. —E incluso toleró que Lou dormitase a su lado durante todo el camino.

El trayecto en tren hasta Kinwick empezaba a volverse familiar. Una vez en la ciudad, con una mano metida en el bolsillo del abrigo y la otra descolorida por el frío sobre el puño del bastón, dio tumbos entre distintas puertas de la plaza hasta dar por fin con el registro.

—Estoy buscando a una mujer que tal vez haya vivido en la ciudad hace años —explicó, dispuesto a compensar la vaguedad de la petición con una convicción fiera en los ojos—. ¿Puede ayudarme?

El hombre que se encontraba tras el mostrador contaba los días para retirarse. Las horas que pasaba en la oficina se le hacían largas.

—Por supuesto, joven. ¿Cómo se llama esa mujer?

—Kathleen Doyle, señor.

—¿Y cuándo sospecha usted que residió en Kinwick?

—No lo sé con exactitud.

Él resopló.

—¿Más tarde de 1901?

—No. Antes. Aunque puede que siguiese viviendo aquí después, no lo sé. Es improbable que siga viva.

—Bien. Hasta 1901, los datos del censo que rellenaba cada cabeza de familia se recogían en estos libros. Sin embargo, los nombres de cada individuo no constaron hasta 1841... de modo que podemos empezar por ese año. —Colocó tres pesados tomos sobre la mesa y lanzó una mirada de advertencia a Lou por encima de las lentes. El bastón no le había pasado desapercibido—. Puede sentarse. Este no es un proceso rápido.

Lou obedeció y contempló embelesado la admirable concentración del hombre, que revisaba página tras página como si fuese insensible al paso del tiempo. El embrujo terminó abruptamente cuando cerró de golpe el libro.

—¿La ha encontrado? —preguntó Lou.

—No —respondió él, imperturbable—. Kathleen Doyle me ha dicho, ¿verdad? Bien, pues Kathleen Doyle no vivía en Kinwick en junio de 1841. Veamos en marzo de 1851.

Abrió un nuevo tomo y, con la misma paciencia y dedicación, navegó por la sucesión de nombres. Con el tesón de un buscador de oro, no se detuvo hasta hallar, por fin, una pepita.

—Aquí está —anunció, sin un ápice de entusiasmo—. Kathleen Doyle. Servía en casa de los Hermann. Soltera. Veinticuatro años. Irlandesa.

—Sí. —Lou se levantó y se acercó a él, olvidada una vez más la lesión del pie, e ignoró el dolor—. Esta es. ¿Dónde vivían los Hermann?

—Hijo, esto fue hace setenta años. No le puedo asegurar que la familia conserve la misma dirección. En cualquier caso, no hay mal en que vaya y pregunte. La dirección que figura aquí es el número 12 de Hope Street.

—Gracias.

Lou había dado un paso hacia la puerta cuando el hombre añadió:

—¿Quiere saber si siguió viviendo con ellos los años siguientes?

—Si no es demasiada molestia comprobarlo, sí, por favor.

—No tengo mucho más que hacer —admitió el hombre—. Y ahora que sabemos con quién vivía, no tardaré tanto. —Abrió un par de tomos y pasó ágilmente las páginas—. En 1861 aún estaba con los Hermann. En 1871, no.

—¿Se marchó?

—O murió. Si lo desea, puedo echar un ojo al registro de defunciones.

Una idea resplandeció como una bengala, alejando la atención de Lou de todo lo demás.

—¿Quién más vivía en casa de los Hermann? ¿Puede decirme si alguno queda vivo y dónde encontrarlo?

El hombre suspiró.

—Siéntese, por favor.

Unas horas después, pudo facilitarle la información que necesitaba. Ninguno de los Hermann seguía viviendo en Kinwick, pero la cocinera que había trabajado en la casa con Kathleen, Jane Weil, tenía una nieta, Eileen Wilson, que trabajaba para otra familia no muy lejos de allí.

Lou le dio las gracias y salió a la calle. Había pasado la hora de comer, pero no tenía hambre ni clase aquella tarde, por lo que siguió las indicaciones que le habían dado en el registro hasta una casa grande, señorial, con un jardín bien cuidado. Lou la rodeó para llamar a la puerta de la cocina.

La mujer que le abrió la puerta y permaneció con la mano apoyada en el pomo no llegaba a los treinta años. Llevaba un delantal en el que se estaba secando las manos.

—¿Eileen Wilson?

—Sí. ¿Y usted quién es?

—Louis Crane. Soy amigo de una conocida de su abuela Jane.

—¿Cómo? ¿Amigo de una conocida...? ¿De quién?

—Se llamaba Kathleen Doyle. Trabajaba para los Hermann en Hope Street. Su abuela también, ¿no es así?

Ella sacudió la cabeza, alzando las manos en gesto de rendición.

—Mire, no entiendo nada y estoy muy ocupada. ¿Qué necesita?

—Estoy buscando información sobre Kathleen Doyle, y su abuela es la persona más cercana a ella que he podido encontrar. —Hizo una pausa. Eileen Wilson lanzó una mirada al interior de la cocina, donde la esperaba aún una larga lista de tareas. Aun así, no cerró la puerta. Había algo en ella que la tentaba a escuchar. Lou agregó, en un súbito arranque de inspiración—: Es para su hija...

Aquello despertó una chispa de interés.

—¿La hija de Kathleen?

—Sí.

—¿Usted la conoce? ¿Vive aún?

—La conozco. Emily Jane Doyle.

El nombre de la niña fue la prueba que necesitaba Eileen. Abrió la puerta un poco más.

—Emily Jane Walsh —corrigió, sin pensarlo—. Su padre se apellidaba Walsh.

—Eso ella no lo sabía.

—No, ¿cómo podía saberlo? Pase. Tengo que seguir fregando, pero nada me impide hablar mientras tanto. No parece usted un maleante.

—Soy profesor.

—¿Quiere una taza de té? —Eileen entró en la cocina y Lou la siguió. El horno estaba encendido, hacía tanto calor que el abrigo era insoportable. La cocinera señaló un banco a un lado, y él se deshizo de la prenda antes de tomar asiento—. Conocí a Kathleen, claro. Me trataba como si fuese su nieta. Mi abuela Jane y ella eran muy amigas, mucho. Kathleen no tenía familia, así que pasaba las fiestas con nosotros. Después de su muerte, mi abuela no volvió a tener una amistad tan cercana con nadie. Le importaba mucho.

Puso una taza entre las manos de Lou.

—Gracias. ¿Nunca retomó el contacto con sus parientes en Irlanda?

—No. Sus padres la echaron de casa. Tampoco volvió a ver a Peter Walsh, el padre de Emily Jane. No, Kathleen solo tenía en el mundo a su hija... y a mi abuela, claro.

El estrépito de los cacharros y del agua no lograba ahogar la voz de Eileen.

—A su hija la dejó con las Hermanas de la Caridad —señaló Lou—. ¿Volvió a verla alguna vez?

Aquello pareció sorprender a Eileen.

—Uy, pues claro. La iba a ver el primer domingo de cada mes al menos, y algún día más que librase, si podía. Volvía con fuerzas renovadas, ¡pobre Kathleen! Cómo quería a su hija... Estaba ahorrando para comprar un piso y poder vivir con ella. Necesitaba otro trabajo, porque los Hermann no la habrían conservado en esas circunstancias, nadie podía saber lo de la niña. Y sin recomendación, es difícil encontrarlo. Entonces, un día las monjas le dijeron que su hija había muerto. Una enfermedad, al parecer, aunque no especificaron cuál, y nunca quedó claro dónde estaba la tumba... Y se lo comunicaron así, un domingo cualquiera, cuando ella iba de visita... —Eileen fregó con rabia el interior de una olla—. Mi abuela no se lo creyó. Estaba segura de que habían dado a la niña a otra familia. Por eso, cuando ha mencionado usted que la conocía... ¿Y dice que sigue viva?

—No —admitió Lou—. No sigue viva.

—Claro. Sería muy mayor —aceptó Eileen—. Cuánto lo siento. Me habría gustado que le contase... ¡Qué pena! Su madre murió creyéndola muerta y Emily Jane murió sin saber...

—¿Sin saber qué?

—Que Kathleen no se olvidó nunca de ella. Nunca. ¡Digo yo que la debieron convencer de que la había abandonado! Pues no era verdad... Fíjese que aún conservo su costurero, porque no he tenido corazón para tirarlo... La pobre mujer había metido entre los hilos unos viejos calcetines de lana que ella misma había tejido a mano para su pequeña, cuando esta aún era un bebé. ¡Tantos años después y aún los guardaba, figúrese!

La mujer apartó la olla limpia y se secó las manos en un paño. Miró a Lou.

—En fin, ¿qué es lo que quería saber exactamente? —inquirió—. No sé si le podré ayudar, pero haré lo posible.

Lou dejó la taza sobre la mesa y se puso en pie.

—En realidad, no necesito nada más —respondió—. Muchas gracias, señora Wilson.

Regresó a la estación despacio, disfrutando de la caricia del sol que se esforzaba por abrirse paso a través del frío. Esperó el tren que lo llevaría de vuelta a Dunwell en la estación, aunque aún faltaba casi una hora para que llegase. No quería arriesgarse a perderlo. Quería llegar a Bluesbury cuanto antes para preparar el ensayo de aquella noche.

A Emily Jane no pareció extrañarle que Lou quisiera hablar con ella al final del ensayo. Los demás niños remolonearon un poco, pero ellos les ganaban en paciencia a todos, y finalmente incluso Violet acabó desapareciendo entre bambalinas. Lou dio cuerda al gramófono y dejó que Emily Jane pusiera el disco de Doris Salomon.

—He estado pensando en el viaje del que hablaste el otro día —comentó, sentándose al borde del escenario—. A través del mar, tú sola.

Ella se quedó de pie, frente a él, a algunos pasos de distancia. La mirada huidiza. Bamboleando el cuerpo de un lado a otro, intranquila, despreocupada, sin implicarse demasiado.

—Sí. Yo también.

Su respuesta le sorprendió.

—¿Qué piensas?

—¿Cómo has llegado hasta aquí, Lou?

Él se encogió de hombros.

—En tren.

—¿Estabas solo? ¿Sin saber a dónde ibas? ¿O cómo seguir desde aquí?

—Sí, pensó Lou, y recordó la estación con la que había soñado alguna vez, la estación abandonada entre pueblos destruidos, el campo devastado, el bosque convertido en una colección de estacas sin ramas. La estación por la cual no pasaría nunca más un tren, en la que él esperaba y esperaba y esperaba—. Creo que estoy muerta —confesó Emily Jane, con los ojos bien abiertos y la luz reflejándose en sus pupilas, más viva que nunca—. Y que mi fantasma volvió cruzando el mar. Y creo que los demás también están muertos. Y creo... —Hizo una pausa, vacilante, y esbozó una sonrisa rígida, una muestra de incomodidad, de no saber cómo transmitir una verdad retorcida y punzante—. Creo que quizá tú también lo estés.

Lou asintió y guardó silencio unos segundos. Las sombras se arremolinaban en los rincones del salón de actos. La lámpara no era capaz de contenerlas.

—¿Estás asustada? —preguntó.

Ella escondió el labio superior bajo el inferior. Negó con la cabeza.

—Estoy... No sé. —Se cruzó de brazos—. ¿Qué hago ahora? ¿Me quedo aquí para siempre?

—¿Quieres quedarte aquí para siempre?

—No tengo a dónde ir. —Su voz era dura, áspera. Un refugio—. A mí nadie me quiere en ninguna parte. Me han enviado de aquí para allá y hasta el otro lado del mundo, para nada.

—Tu madre te quería.

—Mi madre dijo que no quería verme más. Que me llevasen a Australia —declaró Emily Jane sin emoción—. Tener una hija le hacía la vida muy difícil, porque no estaba casada. —Hizo una mueca—. De verdad, hay que explicártelo todo.

Él aceptó el reproche e interceptó una mirada de la niña, que escondiéndose tras las pestañas, quería comprobar si él seguía atento.

—Te mintieron —afirmó él, con la misma honestidad sin disfraces con la que se escudaba ella—. Y a ella también. Le dijeron que habías muerto. Te echó en falta el resto de su vida.

Emily Jane dio un paso atrás.

—No puedes saber eso.

—Guardaba unos calcetines tuyos, de cuando eras un bebé. Los conservó como un tesoro hasta el final.

Te quería. ¿Cómo no iba a quererte?

—¿Ella ha muerto?

—Sí. Murió hace años.

Ella se sentó en la primera fila de butacas. Ambos compartieron el silencio, cada uno inmerso en sus propios pensamientos. Lou se preguntaba hacia dónde iría ese tren que llevaba tanto tiempo esperando, y si el destino tendría más que ver con el lugar en el que alguien estuviese a su vez aguardando la llegada de uno. Y si, quizá, el tren que él deseaba tomar en sus sueños era uno que lo llevase de vuelta a un pasado que, en aquel instante, parecía haber pertenecido a la vida de otra persona.

Emily Jane se puso en pie.

—Ella también debería saber que nos engañaron —dijo en voz alta—. Y tendría que decírselo yo misma. —Respiró hondo. Tenía los ojos clavados en algún punto lejano, tal vez parte de otro mundo—. Supongo que ahora puedo hacer cualquier cosa.

Lou se puso en pie. Se sentía seco y vacío, como si su carne se hubiese consumido y los huesos estuvieran a punto de abrirse camino a través de la piel.

—Buenas noches, Emily Jane. —Echó a andar hacia la escalera. Si ella se despidió, él no oyó su voz. No quiso volverse, no quiso mirar atrás, porque temía perder del todo la cordura si descubría que la niña había desaparecido apenas él pasaba por su lado.

Subió la escalera despacio, penosamente, intentando no detenerse en la certeza de que Emily Jane, si el mundo le hubiese dado la oportunidad, también habría sido capaz de hacer cualquier cosa en vida.

El padre de Douglas de Carrell abrió la puerta para recibir a Edith Morgan, que se presentó acompañada de Louis Crane. El profesor de teatro no tenía nada que ver con la expulsión del niño, pero Edith, después del fracaso al intentar razonar con los padres de Marvin, le pidió que la acompañase a enfrentarse a los de Douglas.

—Señor de Carrell —saludó Lou.

Él le estrechó la mano y, acto seguido, hizo lo propio con la señorita Morgan.

—Everald —corrigió—. Everald Carrell. Pasen al salón, por favor.

Su esposa, Anne Carrell, los recibió con una sonrisa cálida. Llevaba un vestido sencillo y el cabello recogido. Era una mujer apenas unos años mayor que Everald, que transmitía una cercanía y una transparencia que hubiesen estado completamente fuera de lugar en la mansión de Venetia. No había nada en ella dispuesto a plegarse ante una voluntad ajena. Lou intuyó por qué la matriarca de la familia desaprobaba a su hijo y a su nuera.

La conversación fue fácil y fluida. Everald y Anne entendían por qué había sido expulsado su hijo.

—Tengo que admitir que estoy orgulloso de él —declaró Everald—. La insistencia de los Farley en sabotear sus esfuerzos, señorita Morgan, y los de la señora Beckwith, es intolerable. El niño, Marvin, al fin y al cabo no tiene la culpa: no hace más que repetir la actitud de sus padres. Sin embargo, no podemos dejar que le haga a usted la vida imposible.

—Aun así, querido —intervino Anne—, estamos de acuerdo en que golpear a su compañero no fue la mejor reacción por parte de Dougie. —Se volvió hacia a Edith Morgan—. Seguiremos las indicaciones que nos dé para resolver este asunto de la mejor manera posible. —Y un rato después, al despedirse, le puso una mano en el brazo para llamar su atención y añadir—: Está usted haciendo un trabajo espléndido.

Edith y Lou bajaron la calle hacia High Street, sin prisa, disfrutando de la temperatura que empezaba a mejorar. Al otro lado de la valla de madera, asomaba el campo húmedo por la nieve derretida.

—Tal vez echarte no le vaya a resultar tan fácil a Venetia como ella cree —sugirió Lou—. Como se descuide, seguirás aquí el curso que viene.

Edith torció la nariz.

—No lo tengo tan claro. —Lou la miró con curiosidad. Ella resopló—. ¿Alguna vez has pensado en casarte?

—No.

—¿Tampoco antes de la guerra?

—Habría tenido más posibilidades después. Te sorprendería saber la cantidad de solteras dispuestas a sacrificarse por la patria que rondaban el hospital en busca de un soldado herido con el que casarse.

Edith ahogó una risa culpable.

—Lo que me sorprende es que no aprovechases semejante oportunidad.

—Fue tentador —bromeó él.

Tropezó al meter el pie sano en un bache, pero Edith le sostuvo el brazo sin pensarlo y sin darle importancia. Lo soltó en cuanto recuperó el equilibrio.

—No es que me lo haya pedido —dijo pensativa—, pero sé que lo ha pensado.

—Y tú también.

—Sí, claro.

—¿Te irías con él a los Estados Unidos?

Ella se encogió de hombros. Aunque intentaba ocultarlo, sus labios se habían curvado ligeramente hacia arriba.

Las casas de piedra de Bluesbury, construidas a distintas alturas en la pendiente, se solapaban ante ellos. Tras ellas, las copas de algunos árboles, las montañas, el cielo. El pueblo se desperezaba como un gato al sol. Desde un prado junto a la carretera, un vecino que estaba ocupado enredando algunas hojas de acebo en la valla les hizo un gesto de saludo. Edith se lo devolvió.

—Un poco tarde para decoraciones navideñas —comentó Lou.

—Es una superstición tonta. —Edith le quitó importancia con un ademán—. Colocan acebo en los campos para ahuyentar a los lobos.

Lou frunció el ceño.

—No hay lobos en Inglaterra.

—Ya. Y aun así, la gente jura que en otro de los pueblos del valle, junto al pantano, una manada bajó de la montaña y mató a un niño pequeño. Así que, por si acaso, colocan el acebo. Cuentos de viejas.

—¿En un pueblo del valle? ¿En qué pueblo?

—No sé. Barleigh, creo.

Lo acompañó hasta el colegio, donde ella había dejado la motocicleta. Lou subió a su dormitorio, se desnudó y se metió en la cama. Eran solo las once de la mañana, pero la partida de Emily Jane le había arrancado otro pedazo de alma y sentía que sus músculos estaban a punto de despegarse unos de otros. Dormitó hasta que la señora Kenney lo despertó por la tarde. Tras asegurarle que se encontraba perfectamente y que no había vuelto a enfermar, devoró la cena que le había traído y regresó a la cama hasta el mediodía del lunes.

Por la noche, durante el ensayo fantasmal, avanzaron por fin en el montaje de las primeras escenas. Ninguno de los niños parecía notar la ausencia de más de la mitad del grupo, o al menos tenían la discreción de no mencionarla. Lou atendió a la interminable lista de ideas de Violet mientras Rosemary ayudaba a Bessie a repasar el guion. Él las observó, desde el otro lado del salón de actos, hasta que pudo interrumpir a Violet para acercarse.

—Qué bien lees, Rosemary —alabó—. ¿Quién te enseñó?

—Gracias, señor. Aprendí en la imprenta en la que trabajan mis padres.

—Yo aprendí en la escuela —intervino Violet—. ¿No enseñan a leer en tu escuela?

—Esta es la primera vez que voy a clase —explicó Rosemary con voz queda.

—Pues deberías ir. A mí me gusta bastante, aunque el maestro dice que no soy buena alumna y me hace escribir en la pizarra que las niñas calladas están más guapas.

Lou se sintió culpable por desear que Violet guardase silencio y dejase hablar a los demás niños. Con un suspiro, se volvió hacia Archie.

—¿Estás listo para tu escena?

El niño no cabía en sí de la emoción. Era evidente que se había preparado el papel.

—*Creo* que sí.

—Vamos a verlo.

Pasaban las doce y a Lou le pesaba el cuerpo, pero no iba a terminar el ensayo sin que cada uno de los niños saliera al escenario al menos una vez.

Lou se dejó caer en el asiento del tren e ignoró la extraña sensación que había tenido al leer que iba en dirección a Londres. A través de la ventanilla, el paisaje del valle le resultaba más familiar que el lejano recuerdo de la ciudad, de otros campos. Como si él siempre hubiese vivido en Bluesbury y de todo lo demás hubiese oído hablar nada más. Pensó en Bessie, en su hambre, en su madre que la había dejado al cuidado de otra mujer, aquella tía a la que la niña había mencionado hacía tiempo… En Rosemary y la imprenta, en Violet y su deseo de continuar yendo al colegio. En Archie, de quien no sabía nada. En Aullido.

En las verjas de algunos prados había ramas de acebo entrelazadas.

No hay lobos aquí. No puede haberlos.

«¡Barleigh! ¡Estación de Barleigh!».

El andén era aún más modesto que el de Dunwell. Barleigh consistía en un conjunto de casas arremolinadas en torno a una plaza, unas pegadas a otras para protegerse del frío de la montaña. El bosque se cernía sobre el pueblo, una presencia vigilante y sombría, sus centinelas altos aún con uniforme blanco. Bajo su mirada, la gente de Barleigh paseaba envuelta en abrigos y bufandas. Había un único bar, abierto y lleno de clientes, y Lou no tardó en encontrar en él a un grupo de hombres mayores dispuestos a relatar a un forastero la historia del pueblo.

—Es un hecho que nadie ha visto un lobo en los últimos diez años —declaró uno de ellos—. Antes de eso, quién sabe. Unos dicen que sí, otros… —Se encogió de hombros—. *Yo* no he visto ninguno.

—Vamos a ver —interrumpió otro, un caballero algo más joven con un frondoso bigote y ojos negros bajo las cejas despobladas, como si su rostro fuese un retrato que un niño hubiese dejado a medias—. ¿No fue hace quince años que los vieron aquí mismo, en el pueblo? Bajaron los lobos y mataron a Darlington.

—¿Darlington? Ese murió en una cacería. Se llevó un tiro por accidente.

—No, estás confundido. Ni siquiera recuerdo eso. Debió ser otra persona y quién sabe hace cuánto tiempo. Los lobos bajaron al pueblo unos años antes de la guerra, en 1910 o antes incluso, ¿no te acuerdas? Fue noticia en el *Kinwick Post*.

—De vez en cuando, alguien ve un duende, un hada, un lobo. Son solo cuentos. —El más anciano encendió una pipa—. Aquí dicen que pasó en el pueblo de al lado y en el pueblo de al lado dicen que pasó aquí.

—No —insistió tajante el hombre del bigote—. Los lobos bajaron al pueblo y mataron a Darlington. No puedo creer que no lo recuerdes.

—Recuerdo la historia y recuerdo que salió en el periódico. Debía ser un mes muy tranquilo y no tenían nada más con lo que rellenar las páginas. Solo consiguieron alarmar a todo el mundo y que se organizase un sinfín de batidas de caza en las que no se encontró ni una sola fiera. Claro está que no hay lobos en Inglaterra desde hace siglos.

—Así que no hay lobos en Barleigh —empezó a enfadarse el del bigote—. Así que el viejo Darlington estaba loco, ¿eh? Entonces, ¿quién lo mató? ¿Por qué no está aquí, tomándose algo con nosotros? No me irás a negar que está muerto y enterrado, ¿no? Lo que faltaba. Dime, ¿quién mató a Darlington?

—No se sabe. Pero no fue un lobo, eso seguro.

—Fue un lobo —afirmó el más joven con rotundidad. Se volvió hacia Lou—. Hay quien se empeña en no creer siquiera lo que está ante sus ojos. No haga caso a este incrédulo irredimible. Si no hubiese lobos en el valle, ¿a qué vendría el acebo en las vallas?

—Superstición —sentenció el viejo.

—Al señor Frederick Darlington lo mató un lobo —insistió el del bigote—. Lo sabe *todo* el mundo. Incluso su viuda se lo confirmará a quien se lo pida…

Lou hizo un gesto a la camarera para que trajese otra ronda y la pagó inmediatamente. El anciano, que había desistido de seguir discutiendo, emitió un murmullo de agradecimiento.

—¿Dónde puedo encontrar a la señora Darlington?

—Conque no me cree. Ya veo que estoy rodeado de escépticos.

Aun así, le proporcionó los datos de la viuda, que Lou apuntó en una servilleta y se guardó en el bolsillo.

—No sería capaz de dormir por la noche si no confirmase *todo* lo que llega a mis oídos durante el día —bromeó. El hombre rio, convencido de que solo estaba tomándole el pelo. El anciano sonrió también—. Muchas gracias por las historias. Me han resultado muy entretenidas. Lamentablemente, tengo que volver a Bluesbury —añadió—. Que pasen una buena tarde.

—Igualmente, muchacho. Buen viaje.

Apoyó con precaución el bastón en el suelo resbaladizo de la calle. Una mujer, cargada con un niño pequeño, le indicó cómo llegar a la calle de la señora Darlington, y no tardó en estar frente a la puerta de una casa grande, elegante, con un jardín delantero pulcro y ordenado que, sin una sola ramita en el suelo, esperaba con paciencia la llegada de la primavera. Lou llamó a la campana un par de veces, sin obtener respuesta.

Empezó a caer una densa lluvia se le colaba bajo el cuello de la chaqueta y en los huesos. Lou se alejó de la casa hasta llegar a la carretera.

Toda aquella historia de los lobos y el señor Darlington no tenía nada que ver con Aullido.

Desanimado, echó a andar hacia la estación. Con algo de suerte, alcanzaría a tomar el siguiente tren y aún tendría tiempo de tomar una taza de té en Dunwell para entrar en calor mientras esperaba al señor Culpepper.

L a señora Beckwith accedió a que la segunda representación de *Cuento de Navidad*, que debido a la enfermedad de Lou se había aplazado indefinidamente, tuviese lugar el primer viernes de marzo. Lou se reunió con ella y con Edith Morgan el lunes por la tarde, después de su ensayo, para acordar los detalles. La maestra se comprometió a echarle una mano y la señora Beckwith, a quien pareció complacerle que colaborasen, se ofreció a acudir también para ayudar en lo que hiciera falta. Aprovechando la ocasión, Lou propuso que la función de fin de curso fuese en junio: consistiría en la puesta en escena de los relatos que los alumnos de Edith habían escrito en Navidad. A ambas les gustó la idea.

Después de la reunión, Lou se dirigió a la pequeña oficina de Correos y Telégrafos, que regentaba la señorita Urry. Desde allí, hizo una llamada a la señora Ethel Darlington, de Barleigh, con la buena fortuna de encontrarla en casa.

—Espero que pueda disculparme —dijo al auricular, girándose en un vano intento de escapar de la curiosidad de la señorita Urry, que escuchaba con atención—, siento mucho preguntarle por un tema sin duda doloroso. Estoy estudiando la presencia de lobos en el valle, y varias personas me han dicho que a raíz del desafortunado incidente, usted podría confirmarla.

—Así es —respondió ella, con más orgullo que pena en la voz—. Todo el pueblo lo recuerda, porque mi marido murió como un héroe. Nadie más que él se atrevió a salir a defender a esa pobre niña. —A Lou le faltó el aire un segundo—. ¿Señor?

—Sí —farfulló él—. Disculpe. ¿Una niña, ha dicho?

—Sí, una pobre pastorcilla. Una niña de aquí, del pueblo. No había cumplido los diez años aún.

—¿Qué le pasó?

—Mire, la cría se había perdido el año anterior. El tiempo empeoró de golpe, no sé si usted se acuerda. Una nevada cuando aún no era ni otoño. La chica aún no había bajado del monte, y se encontró en medio de la ventisca. Volvieron los perros y gran parte de las ovejas, pero la pequeña se quedó ahí, entre los árboles, y nadie la encontró. Pasó todo el invierno en la montaña. La dábamos por muerta cuando regresó con el deshielo, fue milagroso. Al volver, hablaba de lobos que había visto en el bosque, pobre criatura. Evidentemente, esto nos alertó a todos. Los hombres salieron en su busca, pero no encontraron ninguno, ni tampoco rastro de ellos. Así que todos pensamos que habían sido imaginaciones de la niña, tal vez asustada, en mitad de la noche... Lo único que estaba claro era que Dios la había ayudado a sobrevivir ese invierno, no hay otra explicación...

—¿Y su marido?

—Sí, sí, a eso voy. Esa primavera, una noche, un lobo bajó al pueblo a buscar a la niña. Lo vi con mis propios ojos. Me despertó la voz de la cría, que estaba en la calle, quién sabe por qué, si ya había oscurecido, y le suplicaba a la fiera que se marchase. Desperté a mi marido y él bajó de inmediato con la escopeta. Desafortunadamente, no llegó a tiempo: el lobo la derribó y le rasgó la garganta con los dientes. El horror al ver aquella carnicería dejó a mi marido congelado en el sitio, y la fiera aprovechó para atacarlo. Mató a mi Frederick y huyó...

—Lo siento mucho. —Lou lanzó una mirada de reojo a la señorita Urry—. ¿Han vuelto a ver lobos desde entonces?

—No —respondió la señora Darlington, compungida—. Mi marido, con su sacrificio por el pueblo, los ahuyentó por fin.

Lou apartó el auricular para que ella no le oyese respirar hondo.

—Una pregunta más, señora Darlington. ¿Sabe cómo se llamaba la pastora?

—Era la pequeña Marjorie Brown. Pobrecilla.

—Gracias —respondió Lou—. Esto es de mucha ayuda, señora Darlington. No quiero robarle más tiempo.

—Encantada de ayudarlo, señor... —Era evidente que ella no recordaba su apellido y le daba apuro preguntarlo—. ¿Y dice que está escribiendo un libro sobre esto? Puedo darle algunas fotografías de mi marido. Espero que me haga llegar una copia.

Lou no había dicho nada semejante.

—Gracias. Se lo haré saber si las necesito. Y si finalmente publicase un libro, sin duda le haría llegar un ejemplar. Muchas gracias y buenas tardes.

La señorita Urry esperó a que colgase. Lou se despidió y avanzó hasta la puerta, pero la cojera lo hacía lento y no pudo huir antes de que ella, inclinándose sobre el mostrador, le preguntase:

—¿Está escribiendo un libro, señor Crane?

—No —respondió él—. Buenas tardes, señorita Urry.

Se apresuró a abandonar la oficina. Todavía tenía mucho que hacer antes del ensayo nocturno. Faltaban solo cuatro días para la segunda función de *Cuento de Navidad*, pero antes de ponerse con los preparativos, subió al segundo piso, se sentó frente al escritorio y abrió el libro de los fantasmas.

«Aullido», escribió como título, antes de anotar todo lo que sabía sobre los lobos de Barleigh.

El viernes por la mañana, Grace Beckwith se presentó en el colegio a primera hora. La falta de autenticidad de su disculpa por sacar a Lou de la cama era evidente en el reproche de su expresión. Él, que se había acostado de madrugada y aún tenía la cabeza en el ensayo de *La leyenda de Neaera*, desayunó sin intentar defenderse de la severidad de la mujer, que consideraba la pereza solo un escalón por debajo de algunos crímenes.

—Me pareció que agradecería algo de apoyo —comentó ella—. Todo tiene que estar a punto para esta tarde.

Traía un cubo lleno de herramientas y varios rollos de tela.

—Sí —confirmó él—. Será de mucha ayuda, gracias.

Juntos montaron el decorado sobre el escenario y ordenaron las filas de sillas. Por su cuenta, la señora Beckwith reparó una bambalina, cambió una de las tablas de la tarima y colocó cortinas en los ventanucos para bloquear la luz. A mediodía, Eliza Kenney apareció con comida para tres.

—Me figuré que también la señorita Morgan se quedaría con ustedes. Mi hermano bajará por la tarde. Ha arreglado unas lámparas para el escenario. Señor Crane, ¿se encuentra bien?

El profesor de teatro se había quedado inmóvil, con la vista fija en dirección a la cancela del jardín. Parpadeó al oír su nombre.

—Sí. Perdón. Me pareció que había un hombre en la carretera.

—Cielos —rio la señora Kenney—. Qué susto. Ha puesto una cara como si hubiera visto un muerto.

La carretera no la transitaba nadie, salvo la propia Eliza Kenney cuando, poco después, regresó al pueblo. La señora Beckwith y Lou se sentaron en el porche a esperar a que Edith terminase las clases. Tres pájaros se posaron en la balaustrada, con la esperanza de que tuviesen comida para ellos.

—Venetia de Carrell sigue disgustada con la señorita Morgan y, por extensión, con usted —dijo la señora Beckwith—. Lo siento, porque esto no se debe a un fallo suyo, sino a que a sus ojos ustedes dos están en el mismo saco.

—El de personas a las que ha recomendado usted —comprendió Lou.

Ella, tras considerarlo un segundo, asintió.

—Sin embargo, parece que su campaña para expulsarlos no está teniendo mucho éxito. Su hijo Everald ha intervenido para hablar en favor de la señorita Morgan. —La señora Beckwith lo miró de reojo—. Me ha dicho que fueron los dos a hablar con él y su mujer sobre el pequeño Douglas.

—Sí, aunque mi papel fue solo de acompañante. La señorita Morgan explicó lo sucedido con mucha diplomacia. Ellos lo entendieron bien.

—Me alegro. —Sus hombros se inclinaron hacia abajo con un suspiro.

Calló y Lou respetó su silencio. Antes de que retomasen la conversación, una tromba de niños bajó las escaleras y atravesó el jardín a todo correr. Solo unos pocos se detuvieron, nerviosos, a preguntar a Lou a qué hora tenían que volver para la función. Después se marcharon también, con prisa por comer algo y regresar lo antes posible.

Edith Morgan cerró la puerta del colegio.

—Hoy ha sido imposible que se concentrasen —se quejó, sacudiendo la cabeza—. La docena que va a actuar esta tarde ha conseguido revolucionar a todos los demás.

—Un día es un día —dijo Lou.

El sol de mediodía les permitió comer en la mesa del jardín. Después, Edith prendió un cigarrillo y le ofreció otro a Lou. La mirada desaprobadora de Grace Beckwith le quitó las ganas de aceptarlo, por lo que musitó una excusa y bajó al salón de actos. Las dos mujeres se quedaron a solas por primera vez desde que Douglas de Carrell había dado un puñetazo en clase a Marvin Farley.

—Hablé con los padres de Douglas —dijo Edith, antes de dar una larga calada.

—Lo sé. —Los labios de Grace desaparecían de tanto apretarlos.

—Claro. Nada pasa en el pueblo sin que te enteres —comentó Edith.

Grace se cruzó de brazos. El banco de piedra le era incómodo.

—Edith, no intento controlarte.

—Sí lo intentas.

La respuesta fue rápida como un latigazo. Grace Beckwith entornó los ojos.

—No. Intento *ayudarte*, porque tu madre era muy importante para mí y tú también lo eres. Me gustaría que dejases de comportarte como si fueses una niña a la que hay que perseguir para que cumpla con su deber.

En el rostro de la maestra se dibujó una sonrisa torcida.

—Ni soy una niña ni tienes que perseguirme.

—Pero lo eras. —Las tres palabras conquistaron el silencio de Edith Morgan. Grace respiró hondo—. Tu madre, y lo digo desde el enorme cariño que le tenía, no era una persona cercana ni cariñosa. Cuando tu padre murió, quedaste muy desamparada. Se me rompió el corazón cuando te envió a aquel colegio en lugar de tenerte a su lado. Y cuando ella se fue... —Edith la miraba como si la viese por primera vez—. Habría hecho cualquier cosa para hacerte la vida más fácil.

Se sobresaltó cuando Edith tomó sus manos entre las suyas, pero no las apartó.

—Has hecho mucho por mí —dijo la maestra—. Muchísimo. Te estoy muy agradecida, de verdad. Pero no soy una oportunidad para enmendar errores de nadie; ni de mi madre, ni tuyos. Soy una persona distinta a vosotras dos, y sé enfrentarme a las salvajadas de los críos y a la tontería de los padres. Y si me despiden, ya veré cómo me las arreglo. —Grace no respondió. Edith ladeó la cabeza para mirarla—. Sé que estoy donde estoy gracias a vosotras, de una forma o de otra. Ahora, ¿de qué sirve haberme ayudado a llegar hasta aquí si después no me vas a permitir dar ni un paso por mi cuenta por miedo a que tropiece?

Grace asintió, más para sí que para Edith. Dio un par de palmadas suaves en el dorso de la mano de la maestra.

—Mardie habría estado muy orgullosa de ti. —Tardó unos segundos en derribar el muro de vergüenza que le hacía difícil añadir—: Y yo también, aunque no sea tu madre. —La expresión de Edith cambió y Grace se apartó de ella, ocultando la emoción en un fingido refunfuño—: Ah, por fin una sonrisa del derecho. Deberías dejar de hacer esa mueca de medio lado. Entre el señor Crane y tú, cualquiera diría que los jóvenes no sabéis sonreír como es debido.

Edith rio por lo bajo, sacudiendo la cabeza, y se abstuvo de hacer comentarios. Apagó el cigarrillo.

—Voy a ver si Louis necesita que le eche una mano.

Los niños no tardaron en regresar, sumiendo a Lou en un torbellino de demandas y preguntas. Aunque Edith lo ayudó a ajustar los disfraces y solucionar imprevistos, el único que podía calmar sus nervios y asegurarles que ya habían actuado una vez y que eran capaces de hacerlo una segunda era él.

—Se me ha olvidado la quinta escena —aseguraba la pequeña Eileen Muldren—. Me acuerdo de todo lo demás, pero de la quinta no recuerdo ni una palabra.

—Kitty —llamó Lou—. ¿Puedes repasar el texto con Eileen?

—Louis. —Edith se asomó entre las bambalinas—. Ven un momento, por favor.

Los padres de Marvin Farley se habían subido al escenario con la energía de un tanque de combate. El señor Farley estrechó con fuerza la mano de Lou.

—Señor Crane, por fin. Quería hablar con usted —declaró el hombre, alto y fornido, con movimientos de una dignidad majestuosa.

—Es un placer conocerlo —respondió Lou—. Perdóneme, pero no sé bien qué desea de mí. Marvin no está en el grupo de teatro.

—No, no tiene tiempo para esas cosas. Lo que me preguntaba era si no podría usted encargarse de las clases. Tendría sentido que lo hiciera, al menos con los chicos mayores, ¿no le parece? Si el problema es de espacio, estoy seguro de que montar otra aula no sería difícil.

Edith estaba lívida.

—Señor, yo no soy maestro —replicó Lou—. No tengo la formación de la señorita Morgan.

—Bueno, bueno. Está dando clase, ¿no es así? Algo sabrá.

—Señor Farley —intervino Edith—, espero que no se haya propuesto suplicar a todo hombre que se cruce en su camino que me sustituya. El señor Crane *no* se dedica a esto. Yo sí.

—Es lo mismo —bufó el señor Farley, disgustado ante la sola idea de que su propuesta pudiera ser considerada una ridiculez—. Tan pronto como Marvin cumpla catorce años, lo sacaré del colegio. En la granja hay trabajo de sobra.

—Esa es decisión suya y de su hijo, señor —asintió Edith.

—Si no le importa, necesito que dejen libre el escenario y ocupen sus asientos —añadió Lou, inexpresivo—. Vamos a comenzar.

El hombre ayudó a bajar a su mujer, que no había dicho una sola palabra, y ambos abandonaron ostensiblemente el salón de actos.

—Nadie desea que llegue el cumpleaños de Marvin más que yo —gruñó Edith.

Padres y niños iban ocupando las filas. Los jóvenes actores y actrices espiaban nerviosos desde detrás de las cortinas, preocupados por si sus familias habían llegado o no. En el almacén, tal vez, cinco presencias invisibles contemplaban la escena. Lou paseaba la mirada por las esquinas, intentando descubrirlos entre las sombras.

La señora Beckwith subió al escenario para dar la bienvenida al público y presentar la obra.

—Menos mal que lo hace ella —musitó Lou—. Es mucho mejor que yo.

Los padres de Millie Blake y la señora White, la madre de Helen y Charles, estaban sentados en primera fila, dispuestos a ver la obra por segunda vez. Harry no los había acompañado en aquella ocasión.

—Tienes mucha mejor pinta —susurró Edith—. Espero que lo que te esté teniendo despierto por las noches sea esta función y a partir de ahora descanses más. Empiezo a estar preocupada por ti.

—Estoy bien. Solo un poco cansado.

Se separó de ella para animar a Millie y a Anabelle, que salían en la primera escena. Después, se retiró hacia el fondo. La representación había comenzado y el salón de actos se hallaba sumido en el silencio cargado de tensión que reina en los teatros cuando el público está presente. Los niños esperaban su turno, atentos y silenciosos. Lou se convirtió en un espectador más.

—Douglas —siseó Edith—. Bájate inmediatamente de esa mesa.

El niño, que se había encaramado a ella en precario equilibrio para ver mejor, hizo una mueca para expresar lo molestos que le parecían los adultos y obedeció. Lou prestó atención a la escena. Se acercaba un cambio de acto, con su correspondiente movimiento de escenografía y actores infantiles. Cuando por fin pasó y comenzó el segundo acto, él había quedado a un lado del escenario y Edith al otro. Se sonrieron en la penumbra, en silencio, y ambos pasaron el resto de la obra pendientes de los niños.

Al acabar, tras los acostumbrados saludos a los padres y el desfile de alumnos que se acercaban a hablar con él, ansiosos por recibir algún halago de su profesor, Lou se dejó caer en una de las sillas de la primera fila.

La señora Beckwith, desde la entrada, le dedicó un discreto asentimiento: «Todo ha ido bien».

L a semana siguiente, el espíritu de celebración tras una función dominó las clases diurnas. Por la noche, en el salón de actos, los
ensayos continuaban con la diligencia de un reloj.

—¿Podemos hacer la escena siete? —preguntó Archie—. ¿Podemos
hacer la siete?

—O el principio —sugirió Bessie—, así salgo yo. Me lo he aprendido,
Louis, me lo sé casi entero.

—Vamos a repetirlo todo desde el principio y cuando lleguemos a
una escena nueva, seguimos. —Lou se dejó caer en una de las sillas de la
primera fila. La habitación daba vueltas, las paredes se acercaban y separaban como hechas de goma—. Rosemary, por favor, ¿puedes empezar
desde el principio?

Ella ya estaba en su sitio.

—Sí.

Representaron las primeras escenas, diligentes, entusiastas, risueños
ante cada equivocación. Su concentración iba y venía. Se corregían mutuamente. Les molestaba que Lou les interrumpiese para dar indicaciones, lo toleraban con impaciencia. Había algo cautivador en su energía,
en su forma de creer en la ficción que creaban tanto o más que en la
realidad, en cómo disfrutaban sin disimulo ni reparo de el acto de interpretar.

También Aullido, que desviaba la vista cada vez que cazaba a Lou
mirándola.

Aullido, vestida como una pastora. La niña que se negaba a hablar,
aunque entendía. La niña que jugaba a ser un lobo. La niña a la que había matado un lobo.

—Marjorie —llamó—, atenta, que entras en la siguiente escena.

Y ella, que estaba sentada al borde del escenario, no se volvió hacia él.

Lo ignoró. Como si no hubiese reconocido el nombre. Como si no hubiese aparecido una tensión en sus hombros y en su mandíbula.

Los demás niños se dieron cuenta de que sucedía algo excepcional. La obra se interrumpió. Normalmente, Lou los habría instado a seguir adelante. La función debe continuar, pase lo que pase, y el ensayo también. Sin embargo, en aquella ocasión no les prestó atención.

—¿Es tu nombre? —preguntó—. ¿Marjorie?

Ella lo miró. Fijamente. Sus iris, salvajes, habían visto lunas sangrientas. Era más fiera que niña.

Es ella.

—Señor —dijo Rosemary, educadamente—, no sabemos su nombre. No habla.

—Sí —asintió él—. Me pareció que podía llamarse así. Tal vez me equivoque.

—¿Retomamos la escena?

—Sí.

—Tal vez sea mejor que lo hagamos desde el principio —añadió Rosemary.

—¿De la obra? —preguntó Archie, desesperado—. No vamos a llegar *nunca* a la escena siete.

—No, el principio de la escena —aclaró Rosemary—. Desde que Violet hace el monólogo, y así damos pie a que entre Aullido...

—Venga —aceptó Lou—. Desde el principio de la escena.

La repitieron, y él contempló cómo Aullido se incorporaba y hacía su papel, en silencio. Una angustia le atenazaba los pulmones con garras gélidas. No se veía capaz de contarle a aquella niña que un lobo le había desgarrado la garganta.

Sobre el escenario, Violet, en el papel de Neaera, declamaba con mucho sentimiento.

—Porque el amor nuevo —su voz resonaba en las esquinas del salón de actos— no es desprecio al antiguo; porque al añadir más nunca se tendrá menos. ¡Oh, amor! Jamás serás reemplazado en mi corazón. Mas permíteme conservar tu recuerdo, que no tu ausencia; y que mi alma solitaria se expanda para cobijar otros amores.

—Oh. —Archie dejó caer el palo que había encontrado en el almacén y que llevaba a modo de espada—. Esto es muy bonito en el teatro, pero no es verdad. En la realidad, si quieres a alguien, lo dejas de querer para querer a otra persona.

—¿Qué? —preguntó Violet.

—Dejar de querer a quien querías, pero ya no quieres, para querer a alguien nuevo, que no quiere que quieras a quien querías antes —respondió Archie.

—No entiendo nada —resopló Violet— y además estás cortando la escena, y ahora le toca a Rosemary, no a ti...

—No pasa nada —dijo Rosemary, conciliadora—. Por favor, Violet, ¿puedes volver a decir lo último?

Lou veía el escenario borroso, tapado por un velo blanco y neblinoso que se tornaba oscuro por momentos. Humo. Se le ocurrió, como si el pensamiento llegase desde fuera de su mente, que quizá fuese a desmayarse, y le inquietó la posibilidad de asustar a los niños. El escenario era muy lejano, aunque solo estaba a unos pasos de distancia. Lo contemplaba desde la distancia, como un observador desde un aeroplano, y pensó en David Tutton, en los fantasmas quizás anclados para siempre en los campos de batalla, en el lugar en el que se estrelló el avión de David Tutton, donde tal vez hubiese quedado enterrado el reloj que ambos habían compartido, perdido en el barro o en la tierra o entre los escombros.

David Tutton.

La silueta en la carretera. Buscándolo.

«No puedes querer a alguien nuevo, Lou».

Él nunca había dicho algo así.

«Jamás seré reemplazado».

Y entonces, un dolor agudo, punzante. No había polvo a su alrededor, sino escarcha.

Las manos de Bessie, apoyadas en las suyas. Sus ojos alarmados.

—¿Estás bien? —preguntó la niña.

Lo abrazó. Mil agujas se le clavaron en la piel. El tormento lo trajo de vuelta a la realidad.

—Sí —respondió—. Estoy bien, Bessie. Lo siento, me he abstraído un momento.

—¿Has visto la escena? —preguntó ella—. ¿Lo hemos hecho bien?

—Muy bien.

El resto de los niños se habían reunido a su alrededor y se alejaron hasta el escenario, más tranquilos, al oírlo hablar. Bessie se separó de él también, aunque se quedó de pie delante, aún con las manos apoyadas en sus brazos. Lou los apartó despacio. La piel, cubierta de quemaduras invisibles, le dolía al contacto con el aire.

Bessie sonrió.

—Eres mi profesor de teatro favorito.

Soy el único. Y no soy muy bueno.

—Gracias, Bessie.

Sentado en el escenario, Archie resistía la regañina de Violet, que le reprochaba no haber memorizado aún el texto.

—No es culpa mía si siempre estás acaparando las hojas —gruñó—. Si las soltases al menos *un segundo* al día, a lo mejor podría echarles un vistazo.

—Mis padres podrían hacernos varias copias —suspiró Rosemary—. En la imprenta no tardarían nada de tiempo. Lo he visto yo misma, porque cuando era pequeña me llevaban con ellos y pasaba allí muchísimas horas, todas las tardes. Tardarían poquísimo.

—Bueno, ¿y por qué no lo hacen? —preguntó Archie—. Hablas sin parar de la imprenta, pero no veo que nos ayude en nada.

—No es tan fácil —respondió Rosemary, sin alterarse—. La imprenta no está aquí. Es la imprenta de Westbeck…

—Da igual —resolvió Violet—. Yo sí me sé de memoria mi papel, así que por mí Archie puede quedarse con el libreto, porque se llama «libreto», no «hojas», todo el tiempo que quiera…

—Se llama «libreto», no «hojas» —la imitó Archie en tono repelente.

—Vamos a dejarlo aquí por hoy —suspiró Lou—. Nos vemos mañana.

Después de que ellos hubiesen desaparecido entre las bambalinas, tardó aún varias horas en recuperar las fuerzas suficientes para ponerse en pie y subir, agarrado al bastón y a la barandilla, escalón a escalón hasta su cuarto.

No puedo seguir. Sabía, por otro lado, que no podía parar. *La función tiene que continuar. Cueste lo que cueste.*

No era la primera vez que pensaba que era incapaz de continuar adelante, y sin embargo hasta aquel momento nunca se había detenido. El pensamiento le dio el empuje necesario para sentarse frente a la mesa y abrir el libro de condolencias. Buscó la última página en la que había escrito sobre Rosemary, dispuesto a añadir que la imprenta en la que trabajaban sus padres estaba en un lugar llamado Westbeck.

Hojeó el libro hasta las primeras páginas. Había una mención a Rosemary en las notas del primer día.

«Se presenta como Rosemary Walker», decía su anotación apresurada. «Dice que no sabe improvisar. Es extremadamente cortés».

Rosemary Walker.

Había sabido su nombre completo desde el principio.

Rosemary, la hija de los Walker, que trabajaban en una imprenta en Westbeck.

Se reclinó en la silla, hacia atrás. El cielo nocturno estaba despejado. Hacía tanto frío que las estrellas parecían congeladas y su brillo estático iluminaba la carretera.

El olor asfixiante de las distintas caras de la muerte se le metía por los ojos, como un enjambre de moscas escarbando en las heridas. La peste empalagosa de la carne podrida y la sangre, la ranciedad del veneno en el aire, el cloruro de cal, la suciedad, la humedad. Lou se veía dormir a sí mismo rodeado de cadáveres, con el rostro brillante como si estuviese cubierto de cera de color gris apagado. Parecía un muerto más. Tal vez lo era.

Despertó sin sobresalto. Sin jadear. En completo silencio.

Le pesaba el cuerpo, rígido y dolorido en la silla. Quería quedarse ahí mientras él se levantaba. Contempló, intrigado, cómo el pie malo se doblaba extrañamente bajo su peso.

Había dejado de dolerle.

Fue eso lo que lo alarmó. La lesión mal curada, el suplicio que provocaba la cojera que tanto odiaba, la que le había despojado de su identidad y lo apartaba para siempre de la danza, ya no dolía.

Estoy muerto.

El alivio que había esperado sentir no llegó.

Alguien lo vigilaba desde la ventana. Se abalanzó sobre ella y la abrió de par en par, pero el rostro espectral se había retirado. El viento se coló en la habitación. Lou se lo permitió, no iba a luchar contra la noche ni contra el frío. Bajó las escaleras deprisa, salió al jardín dejando la puerta abierta a su espalda.

David Tutton no lo esperaba junto a la cancela.

Una bruma densa flotaba sobre el suelo, impidiéndole ver con claridad lo que pasaba a su alrededor. Sobre su cabeza, el cielo continuaba libre de nubes. La niebla lo cegaba, le impedía ver las sombras que lo rodeaban. Oía voces que no sabía de dónde venían, que le pedían ayuda, que lo llamaban por su nombre. Buscó a David en ellas, sin saber si eran o no reales.

Una llevaba el pañuelo blanco de los aviadores, pero se alejaba de él, y cuando la siguió a trompicones hasta la carretera, el viento entre los árboles soplaba como un clarín, el toque en si bemol que marcaba el final.

—¡No! —gritó Lou. Nadie lo escuchaba—. ¡No puedo!

No le latía el corazón.

No le latía y una mano se le posó en el brazo. Frío sobre frío.

Tiró de él y Lou se zafó sin pensarlo, con brusquedad. El terror tomó las riendas. Le obligó a huir, ciego, desesperado, porque incluso en la frontera de la muerte iba a correr por su vida. El asfalto le arañó las manos al tropezar. Había dejado el bastón en la habitación y el pie le fallaba. Se levantó, el instinto le gritaba para que no se detuviese.

Corrió, se arrastró y se tambaleó hasta que llegó al pueblo, con la garra fantasmal en los talones. De modo que dobló la calle y continuó cuesta arriba y se derrumbó contra la puerta y la aporreó con el puño y se resbaló por la madera hasta dar con las rodillas en el escalón de piedra.

Aquí acabo, pensó.

Sintió la mano agarrándole de nuevo, esta vez por el cuello.

Y entonces se abrió la puerta.

La luz de Harry White, como la de una hoguera, disipó la niebla y las sombras.

—Dios mío, Lou. —Se agachó para pasar los brazos bajo los de Lou y levantar su cuerpo tembloroso del suelo.

La calidez de Harry derretía el hielo de su piel.

Lou respiraba. Latía. Se ahogaba.

—Ayúdame —pidió, con ojos febriles.

Él lo arrastró hacia el interior de la casa.

—No puedo ayudarte si no me cuentas qué está pasando. —Harry lo hizo sentar en el sofá y buscó una manta que echarle sobre los hombros. Le colocó una mano en la mejilla—. Estás helado. ¿Cómo se te ha ocurrido salir así a la calle? ¿Dónde está tu bastón?

—Te lo contaré —dijo Lou—. Vas a pensar que he enloquecido, pero *tienes que creerme*. Todo lo que voy a decirte *es verdad*.

—¿Estás enfermo? —Harry le tocó la frente y torció los labios, intranquilo—. Voy a hacerte una infusión.

—No necesito una infusión —resopló Lou—. Siéntate y escúchame. Por favor.

Harry acercó una silla y se sentó frente a él. Posó una mano sobre su rodilla.

—Estás sangrando. ¿Puedo traerte ropa seca y limpiarte la herida?

—Eso puede esperar. —El aire llenó los pulmones de Lou como una oleada de calor. Se inclinó hacia delante, consciente de que era Harry el que lo estaba devolviendo a la vida, y le agarró las manos—. Me vas a creer, ¿verdad?

Él asintió. Envolvió los dedos ensangrentados de Lou con los suyos.

—¿Qué te está haciendo tanto mal? Pareces un muerto en vida.

Lou lo miró a los ojos, dispuesto a lanzarse al vacío.

—No, yo no estoy muerto. Aún. —Harry escuchaba—. *Ellos* sí.

—¿Ellos?

—Harry, créeme, por favor. Sé que va a parecer...

—Cuéntamelo.

Lou calló un instante.

Solo un instante. Después, se lo contó todo.

Cuando terminó, Harry se puso en pie y salió de la habitación. Lou, sin moverse del sitio, notó cómo las fortificaciones en su interior se derrumbaban como una presa.

Harry regresó con gasas y agua. Le limpió el barro de los arañazos. Se sentó junto a él en el sofá y lo abrazó, apretándolo contra su pecho, ofreciéndole refugio. Ocultó con su silencio el llanto de Lou, no intentó detenerlo ni consolarlo con palabras.

Lou no recordaba la última vez que alguien lo había abrazado de aquella forma.

Los sollozos terminaron. En el exterior, el sol empezaba a colorear el cielo.

—No sé que va a pasar ahora —susurró Lou.

—Ahora voy a ayudarte —dijo Harry—. Ya no estás solo.

L a puerta del apartamento de Harry se cerró con suavidad y Lou abrió los ojos con el tintineo de las llaves y el olor a pan recién hecho. Se incorporó hasta quedar sentado en el sofá. El dolor en el pie llegó antes que el recuerdo de la noche anterior.

—Buenos días —saludó Harry—. Son las doce y media. ¿Tienes hambre?

Sin esperar respuesta, puso agua a hervir, hizo un par de huevos duros y colocó queso y pan en un plato. Ayudó a Lou a levantarse y le ofreció el hombro para que se apoyase hasta llegar a la mesa. Se sentó frente a él.

—Siento haberte despertado ayer —dijo Lou.

La luz de la mañana hacía irreal la persecución de la noche anterior, la presencia fantasmal tan diferente a sus alumnos del grupo nocturno, la historia que le había contado a Harry. Lou examinó su expresión, en busca de cualquier indicio de incredulidad. Tal vez el panadero pensase que había tenido un episodio de locura.

—No te preocupes por eso. —Harry se llenó una taza y colocó las manos alrededor para calentárselas—. Entonces. Fantasmas.

Lou apretó los labios.

—Sí.

—Los ayudas a continuar. Hacia el más allá. O a donde sea.

—Sí. Eso creo.

—Y cada uno que se va, se lleva un trozo de ti. Te debilita. Por eso has parecido enfermar a marchas forzadas desde el otoño.

El pan se deshacía entre los dedos de Lou.

—No sé si es eso. Tal vez sí. Me parece que me debilita pasar tiempo con ellos. Cuanto más cerca, peor. Me hace daño que me toquen.

Harry frunció el ceño.

—¿Absorben la vida si la rozan? —supuso.

—No lo sé.

—Lou. —Harry parecía preocupado, Lou no supo interpretar si por los ensayos de teatro con los muertos o por su cordura—. Me parece que deberías alejarte de ellos.

Él se echó hacia atrás en la silla. El trozo de pan se le cayó al plato.

—No puedo hacer eso.

—¿Qué pasó ayer? ¿Te atacaron?

Aquello casi hizo reír a Lou.

—No. Lo de ayer era distinto. —Tanto que no estaba seguro de qué era. Los niños eran corpóreos, casi tan materiales como los vivos, y la presencia que le había dado caza la noche anterior era un ente sin forma, una pesadilla que parecía surgir de su interior—. Solo quedan *cinco*. Tal vez pueda soportarlo.

—O tal vez no. ¿Te estás oyendo? Ellos ya están muertos. Tú no.

No está seguro de si son reales o no, adivinó Lou, *pero sabe que incluso si son una alucinación, me están afectando.*

—No —insistió, con firmeza—. No puedo dejarlos atrapados en ese salón de actos si hay una mínima posibilidad que ayudarlos.

Harry guardó silencio. En la calle, un pájaro solitario cantaba y, más lejos, se oía la conversación apagada entre dos vecinos. Aunque aún quedaba comida en el plato, Lou se sentía incapaz de seguir comiendo. El tiempo transcurrió lento hasta que, finalmente, el panadero suspiró.

—Westbeck no es una ciudad —dijo—. Es el nombre de la imprenta. Imprenta Westbeck. Estaba en Kinwick.

A Lou se le aceleró el corazón.

—¿*Estaba*?

—Sí, hace medio siglo que cerró. No se me ocurre cómo puedes saber de su existencia si lo que dices no es verdad. —Harry se pasó ambas manos por la cara—. Un primo de mi madre trabajó en ella. Aún tenemos por ahí papel de cartas con el nombre de la empresa. —Reflexionó un momento antes de añadir—: Creo que la compró un periódico, el *Kinwick Post*. Quizá conservasen archivos antiguos, no lo sé. Podríamos acercarnos para ver si averiguamos algo de los padres de Rosemary.

Oír a Harry White pronunciar el nombre de la niña provocó un leve terremoto en el interior de Lou. Rosemary y el hecho de que él pudiera verla años después de su muerte se hicieron más reales.

—Gracias —dijo Lou.

Harry sacudió la cabeza.

—De momento, te acompañaré de vuelta al colegio. Tengo que volver a la panadería y tú deberías descansar. Tienes muy mala cara.

—Es algo que me dicen mucho últimamente.

El camino de vuelta fue largo. Lou se apoyó en un bastón prestado hasta que estuvieron lo bastante alejados del pueblo como para pasar el brazo sobre los hombros de Harry y dejar que este cargase con parte de su peso.

El jardín del colegio estaba tranquilo. Una neblina clara reposaba perezosamente en las esquinas y campaba a sus anchas en los prados.

—Volveré mañana —prometió Harry, después de subir las escaleras hasta la habitación—. Y decidiremos qué hacer.

—Espera.

Lou recuperó su bastón y dio dos pasos hacia la mesa. Cerró el libro de los fantasmas, lo levantó con algo de dificultad con una sola mano y se lo tendió a Harry.

—¿Estás seguro?

—A ti te gusta leer, ¿no? —bromeó Lou—. No está bien que lo diga yo, pero esto es mucho más emocionante que lo de Guillermo el Conquistador.

Harry sonrió y tomó el libro.

—Hazme un favor y métete en la cama. Nada de paseos ni encuentros con fantasmas hoy: acudir en tu rescate dos días seguidos me parecería francamente excesivo.

—Bueno, «acudir», lo que se dice «acudir»... —gruñó Lou—. Tuve la decencia de acercarme a tu casa.

Aun así, le hizo caso y en cuanto Harry se marchó, se cambió de ropa y se tendió en la cama. Durmió hasta bien entrada la tarde. Cuando se levantó, la señora Kenney ya había pasado a dejarle la cena, así que la devoró y después, incapaz de permanecer más rato en su dormitorio, bajó al salón de actos.

Por primera vez en varios meses, no había niños esperándolo. Lou dio cuerda al gramófono y se sentó a escuchar la música, con la mirada perdida en el fondo oscuro del escenario.

—Disculpe, señor.

Lou no necesitó girarse hacia la puerta del almacén. Sonrió, cansado.

—Buenas noches, Rosemary.

La niña avanzó hasta quedar de pie frente a él. Llevaba *La leyenda de Neaera* apretada contra el pecho. Se recolocó las gafas con el dedo índice.

—Hoy no hay ensayo, ¿verdad? —preguntó—. Es sábado.

—No, no hay.

Ella pareció aliviada. No le gustaba lo imprevisto.

—Menos mal. No sé dónde están los demás. Pero me alegro de encontrarlo a usted —añadió, con energía—, porque he estado pensando en mi propuesta de pedir a mis padres que nos consigan algunas copias más del texto de la obra y, lamentándolo mucho, me temo que no será posible. Lo cierto es que mis padres están muy ocupados y no creo que les permitan utilizar las máquinas de la imprenta para nada que no sea el trabajo.

—Lo entiendo —respondió Lou—. No te preocupes por eso. Creo que nos las podremos arreglar con las copias que tenemos.

—Estupendo. Muchas gracias por su comprensión. Iba a preguntárselo cuando los viera, pero no quiero añadir más preocupaciones a las que ya tengan.

Lou ladeó la cabeza.

—¿No los ves con frecuencia?

—Oh, desde hace unas semanas no —respondió Rosemary con ligereza—. Me enviaron a Dunwell porque el aire del campo es muy beneficioso.

—¿Es que te encuentras mal?

—No, señor, solo tuve un poco de fiebre, nada de lo que preocuparse. Lo pasé mal unos días, pero ahora mismo me siento mucho mejor. Gracias por preocuparse por mí.

—Me alegro de que estés mejor. ¿Echas de menos a tus padres?

—¡Sí, mucho! Aunque volveré con ellos pronto, a tiempo para el nacimiento del bebé. ¿Cree que tal vez podría escribirles para que vengan a buscarme el día de la función y así me vean actuar? ¿Me haría ese favor?

A Lou le costaba respirar, como si en vez de aire estuviese aspirando cemento.

—Claro que sí.

—Gracias. Tengo ganas de verlos, pero no me gustaría que me recogiesen antes de la función. No quiero dejar al grupo de teatro en la estacada. —Rosemary le regaló una sonrisa nerviosa—. Será mejor que vaya a repasar mi papel. Buenas noches, señor.

Desapareció antes de que acabase la canción.

Thomas Blake, el cuñado de Harry, era el dueño de un automóvil antiguo, de color rojo y con un brillante parabrisas con marco de latón. Los alumnos de Edith Morgan se apelotonaron junto a las ventanas del colegio, ignorando las órdenes de la maestra de que regresasen a sus asientos, cuando Harry White aparcó el vehículo frente al colegio el lunes por la mañana.

—¿Y esto? —preguntó Lou, estupefacto.

—Nos vamos a Kinwick —declaró Harry.

Giró con fuerza la manivela de arranque mientras Lou trepaba al asiento de copiloto, después se colocó de un salto ágil a su lado. El motor emitió un suave rugido y el coche echó a andar por la carretera. El sol calentaba el techo. Lou sonrió. A su lado, Harry silbaba con una mano sobre el volante. El viaje fue agradable, sin necesidad de dar conversación ni pedirle favores al señor Culpepper. Cerca de Dunwell, vieron cómo el tren los adelantaba a algo de distancia. Aun así, Lou no echó de menos haberlo tomado.

Harry pasó la entrada a Kinwick.

—La imprenta de *Kinwick Post* está a las afueras.

Aparcaron delante de la puerta principal del enorme edificio de ladrillo. Harry esperó a que Lou se apease y dejó que él caminase delante. Subieron los dos escalones de piedra hasta la entrada. Un hombre joven, apenas mayor de edad, con camisa blanca y gafas redondas, los recibió en la entrada.

—¿Westbeck? —reflexionó en voz alta, sin despegar los ojos como platos del bastón de Lou—. Sí, creo que esto antes se llamaba así. No lo sé. No guardamos ningún documento de aquel entonces.

—¿Nada en absoluto? —preguntó Harry—. Estamos buscando un registro de trabajadores o algo así. Necesitamos información sobre un matrimonio que se apellidaba Walker.

—Señor —replicó el muchacho, visiblemente nervioso por no poder ser de ayuda—, aquí no tenemos nada, ya se lo he dicho. El único registro al que puedo acceder es al actual.

Lou contempló las fotografías enmarcadas que colgaban de una de las paredes. Algunas de ellas mostraban el edificio de la imprenta, otras al director del *Kinwick Post* rodeado de algunos de sus empleados. Más hacia el fondo, la imprenta en 1912 y otra imagen de 1906. Algo más allá, de nuevo la imprenta en 1895, y el letrero de «KINWICK POST» no estaba todavía. En su lugar, un sobrio cartel rezaba: «WESTBECK PRINTING & TYPECASTING».

La última fotografía mostraba a varios trabajadores de la imprenta. Una nota indicaba que había sido tomada en 1892 y los nombres de los retratados.

—Harry —llamó Lou, en voz baja—. No hará falta el registro.

«John Walker». El quinto hombre empezando por la izquierda. Contó los rostros hasta dar con el del hombre y buscó en él algún parecido con Rosemary. A su lado había una mujer que guardaba similitud con la niña, pero su nombre no se mencionaba. Ambos eran mayores, debían tener más de setenta años.

—John —leyó Harry—. Bueno, aunque un nombre no es mucho, algo hemos avanzado.

—Podrían buscarlo en el Registro Civil —propuso el joven de las gafas, que los había seguido y observaba la fotografía con curiosidad—. Si van, pregunten por Claire. Es mi hermana, que trabaja allí. Seguro que les echa una mano.

Lou se volvió hacia él.

—Gracias. ¿Puede darnos la dirección?

—Sí, por supuesto. Se la apuntaré en un papel. —El chico se acercó a su mesa en busca de un lápiz—. Les harán pagar unas tasas salvo que pidan copias no certificadas o un extracto del registro... —Anotó la dirección con una letra redonda y clara—. Aquí tienen.

—Muchas gracias. —Harry le dedicó una sonrisa mientras le abría la puerta a Lou.

Encontraron la oficina del Registro Civil abierta. Lou miró a Harry de reojo. Después de su mala suerte en Barleigh, donde no encontraba más que información confusa sobre la historia de Aullido, empezaba a tener una racha de buena suerte. Se preguntó si su acompañante sería la razón y sonrió, para sí, al pensar que Harry White bien podía ser un amuleto.

Dejó que fuese él quien saludase a la señorita que estaba tras el mostrador, por considerar que Harry tenía más facilidad para hablar con la gente que él.

—Buenos días —saludó—. ¿No será usted por casualidad Claire?

Ella frunció el ceño, perpleja.

—Pues sí, soy yo. ¿Nos conocemos?

—No, pero hemos estado hablando hace un momento con su hermano en el *Kinwick Post*. Estamos buscando información sobre una familia que vivió aquí hace años, y él nos ha dicho que tal vez usted pueda ayudarnos. Nos dijo que pidiéramos un extracto del registro...

Claire rio.

—¡Claro que sí! Típico de él. ¿A quién están buscando?

—A un matrimonio apellidado Walker. Él se llamaba John, desconocemos el nombre de ella. Trabajaban en Wesbeck en 1892.

—Tenían una hija —añadió Lou—. Rosemary. Si ellos tenían unos setenta años en los noventa, ella quizá naciese en los cuarenta o los cincuenta...

—Denme un momento.

Desapareció por una puerta al fondo. Harry arqueó las cejas.

—Qué par de hermanos tan solícitos y dispuestos a ayudar. Así da gusto.

—Es porque eres tú —declaró Lou.

Harry resopló.

—Así soy. Popular y querido allá a donde voy. Sobre todo en Bluesbury.

—Nadie es profeta en su tierra.

La espera se hizo llevadera en compañía. Al cabo de un buen rato, Claire regresó con una hoja de papel manuscrita.

—He encontrado una mención al nacimiento de un tal Gerald Walker en 1948. Sus padres se llamaban John y Rose Walker.

—Rose... —meditó Lou—. Sé que los padres de Rosemary estaban esperando un bebé. Tal vez fuese este Gerald.

—Se casó y tuvo una hija, Molly Walker. Su mujer ha muerto ya, pero él sigue vivo.

—¿Gerald Walker sigue vivo?

—Sí. —Claire dudó un segundo.

Lou intuyó que estaba a punto de guardarse para sí algo de información extra. Apoyó una mano en el mostrador.

—¿Qué? ¿Qué ha pensado?

Con un suspiro, Claire se encogió de hombros.

—Bueno, es solo que... yo conozco a Molly Walker. Trabaja en una tienda al final de la calle, en la esquina.

—Gracias —dijo Harry—. Nos ha sido de muchísima ayuda. Hemos tenido mucha suerte al encontrarnos con usted y con su hermano.

Claire sonrió.

—Es un placer. —Y tras otra pausa dubitativa, añadió en voz baja—: Nuestro hermano mayor también luchó en la guerra.

Harry asintió educadamente. Lou, ya junto a la puerta, forcejeó con el picaporte para abrirla y salir a la calle. La tienda de la esquina estaba abierta.

—Gerald Walker —dijo cuando su compañero lo alcanzó—. Puede que Rosemary no llegase a conocerlo.

Harry fue el primero en entrar en la tienda y, como Lou callaba, empezó a explicar a Molly que deseaban hablar con su padre. La mujer tenía unos cuarenta años, el cabello castaño y lacio, el rostro chupado y cara de malas pulgas. Lou la examinó, sin encontrar en su expresión nada de la seriedad amable de Rosemary.

—Imposible —dijo Molly—. La salud de mi padre es muy frágil y no puede ver a nadie. ¿De qué lo conocen ustedes?

—Conocí a su tía —respondió Lou en voz baja—, Rosemary Walker.

—Yo no tengo ninguna tía.

—Murió antes de que usted naciera.

—Hijo, si prácticamente le doblo en edad. Le digo que no tengo ni tías ni tíos, y si los tuviera sería imposible que usted los conozca. No sé qué quieren de mi padre, pero no lo van a conseguir.

Harry dio un paso atrás. En cambio, Lou no se movió del sitio.

—¿Le habló alguna vez Gerald de su infancia?

—Les voy a tener que pedir que se vayan.

—Sus padres, John y Rose, trabajaban en la imprenta. ¿Los conoció usted?

Ella lo miró con desconfianza.

—Mi abuela Rose no hablaba mucho. Mi abuelo trabajó en la imprenta, sí, pero no lo conocí. Murió joven.

—¿Un accidente?

Molly Walker se encogió de hombros y continuó ordenando unas latas sobre el estante a su derecha.

—Una fiebre. No era nada raro. Vivían hacinados en una casa con otros trabajadores, y siendo tanta gente, cuando no era una enfermedad era otra.

—Lo siento mucho. —Molly asintió, sin añadir nada más. Lou carraspeó y dio unos pasos en dirección a la puerta—. Espero que su padre se encuentre mejor pronto. Buenos días.

Harry lo siguió a la calle.

—No nos va a decir nada más.

—Nos ha dicho bastante —afirmó Harry con optimismo—. A ver si vas a ser tú el que consigue que la gente se abra.

—Será mejor que nos pongamos en marcha. Aún llegaremos a tiempo para almorzar en Koster's. Y ya te he mantenido apartado de la panadería demasiado tiempo —agregó, recordando de pronto que Harry tenía un negocio que atender—. ¿La has dejado cerrada?

—Mi sobrina Alice ha accedido a encargarse de ella hasta las cuatro a cambio de media corona.

Lou emitió un silbido.

—No está nada mal. Debería pedirte un puesto en la panadería, si ese es el sueldo por una mañana de trabajo. —Se detuvo en el sitio, tan bruscamente que Harry chocó con él—. Espera un momento.

Lou regresó apresuradamente a la tienda. Molly Walker lo fulminó con la mirada.

—¿Ya está aquí otra vez?

—Una última pregunta —jadeó Lou—. ¿Su abuela llamaba Gerry a su padre?

La sorpresa desarmó a Molly.

—Sí. ¿Cómo lo sabe?

—No tiene importancia. Gracias y perdone.

Harry lo siguió hasta el coche. Dio vueltas a la manivela y subió a su lado, respetando con paciencia el silencio en el que estaba inmerso Lou. Cuando salieron a la carretera, no pudo contenerse más y preguntó:

—¿Va todo bien?

No se esperaba que Lou sonriera.

—Sí. El padre de Molly Walker *es* el hermano de Rosemary. Gerry es su nombre de niño favorito. Lo ha mencionado en los ensayos alguna vez... Los Walker llamaron al bebé como Rosemary habría querido.

Después de comer con Harry en el pub y regresar a tiempo para la clase de teatro por la tarde, Lou tomó una cena temprana y se reunió con sus alumnos nocturnos para hacer por primera vez un pase de la obra al completo.

—Aún no me sé el texto —confesó Archie.

—No importa. Te iré apuntando.

Con solo dos o tres interrupciones, lograron llegar desde la primera escena hasta la última. Los niños se colocaron en el centro del escenario para saludar.

—¿Ya se ha acabado el ensayo?

Lou sacudió la cabeza.

—Nos da tiempo a hacer un juego o un ejercicio, si queréis.

—¿Inventar historias?

—Muy bien. Vamos a hacer dos grupos, uno de tres y una pareja...

Rosemary, consciente de que si se despistaba acabaría actuando con Bessie, como tantas otras veces, se acercó rápidamente a Archie para formar grupo con él y con Aullido. Violet, a regañadientes, se sentó junto a la más pequeña del grupo.

Desafortunadamente para ella, Bessie tenía muchas ideas.

—Tú eras mi dueña y yo era un gatito —propuso—. Y no podías cuidarme porque trabajabas mucho, así que me dejaste con una señora para que me cuidase...

—No —gruñó Violet—, no eras un gatito. No puedes ser siempre un gatito. Eras una niña y yo era tu madre, y tu padre había muerto en un accidente salvando a un gatito de un oso...

Eso animó a Bessie.

—Y el gatito era mío ahora —dijo rápidamente.

—Sí, muy bien, era tuyo, pero yo no podía cuidaros a ninguno de los dos, porque trabajaba en una fábrica... y te llevaba a un orfanato...

—No, a un orfanato no, me llevabas con la tía Eunice, que era una señora que cuidaba a niños en el campo, en una casa...

—¿A muchos niños de distintas familias?

—Sí...

—Pues eso, un orfanato, entonces...

—¡Que no! No era un orfanato porque todos los niños tenían padres. Era una casa para cuidar niños, como los de las familias ricas que viven en la ciudad y envían a los niños al campo porque es más sano...

—Ah, vale —aceptó Violet—. Entonces al principio de la obra yo te llevaba a la casa de la tía Elizabeth esa y...

—Eunice...

—Sí, y nos despedíamos así, y tú llorabas...

—Y el gatito también...

—El gatito no lloraba, Bessie, los gatos no lloran... Maullaba, como mucho...

—Y tú me decías que vendrías a verme cada poco tiempo, pero luego estabas tan ocupada que no podías venir nunca...

Lou, que escuchaba interesado, se sobresaltó con el grito de Archie:

—¡Ya hemos acabado! ¿Podemos ser los primeros en representar?

—Un momento —pidió él—. Bessie y Violet aún no han decidido el final de su historia, ni han tenido tiempo de ensayar...

—No importa —resolvió Violet, aburrida—, ya improvisaremos algo. Al final la tía Eveline o como se llame le decía a la niña que su madre había venido a por ella y la niña estaba muy contenta, fin.

—Bessie —preguntó Lou—, ¿tú habías pensado otro final?

Bessie dudó. La mirada fulminante de Violet terminó de convencerla.

—No, ese final está bien.

—Venga, pues empezad vosotros, Archie...

Ambos grupos representaron sus obras. Los artistas volvieron a inclinarse en el centro del escenario y Lou sonrió al pensar que se estaban aficionando a los aplausos.

—Rosemary —llamó en voz baja—. ¿Te importaría quedarte un momento?

—¿Qué le vas a decir? —preguntó Violet, celosa—. Yo también me quedo...

—Si quieres... —Lou se encogió de hombros—. Era para ver si me ayudaba a colocar las sillas, que siempre las dejamos desordenadas. Había pensado en pediros que se quedase siempre uno de vosotros. A ti te tocaba mañana, pero si quieres echar una mano también hoy, estupendo.

Violet esbozó su sonrisa más encantadora.

—¡Oh! No, entonces me quedaré mañana, si es cuando me toca. ¡Buenas noches, Louis!

Dicho esto, trotó hacia el almacén, camino a algún plan mucho más entretenido.

Rosemary, diligente, empezó a ordenar las sillas.

—Gracias —dijo Lou.

—De nada. Con el bastón, para usted es una lata y a mí en cambio no me cuesta nada. —La niña comprobó que había dejado la primera fila del todo recta antes de comenzar con la segunda—. ¿Ha podido escribir a mis padres?

Lou tamborileó con los dedos sobre el puño del bastón.

—Sí. Tengo una noticia para ti, Rosemary. —Esperó a que ella lo mirase con sus ojos redondos—. Ha nacido tu hermano.

Rosemary dejó escapar una exclamación.

—¿El bebé? ¿Es un niño?

—Sí.

—¡Qué alegría! ¿Mi madre está bien?

Lou procuró que no se le notase la incertidumbre en la voz.

—Sí, no tienes de qué preocuparte.

—Vaya sorpresa. Qué pena no haber estado con ellos... —Rosemary se sumió en un pensativo silencio durante un momento, antes de sacudir la cabeza—. Aunque me alegra que todo haya salido bien. ¿Hace cuánto nació el bebé?

—Hace setenta y dos años.

Un instante de perplejidad. Rosemary soltó la silla que estaba enderezando.

Y entonces, como si siempre hubiese sospechado que algo extraordinario estaba sucediendo, ella pareció comprender.

—¿Llevo aquí setenta y dos años?

Lou se acercó a ella. Se sentó en una de las sillas del extremo de la primera fila. Ella, con movimientos lentos, hizo lo mismo en la de la segunda. Lou se apoyó en el respaldo y respiró hondo.

—Sí. Estamos en 1920, Rosemary. Tu hermano nació a mediados del siglo pasado.

La niña clavó los ojos en sus propios pies, incapaz de sostenerle la mirada.

—¿Mis padres nunca me vinieron a buscar?

Lou buscó con cuidado las palabras. No había una forma suave de decir aquello.

—Te fuiste tú antes de que lo hicieran.

Rosemary asintió como para sí.

—Estaba enferma —susurró—. Quizá fuese más que una fiebre. —Se mordió el labio inferior. Chasqueó la lengua. Lou casi podía escuchar el zumbido de sus pensamientos—. ¿Y mi hermano...?

—Gerry —dijo él.

Una sonrisa. Súbita. Llamativa como una seta roja y brillante en medio de un bosque otoñal.

—¿Lo llamaron Gerry?

—Sí, Gerald Walker, pero tu familia lo llama Gerry. Se casó y tuvo una hija, Molly.

—¿Fue feliz?

—Sí, creo que sí.

Rosemary asintió de nuevo. Como si hubiese llegado a una conclusión que no merecía la pena compartir, se puso en pie.

—Creo que es mejor que me vaya ahora —resolvió—. Me parece que el resto de las sillas están bien colocadas.

Lou ni siquiera las miró.

—Sí, están bien así. Muchas gracias, Rosemary.

—No, gracias a usted, señor. La clase de teatro me ha gustado mucho hasta ahora, pero no creo que pueda seguir viniendo. Es una lástima. —Y tras una pausa dubitativa, agregó—: ¿Cree que los demás me perdonarán el trastorno que cause mi ausencia?

—Sabrán, igual que yo, que no faltarías si estuviera en tu mano evitarlo. No te preocupes. Te echaremos de menos —*mucho*—, pero nos las arreglaremos.

—Y harán la función, ¿verdad? No me gustaría que se cancelase por mi culpa.

—La haremos.

—Bien. —Se recolocó las gafas, que le resbalaban por la nariz—. Seguro que les va muy bien. Bueno, no le robo más tiempo, señor. Adiós. Que pase una buena noche.

Rosemary cruzó la puerta del almacén y la cerró con cuidado a su espalda.

La sonrisa de Lou parpadeó como la llama de una vela.

Lou no dejó que la debilidad lo invadiese tras la partida de Rosemary. Durante la siguiente semana, madrugó para que la señora Kenney no se diese cuenta de que, en cuanto terminaba de desayunar, volvía a su cuarto y pasaba la mañana en la cama. Se levantaba para comer en el pub, regresaba a tiempo para la clase de la tarde, volvía a la cama hasta la noche. No se permitió faltar a un solo ensayo de *La leyenda de Neaera*, aunque cada vez era más evidente que la obra, si llegaba a representarse, sería un desastre. Solo tenían ya cuatro intérpretes y Violet hacía de dos personajes a la vez.

Harry pasaba por Koster's a mediodía para tomar con él el postre. Aunque nunca la formuló, Lou podía leer en sus ojos la pregunta sobre cuál era el siguiente paso. Después de Rosemary, de quien Lou no había querido hablar más que para informarle de que la niña había logrado seguir adelante, ¿cuál era la siguiente historia por descubrir?

Lou no se sentía capaz de pensar en ello. El libro de los fantasmas volvía a estar sobre su mesa, pero cerrado. Temía abrirlo y encontrar una pista que hubiese pasado por alto, algo que lo obligase a despedirse de otro de sus alumnos. Se preguntaba cuánta alma le quedaba y si sería suficiente para los pedazos que cada uno se llevaría al marcharse.

Los días pasaron y pronto marzo dejó paso a abril. Harry, con una naturalidad que desarmaba, lo invitó a pasar el Domingo de Pascua con su familia.

—Después de la iglesia, comeremos en casa de mi madre. Los niños buscarán huevos en el jardín…

—Debería llevar algo —dijo Lou—, pero no te lo puedo encargar a ti. ¿Qué voy a hacer?

Harry rio.

—No traigas nada. Te vendré a buscar por la mañana e iremos juntos.

Hacía mucho tiempo que Lou no iba a la iglesia, y encontró una serenidad inesperada en observar, desde uno de los bancos brillantes, la luz del sol colándose en el interior del edificio. El arrullo de las palabras y la presencia del resto de la gente del pueblo eran reconfortantes. La señora Kenney y su hermano Fred saludaron desde el otro lado del pasillo al salir. Lou les sonrió y siguió a Harry hasta el exterior.

La primavera había llegado sin avisar. El calor bañaba el jardín frente a la iglesia, donde los adultos charlaban en corros mientras los niños jugaban. Lou se acercó a los White y atendió a la conversación entre la madre de Harry, Millicent White, su hija Ethel y Thomas, el marido de esta. Al cabo de un rato, llegó Jack White, el sobrino mayor de Harry, que acababa de cumplir los dieciocho años. Había salido en busca de un coche tirado por un caballo viejo de color arena. Saltó con agilidad para ayudar a subir a su abuela y después miró con una sombra de duda a Lou.

—Pero bueno —protestó Thomas Blake—, no había necesidad de traer el carro, si podríamos haber traído el auto, señora White...

—No, no. —Millicent White había subido dificultosamente al carro, porque ninguna de sus articulaciones parecía funcionar bien, pero una vez instalada en el asiento, estaba muy a gusto—. No hay ninguna necesidad. Señor Crane, ¿sería tan amable de hacerme compañía durante el trayecto? Los niños pueden venir con nosotros y así me ponen al día del maravilloso trabajo que están haciendo en sus clases de teatro...

Los pequeños, Helen, Charles y Millie, no lo pensaron dos veces y se sentaron junto a su abuela. Lou los siguió, secretamente aliviado a partes iguales por no tener que subir andando hasta la casa de los White, que estaba en la linde del pueblo y porque Jack había tenido la discreción de no ofrecerle ayuda para subir al coche.

El viaje estuvo alegremente amenizado por las historietas de los niños. Millicent White era una señora de ojos comprensivos y un sentido del humor agudo que podía haber resultado malicioso pero elegía no serlo. Trataba a sus nietos con dulzura y a Lou con una camaradería casi cómplice. Era una experta en hacer sentir a los demás que estaban entre amigos.

—Mi hijo tiene una opinión excelente de usted —le comentó, una vez Jack la ayudó a bajar del coche y los niños echaron a correr hacia la casa—, y mis nietos también. Estaba deseando conocerlo un poco más. Esperemos aquí un momento, ¿le parece? Creo que Millie ha ido a por la silla de ruedas. Me las apaño con el bastón, pero no durante mucho rato. Al final, la silla es lo más cómodo.

La niña no tardó en regresar y después empujó con inusitada fuerza la silla de su abuela por el camino hasta que Jack, que había ido a dejar el caballo en el establo, los alcanzó y tomó el relevo.

—Abuela, ¿quiere sentarse atrás con el señor Crane? Mamá dejó preparada la mesa. Los demás deben estar al llegar, de todas formas.

En la parte posterior de la casa, la terraza dominaba el jardín. Una madreselva que aún no había empezado a florecer abrazaba los balaustres, por encima de los arbustos y las primeras flores de azucena. Sobre el césped bien cuidado, los niños habían tendido un mantel. La búsqueda de los huevos de Pascua había comenzado.

La mesa estaba puesta. Lou apartó una silla para hacer sitio a la de Millicent White y después se acomodó a su lado.

—¿Sabe? En 1911 estuve en Londres —dijo ella— y fui a una función en la Royal Opera House...

Lou se inclinó hacia delante.

—¿Cuándo fue?

—Pues más o menos a esta altura del año... tal vez algo más tarde, en mayo... Vi *El barbero de Sevilla*.

—Eso precisamente le iba a decir. *El barbero de Sevilla*, me acuerdo. ¿Le gustó?

—Mucho. Me impresionó mucho... ¡Qué voz! ¿Cómo se llamaba? Era un nombre italiano. ¿Tetrazzini?

—Luisa Tetrazzini.

La señora White sonrió, encantada.

—Eso es. ¿Usted la vio también, entonces?

Lou rio, a medio camino entre el orgullo y la vergüenza.

—Yo bailaba en esa obra. Aún era cuerpo de baile.

—¿Aún?

—Ese año, algo más adelante, me hicieron solista... No en esa obra —añadió, con modestia—, en una producción mucho menor. *El barbero de Sevilla* me encantaba...

—Tenía muchas escenas de baile. La obertura era una delicia.

La conversación fue interrumpida por el resto de la familia White, que llegó en aquel momento. Agnes, la nuera de la señora White, trajo la comida ayudada de su hija mayor, Alice. Lou siguió la charla, sin necesidad de participar muy activamente en ella, lo cual agradeció. Harry, que se había sentado a su lado, lo miraba de vez en cuando, de reojo, para comprobar si su invitado estaba pasándolo bien.

Eran una decena de personas reunidas en torno a la mesa; la señora White, Agnes, sus hijos mayores, Jack y Alice; los padres de Millie, Thomas y Ethel Blake; y la hermana de Harry a la que Lou aún no conocía, Evelyn, junto a su marido, Frank Bowd, y sus dos hijos, Hallie, que a sus seis años era lo bastante mayor para corretear tras el resto de sus primos por el jardín, y Frankie, aún bebé, sentado en el regazo de su madre. Cuando los niños, hambrientos, se acercaron para comer algo, el barullo de las distintas voces hablando a la vez fue considerable.

Harry colocó una mano sobre el brazo de Lou.

—Ven —propuso amablemente—, deja que te enseñe el jardín.

Lou lo siguió escaleras abajo, hasta un sendero que cruzaba el césped. Harry caminaba despacio, sin prisa, y en silencio. Lou respiró hondo. El ruido que había ido almacenando dentro del cráneo se disipó despacio, como una nube de humo en el aire.

Cuando llegaron al final del jardín, lejos de las miradas de la familia y del eco de sus voces, Harry se apoyó en la cerca de madera que separaba el terreno de la finca vecina. Lou se acomodó a su lado. Harry dejó que la vista se perdiese en el paisaje. Lou lo contempló a él; el movimiento de su respiración pausada, las cejas ligeramente fruncidas por el sol de la tarde, las pecas suaves en sus mejillas.

Harry sonrió al darse cuenta de que lo miraba.

—Es un no parar, ¿no? —comentó—. A veces cuesta incluso seguir el ritmo de la conversación.

—Sois *muchos*. —Lou se encogió de hombros—. Pero estoy pasando un rato muy agradable. Muchas gracias por la invitación.

—Muchos y habladores —añadió Harry—. No me di cuenta de cuánto hasta que me fui y después regresé de permiso. Solo estuve unos días y me pareció que había hablado más que en los meses que había estado fuera. Me salían las palabras por las orejas. —Calló un segundo, pensativo—. Me gustó mucho verlos, pero me fui más cansado de lo que vine.

Lou resopló.

—Estoy seguro de que cada minuto que pasaste aquí te mimaron como a un bebé.

—Lo cual es *agotador* —bromeó Harry—. ¿No te pasaba lo mismo?

—No. No lo sé. Me quedé en Francia durante los días de permiso. —Harry no dijo nada, por lo que tras un momento de silencio, Lou murmuró—: Me resultaba más fácil así. Como si fuese dos personas distintas.

—El soldado y el bailarín.

Lou se encogió de hombros.

—Ahora no soy ninguno de los dos, pero tengo los recuerdos de ambos. —Hizo una mueca—. Lo cual resulta francamente desagradable.

Miró de reojo a Harry, que había cruzado los brazos sobre la cerca para apoyar la barbilla en ellos.

—Bueno —dijo él—. Tu primer oficio tuvo que ver con los escenarios y el segundo con la muerte. Eso te hace el candidato perfecto para lo que haces ahora.

Aquello le hizo reír.

—No puedo decir que «profesor de fantasmas» haya sido nunca mi vocación...

—La vida nos lleva por caminos que no imaginábamos —le tomó el pelo Harry—: Yo, por ejemplo, jamás pensé que sería panadero. Que mis padres tuviesen una panadería nunca me hizo sospechar que tal vez existiese una mínima posibilidad...

—Erais tantos hermanos que podría haberle tocado a otro.

—No somos *tantos*. Solo cuatro. Aunque el número de conversaciones simultáneas durante la comida te haya podido hacer pensar que por lo menos seamos veinte. —Harry se estiró como un gato y le dirigió una sonrisa perezosa—. Deberíamos volver con ellos.

—Vamos. Creo que te cansan más a ti que a mí.

—No mientas, Crane. Estabas agobiado, te conozco y se te notaba perfectamente. —Harry se incorporó, pero no echó a andar aún—. Como aquella vez, en el salón de actos.

Lou tensó los dedos sobre el puño del bastón.

—Harry. —La mandíbula se le había endurecido como una bisagra oxidada—. Volvamos con los demás.

—Llevas mucho tiempo sin bailar, ¿verdad? No es como antes. ¿Fue por eso? ¿Te empujé a hacer algo que no querías?

Lou negó con la cabeza.

—No lo sé.

—No lo entendí entonces —insistió Harry—. Después pensé que tal vez, sin quererlo, había despertado algún recuerdo doloroso. Lo siento. Sé que la danza era una parte importante de tu vida...

Junto a la fila de árboles que crecían al otro lado de la finca vecina, una silueta miraba en su dirección. Lou clavó los ojos en los de David Tutton, con su estúpido pañuelo de aviador.

Habló casi sin darse cuenta.

—Recordé a un amigo al que perdí en la guerra —dijo en voz baja—. No me molestó bailar contigo, Harry. —Lo miró de reojo—. Me sentí culpable por estar pasándolo bien.

Harry asintió. Comprendía, quizá más de lo que Lou era capaz de admitir. Él volvió a dirigir la mirada a los árboles, pero el fantasma de Tutton se había marchado.

—¿Un buen amigo tuyo?

—Sí. Desde hacía muchos años.

—¿El aviador? —Lou no recordaba haberle hablado de él. Asintió—. Lo siento.

—Yo también.

—¿Cómo se llamaba?

—David.

Se quedaron junto a la cerca mientras el sol bajaba hasta tocar las copas de los árboles. Harry volvió a apoyarse en la madera, acercándose tanto que su chaqueta rozó la manga de Lou, y entonces él a su vez se movió un poco hacia Harry, de modo que su brazo se apretó contra el suyo. Podía intuir la calidez de su piel al otro lado de la tela.

—Van a pensar que nos hemos perdido —susurró Lou al cabo de un rato.

Harry sonrió. Le apretó el hombro fugazmente, antes de meter las manos en los bolsillos y echar a andar, a su lado, de vuelta hacia la terraza.

—Uy, era bastante habitual —estaba diciendo Millicent White—. Desde 1830 o algo más tarde, poco antes de que yo naciera, vamos, porque la ley ya no obligaba a los padres de bebés ilegítimos a mantener a sus hijos, ¿comprendéis? Así que las mujeres no tenían cómo mantenerlos... Si eran la amante de algún caballero o incluso si tenían un niño producto de una violación... había mil motivos...

—Pero ¿cómo iban a regalarlos?

—No, regalarlos no. Los daban a otras mujeres para que los cuidasen. Buscaban un anuncio en el periódico, de alguien que se ofreciese a encargarse de los niños hasta que creciesen, y se los entregaban. La única regla era que ninguna de las dos partes hacía preguntas. Las madres pagaban un dinero a cambio... Y las otras vivían en pueblos, en casas más bien alejadas, y tenían muchísimas criaturas allí con ellas... Eran verdaderas granjas de bebés.

Harry se sentó y rellenó su taza y la de Lou.

—¿De qué hablamos?

—De granjas de bebés —respondió Alice, fascinada—. Pero, abuela, ¿es que no querían a sus hijos esas mujeres? ¿Cómo podían...?

—Pues claro que los querían, ¿no ves que pagaban para que alguien los cuidase? —exclamó Evelyn.

—Ellas estaban convencidas de que sus niños serían atendidos adecuadamente, por supuesto —aseguró Millicent—. Desde siempre ha habido familias con dinero que han dejado a sus bebés al cuidado de nodrizas, ¿no es así? Lo que no sabían estas pobres madres es que había una enorme diferencia. Al final, era un negocio. A las criadoras no les pagaban al mes o a la semana, sino un importe fijo al entregar al bebé. Así que ellas cayeron en la cuenta de que les convenía que los niños muriesen cuanto antes, para así quitarse trabajo y además tener más espacio para aceptar a otros...

—¿Los mataban? —preguntó Lou.

—De una u otra forma, sí —confirmó Millicent—. La mayor parte de las veces, sencillamente por falta de cuidados. Les daban leche de vaca mezclada con agua y azúcar, con lo que los bebés se ponían enfermos... Nadie se percató de ello, porque con la de niños que morían entonces... era de lo más normal. ¡Pero ya está bien! Este tema es demasiado lúgubre. Menos mal que los pequeños no están cerca... Hablemos de algo más alegre.

—¿Cómo habéis llegado a esto? —preguntó Harry—. Ha sido darme la vuelta y os ponéis a hablar de niños muertos. De verdad, cómo sois.

Millicent White le quitó importancia con un gesto.

—Ah, porque Frank comentó algo de Loxden Cross, y no sé cómo acabó saliendo la historia de la granja de bebés que hubo allí hace años. Fue un escándalo. Por suerte, se supo lo que hacían esas dos desalmadas cuando los vecinos encontraron uno de los cuerpos en el río. La habían ahorcado a la pobre criatura. ¡Un horror! Pero a ellas dos las juzgaron, ya lo creo, y desde entonces en el valle no ha habido ningún negocio semejante.

—¿Dónde fue esto? —preguntó Lou—. ¿En Loxden Cross?

—Sí, en Loxden Cross. La granja de las hermanas Deighton —afirmó Millicent—. Vosotros no habíais nacido, solo Andrew, que tendría unos seis o siete años. Me acuerdo porque lo miraba y me daban escalofríos al pensar que alguien pudiera ser tan cruel con un niño pequeño.

Helen subió las escaleras a todo correr y plantó un huevo de colores en la mesa.

—¿Qué niño pequeño? ¿Charles? Es un llorica. Está ahí abajo quejándose porque todas hemos encontrado más huevos que él y más bonitos.

Su abuela la atrajo hacia sí para besarle la sien.

—¿Por qué no los traéis aquí y nos los enseñáis?

Helen se asomó al jardín para gritar al resto de los niños que se acercasen con el botín, concluyendo así definitivamente toda charla sobre granjas de bebés.

L oxden Cross estaba a medio camino entre Bluesbury y Dunwell. Era un pueblo pequeño, casi una aldea, con una docena de casas reunidas en torno a una plaza con una pequeña iglesia y otras tantas granjas en la ladera. Al menos la mitad parecían abandonadas.

Harry aparcó el coche en la plaza y buscó con la mirada la contraventana que inevitablemente se había abierto y por la que una mujer mayor observaba a los extraños.

—Buenas tardes —saludó él—. ¿No sabrá usted cuál es la granja Deighton?

Ella abrió la ventana.

—¿A quién está buscando?

—La granja Deighton.

—Ahí no vive nadie. Lleva abandonada más de cuarenta años.

Lou se volvió hacia ella.

—¿Podría indicarnos dónde está?

La señora señaló uno de los edificios más alejados.

—No podrán conducir hasta allí. No llega la carretera.

El coche subió valientemente el camino de tierra hasta el último recodo antes de la granja. La maleza había crecido sobre la pista, por lo que Harry se vio obligado a maniobrar para dar la vuelta y dejar parado el vehículo. Le ofreció el brazo a Lou para hacer el último tramo andando. Tras un momento de indecisión, este lo aceptó y, ayudado por Harry a un lado y el bastón al otro, avanzó por el terreno húmedo.

El edificio principal, de piedra y dos pisos de altura, estaba en ruinas. La madera de puertas y ventanas se había podrido y a través de los huecos podían verse el techo hundido y los escombros.

—No es buena idea entrar ahí —murmuró Harry.

Lou asintió. Bordearon la casa y la cuadra anexa. Algo más apartados, se distinguían los restos de otras construcciones. Un granero, un gallinero, tal vez más cuadras o algún almacén. En un lateral de la casa había una segunda entrada que daba a una antigua cocina. La planta superior se había derrumbado completamente, por lo que no había nada que pudiera caer sobre ellos. Lou lanzó una mirada a Harry antes de entrar.

Resultaba imposible adivinar a qué correspondía cada estancia de la casa. Los trozos de pared de las habitaciones del piso de arriba se mezclaban con los de abajo, todos ellos cubiertos por una densa capa de malas hierbas.

—Mira.

Lou soltó el brazo de Harry para agacharse, apoyado en el bastón. En el suelo había varios trozos de teja, algunos de ellos decorados con dibujos raspados por una mano temblorosa. Un par de estrellas, una luna. Y muy claro, inconfundible, un gato sonriente.

—Hay más —señaló Harry, que se había acuclillado a su lado y volteaba todos los trozos de teja para descartar los que no estaban adornados y alinear los que sí.

Cinco, diez, más de veinte gatos. Infantiles, trazados por una criatura de no más de siete años. Lou la imaginó, en la ventana del piso superior o del desván, aburrida, tal vez olvidada durante horas en las que se le hubiese encomendado que molestase lo menos posible. Dedicada a fantasear con su mascota soñada y a retratarla en las tejas a su alcance.

—¿Cómo se llamaba la niña de los gatitos? —preguntó Harry en voz baja.

—Bessie —susurró Lou.

Nadie podía escucharlos, y sin embargo, hablar alto era inapropiado en aquel lugar.

—Seguramente habría gatos en la granja —comentó Harry—. Tal vez se dedicase a mirarlos. En los dibujos parece que estos son más pequeños: ¿será que había una gata con una camada?

Lou pensó en Bessie y en los niños de la granja, lejos de sus padres y sin nadie que se preocupase por ellos, y se preguntó si habría algún anhelo, más allá del amor por los animales, en la contemplación de una gata con sus crías, en la obsesión de la pequeña por los gatitos.

Cerró los ojos un instante.

—Dios mío, el desamparo en el que debió vivir esta pobre niña. —Se puso en pie, con uno de los trozos de teja aún en la mano, y pensó en las quejas de Bessie, en sus lloros, en su hambre.

Harry le pasó el brazo sobre los hombros.

—Todos han tenido finales terribles.

—Supongo que las muertes más pacíficas no dejan atrás fantasmas. —Lou, abatido por una ola de cansancio, tuvo la tentación de apoyar la frente en el hombro de Harry. En lugar de eso, se separó de él y echó a andar de vuelta hacia el coche.

Harry condujo de vuelta a Loxden Cross y detuvo el vehículo frente a la casa de la mujer que les había indicado el camino.

—Sigue ahí —señaló, antes de bajarse del coche. Caminó tranquilamente hasta la puerta de Lou—. ¿Tienes fuego?

Sacó un cigarrillo, le ofreció otro a Lou y dejó que este los encendiese. Se apoyó en el coche, mientras que Lou permanecía en el asiento.

—¿No tienes prisa por volver a Bluesbury? —preguntó Lou—. ¿Has vuelto a dejar la panadería en manos de tu sobrina?

—Estoy disfrutando de la libertad que me otorga delegar mis tareas —sonrió Harry—. Aunque no creo que me dure mucho esta suerte. Algo me dice que Alice enseguida encontrará otras cosas más interesantes en las que invertir su tiempo... aunque me encantaría que quisiera comenzar a trabajar conmigo.

Antes de que Lou pudiese responder, la puerta de la casa se abrió y la anciana vecina salió con una regadera para echar agua en las macetas que había a la entrada de su jardín.

—Anda —exclamó, con fingida sorpresa—, aquí están otra vez. ¿Han alcanzado la granja?

—Sí, aunque andando —dijo Harry.

—Ya les decía yo. La carretera no llega. Tampoco tiene importancia, porque ya nadie tiene intención de ir. Salvo ustedes. ¿Son familia de las Deighton?

—No. ¿Usted las conoció?

La mujer dejó la regadera a un lado.

—Uy, claro que las conocí. Si yo vivo aquí desde siempre.

—¿Cómo eran?

—Pues dos señoras de lo más normal. Vera y Eunice Deighton. Tenían muchísimos niños, pero nunca se los veía por el pueblo. No sabíamos ni

LO FRÁGIL Y LO ETERNO 337

siquiera con seguridad cuántos había. Aquí no somos de meternos en los asuntos de los demás. Así que no podíamos imaginar... Fue una sorpresa para todos.

—¿Conoció a alguno de los niños? —preguntó Lou—. Había algunos mayores, no todos eran bebés. ¿Tampoco ellos bajaban al pueblo?

—No. Los tenían ahí arriba a todos.

—¿No recuerda usted a una niña, de unos siete años más o menos, llamada Bessie? Le gustaban mucho los gatos...

—Le digo que no. Mis hijos tenían entonces más o menos esa edad, quizá ellos jugasen con ella alguna vez... pero como comprenderá yo tenía mis propias preocupaciones... Con las señoras Deighton no crucé ni una docena de palabras, creo yo, y después las vinieron a buscar y lo siguiente que supe fue que las habían declarado culpables y las ahorcaron...

En el coche, de vuelta, Lou volvió a examinar el dibujo en la teja que llevaba entre las manos. El gato le devolvía la mirada con ojos redondos como botones y sonreía.

El martes por la tarde, Lou encontró a Archie persiguiendo a Aullido y a Bessie por todo el salón de actos. Los tres niños ignoraron su petición de que se detuvieran. En su carrera, tras derribar varias sillas, Archie pasó a toda velocidad junto a él y Lou, por acto reflejo, soltó el bastón y detuvo al niño en mitad de una zancada, alzándolo en el aire. Aullido gritó de risa al ver a Archie con las piernas colgando. También este, tras la sorpresa inicial, soltó una carcajada. Lou lo dejó en el suelo, despacio, pese al dolor simultáneo en el pie por haber apoyado peso en él y en la piel de los brazos por el contacto con el fantasma.

—¿Me podéis explicar qué es lo que os pasa?

—Estamos aburridos —declaró Archie.

—¿Por qué?

—No tenemos ganas de hacer la obra, solo de jugar. Ni siquiera Violet quiere ensayar hoy.

—Bueno. —Lou se encogió de hombros—. Podemos hacer otra cosa.

—Representar historias que nos inventemos nosotros. ¡Me pido hacer grupo con Aullido!

—¿Otra vez eso? A lo mejor podríamos hacer algo diferente —propuso Lou, buscando a Violet con la mirada—. Algún ejercicio de improvisación... O mejor aún, de movimiento...

—No, hoy no...

Violet estaba sentada en el escenario, rodeada de ejemplares de las revistas literarias y los cómics a los que se había suscrito Edith Morgan para incentivar la lectura en el aula. La niña, completamente absorta, pasaba las páginas de uno de los primeros números de *The School Friend*.

Lou se acercó a ella.

—Buenas noches. ¿Así que tú tampoco quieres ensayar hoy?

Ella alzó la mirada. Le brillaban los ojos de emoción.

—¿Has leído *The School Friend*?

—No, desafortunadamente, no he tenido ocasión...

—*Tienes* que leerlo. A lo mejor podríamos hacer una obra de esta historia. Sería «delicioso». Yo podría ser Jemima Carstairs, con un monóculo, ¿tienes un monóculo? No he encontrado ninguno en el almacén... Y con el pelo corto, aunque no estoy segura de que me fuese a quedar bien el pelo corto. Quizá sea mejor que sea Leila Carroll. Puedo hablar como si fuera americana. *Gee whiz!*

—Quizá el curso que viene —dijo Lou—. Ahora es demasiado tarde para cambiar de obra.

—El curso que viene habrán salido más números y sabré más de lo que ha pasado en la historia. Mejor, así la obra será más larga. —Violet se puso en pie y recogió las revistas—. Los encontré en una habitación en el edificio de al lado, el colegio, que estaba llena de libros. Estos son nuevos, otras veces que he mirado no los había visto... ¿Tú crees que seguirán llegando?

—Sí, de momento parece que sí. Venga, ponlos a un lado, que vamos a empezar. ¡Todos al escenario, por favor! Si queréis hacer vuestras obras, trabajaremos por parejas. Archie y Aullido en una, Violet y Bessie en otra... ¿Dónde está Bessie?

—¡Lou! —La niña estaba justo a su lado—. ¿No me has visto?

Al volverse hacia ella, la veía tan claramente que, de no ser por las marcas de los dedos en su cuello, no habría distinguido que era un fantasma.

—Vamos —llamó Archie a Aullido—. Tengo una idea para nuestra obra.

Los dos echaron a correr hasta el fondo de la sala, donde podían tramar sin que se los molestase. Esto dejaba el escenario a disposición de Violet y Bessie.

—*Whoopee!* —exclamó Violet, esforzándose en hablar con lo que ella imaginaba que era acento estadounidense—. Mira, tú eras Bessie Bunter, que es la hermana de Billy Bunter, y eras muy mentirosa y mala y glotona...

Bessie empezó a hacer pucheros.

—¡Pero yo no quiero ser así! Yo era un gatito...

—No —cortó Violet, con firmeza—. No eras un gatito porque las dos éramos alumnas de un internado de niñas que se llamaba Cliff House, yo era Leila y tú eras Bessie porque para algo te llamas igual...

Sentado en la primera fila, Lou se contuvo para no pedirle a Violet que dejase a Bessie ser un gatito de una vez por todas.

—Vale, pero no era mala, solo glotona... —se conformó Bessie.

—Y mentirosa —apuntó Violet—. Y nos tomábamos del brazo y paseábamos por el jardín del internado. *Gee whiz!* Sería verdaderamente «delicioso» ir a un internado. Lo más cerca que he estado yo ha sido estar interna en el hospital, bueno, y también ir al colegio corriente, que había otras niñas, pero no nos quedábamos a dormir ni nada. No es lo mismo.

—¿Por qué estuviste en el hospital? —preguntó Lou.

Violet sacudió la cabeza.

—Oh, me llevaron porque tuve algo de fiebre. Fue hace mucho tiempo. Ahora, ¿puedes hacer el favor de no interrumpirnos? Estamos ensayando...

Al cabo de un rato, Archie y Aullido trotaron hasta Lou. La niña se sentó a su lado y bailó sobre la silla, inquieta.

—¿Podemos ser los primeros? —demandó Archie.

—Claro. ¿Habéis terminado?

—Sí.

—¿La habéis ensayado?

—Sí.

—¿Me la queréis contar?

—No, mejor que la veas. ¿La representamos ya?

Lou llamó a Violet y a Bessie, que aún no habían decidido un final para su obra.

—No importa, lo improvisamos —susurró Violet al oído de su compañera.

Sobre el escenario, Aullido representó el papel de una niña que robaba un pedazo de pan a Archie, el panadero. Se retiró a roer el mendrugo invisible a una esquina del escenario, con tanta avidez que hizo reír a Violet.

—Ahora yo era otro personaje —advirtió Archie.

Se acercó a Aullido para quitarle el pan y representó, sin miedo de caer en la sobreactuación, la fuerte paliza que su personaje propinaba al de la niña.

—¿Va a conducir esto a alguna parte? —preguntó Lou en voz alta, después de varios minutos de ver la pantomima en la que se pegaban el uno al otro.

Aullido lo miró, jadeante, y negó con la cabeza.

—La obra termina así —dijo Archie—. ¡No, espera! Termina porque Aullido se muere y yo me como el pan...

En respuesta, Aullido le dio un mordisco muy real en la pierna. Archie intentó defenderse con un puntapié que ella esquivó con facilidad.

—Un poco violento, ¿no te parece, Archie?

—Por un trozo de pan se hace cualquier cosa.

Su expresión, seria e indolente, dejó a Lou sin palabras. Archie y Aullido bajaron del escenario para dejar paso a Bessie y a Violet, que representaron una obra muy confusa para cualquiera que no estuviese familiarizado con el universo de *The School Friend*.

—Ha estado bien —se despidió Violet—. Pero mañana mejor ensayamos, ¿vale? No podemos dejarlo todo para el último momento.

El suspiro de Lou se convirtió a medio camino en una risa. Violet no se dio cuenta y se marchó detrás de Archie cargada de revistas y cómics. Aullido había desaparecido en silencio.

—Qué pena que hoy no hayamos puesto música —dijo Bessie, junto al gramófono—. Mañana podríamos hacerlo, y yo le doy cuerda, porque nunca me toca a mí...

Lou se sentó al borde del escenario. No sabía cómo empezar.

—¿Cómo estás, Bessie?

Ella se encogió de hombros.

—No me ha gustado que ese personaje se llame como yo. —Se acercó a él—. Me ha parecido una historia fea.

—A mí me contaron una historia hace poco —dijo él—. Aunque tampoco era bonita.

—¿Salen gatos?

—Sí, y también una niña a la que le gustaba dibujarlos. Los retrataba no sobre papel, sino sobre las tejas de la granja en la que vivía. ¿Sabes cómo lo hacía?

Bessie sonrió.

—¿Con una piedra afilada? Una que recogiese en el campo.

—Precisamente así lo hacía. Lo que ella no sabía es que la granja en la que vivía con la tía Eunice y la tía Vera no era lo que parecía. Su madre la había dejado allí para que la cuidaran, pensando que sería un lugar maravilloso, pero no era así. Las tías Eunice y Vera eran en realidad muy malas...

Bessie frunció el ceño.

—No me gusta esta historia. Las tías no eran nada malas, solo tenían mal genio.

Estaba tan desolada que ni siquiera le salieron los gestos que normalmente precedían el llanto; ni pucheros, ni respiración entrecortada, ni ojos cargados de lágrimas que le costaba contener. Solo mostraba el rostro desencajado, el horror ante lo que Lou iba a sugerir, el espanto que insinuaba que ella sabía lo que había pasado, aunque se negase a admitirlo.

—No cuidaban bien a los niños, Bessie. No os daban suficiente comida. Pasabais hambre.

Lou alargó las manos hacia ella. La niña aceptó la invitación y se refugió entre sus brazos. Lou dejó que ella hundiera la cara contra su camisa y las agujas y el frío no le importaron.

—¿Y qué pasa al final?

—¿Quieres que te lo cuente?

Bessie respiró hondo.

—Los niños se mueren si no los cuidan bien —dijo, con voz ahogada—. Pero ¿qué pasa con la tía Eunice?

—La gente del pueblo descubre lo que está haciendo. Así que la arrestan y la condenan.

—Lou, ¿está prohibido también ahogar a gatitos?

Él no quería mentirle, pero consideraba que le había dicho demasiadas verdades difíciles de digerir en una sola noche.

—Sí, Bessie, está prohibido.

—¿Y la tía Eunice está en la cárcel? Pobre. —La niña sollozó.

Por la mujer que la mató, no por sí misma.

—Ni ella ni la tía Vera podrán hacer daño a nadie nunca más.

Sostuvo el abrazo hasta que ella se separó de él, con la cara llena de churretes y los ojos enrojecidos. Le puso una mano en cada mejilla y lo miró a los ojos como si pudiese adivinar su futuro en ellos. Sin embargo, lo único que dijo fue:

—No es un buen cuento, porque los cuentos tienen que ser inventados...

Después se dio la vuelta, trepó al escenario y desapareció de la vista de Lou. Él ni siquiera cambió de postura. No era capaz. Varios clavos invisibles lo mantenían sujeto al escenario, sin apenas permitirle el movimiento del pecho suficiente para respirar. Se quedó quieto durante horas, hasta que la lámpara se apagó y la noche inundó el centro del salón de actos.

El frío le anidó en la garganta.

Entrada la madrugada, recuperó el aliento. Poco a poco, se incorporó y recuperó el bastón. Se sentía como si lo hubiesen atropellado. Muy despacio, subió la escalera hasta su dormitorio. Se metió en la cama, bajo la manta, tras quitarse únicamente los zapatos. El dolor le impidió conciliar el sueño, pero dormitó de una pesadilla a otra hasta que, poco antes del amanecer, el crujido de la madera bajo unos pasos livianos lo despejó del todo.

Era pronto para que la señora Kenney hubiese traído el desayuno.

—¿Hola?

No hubo respuesta. Lou se puso en pie, con una mueca, y cojeó hasta la puerta. La habitación estaba a oscuras. Solo al encender la lámpara distinguió, junto a la mesa, a Bessie. La niña no se había sobresaltado por su presencia y estaba muy concentrada en curiosear los papeles amontonados sobre el mueble.

Un escalofrío le recorrió la espalda a Lou.

—¿Bessie?

Ella se volvió hacia él.

—Entonces, si al final nos vinieran a buscar nuestras madres, no nos encontrarían —hipotetizó en voz alta—. A ninguno de los niños de la granja, quiero decir. —Lou negó con la cabeza. Ella suspiró—. Tengo que decírselo a los demás niños.

—¿Qué niños?

—Los que no vienen a teatro…

Lou tiró de la silla hacia sí para sentarse. Le daba vueltas la cabeza.

—¿Hay más niños abajo?

—No, no están abajo. No te preocupes, yo me encargaré de decírselos. —Hizo una pausa antes de adoptar una expresión culpable—. Al final no estaré en la obra.

—No pasa nada. Lo importante no es la muestra en sí, sino lo que hayas aprendido en los ensayos —le aseguró Lou—. Y tú te has esforzado mucho. Lo has hecho muy bien.

Ella sonrió.

—¡Gracias! Si quiero hablar con ellos, me tengo que ir ya. —Puso la mano sobre el pomo de la puerta, pero se detuvo—. No me olvidaré de ti ni del grupo de teatro.

Eso se dice siempre, pensó Lou. Sonrió para sí al pensar en las muchas clases de baile en las que había participado, en los profesores y compañeros cuyos nombres no recordaba, pese a haber formado una parte significativa de su día a día hacía años. *Seguramente sí te olvides.*

—Ni yo de ti tampoco —prometió, y sabía que esto era verdad—. Mira.

Le costó alargar los brazos hasta alcanzar el libro de los fantasmas, pero consiguió abrirlo para mostrárselo. Bessie se acercó a examinarlo.

—¿Qué pone?

—Aquí tu nombre. Aquí el de Archie. Después de las clases, escribo lo que ha pasado, para no olvidarme nunca de vosotros.

Ella volvió a sonreír, complacida.

—¿Quieres que te haga un dibujo?

Él le entregó un lápiz y la observó mientras rellenaba una página con los gatos imaginarios a los que con tanto mimo cuidaba. Poco a poco, el cielo en el exterior se pintó de rosa y celeste. Aún no había terminado de amanecer cuando Bessie dio su trabajo por concluido y se despidió por última vez.

Lou no la vio marchar. Se quedó sentado, con la mirada perdida en el exterior, viendo desaparecer las últimas estrellas.

No hubo tiempo de regresar a la cama. A las ocho menos cuarto, Eliza Kenney abrió la puerta para dejarle la cesta con el desayuno.

—Vaya cara tiene, ¿ha pasado mala noche? —preguntó—. Ya no hace tanto frío, pero si necesita más mantas se las puedo traer. ¿O es que vuelve a encontrarse mal? ¿Está bien?

—No muy bien —admitió Lou.

—Bueno, cuando vuelva con la cena pasaré a ver cómo se encuentra, y si sigue mal, podemos llamar al doctor. ¿Dará clase esta tarde de todos modos o mejor no? ¿Quiere que avise a la señora Beckwith?

—No, no —dijo Lou, aunque no se veía con fuerzas siquiera para bajar la escalera e ir al baño—. Seguro que por la tarde me encuentro mejor.

La señora Kenney lo examinó con ojo crítico.

—Lo mejor será que no espere a la noche. Me pasaré antes de mediodía, cuando termine en casa de la señora Beckwith. Así aprovecho y le bajo algo de comer del pueblo, y se ahorra el paseo. A mí me da igual, estoy todo el día de un lado a otro. Y ya me dice usted cómo se encuentra. Así puede decidir lo de la clase más adelante. Perdone que me entrometa, pero de verdad que lo veo con muy mal aspecto...

Lou le sonrió, agradecido, y ella lo dejó desayunando.

El contenido del termo daba para dos tazas de té. Aún no había terminado la primera cuando sonó el timbre en la planta baja. Como la idea de ponerse en pie se le hacía imposible, Lou gritó por el hueco de las escaleras:

—¡Adelante!

La señora Kenney no cerraba con llave si él estaba dentro.

Oyó los pasos apresurados de alguien que subía la escalera pisando solo un escalón de cada dos. Pesaba demasiado para ser uno de los niños fantasma y no era posible que a Eliza Kenney le hubiese dado tiempo a avisar a la señora Beckwith, por lo que Lou adivinó que se trataba de Harry.

—Buenos días —saludó, con una sonrisa cansada—. Te estás acostumbrando a dejar la panadería en manos de Alice.

—Violet Jones —exclamó Harry.

Estaba de pie frente a Lou y no podía contener la emoción del descubrimiento.

—¿Qué?

El asombro de Lou le pasó desapercibido. Se fijó, de pronto, en las ojeras, las arrugas y la palidez.

—¿Qué te ha pasado?

—Bessie se ha ido.

Harry dio un par de pasos hacia delante y se arrodilló a su lado. Tomó las manos de Lou entre las suyas. Él se estremeció, pero este contacto no le produjo ningún dolor.

—¿Cómo ha sido? ¿Cómo estás tú?

—Bien. Pacífico, teniendo en cuenta lo que he tenido que contarle. Y yo estoy bien. Mal. Agotado. Me duele todo.

—Bien. Mal —repitió Harry.

—Perdóname por no ser todo lo coherente que querría —protestó Lou—. ¿Qué pasa con Violet?

Harry lo soltó y se inclinó hacia atrás, sentándose en una postura más cómoda.

—No puedo quedarme mucho tiempo, porque he dejado la panadería cerrada. Ayer por la tarde tuve que acompañar a Alice a Kinwick, porque tenía que tomar el tren de las seis y su padre estaba fuera. De camino, a la vuelta, pasé frente al hospital y se me ocurrió entrar. Resulta que es bastante antiguo. Lo abrieron en 1804, un «hospital de la fiebre» para prevenir la propagación de infecciones en los hogares de los trabajadores, como por ejemplo los que se habían mudado a la ciudad para ser empleados de la imprenta... Pregunté por Rosemary Walker. —Harry hizo un gesto con la mano, anticipándose a la respuesta de Lou—. Sí, sí, ya sé que Rosemary ya ha seguido adelante, pero tenía curiosidad. Resulta que el historial médico de los pacientes se almacena en el hospital y no me pusieron ningún problema a la hora de consultar registros antiguos. Los de adultos ingresados son muchos, de niños no hay tantos. Y yo iba buscando, concretamente, de niñas de nueve o diez años... Y encontré el de Rosemary, sí. Pero aún más interesante: otro tenía el nombre de Violet Jones. —Harry miró a Lou, expectante—. ¿Esa no es tu Violet?

—¿Violet Jones?

Lou no estaba seguro.

—Míralo en el libro. Creo que lo leí ahí.

El libro de los fantasmas, por suerte, seguía cerca de él y apenas tuvo que moverse apara abrirlo. Pasó las hojas deprisa, hasta el principio, buscando todas las menciones a Violet. No tardó en encontrarla: el primer día de todos, la niña se había presentado con su nombre completo. Violet Jones.

—Sí. Es ella. —Lou se volvió hacia Harry, que se había puesto en pie—. ¿Qué decía?

—Fue ingresada a la edad de diez años, en enero de 1882. Tenía heridas infectadas en las piernas y las manos, una erupción en el cuello y la cara y fiebre muy alta que había aparecido de repente. En el informe la descripción era más extensa, pero no recuerdo los detalles. Murió el mismo día en el que ingresó.

Lou pensó en la niña que ambicionaba ser actriz protagonista y que devoraba cómics sobre internados. Apretó los labios.

—Por eso no lleva puesta ropa de hospital —musitó.

Tuvo que poner una mano en la mesa, porque el mareo era tal que le parecía estar a bordo de un barco en una mañana de intenso oleaje. Harry ladeó la cabeza.

—Necesitas descansar. —Bajó un poco el tono de voz, preocupado—: Lou, ¿estás seguro de que puedes seguir haciendo esto?

—Sí —replicó Lou, tratando de reflejar más fuerza de la que calculaba que tenía—. ¿Harías algo por mí? Ayer Archie mencionó algo sobre luchar por un pedazo de pan, y que alguien hambriento haría cualquier cosa por conseguir comida. ¿Podrías enterarte de si ha habido algún problema, algún suceso violento, relacionado con escasez de alimentos o tal vez entre personas de mucha pobreza...?

—Está bien, pero solo si, a cambio, dejas que te ayude a acostarte y descansas durante el resto del día. Qué digo, durante el resto de la semana. No, no protestes —le interrumpió—. Lou, tú no te has visto, así que créete lo que te digo: pareces hecho de papel ahora mismo. En cualquier momento te arrugas o te rompes, y no tenemos más copias de ti.

Le hizo reír. Incluso la carcajada más suave hacía que le doliesen las costillas.

—Está bien —rezongó—. Eliza Kenney y tú deberíais formar un club.

—Luego hablaré con ella —bromeó Harry.

Lo ayudó a desnudarse hasta quedar en ropa interior. Una vez entre las sábanas, Lou olvidó por qué había intentado resistirse. Aún con la esperanza de despertar a mediodía de un sueño reparador y poder dar su clase como siempre, cerró los ojos. No oyó salir a Harry ni entrar por la noche a la señora Kenney con la cena. Tampoco se enteró de su vuelta por la mañana, para llevarse la cesta que él no había tocado.

L ou no dio clase esa semana ni tampoco la siguiente. La señora Beckwith hizo llamar al doctor Hughes, que hizo una visita y no fue capaz de determinar cuál era el mal que aquejaba al paciente. Le recomendó reposo. Las clases de teatro de las tardes se cancelaron y Lou permaneció en cama, preocupado por los fantasmas a los que nadie podía explicar su ausencia y angustiado al soñar repetidas veces que *La leyenda de Neaera* se estrenaba en un gran teatro de Londres sin que les hubiera dado tiempo a ensayar las últimas escenas.

En cuanto pudo volver a ponerse en pie, a finales de mes, retomó las clases por las tardes y los ensayos nocturnos. A principios de mayo, le agradeció a la señora Kenney haberle traído la comida a diario y le aseguró que no había necesidad de seguir haciéndolo, puesto que se consideraba capaz de caminar hasta el pub a mediodía. Hasta que lo hizo por primera vez, deteniéndose a hablar con las vecinas y dejando pasar el rato en su mesa habitual de Koster's, no se dio cuenta de lo mucho que había echado de menos el paseo cotidiano hasta el pueblo.

Un domingo, a mediados de mayo, estaba terminando de comer cuando una exclamación de enfado desde la calle llamó su atención. La señora Bow salió de la cocina para mirar por la ventana.

—El coche de los Carrell se ha estropeado —transmitió hacia el interior del local, donde solo estaba Lou.

Él se levantó y cojeó hasta la ventana. La señora Bow le sonrió, contenta de compartir la observación con un cómplice, y levantó un poco el visillo para mejorar la visibilidad. Los dos contemplaron al chófer de los Carrell abrir el capó para echarle un vistazo al motor y sacudir la cabeza. Por su parte, Venetia de Carrell, que ocupaba junto a su hija y nieta el banco posterior tapizado en cuero negro, se apeó del vehículo e intercambió algunas frases airadas con el chófer.

—Debe estar furiosa —comentó la señora Bow—, porque el coche lo acaban de comprar. El otro día estaban hablando de ello aquí mismo. Al parecer, puede encargarse en cualquier color siempre que sea negro, y se ve que finalmente se decidieron por el negro...

Lou sonrió.

En aquel momento, Venetia de Carrell perdía los estribos y el equilibrio al intentar dar una patada al guardabarros del vehículo. No lo consiguió.

—Muy elegante —dijo Lou—. Buena elección.

—No sé cómo van a sacar el coche de ahí —agregó la señora Bow—. Es domingo, no conseguirán encontrar ningún mecánico. Va a estar hasta mañana estorbando a todo el mundo, en mitad de la calle principal.

Venetia de Carrell logró recomponerse a tiempo para que no la viese la señora Beckwith, que bajaba la calle rápidamente. Se detuvo a hablar con Venetia, que hacía gestos frenéticos con las manos, como si estuviese contemplando su casa arder.

—Déjeme echar un vistazo —ofreció la señora Beckwith.

—No toques nada, querida —pidió la señora de Carrell—. No vayas a estropearlo más. Es un coche nuevo. Mi marido se va a llevar un disgusto.

Grace Beckwith se dirigió al chófer.

—¿Me haría el favor de acercarse a mi casa para buscar mi caja de herramientas? Es ahí mismo. Eliza le abrirá la puerta y le indicará dónde está. Tenga cuidado, pesa bastante.

—Querida amiga, no seas tonta —dijo Venetia—. Te vas a estropear el vestido...

La señora Beckwith se arremangó y examinó el motor y el carburador sin hacer caso alguno a la dueña del coche. Cuando el chófer regresó con las herramientas, ella trabajó con la precisión de quien resuelve un rompecabezas no demasiado complicado.

—Creo que ya puede volver a intentar ponerlo en marcha —le indicó al chófer—. ¿No le importa cerrar el capó por mí? Gracias.

—Tenga, señora... —El chófer le ofreció un pañuelo. Ella, satisfecha, se limpió las manos mientras él se ponía de nuevo al volante y arrancaba el coche sin problemas.

Venetia de Carrell experimentaba varias emociones encontradas. Frunció los labios.

—Grace, esto no es… —No sabía cómo expresar su desaprobación sin resultar descortés—. No tendrías que haber… Que una dama haya tenido que mancharse las manos para arreglar un motor es sencillamente horrible. Estoy consternada.

—Oh, no, nada de consternación, no hace ninguna falta —replicó Grace, sin alterarse—. Tu agradecimiento es más que suficiente. Buenos días, Venetia.

Recogió su caja de herramientas y retomó el camino hacia su casa.

—Bien hecho —dijo la señora Bow—. No todos los días tenemos la suerte de ver a alguien poner en su sitio a Venetia de Carrell. ¿Ha terminado de comer, señor Crane? ¿Quiere algo más?

—Sí, un café por favor. —Lou lanzó una última ojeada por la ventana y vio a Harry White cruzar la calle—. Y otro para el señor White, por favor, que viene hacia aquí.

Regresó a su mesa. Sus movimientos, incluso con la ayuda del bastón, eran tan lentos que tomó asiento casi al mismo tiempo que Harry, que llegaba cargado con un fajo de periódicos.

—Buenas tardes —lo saludó. Ni siquiera intentaba disimular que la sobremesa con él se había convertido en su momento favorito de la jornada—. Veo que estás poniéndote al día con lo sucedido en los últimos… —echó un vistazo a la fecha de uno de los periódicos— … ¿sesenta años?

Harry sonrió.

—He estado muy ocupado. —Agradeció a la señora Bow el café y esperó a que se alejase de nuevo antes de desplegar el primer periódico sobre la mesa—. Mi madre no ha tirado nada de la habitación de mi hermano, ni siquiera los periódicos que mi padre y él tenían la costumbre de guardar. Decían que algún día podían ser valiosos como documentos históricos… Pues mira, con lo que me burlé de ellos en su momento, y al final tenían razón.

Lou se inclinó sobre el periódico de diciembre de 1862. Leyó el titular y la nota en diagonal. Harry, con los ojos fijos en los suyos, colocaba una página nueva ante él cuando consideraba que había terminado de leer. La información llegaba poco a poco, como olas a la costa. Una mala cosecha. Una hambruna en la región. El precio del pan se dispara. La gente menos favorecida muere. Estallan disturbios entre los hambrientos de las zonas rurales: el peor, el del mercado de Dunwell, en el que muere un niño de diez años.

Archie.

—Quizá sea él —dijo con cautela, levantando la mirada hacia Harry.

—Casi con total seguridad —respondió Harry—. No ha sido difícil encontrar más información, porque se armó un buen escándalo con su muerte. Resultó que no era un chico del pueblo, sino un niño de Kinwick que se había perdido. Archibald Clarke, se llamaba. Su familia tenía dinero.

Lou asintió, despacio. Aunque estaba agradecido a Harry por su ayuda, la frontera entre los dos mundos que había habitado en los últimos meses se difuminaba todavía más cada vez que él mencionaba el nombre de uno de los fantasmas.

—Se te da bien investigar —murmuró por fin, con la boca seca.

—Bueno —respondió Harry con aire culpable—, tengo que admitir que le he puesto especial ahínco porque...

No terminó la frase, pero Lou lo comprendía. Encontrar por su cuenta datos de Rosemary, Violet o Archie era la prueba de que aquello era real.

—¿Has descubierto algo sobre la familia Clarke?

—Sí. El padre, John Clarke, murió hace veinte años. Tiene otro hijo, Benjamin, que sigue viviendo en Kinwick. Un par de gestiones allí han bastado para obtener sus señas.

Le tendió un trozo de papel con una dirección anotada con letra clara, redonda.

—¿Cuándo has estado en Kinwick?

—Yo no —aclaró Harry—. Fue mi representante.

—¿Alice?

—Alice. Ha conseguido un trabajo en una tienda.

—No me digas. Me alegro por ella, pero no sé cómo voy a alejarte de tus obligaciones en la panadería ahora.

—Tendrás que dejar de tentarme.

—No sé si podré.

Harry sonrió.

—He escrito una carta a Benjamin Clarke, la enviaré mañana. La semana que viene iré a Kinwick para ayudar a Alice a instalarse en la habitación que ha alquilado. Si al señor Clarke le parece bien, aprovecharé para reunirme con él.

—*Reunirnos* —apuntó Lou—. Aprovecharemos para reunirnos con él.

—No. —La firmeza de Harry le sorprendió—. Lou, has pasado varias semanas en las que apenas te podías tener en pie. Deberías ahorrarte todos los viajes posibles. Esto es muy sencillo, solo tengo que ir y averiguar todo lo que pueda sobre Archie y su familia. Deja que me encargue yo, por favor.

—Harry, te agradezco la intención, pero no conoces a Archie como yo...

—¿No lo he hecho bien hasta ahora? —preguntó Harry—. Lou, me pediste ayuda. Te la estoy ofreciendo. Acéptala.

A Lou le pesaban los brazos y las piernas. Solo pensar en el trayecto hasta Kinwick lo agotaba. Harry no desvió la mirada. Esperaba con paciencia que el mensaje calase. Debía abrir la mano, soltar parte de la carga.

—Gracias —dijo Lou.

Lamentó, para sí, estar en un lugar público. Como en respuesta a ese pensamiento, el zapato de Harry rozó su bota por debajo de la mesa. Un contacto que no era accidental, sino un puente.

El lunes por la noche, Violet, Archie y Aullido se esforzaron por rellenar todos los puestos vacíos en el elenco de *La leyenda de Neaera*. Turnándose para leer a los personajes ausentes, llegaron hasta la penúltima escena y quedaron atascados ahí. Desde la primera lectura del texto, a Violet le costaba dar con el tono y el ritmo de su monólogo final. Ella misma se daba cuenta de que su interpretación no era buena, y las sugerencias de Lou, cuya experiencia en el teatro era escasa, no ayudaban.

Al cabo de un rato, consciente de la frustración de la niña, Lou dejó de intentar darle indicaciones. Ella parecía tener claro lo que quería conseguir, aunque no terminase de quedar contenta con el resultado, y él carecía de las herramientas que le hacían falta. De modo que se reclinó en la silla y le dio tiempo.

Pensaba en Lilian, que solo había sido capaz de continuar adelante al saber que sus padres no iban a recogerla. La llave para el más allá había sido la libertad de aquel compromiso. Nadie esperaba nada de ella. Podía seguir su camino.

Pensaba en ella y pensaba en David Tutton. Ninguna de las personas que habían asistido a aquel evento en su memoria parecía tener asuntos pendientes de resolver con él.

Salvo yo.

La posibilidad de ser él quien estuviera reteniendo al fantasma de David le horrorizó. Incómodo, se revolvió en su asiento y se concentró en la escena.

—Bien —dijo Violet—. Así mejor, ¿no?

—Sí —respondió Archie, que la observaba con expresión crítica—. Me ha gustado más.

Aullido, con una sonrisa, se encogió de hombros. Se había aburrido de esperar a Violet y estaba jugando sola en un rincón del escenario.

—Creo que lo tengo —declaró Violet.

Miró a Lou, muy seria, y tragó saliva. Él asintió, estaba atento.

Archie, solícito, se levantó y repitió su salida de la escena para darle pie. Ella avanzó hacia el proscenio. Sus movimientos eran los del personaje, su expresión también. Su concentración era impenetrable, parecida a la que Lou había experimentado durante los ensayos antes de la guerra. Conocía esa mirada, la de estar interpretando al mismo tiempo que observándose y analizándose a sí mismo, calibrando la velocidad, la intensidad, la destreza.

Violet bordó desde la primera palabra del monólogo hasta la última, y sus tres espectadores contuvieron la respiración hasta el final.

Cuando acabó, aguardó un segundo y sonrió, volviendo a convertirse en sí misma. Archie chilló de alegría y corrió hacia ella, Aullido se unió a la celebración danzando a su alrededor. Violet agradeció con falsa modestia el fervor de sus compañeros. Sus ojos solo estaban pendientes de Lou, su halago era el que más le importaba.

—Perfecto, Violet —dijo él—. Muy bien.

Ella asintió, con las mejillas ruborizadas, y devolvió su atención a Archie y a Aullido para bailar con ellos por el escenario.

—Oh, sabía que lo iba a conseguir —les informó con una sonrisa engreída—. Es cuestión de empeño. Solo hay que esforzarse lo suficiente y, antes o después, el talento sale a la luz… ¡De pronto todo es tan fácil…! ¡No me puedo creer que esta escena me costase tanto!

Lou se volvió hacia la pared, fingiendo rebuscar entre los discos del gramófono, para que los niños no le viesen la cara.

Es exasperante.

Aunque al mismo tiempo reconocía para sí la admiración que sentía por la niña, que casi sin guía ni formación había conseguido representar aquella escena decentemente. Se descubrió decepcionado, porque la enfermedad que se había llevado a Violet, gripe, escarlatina o la que fuese, le había robado una vida entera de dedicarse a lo que la apasionase. No necesariamente al teatro, porque Lou sospechaba que ella, con su curiosidad natural y su facilidad para dejar que cualquier cosa la entusiasmase, podría haber encontrado éxito y alegría en diversos ámbitos.

Esta niña nació para triunfar y pavonearse hasta lo insoportable, pensó con pesadumbre. Y la siguiente reflexión llegó por sí sola, sin que le diese tiempo a razonarla: *Igual que yo.*

Lanzó una mirada al escenario. Violet había vuelto a empezar con el monólogo. Había dado con la tecla, y la tocaría una y otra vez hasta asegurarse de que se le quedaba grabada. La observó a ella y se vio a sí mismo, ensayando de adolescente para entrar en la compañía a los dieciséis, ufano y presumido cuando solo un año después ya era solista, repitiendo los pasos una vez y otra y otra, ante el espejo, porque era todo o nada, la perfección o nada.

Y el regocijo al actuar, al fascinar, al recibir los aplausos. Las alabanzas de sus maestros. La envidia de los rivales. Las alabanzas, las flores, el orgullo al verse a sí mismo en el programa.

Todo eso lo tuve y me lo robaron.

Violet ensayaba y ensayaba una obra que, si todo iba bien, nunca se representaría.

Lo tuve durante años, y ella no.

Apretó los labios. Deseó haber sido más expresivo al felicitarla, porque el exceso de vanidad de Violet, en el fondo, no era tan molesto.

—Vamos a dejarlo aquí por hoy —dijo en voz alta—. Nos vemos mañana. Muy buen trabajo, os habéis esforzado mucho y se ha notado —añadió, con algo de torpeza.

Aullido fue la primera en marcharse, como si tuviese que llegar a algún sitio a toda prisa, y Archie corrió tras ella. Lou le dirigió una sonrisa fugaz a Violet, a modo de despedida, pero en lugar de meterse en el almacén como de costumbre, la niña se bajó del escenario.

—¿Estás durmiendo bien? —preguntó—. Tienes cara de muy cansado.

Lo que me faltaba. ¿Habrá alguien en este pueblo, vivo o muerto, que no vaya a comentar la mala pinta que tengo?

—Lo estoy. Tú eres una niña y no lo entiendes aún, pero me canso deprisa, porque soy muy viejo, viejísimo…

Ella rio.

—Eres viejo —concedió—, pero no tanto.

Lou, que había cumplido veintiséis años hacía apenas tres meses, sonrió con sorna.

—*Bastante* viejo —bromeó—. Por eso soy profesor vuestro. Soy la voz de la experiencia.

—Sí, sí —dijo ella, sin escuchar—. Te lo digo porque si es que tienes pesadillas, tengo un truco para no tenerlas. Y así puedes dormir mejor. Mira, lo que tienes que hacer es darte cuenta, en el sueño, de que es un sueño, ¿entiendes? Y entonces puedes hacer lo que quieras, porque en los sueños eres capaz de cualquier cosa.

—Muchas gracias por preocuparte por mí, Violet, pero no sé si sabré hacer eso. Lo intentaré.

—Es muy fácil. Por ejemplo, si estás soñando que te quedas encerrado... A ver —se interrumpió—, mejor, dime con qué sueñas.

—No me acuerdo —mintió él.

—Uno cualquiera.

Lou repasó su repertorio de pesadillas, en busca de la menos grotesca.

—Sueño que estoy en una estación de tren en ruinas. Los raíles están destrozados, arrancados de la tierra. Estoy en el andén, esperando un tren para volver a casa, aunque sé que no pasará ninguno. No hay nadie más en la estación, solo yo, y a mi alrededor no queda nada.

Violet pareció desencantada.

—¿Solo eso? —La niña ladeó la cabeza, con el ceño fruncido—. ¿Y por qué no echas a andar? Tienes un bastón.

La réplica estaba preparada en los labios de Lou antes siquiera de escuchar la sugerencia de Violet. Sin embargo, no la pronunció. Parpadeó. Cambió de postura, incorporándose un poco, enderezando la espalda.

—Pues tienes razón —admitió—. No se me había ocurrido.

—Ya verás como esta noche, si tienes este sueño, será todo más fácil —aseguró ella—. Solo tienes que acordarte de mí y dejar de esperar. —Se dio la vuelta, concluyendo bruscamente la conversación, como habitualmente hacían los niños—. ¡Buenas noches, Louis!

—Buenas noches, Violet —respondió él en voz baja.

Jugó con el puño del bastón, liso y suave contra la palma de su mano, apenas un abrir y cerrar de ojos, antes de apagar la lámpara y subir la escalera a tientas.

L a carta de Benjamin Clarke llegó durante la semana. Estaba encantado de quedar con Harry, que supuestamente estaba reuniendo datos sobre la historia del valle, y apalabraron verse en un café en el centro de la ciudad. Lou se tragó sus protestas y esperó el día entero del sábado mientras Harry viajaba a Kinwick con su cuñado y su sobrina, para ayudarla a instalarse en su nuevo piso. Después, mientras padre e hija iban a comer juntos, Harry se dirigió al café.

Benjamin Clarke era un hombre de unos cincuenta años, calvo y de ojos claros, vestido con camisa y chaleco. Se puso en pie cuando vio entrar a Harry y le tendió la mano con amabilidad. Tras unos minutos de conversación cortés, cuando tuvieron sobre la mesa un par de tazas humeantes, Harry sacó algunos recortes de periódico y el señor Clarke, a su vez, un retrato. En uno de ellos se veía a un hombre, alto y con ojos amables tras unos lentes redondos, con su hijo. El niño tenía menos de diez años, el cabello pardo y los ojos del mismo color. La cara, igual que la de su padre, era más bien cuadrada. Ambos escondían una sonrisa tras el gesto serio.

—Este es mi padre, John Clarke, y el hijo que tuvo con su primer matrimonio. Archibald. Su madre murió muy joven, con poco más de veinte años, y lo dejó con el bebé. Crio al niño él solo...

—¿Tardó mucho en conocer a su segunda mujer?

—Sí, no se casaron hasta veinte años después por lo menos. Yo no llegué a conocer a Archie. —Benjamin Clarke jugaba con la servilleta entre los dedos, doblándola con estudiada precisión, en cuadrados y triángulos cada vez más pequeños—. Al parecer, durante los ocho o nueve años posteriores a la muerte de su esposa, mi padre no quiso conocer a ninguna otra. Se volcó en su hijo. Pero discúlpeme, porque usted quería preguntarme algo concreto, imagino, y aquí estoy yo aburriéndolo con la historia de mi familia.

—No, en absoluto —se apresuró a tranquilizarlo Harry—. Me resulta muy interesante. Ha dicho usted que no se fijó en nadie hasta ocho o nueve años después. ¿Qué pasó entonces?

El señor Clarke apartó la servilleta, hecha un compacto revoltijo, y sin darse cuenta atrapó la de Harry. Procedió a doblarla también.

—Conoció a una mujer llamada Valerie. Ella estaba muy interesada en él, pero consideraba al niño del matrimonio anterior una molestia. Supongo que no quería que los futuros hijos que pudiese tener con mi padre tuvieran que competir con el primogénito por la herencia.

Harry tuvo un mal presentimiento.

—Imagino que esto desataría un conflicto entre ella y el niño.

—No, qué dice. Mi padre no lo hubiese permitido. ¡Él adoraba a Archibald! No, en cuanto supo lo que pensaba Valerie, la mandó a tomar viento. Sin embargo, poco después, él escapó de casa... Mi padre nunca supo por qué.

—¿Se escapó?

—Sí. Desapareció con algunas de sus cosas; algún juguete favorito, ropa, poco más. Mi padre lo buscó por todas partes. Toda la ciudad debió enterarse de que se había perdido un niño. Alertó a las autoridades, a los vecinos. Dejó el trabajo para recorrer las carreteras y los pueblos, preguntando por él a todo el mundo y colgando carteles. No lo encontró hasta que, casi un año después, le llegó la noticia de su muerte. Lo había arrollado una multitud durante uno de los disturbios. Un golpe mortal en la nuca, creo que fue. Supongo que se trató de un accidente, en la confusión... No lo sé. Mi padre mandó traer el cuerpo para enterrarlo aquí, en Kinwick, junto al de su madre.

—Cuánto lo siento.

—Sí, fue una tragedia. Mi padre lo perdió todo en menos de una década. Quedó hundido el resto de su vida. Unos años después, cuando conoció a mi madre, ella lo acompañó en su dolor. Nunca intentó que olvidase a Archibald. Más bien aceptó a aquel hijo como propio, y para mí siempre ha sido, aunque solo en recuerdo, un hermano. Todos los domingos íbamos a dejarle flores a él y a su madre. Mi padre murió a los setenta y seis años, y mi madre se aseguró de que lo enterrasen junto a su primera mujer y a su hijo. Siguió visitándolos todos los domingos. Ahora, que ella falta también, soy yo el que les lleva flores...

Harry guardó los recortes.

—Muchas gracias por contarme la historia. De nada me sirven los sucesos que aparecen en los periódicos si no conozco también cómo afectaron a las personas que vivían en el valle.

El hombre sonrió y empujó el retrato en su dirección.

—Lléveselo si le es de alguna utilidad. Es una copia.

Horas más tarde, cuando Harry llegó a Bluesbury, se despidió de Thomas delante de su casa y esperó solo unos segundos a que su cuñado se perdiera de vista antes de echar a andar hacia el colegio.

Encontró a Lou sentado en el jardín, con un cigarrillo en la mano, observando los pájaros que se bañaban en un charco junto a la cancela. Harry se sentó frente a él.

—¿Has podido hablar con él?

—Sí.

—Cuéntamelo todo.

Escuchó la historia muy callado, concentrado. Al terminar, Harry puso el retrato de John y Archibald Clarke sobre la mesa. Lou extendió la mano hacia la imagen y la arrastró hacia sí para examinarla. Solo le hizo falta echarle un rápido vistazo.

—Es él —confirmó, con voz extraña, conmovido—. Es él, este es Archie. Ahora tiene un par de años más.

Harry observó la emoción en los ojos de Lou, clavados en el retrato. Cuando los alzó hacia él, no pudo contener una pequeña sonrisa.

—¿Estás bien? —preguntó.

Lou tomó aire y lo expulsó como si con ello pudiera vaciarse del todo el pecho. Frunció el ceño.

—Claro que estoy bien. ¿Por qué no iba a estar bien?

Apretó los labios. Volvió a respirar hondo.

Harry le tocó con los dedos la muñeca, que reposaba sobre la mesa.

—Porque quieres a estos niños y te gustaría que estuviesen vivos, pero todo te recuerda constantemente que no es así.

Le enterneció el asombro de Lou. Parecía que no concibiese que alguien pudiera estar tan interesado en él como para esforzarse en comprenderlo. Entonces, con aire grave, Lou se separó de él, se levantó y, sin tomar el bastón, cojeó hasta el otro lado de la mesa. Se sentó junto a Harry, cerca de él y mirándolo. Dejó una mano sobre su propia rodilla y otra sobre la de él.

—Sí —dijo en voz baja—. No puedo hablar de esto contigo a tanta distancia. Estas cosas se hablan de cerca.

Aquello hizo reír a Harry. Asintió.

—Tienes toda la razón. Y si no quieres hablar de ello en absoluto, tampoco tienes que hacerlo.

—No, está bien. Es verdad que me... —Se interrumpió, como si le faltasen el aire o las palabras—. No puedo hacer nada por impedir que estén muertos. No puedo salvarlos.

Harry alargó los brazos hacia él. Le tocó el hombro, el costado. Lou se acercó un poco más.

—Estás haciendo lo que nadie más puede hacer por ellos —murmuró—. Antes de que los encontraras estaban confusos y atrapados en un mundo que ya no es el suyo. Yo diría que sí los estás salvando.

Lou apoyó la frente sobre su hombro, solo durante el tiempo que tardó en recomponerse. Después, levantó la cabeza lo justo para hablarle al oído.

—Si vamos a estar así, es mejor que no sea aquí fuera.

El sol empezaba a desaparecer. La habitación de Lou, con la lámpara encendida, resultaba de lo más acogedora. Harry volvió a contar la historia de Archie para que Lou pudiese anotarla en el libro de los fantasmas, entre cuyas páginas guardó el retrato. Después, se sentaron los dos en la cama, a falta de más sillas. Harry se apoyó en el cabecero, Lou se recostó a su lado, brazo contra brazo, hombro contra hombro.

No habría sabido decir cómo pasó el tiempo. Hablaron de los libros que leía Harry y de los montajes en los que había bailado Lou. Las anécdotas de la vida en el pueblo complementaron las del mundo de los artistas.

—¿Qué es lo que más te gustaría hacer, si pudiera ser cualquier cosa? —preguntó Lou.

—Irme lejos —admitió Harry—. Cuando era pequeño, quería ser marino.

—¿No volverías nunca?

—Sí, tal vez. Después de haber visto todo lo demás.

—¿Todo lo demás en el mundo? Puede que eso te llevase algo de tiempo.

—¿Qué querrías hacer tú?

La respuesta fue demasiado rápida. No le dio tiempo a pensarla.

—Bailar.

Esta vez, Harry no se ofreció a cumplir el deseo. Sabía que Lou hablaba de algo muy distinto a lo que él podía proponerle.

Las estrellas salieron, asomando por los cristales de la ventana.

—Tengo que volver a casa —bostezó Harry, cansado solo de pensar en madrugar para abrir la panadería a la hora habitual—. ¿Hablarás con Archie mañana?

Lou suspiró.

—Sí.

—Espero que todo vaya bien. —Se incorporó, plantado los pies en el suelo, y sonrió a Lou—. No te levantes. Sé dónde está la puerta... —bromeó—. Buenas noches.

—Harry —llamó él—. Gracias.

—No hace falta que me las des. Ahora soy tu compinche. Tu secuaz. Tú mandas, yo te ayudo. Estamos en esto juntos.

Lou rio.

—Eres mucho más que eso.

Y sus palabras acompañaron a Harry todo el camino hasta el pueblo.

L a luna era una rendija en el cielo. Lou caminó por el jardín, a oscuras. Sabía dónde estaba cada escalón y cada piedra. Deseó quitarse los zapatos, hundir los pies en la hierba. El campo en torno al colegio respiraba sereno. Un grillo cantaba entre los matorrales. El verano estaba a la vuelta de la esquina, incluso en aquella noche fresca.

La brisa, jugando a provocar escalofríos, le levantó los mechones de cabello tras las orejas. Lou cerró los ojos un instante.

No iba a ver ningún fantasma aquella noche.

Respiró profundamente antes de volver, conscientemente, atrás. A cuando era un niño. A su pandilla de amigos. A David entrelazando los dedos con los suyos. Y desde ese momento, continuó adelante, contándose a sí mismo su propia historia, haciendo una mueca silenciosa al llegar a momentos embarazosos, sonriendo ante otros.

¿Te acuerdas de aquella vez?

A su alrededor no había nadie, pero distinguía una respuesta en el viento que soplaba un poco más fuerte, en el guiño de las estrellas y en la oscuridad acogedora.

Desplegó todos los recuerdos, como un álbum de fotos. Incluso el del reloj, el día de su compra, la solemnidad de los intercambios, la pena al pensar que había quedado lejos, perdido en medio de ninguna parte. Por primera vez, no hubo dolor ni enfado. Consiguió reírse en voz baja de sí mismo.

—No te preocupes por el reloj —susurró, por si podía oírlo—. No lo necesito. Tú eres lo que querría que la guerra me hubiese devuelto, pero no te vayas a quedar aquí por mí, no lo hiciste entonces y no debes hacerlo ahora. Y yo odiaría ser tu cadena...

Se dio cuenta de que ni siquiera cuando David Tutton se alistó habría deseado el poder de retenerlo a su lado. No habría soportado ser un obstáculo entre David y lo que él consideraba su deber, estuviese de acuerdo con ello o no.

Respiró de nuevo y sintió que podía tomar más aire que antes. Sus pulmones se habían expandido.

Llevaba demasiado tiempo de pie en la encrucijada. Quizá, si permitía a David continuar su camino, él podría hacer lo mismo con el suyo.

Se pasó la mano por la cara y, se sobresaltó al notar la humedad cálida en los dedos. *Sangre.* Tardó un momento en reconocer las lágrimas. El viento, en la lejanía, sonó como un instrumento de viento y arrastró un velo de nubes que tapó la luna.

Entonces sí, solo quedaron el jardín, las lágrimas y el grillo oculto entre las plantas, y la soledad no era una celda, sino una jaula abierta, vacía, que ya no volvería a utilizarse nunca.

L os suaves golpes en la puerta sonaron casi dos horas después de que Lou terminase de cenar. La noche había caído y él bajaba las escaleras, con cuidado de no precipitarse por ellas, en dirección al salón de actos para el primer ensayo nocturno de la semana.

Se detuvo en el recibidor y esperó hasta que volvió a oírlos. Había alguien al otro lado. Aunque era un momento inoportuno para recibir visitas, abrió la puerta.

—Buenas tardes —saludó Harry—. ¿He interrumpido? ¿Estabas en clase?

—No. Iba a bajar ahora.

Lou se hizo a un lado para dejarlo pasar y cerró la puerta. Se quedaron de pie uno junto al otro, a oscuras.

—¿Por qué vas a tientas por la escalera?

—No puedo llevar el bastón, agarrarme a la barandilla y llevar la lámpara a la vez. Por eso tengo una en cada planta.

—Menos en esta.

—Bueno, es que no tengo la costumbre de quedarme aquí parado.

Harry rio.

—Me sorprende. Se está bien aquí —bromeó—. Escucha, he venido porque... —Lo miró con expectación y algo de timidez, como si temiese ser rechazado—. Me preguntaba si podría asistir al ensayo.

Aquello tomó a Lou por sorpresa.

—¿Al ensayo?

—Sí —afirmó Harry en tono suave—, porque si estoy contigo en esto, pienso que debería ser para todo. Y... y me gustaría conocerlos.

Lou frunció el ceño, molesto por aquel asalto inesperado. Se alegró de que Harry no pudiera verlo.

—Tendría que preguntarles a ellos —respondió.

Ninguna otra persona veía a los niños, y él sospechaba que rehuían a los vivos durante el día. No sabía si la presencia de Harry les resultaría violenta, si la evidencia de que él no podía verlos los perturbaría, si el que Lou permitiera que un extraño invadiese aquel espacio sería una traición.

—Me pregunto —dijo Harry— si la energía que te roban será menos si no eres la única persona que está con ellos.

—¿Quieres decir, si se repartirá entre los dos?

—Algo así. Lou, puedo con ello, y si alivia en algo tu carga...

—Estoy bien.

—No estás bien. Viniste a Bluesbury para recuperar tu vida y en vez de esto la estás agotando en los ensayos nocturnos. Estos niños te la están arrebatando.

La puerta del salón de actos se abrió con tanta brusquedad que la hoja golpeó con fuerza la pared, sobresaltándolos a ambos. El bastón resbaló de la mano de Lou y rodó estrepitosamente por los escalones.

Una figura cruzó corriendo el recibidor, pasando de largo junto a los dos adultos. Lou tardó un instante en reconocer a Archie. Percibió, sin verlo, el rostro contraído en una mueca desconsolada y la sangre que le empapaba el cabello en la parte posterior de la cabeza. El niño abrió la puerta principal y salió corriendo al jardín hasta desaparecer en la oscuridad.

—¡Archie! —gritó Lou, pero él no hizo caso—. ¿A dónde vas?

Se agachó en busca del bastón y una punzada de dolor le recorrió la pierna desde el tobillo hasta la cadera al apoyar el pie. Apretó los dientes.

No sabía qué era lo que había provocado la huida de Archie, pero intuía que, si no seguía al niño inmediatamente, lo perdería para siempre, igual que le había pasado a su padre. Algo había sucedido, algo lo había espantado, algo lo había hecho querer marcharse y no regresar.

—Harry, ¿no podrías ayudarme a encontrar el bastón? —exclamó, impaciente—. ¿Qué diablos estás haciendo ahí quieto?

Entornó los ojos. En la oscuridad, podía distinguir que Harry había dado un par de pasos hacia atrás y se había reclinado contra la pared.

Estaba quieto, respirando entrecortadamente, tieso como un muñeco de palo.

Lou halló por fin el bastón y lo utilizó para ponerse en pie. Avanzó hasta Harry, le puso una mano en el brazo.

No era la primera vez que tenía que hacer reaccionar a un hombre aterrorizado.

—Harry —llamó—. Sí, es real. Son reales. Ya lo sabías. Ahora lo has visto. ¿Has visto a Archie o solo las puertas moviéndose solas?

—Las puertas —dijo Harry—. Y he sentido... No sé lo que he sentido.

—No podemos quedarnos aquí. Tengo que seguirlo y necesito que me ayudes. Necesito que vengas conmigo. Ahora.

—Sí. —Harry hizo un esfuerzo por recobrar el control de su propio cuerpo—. Sí. ¿A dónde vamos?

—¿Estás conmigo? ¿Puedes caminar?

—Sí, estoy.

Salieron al jardín. Lou cojeó hasta la cancela, llamando a Archie, y lo vio subir a pie carretera arriba, iluminado por la luna en cuarto creciente.

—Vamos —llamó a Harry—. Va en dirección al pueblo.

—No vamos a alcanzarlo así. Deja que te lleve.

—¿Vas a subir la carretera conmigo a cuestas? —Lou lo valoró rápidamente antes de asentir—. Está bien.

Harry se agachó un poco, Lou se encaramó a su espalda con facilidad. La lesión en el pie no afectaba a la respuesta de sus brazos, su torso, sus muslos. Sabía que era más difícil ser cargado correctamente que cargar; sabía cómo ayudar a Harry para que no tuviera que transportar un peso muerto.

—¿Vas bien así? —preguntó.

—Sí. Guíame.

El niño iba más deprisa que ellos, pero la carretera era lo bastante despejada como para que Lou lo viese llegar a Bluesbury y, en lugar de entrar en el pueblo, continuar campo a través.

—Va hacia el este —dijo—. No sé a dónde va.

—A Kinwick —adivinó Harry—. Vuelve a casa de su padre. —Se agachó para soltar a Lou—. Bájate aquí.

—No podemos dejar que se vaya.

—Ya lo sé. Tampoco podemos ir hasta Kinwick andando. Las piernas de ese niño no se cansan, las mías sí. —Harry reflexionó—. No tengo la llave del coche de Thomas. Si se la pido, probablemente despierte dema-siada curiosidad...

—El carro del señor Culpepper —señaló Lou. Estaba aparcado al final de High Street, junto a un campo que le pertenecía y en el que descansaba su yegua.

—Tampoco podemos pedírselo sin responder a mil preguntas.

—No se lo vamos a pedir.

La yegua consintió que le pusieran los arreos. Desde el carro, bajando la carretera en dirección a Kinwick, Lou vigilaba los prados, buscando a Archie con la mirada. Harry conducía con cuidado, lamentando entre dientes no haber traído una sola luz.

—Ahí está —dijo Lou—. Ha salido de nuevo a la carretera. No va a Kinwick, sino a Dunwell.

—El lugar donde murió —aventuró Harry—. La plaza del mercado.

El carro dobló la esquina que daba a la plaza. Lou puso una mano sobre la muñeca de Harry con un gesto brusco. Él tiró de las riendas para que la yegua se detuviese.

—Espérame aquí.

Archie estaba junto al árbol solitario que crecía en el centro de la plaza, de rodillas en el suelo. Tenía una mano a cada lado de la cabeza, protegiéndose de golpes pasados.

Lou bajó del pescante y cojeó hacia él. El repiqueteo de su bastón sobre los adoquines alertó al niño. A aquella hora, no había nadie más en la calle.

—No —exclamó Archie, volviendo la cara para no verlo—. Vete. Ya sé que soy una molestia. No eres el primer adulto al que le es imposible ser feliz si estoy cerca. Me fui una vez y lo haré las que hagan falta, no voy a ser una carga para nadie, no, señor.

—Tú nunca fuiste un lastre para tu padre —respondió Lou con suavidad. Se apoyó en el tronco del árbol, notó la corteza áspera contra su piel, a través de la ropa.

—Tú no estabas ahí.

—Es verdad. ¿Qué pasó?

Archie se encogió de hombros.

—Estaba enamorado. Después de que mi madre muriese, por fin podía dejar de ser un pobre viudo, con un niño a cargo, además... —Pronunciaba aquellas palabras, pero no eran suyas, sino la de decenas de adultos que hablaban como si los niños no entendiesen—. Y ella no quería tener una familia con él si estaba yo. Quería una que fuese solo de ellos dos. Si no, no se casaba. Y yo sé que mi padre quería casarse con ella, que habría sido bueno para él...

Todas las invenciones de Archie, todas sus obras de teatro, todas sus improvisaciones, habían narrado aquella historia.

—Te fuiste a buscar fortuna —completó Lou.

—Como en los cuentos —asintió él. Parecía relajado, pero Lou sabía leer más allá de su tono, y veía los puños apretados en sus costados y el esfuerzo tras sus ojos secos—. Fui un aventurero rumbo a tierras remotas. Lo dejé todo atrás, igual que lo haré ahora si lo que ha dicho ese señor es verdad y te hace daño estar cerca de mí, de nosotros... Me iré y olvidaré todo esto.

Lou se separó del árbol y resbaló por su bastón para agacharse y quedar a la altura de Archie.

—Me hace más daño pensar que eres infeliz. Me importas.

—Oh, yo soy feliz en cualquier parte —declaró él, con valentía—. Limpio zapatos, hago recados, algún trabajillo allí, otro allá... Me las apaño...

—¿Y te olvidas?

—Me olvidaré, sí, con algo de tiempo...

—¿A tu padre lo olvidaste? —Archie lo miró con el ceño fruncido. Molesto. No quiso responder, porque implicaba una rendición—. Él a ti no —añadió Lou.

Archie giró, pasando las piernas adelante, como una muralla, y abrazándolas.

—No me mientas —reclamó—. Él estará casado con Valerie ahora. Tendrá otro hijo, no sé.

—Yo sí lo sé. Tuvo otro hijo, pero no fue con Valerie. —La expresión de Archie pasó deprisa de la tristeza a la perplejidad y otra vez a la aflicción de verse reemplazado—. Tu hermano Benjamin. ¿Sabes lo que significa «benjamín»?

—Pues claro que lo sé. Significa el pequeño. El más joven.

—Llamó a su hijo Benjamin porque es tu hermano pequeño. El segundo de sus hijos. De ti no se olvidó nunca.

Archie calló. Le tembló el labio inferior, pero contuvo tercamente las lágrimas.

—¿No se casó con Valerie?

—No. Nunca lo habría hecho, si ella no te quería. Y menos aún después de que desaparecieses. Te buscó por todas partes, Archie. Dejó de lado todo lo demás, solo le importabas tú. Cuando por fin te encontró, era demasiado tarde.

Calló, sin saber cómo seguir sin hablar de más. Archie contempló la plaza del mercado. Veía a través del tiempo.

—La gente tenía mucha hambre —murmuró. Se frotó los ojos con los puños cerrados—. ¿Y mi padre me encontró después?

—Sí, y te llevó a casa.

—¿A casa?

—Con tu madre, Archie. Para que descansaseis juntos.

El niño volvió la mirada hacia él por fin.

—¿Me mataron aquí, Louis?

—Sí.

Archie asintió para sí. Parecía confuso, pero no atemorizado.

—¿Hace mucho tiempo?

—Tu hermano pequeño tiene ahora cincuenta años.

—¿Y mi padre...?

—Tu padre está contigo y con tu madre. Benjamin os visita todavía. Desde que moriste, todas las semanas han ido a dejarte flores, primero tu padre, luego él y su mujer, ahora tu hermano. Archie, tú no has sido olvidado nunca. Te han querido muchísimo.

El niño se puso en pie, como si aquello fuese suficiente o tal vez, incluso, demasiado. Lou lo imitó. Su mano helada estuvo a punto de resbalar sobre el puño del bastón.

—¿Puedo ir a ver esa tumba? —preguntó Archie—. Me gustaría ir.

Le pedía permiso. Como si estuviesen en clase y él desease salir un momento. Era su profesor.

—Archie, yo creo que ahora puedes ir a donde quieras.

Él se tomó unos segundos para asumir aquello. Finalmente, resopló por la nariz. Había llegado a una conclusión.

—Lo que más quiero —afirmó, sin asomo de duda— es volver a casa.

Y a continuación, sin perder un solo instante más, eso fue exactamente lo que hizo.

El resto de la noche pasó como en un sueño. Harry lo llevó de vuelta al salón de actos, pero no insistió en acompañarlo. Violet y Aullido se alegraron de verlo y, sin mencionar en ningún momento a sus compañeros desaparecidos, representaron *La leyenda de Neaera* interpretando, entre las dos, a todos los personajes.

Lou dio el ensayo por concluido en cuanto pudo y escaló cada escalón hasta el piso superior. Aunque le pesaban los párpados y los huesos, se obligó a sentarse frente al libro de los fantasmas y concluyó la historia de Archibald Clarke.

Solo al terminar, cayó sobre él el hecho de que Archie ya no estaba. Había dejado de existir en el mundo que Lou conocía, igual que todos los niños anteriores. Nunca más lo vería, nunca más asistiría a la puesta en escena de sus historias disparatadas. No volvería a ser espectador de su alegría o su amabilidad desbordante.

El niño que espió sus clases e intentó a su vez enseñar los ejercicios de calentamiento al resto de fantasmas.

Los estoy perdiendo a todos.

Lou sabía que aquello era lo correcto. Archie no podía quedar atrás como fantasma, en un eco triste de lo que podía haber sido su vida. Aun así, la única razón por la que pudo contenerse fue que estaba demasiado cansado para llorar.

A primera hora, antes de que llegase la señora Kenney con el desayuno, Harry pasó a ver cómo estaba Lou. La puerta estaba abierta, por lo que al no obtener respuesta tras llamar varias veces, entró a buscarlo. Lo encontró en la silla, con la cabeza apoyada en la mesa. La pluma se le había caído al suelo y el tintero, al derramarse, le había manchado de tinta la mejilla.

Lo reanimó, comprobó que al margen del agotamiento no tenía ningún mal y decidió que no podía quedarse solo. Estaba demasiado cansado y cada fracción de energía que malgastase en moverse era un desperdicio. Debía concentrarlas en recuperar las fuerzas y en dar sus clases.

—No puedo volver a decir que estoy enfermo —musitó Lou—. La señora Beckwith...

—No se enterará. Vendré pronto todos los días, para asegurarme de que estás en pie cuando llegue la señora Kenney. Después, tienes toda la mañana para descansar. Y a mediodía, pasaré por Koster's y bajaré tu comida y la mía. Solo tendrás que aguantar en pie durante las clases, la de la tarde y la de la noche.

—Sí. —Lou estaba seguro de poder hacerlo, aunque en aquel momento ponerse en pie fuese impensable.

—Solo quedan dos —dijo Harry.

Lou asintió en silencio, temeroso de que la voz desvelase su tristeza.

Por la noche, sin el resto de los niños, el salón de actos estaba desoladoramente vacío. Tras representar su papel en las escenas que le tocaban, Aullido se sentó a su lado en la primera fila, y permitió que Violet conquistara el escenario. Lou la contempló actuar, atesorando las ocasiones en las que la niña se detenía para preguntarle su opinión o admitir ideas. Ella valoraba que se le diese indicaciones, él respetaba el hecho de que ella, pese a su inexperiencia, tenía un talento innegable.

Discretamente, Aullido se inclinó hacia él. Sin rozarlo, se mantenía lo más cerca que era posible. A Lou no le pasó desapercibido el gesto, y esperó a que lo mirase para sonreírle. Ella no le devolvió la sonrisa, pero entornó ligeramente los ojos.

La semana transcurrió lentamente, hasta que el viernes por la mañana, cuando la campana de la iglesia dio las seis y media, Harry encontró a Lou vestido y trabajando en la muestra de fin de curso de sus alumnos vivos.

—Se te ve mejor —comentó.

—Estoy mejor —confirmó Lou—. He seguido diligentemente tus instrucciones y no he hecho nada más que descansar.

—Muy bien. —Harry se apoyó en el alféizar de la ventana y se cruzó de brazos—. Aunque imagino que no terminarás de perder el aire de muerto viviente mientras continúes pasando horas con fantasmas durante la noche.

—Oye, acabas de decirme que se me ve mejor —protestó Lou.

—Sí, y por eso he añadido la palabra «viviente» a la descripción.

—No puedo dejar de ensayar con ellas. Tengo que aparentar normalidad. Mientras estén aquí, continuarán los ensayos.

Harry asintió con un silencio elocuente.

—¿Has hablado con Violet?

—¿De lo del hospital? No.

—¿Vas a hacerlo? —Harry esperó unos segundos. Lou no respondió—. Voy a hacer una excursión a Barleigh.

Aquello llamó la atención de Lou.

—¿A Barleigh?

—He hablado con mi hermana. Le he preguntado si conocía a alguien llamado Brown que hubiese perdido a una niña en los últimos diez o veinte años. Ella no tenía noticia de nada semejante, porque cuando sucedió era una niña y vivía aquí, pero su suegra se acordó en cuanto le sacó el tema.

Sobre la mesa, junto al libro de los fantasmas, descansaban los muñecos de hilo y tela que le había hecho Aullido. Ovejas. Perros. Humanos, tal vez niños.

—¿Sabe quiénes son? —preguntó Lou.

—Sabe quiénes son y me dio sus datos. Les escribí. Esperan nuestra visita el sábado.

Lou lo miró, atónito.

—¿Cómo? ¿Por qué no me has dicho nada de esto antes?

—Porque estás débil, Lou, y me preocupa. Quería ser yo quien contactase con ellos para darte la opción de, si no te encuentras lo bastante bien, enviarme a mí solo. —El silencio de Lou reveló que no deseaba discutir esa posibilidad. Harry se frotó la cara con las manos—. Recuérdame qué es lo que hay que averiguar.

—La historia es un poco confusa —dijo Lou—. Me la han contado distintas personas, cada una con su propia versión. Parece que una pastora llamada Marjorie Brown se perdió en el monte y tuvo que pasar allí el invierno, sobreviviendo milagrosamente gracias a la ayuda de una manada de lobos. Un tiempo después de que regresase al pueblo, un lobo salió del bosque, tal vez buscando a la niña. Frederick Darlington acudió en su rescate, pero no llegó a tiempo, y el lobo acabó matándolos a los dos.

—Y esa niña es Aullido.

—Sí.

—Entonces, ya sabes toda la historia. ¿Qué es lo que te resulta confuso?

Lou sacudió la cabeza, pensativo.

—Si es cierto que los lobos la protegieron durante el invierno, ¿por qué iban a atacarla en el pueblo? ¿Por qué la niña... su fantasma... no parece tener miedo a los lobos? —Pensó en Aullido y en sus tímidas demostraciones de confianza—. Tengo que ir, Harry. Aunque te agradezco mucho que te ofrezcas a hacerlo en mi lugar, tengo que hacerlo yo.

—Está bien. Iremos los dos.

El sábado, Thomas Blake necesitaba su coche, de modo que en lugar de prestárselo los llevó hasta la estación de Dunwell. En el tren, Lou se acomodó, encajado entre la ventana y Harry, y mientras este leía el periódico, él contempló el paisaje pasar. Campos de fresas. La segunda siembra de espinacas y remolachas. Un hombre, con un uniforme militar desgastado, guiando a un caballo por el borde de un prado.

—¿Quieres que pasemos a saludar a tu hermana? —preguntó Lou, al bajar del tren.

—Mejor no —respondió Harry, para su tranquilidad—. No quiero tener que explicarle qué hemos venido a hacer.

Los Brown vivían a las afueras de Barleigh, en una casita solitaria entre un prado, una cuadra y el bosque. Junto a la carretera dormitaban dos grandes perros pastor que alzaron las orejas y acompañaron a Lou y a Harry, a una respetuosa distancia, hasta la puerta de la casa. En respuesta a sus ladridos comedidos de advertencia, una mujer abrió la puerta y los hizo pasar. Tenía unos cuarenta años, la piel del rostro envejecida y el cabello con algunas canas. Se podía adivinar el aspecto que tendría cuando fuese una anciana.

—Mi marido acaba de volver, se está cambiando. ¿Quieren una taza de té?

Lou se sentó en un banco corrido junto a una mesa de madera maciza en una cocina estrecha y alargada, la habitación más cálida de la casa. Harry tomó asiento a su lado. Ella puso tres tazas limpias y la tetera sobre una bandeja. Les sirvió el té humeante y buscó a su alrededor hasta encontrar una cuarta taza, aún medio llena, que había dejado olvidada sobre la encimera.

—Gracias por recibirnos —dijo Lou—. No los entretendremos mucho.

—No es molestia —aseguró ella, aunque parecía casi tan cansada como él—. Entonces, ¿está usted escribiendo un libro?

Lou miró de reojo a Harry, que arqueó las cejas. Aquel embuste no era cosa suya.

La señora Darlington ha hablado de mí con otra gente del pueblo, pensó Lou. Lo asaltó la preocupación de que todas las mentiras, antes o después, acabasen descubriéndose. Al fin y al cabo, Bluesbury no estaba tan lejos y en el valle casi todo el mundo se conocía.

—Sí —mintió—, aunque no sé si lograré acabarlo. No estoy encontrando mucha información.

—Sobre los lobos.

—Sobre los lobos. La señora Darlington me dijo que uno de ellos...

—Una —corrigió la señora Brown—. Una loba. Mató a mi hija, sí.

Un hombre algo mayor que ella, con bigote y barba, cruzó la puerta. Lou se puso en pie para darle la mano, él le hizo un gesto ambiguo para que se quedase sentado. Era un caballero ancho, con el ceño fruncido, al que la timidez hacía torpe.

Se sentó junto a su mujer, se sirvió una taza de té y rellenó las otras dos sin preguntar si querían más.

—Debería haber sacado unas galletas —dijo la señora Brown, levantándose de un salto.

—No se preocupe —intervino rápidamente Lou—. No tengo nada de hambre. El té es estupendo.

—Hace frío —señaló el señor Brown—. Sienta bien.

—Sí —asintió Lou—. Su mujer me estaba hablando de la loba. ¿Cómo saben que era una loba?

La señora Brown volvió a sentarse.

—Marjorie nos habló de ella —explicó—, y estaba muy segura de que se trataba de una loba.

El té estaba demasiado caliente. Lou se quemó los labios con él y apartó la taza.

—La señora Darlington mencionó que la niña era pastora.

Los señores Brown intercambiaron una mirada. El señor Brown carraspeó.

—Siempre fue una chiquilla peculiar —admitió ella, finalmente—. No mala, en absoluto, pero con mucho carácter y un poco distinta al resto de los niños. Temíamos que no encajase con el resto de la gente del pueblo. No le gustaba jugar con los demás niños. En cambio, con las ovejas estaba en su elemento. —La señora Brown pareció animarse—. Tendría que haberla visto. En verano se ponía tan morena que apenas se la reconocía. Era feliz a su aire.

El señor Brown miraba con fijeza una mancha en la madera de la mesa. A la señora Brown le tembló la voz. Calló de forma abrupta.

—La señora Darlington habló de una nevada inesperada —comentó Lou—. Me dijo que su hija se perdió.

—Sí —retomó la señora Brown—. Fue muy extraño.

—Era demasiado pronto para el mal tiempo —intervino inesperadamente el señor Brown—. Aún estaban los rebaños en el monte.

—Ella se perdió, no supo volver... La buscamos en el bosque, en la montaña, y no aparecía por ninguna parte. Encontramos algunas ovejas muertas y otras de ellas lograron regresar. De Marjorie no había ni rastro. Pensamos que no la volveríamos a ver. —Los ojos de la señora

Brown brillaban como si contuviesen mares de llanto—. Volvió a nosotros con el deshielo. Nos dijo que una manada de lobos la había salvado. Contaba todo tipo de historias sobre una loba que la había acogido como si fuera su cachorro, que le había dado calor todo el invierno, que le había proporcionado comida... No sabíamos si creerle o no, ¿cómo iba a ser posible?

—Desde luego, en el pueblo nadie creyó que la hubiesen ayudado —dijo el señor Brown—, pero sí que creyeron que había lobos en el bosque. Frederick Darlington estaba dispuesto a cazarlos fuese como fuese. No era poca cosa: hace siglos que ningún hombre puede jactarse de haber cazado a un lobo en Inglaterra. Los buscó por todo el monte, y al final fueron ellos los que lo encontraron a él.

—No —lo contradijo ella—. La loba vino al pueblo buscando a Marjorie, no al señor Darlington. Vino a verla a ella... Mi niña tenía razón, los lobos no le querían ningún mal... Vino a verla y Darlington la mató...

El señor Brown se puso en pie, masculló una excusa y abandonó la cocina. Su mujer tragó saliva, consternada, y se puso en pie para fregar la taza vacía.

—¿Darlington mató a la loba? —preguntó Lou.

—No, a la loba no... Mire, la única que presenció lo sucedido fue su mujer, desde la ventana... Ella jura que fue la loba la que atacó a ambos y se llevó el cuerpo de mi niña, porque el del hombre era demasiado pesado... La realidad es que nosotros solo vimos las marcas de los dientes de la loba en el cuello de Darlington, de Marjorie solo quedaba un rastro de sangre... Y el disparo lo escuchó todo el pueblo. De todos modos, no estoy acusando a nadie. Los Darlington son una buena familia y muy querida en Barleigh. Pero dejen que les diga una cosa... Dicen que ya no quedan lobos en Inglaterra, pero algo salvó la vida de mi hija ese invierno que pasó en el monte. Y yo llevo muchos años oyendo sus aullidos, no se van ni en invierno ni en verano. Están esperando, aunque no sé a qué.

Después de aquello, respondió con cortesía pero reserva al resto de preguntas.

Lou y Harry no tardaron en emprender el camino de vuelta al pueblo. Los huesos de Lou pesaban como si quisieran caer de su cuerpo y atravesar la tierra hasta quedar enterrados. En su mente, las ideas danzaban tras un velo de polvo.

Fantasmas. Lobos. Seres que no pertenecían al presente.

Un escalofrío le recorrió la espalda.

—¿Tienes frío? —preguntó Harry.

Lou negó con la cabeza. Varios pares de ojos los observaban, ocultos entre los árboles, invisibles.

Esperaron en el andén de Barleigh hasta que el jefe de estación abrió la ventana de su casa, en el piso superior.

—¿A dónde van?

—A Bluesbury.

—Pues tendrán que esperar a mañana. Los sábados, el último tren pasa a media tarde. Hay una pensión en el pueblo.

Incluso cansado y dolorido, Lou habría estado dispuesto a pasar la noche en uno de los bancos de la estación. Harry rio al verlo lanzar una mirada evaluadora a los asientos de madera.

—Ni lo pienses.

La pensión estaba junto a la plaza, como casi todos los edificios del pueblo. Los atendió una mujer menuda, más bien distante, para la que recibir huéspedes parecía una leve inconveniencia. Les informó de que tenía disponible una habitación que, si bien pequeña, tenía dos camas, y les cobró por adelantado.

Lou subió la escalera despacio, detrás de Harry, que no necesitaba girarse hacia él para adecuar el ritmo a sus pasos. La puerta de su cuarto estaba al fondo de un pasillo adornado con un cuadro torcido y se abría con una llave antigua y pesada. Al otro lado había una estancia sencilla, de techo abuhardillado, suelo de madera oscura y muebles en el mismo color. Un armario, cuya altura solo admitía el centro de la habitación, bloqueaba la puerta. A un lado y al otro había dos camas de hierro con colchas marrones; al fondo, un lavamanos con una jarra de agua, una silla y un espejo. La disposición de los muebles era singular, pero el pequeño tamaño del cuarto lo hacía acogedor, y sobre una de las dos camas había un tragaluz.

Harry se sentó en la silla, se quitó los zapatos y se echó agua en la cara. Mientras se descalzaba también, acomodado en una de las camas, Lou lo observó desabotonarse la camisa para lavarse como los gatos. Después se levantó para reclamar su parte del agua y limpiarse. Aunque no se sentía especialmente sucio, le gustó estar cerca de Harry y le sonrió cuando este lo miró.

Harry se mojó la mano y extendió deprisa los dedos para salpicarle. Lou le dio un empujón, él se rio.

Era temprano y los dos estaban preparándose para irse a dormir. Cuando Harry se sentó en una de las camas, la del tragaluz, Lou cojeó hacia él en lugar de dirigirse al otro lado de la habitación.

—¿Puedo? —Harry asintió y él se colocó a su lado—. No hemos cenado.

—¿Te apetece?

—No.

—A mí tampoco. —La mano de Lou descansaba sobre la colcha, cerrada en un puño, y la de Harry se acercó despacio y la arropó con los dedos—. ¿Estás bien?

—Sí. —Lou se giró hacia él deshaciendo el contacto de las manos, para mirarlo a los ojos. Harry le sostuvo la mirada—. ¿Quieres estar aquí conmigo? —preguntó Lou, con claridad, en un tono que no dejaba espacio a ambigüedades, y Harry sonrió.

—Sí, aunque aquí, allí... me da igual dónde —bromeó. Su mano volvió a buscar a Lou, rozándole el brazo con los dedos—. Aquí parece un buen sitio.

Lou le tocó la camisa, jugó con uno de los botones y le apoyó la palma de la mano en el pecho. Cada punto de contacto generaba una reacción. Se distrajo en la calidez suave de su camiseta interior.

—Es conveniente —estuvo de acuerdo—. No me gustaría tener que irnos a ninguna parte ahora mismo.

—No, al menos hasta mañana por la mañana —dijo Harry.

Su mano había ascendido hacia el hombro. Lou se estremeció cuando le acarició el cuello, cuando se apropió, con firmeza, de la nuca. Ese temblor fue el primero de un terremoto y precipitó el resto de acciones inevitables. La frente de Harry contra la de Lou, los labios de Lou buscando los de Harry. El contraste entre la suavidad del beso y la aspereza de su barbilla, el hambre y la ternura.

Era muy temprano.
No tenían la menor prisa.

V iolet era una figura solitaria en el centro del escenario. Lou entró en el salón de actos y tuvo el presentimiento de que Aullido se había marchado sin esperarlo. Estuvo a punto de caer al suelo cuando la niña saltó sobre él desde su escondite en las sombras. Ambas llenaron la sala vacía con sus carcajadas.

—Hoy no ensayaremos *La leyenda de Neaera* —anunció Lou—. Contaremos otras historias.

—¿Las dos juntas?

—No, cada una sola. Trabajaréis por vuestra cuenta y yo os ayudaré. Al acabar, tendremos tres historias. Violet contará la primera, Aullido la segunda y yo la última.

Que él participase era lo bastante novedoso para captar su atención. Aullido cedió el escenario a Violet, como de costumbre, y se retiró al fondo de la sala. Lou se acercó para contemplar la escena que estaba preparando. Se trataba, lo entendía ahora, de una cacería.

Después, pasó un buen rato asistiendo a Violet.

—Como Aullido no habla, he pensado que voy a intentar hacer mi obra también en silencio —explicó ella—. Solo con los gestos y eso.

—Muy bien.

Lou escuchó la historia que estaba planeando, sobre una niña muy torpe que constantemente se apoyaba en sus compañeras de clase para sacar buenas notas.

—Y al final, le copia un examen a una amiga, el maestro se da cuenta y cuando pregunta quién ha sido, ella le echa la culpa a la amiga... Así que la castigan, y poco a poco, la niña perezosa va perdiendo a todas sus amistades... —Violet reflexionó—. A lo mejor es muy complicado para hacerlo sin hablar. Por lo menos la protagonista debería hablar...

—Puedes hacer cualquier cosa con movimiento y los objetos que tengas a tu alrededor —afirmó Lou.

—Sí, podría, si tuviera a otras actrices que hicieran de las amigas...

—Podrías poner algunas sillas sobre el escenario, para crear la escena de un aula de clase... y las sillas *son* también las amigas. Puedes apoyarte en ellas literalmente y volcarlas cuando, por tratarlas mal, las pierdes...

—Me encanta —exclamó Violet—. Puedo dejarme caer sobre ellas con una mano en la frente, así...

Lou la dejó inmersa en el dramatismo de su escena y puso música en el gramófono mientras terminaban de prepararse. Aunque llevaba solo unos minutos con ellas, le temblaban las rodillas y tuvo que sentarse al borde del escenario. Se preguntó si Harry tendría razón y poseía una cantidad de energía vital cada vez más reducida que no le daba tiempo a recuperar al ritmo que la perdía en compañía de los fantasmas. Debía hacer ensayos cada vez más cortos.

Clases particulares, pensó.

Aullido se acercó, trotando entre las sillas. Le hizo un gesto a Violet, acompañado de un gruñido interrogante, y ella asintió.

—Vale, tú empiezas.

Recogiéndose el vestido con cuidado, se sentó junto a Lou en el escenario. Ocupar las butacas, siendo tan pocos, habría dejado a la intérprete muy desamparada. La cercanía era imprescindible.

Aullido representó la escena que había ensayado. Después, Violet interpretó su drama escolar. Por fin, las dos se sentaron y miraron a Lou.

—La mía sí tiene texto —confesó él—. De hecho, es todo texto. Estática.

—Es más como un cuento, entonces, ¿no?

—Sí.

—Vaya. —Violet arqueó una ceja—. Me parece a mí que has hecho un poco de trampa.

Él sonrió.

—Pero es justo, a mí siempre me han costado más las palabras que el movimiento...

—Sí, claro. Has hecho trampa y has hecho trampa, no hay más vuelta de hoja... —bromeó ella—. Vamos, cuéntanos la historia...

Y él lo hizo. Habló de la manada que acogió a una niña perdida en el monte y la mantuvo con vida durante el invierno. De la loba que acudía a visitarla en el pueblo. Del cazador que disparó al animal espectral y derribó a la niña. De la venganza de la fiera, que mató al hombre. De la viuda y su mentira, de la verdad que, pese a todo, intuían los padres de la pequeña.

De la manada que seguía esperando.

—¿Qué haces?

Violet, embelesada con la historia, se giró hacia Aullido, que se había puesto en pie. La otra niña la ignoró. Como respondiendo a una llamada que solo ella podía oír, salió corriendo del salón de actos, pero no hacia el almacén sino por las escaleras.

—El ensayo termina aquí —dijo apresuradamente Lou—. Apaga la lámpara, Violet, por favor —añadió, mientras recuperaba el bastón—. Nos vemos mañana.

Se apresuró escaleras arriba, todo lo deprisa que pudo. La puerta principal estaba abierta, por lo que salió al exterior.

Marjorie estaba de pie en el jardín, mirando al cielo. La luz blanca de la luna llena le bañaba el rostro.

Lou se detuvo tras el balaustre. La niña, intuyendo su presencia, volvió la cara hacia él, sin cambiar de postura. Su expresión era impasible, sus ojos brillaban en la oscuridad. Había llegado el momento. La luna iluminaba el cielo despejado.

Aquella noche, volvería a correr entre los árboles.

La niña inclinó levemente la cabeza en dirección a Lou.

Aquella noche, el valle oyó por última vez aullar a los lobos.

Durante las primeras semanas de junio, Harry continuó acercándose a ver a Lou a primera hora por las mañanas, a mediodía para llevarle la comida y por la tarde, después de echar el cierre en la panadería. Al principio, porque su debilidad era evidente, no le preguntó por Violet. Solo sacó el tema cuando pasó la mitad del mes, y al ver que Lou continuaba los ensayos sin dar indicios de estar considerando ningún cambio inminente.

—No —respondió Lou—. No he hablado con ella aún.

La muestra de fin de curso de los alumnos vivos iba a tener lugar el sábado veintiséis. Después, el colegio cerraría hasta septiembre.

El viernes, Edith se tenía que quedar por la tarde para la clase de baile, pero en lugar de ir a comer a Koster's, trajo su propia comida y se sentó con Lou en la mesa del jardín. Los niños jugaban al otro lado, bajo los árboles, por lo que podían disfrutar de un relativo silencio.

—Ya no subes nunca al pueblo —comentó ella, con tono acusador—. ¿Hemos conseguido espantarte del todo?

—¿Con «hemos» te refieres a ti? —bromeó Lou—. Te veo cinco días de cada siete.

—Ah, por supuesto, al entrar y salir. Eso basta y sobra. Qué cabeza la mía. Oye, Crane, si no me soportas, dímelo y acabamos antes.

Lou rio por lo bajo.

—Lo siento.

—¿Es por la muestra de fin de curso? No merece la pena que trabajes en ella hasta el desfallecimiento. Va a salir bien y, en cualquier caso, a los padres les va a gustar.

—Te doy la razón en todo excepto en la seguridad de que va a salir bien...

Ella frunció el ceño. Intentaba hablar en serio, aunque no le salía del todo bien.

—Bueno, si no estás a gusto aquí, dentro de dos semanas podrás irte a donde quieras.

—¿Qué te hace pensar que no estoy a gusto? Estoy a gusto.

—Entonces, ¿qué es? ¿Por qué no hablas con nadie?

—Tú tampoco hablas con la gente del pueblo. Diablos, yo hablo muchísimo más con ellos que tú.

—Hablo con gente de fuera del pueblo. —A Edith Morgan se le escapó una sonrisa—. Dentro de poco, de hecho, hablaré exclusivamente con gente de fuera.

Lou la miró, sobresaltado.

—¿Te vas?

—Sí... Mira, creo que aquí me quedaría estancada. No es lo que quiero ahora mismo. Así que, dado que Edgar no se decidía a dar el paso, le propuse matrimonio el martes pasado.

—¡No me digas! —Lou sonrió—. Eres de lo que no hay. ¿Y él que ha dicho?

—Que sí. ¡Estaba convencido de que lo iba a rechazar por ser «demasiado apresurado» y por eso estaba aguardando! ¿Te lo puedes creer?

—Menos mal que tú tienes iniciativa de sobra —celebró Lou—. Edith, me alegro muchísimo por ti. ¿Estás contenta?

—Mucho. Me da un poco de pena despedirme de todos estos. —Hizo un gesto vago hacia los niños. Tres de ellos habían comenzado a lanzarse mutuamente, entre risas, bolas de barro que sacaban cuidadosamente de un charco. Edith resopló—. Bueno, pensándolo bien, quizá no vaya a ser tan difícil.

En aquel momento, Harry abría la cancela para entrar al jardín. Sus sobrinos corrieron hacia él, que les entregó los dulces y panecillos que esperaban antes de reunirse con Lou y Edith en la mesa.

—He traído comida para los dos —declaró, mientras le pasaba los recipientes a Lou—. Y esto de postre.

Edith, que había terminado de comer, se hizo con uno de los bollos.

—Me salvas la vida. Necesito la dosis de azúcar extra para sobrevivir a la clase de baile —agradeció—. Lou me ha hecho una faena dejando caer esta labor titánica sobre mí. Mis conocimientos sobre danza son... limitados.

—Siento que la herida que me destrozó el pie suponga un inconveniente para ti —dijo Lou. Harry se enderezó un poco, alarmado, porque Lou no tenía por costumbre tocar el tema de forma directa, pero Edith soltó una carcajada y pronto la risa floreció también en los ojos de él.

—Te perdonaré por esta vez, pero que no se vuelva a repetir —replicó ella—. En fin, chicos, lamentándolo mucho, tengo que dejaros. Me toca ir a instruir a los salvajes de mis alumnos en el arte de moverse descoordinadamente con música de fondo. —Dio una palmada en el hombro de Harry al ponerse en pie—. Gracias por el dulce, querido.

—Siempre un placer. —Harry sonrió en su dirección y le devolvió el saludo a Millie, que agitaba la mano desde la puerta del colegio.

—¿Qué tal se ha dado el día? —preguntó Lou.

—Bien. ¿Y el tuyo? ¿Has descansado?

—Todo lo humanamente posible. Empiezo a aburrirme mucho cuando no estás.

—¿Es tu forma de decir que me echas de menos?

Algunos pájaros se acercaron, esperanzados. Sabían que siempre les caía alguna miga, y Harry se apresuró, casi de forma automática, a satisfacer sus deseos.

—Sí —sonrió Lou—. Supongo que sí. Que es mi forma de decir que te echo de menos.

—Me ves todos los días. —Harry lo miró de refilón. Fingía que no entendía, pero era solo un juego.

—No estás contando con todos los días que no te he visto en absoluto.

—¿Antes de venir a Bluesbury?

—Sí, eso son diez mil días o más... Habrá que compensar esos días.

Harry le dio un golpe cariñoso en la pierna con la punta del zapato.

—A ver, zalamero. Deja de cambiar de tema, porque sabes perfectamente lo que te quiero preguntar...

Lou suspiró.

—No, no lo he hecho aún. No he hablado con ella.

—Lou...

—Ayer por la noche no bajé. Estaba demasiado cansado.

Se sintió culpable al ver la preocupación en el rostro de Harry, porque aquello era mentira. Sí había habido ensayo. Había trabajado durante horas con Violet los movimientos de sus diferentes personajes para la obra. Habían explorado la velocidad, la fuerza, la resistencia, el ritmo. La fluidez. La irregularidad. El contraste. Lo que una forma de moverse podía transmitir sin palabras.

Coreografiaron escenas completas. Trabajaron la obra como si fuese a ser un estreno mundial y se alejaron de ella como si no significase nada.

—Louis —pidió ella—. Enséñame a girar como lo hacen en ballet.

Y él le había propuesto ejercicios que lo habían trasladado a un pasado tan lejano que podía haber pertenecido a otra persona. Habían hecho diagonales, repetido los pasos una y otra vez, hasta que Violet no necesitaba pensar para ejecutar. Le había explicado la distribución del peso y cómo atrapar el equilibrio y no soltarlo.

Ella cerraba los ojos al hacer piruetas.

—Violet, ¡abre los ojos!

—¡No, que me da miedo!

—¡Ábrelos! ¡Te estás perdiendo la mejor parte!

Ella abría los ojos como quien se deja caer al vacío, confiando en que hubiese alguien para atraparla. Chillaba de emoción. Él se reía. Recordaba el miedo a despegar y, después, la euforia, el triunfo.

Se subió al escenario para mostrarle cómo colocarse, sin el bastón, apoyando solo el pie bueno y confiando en su propio equilibrio. Cuando ella lo imitó, él le colocó una mano en la espalda para corregir la postura. El contacto, aunque fugaz, le arrebató el aliento.

—¿Estás bien? —preguntó Violet.

—Sí. —Él buscaba excusas—. Es cansancio, nada más. He tenido un día muy largo.

—Es tarde —se apresuraba a decir ella—. Será mejor que lo dejemos aquí. Tengo mucho que repasar antes del ensayo de mañana. Dentro de nada será la función, ¿verdad?

—Sí —respondió él—. El último viernes de junio.

—No puedo entretenerme, entonces. —Le sonrió—. Buenas noches, Louis. ¡Que descanses!

Él tenía que admitir, al verla marcharse, que no deseaba hablarle del hospital ni de la muerte ni de las oportunidades perdidas. Quería que todo su mundo fuese teatro y danza, que su mayor preocupación fuese el estreno de su obra de una sola intérprete.

Sabía que tendría que hacerlo. No era justo mantenerla anclada a un mundo que no era el suyo. Mantener el paripé durante todo el verano, cuando no hubiese más clases, y después durante el curso siguiente, era inviable. Por otro lado, nadie le aseguraba que el consejo escolar fuera a querer conservarlo como profesor, ¿y qué sería de Violet si a él lo obligaban a marcharse?

Contra todas estas razones, pesaba el rechazo a la idea de perderla. De que ella lo perdiese a él. De dejar ir aquello que le había dado sentido a su vida en los últimos diez meses.

De madrugada, en su dormitorio, le devolvía la mirada a los ojos estáticos de la tía Ada, en su fotografía enmarcada. Pensaba en cómo ella había construido en su relación con él una fuente de consuelo por la pérdida de sus padres.

¿Me habrías dejado ir, tía?

Y la respuesta, aunque ella no podía dársela, estaba ahí.

La tía Ada había tenido una vida plena durante la cual había sido inmensamente querida. Había sabido mucho sobre lo efímero y lo relevante; lo que nada, ni el tiempo ni la distancia, puede hacer desaparecer.

L a lámpara iluminaba el centro del escenario y la primera fila de sillas. Lou, sentado a un lado, esperó a que Violet terminase la escena que cerraba la obra. La niña salió a saludar a un público imaginario e hizo una reverencia.

—Bien, ¿no? —preguntó a Lou.

—Muy bien. Ya lo tienes. Va a ser un éxito —auguró él.

Faltaba una semana para la representación.

—¿Hay algo que cambiarías? —inquirió Violet, perfeccionista—. ¿Algún detalle? ¿Algo que quede por hacer?

Sí.

—No. Está perfecto así.

—A mí no me convence del todo mi vestuario, pero no te inquietes, porque aprovecharé el fin de semana para ponerlo a punto. —La perenne preocupación de Violet por un vestuario inventado, ya que siempre llevaba la misma ropa, no suponía ningún motivo de desvelo a Lou—. Tendré que cambiarme varias veces durante la obra, por supuesto. Lo he tenido en cuenta al ensayar y creo que me da tiempo. Quizá la próxima obra que hagamos podría ser de *The School Friend*. He empezado a trabajar en el libreto. Yo seré Leila, claro, y también Jemima Carstairs, por lo que es imprescindible que no coincidan en el escenario en ningún momento...

Él escuchaba su monólogo mientras recolocaba, casi sin darse cuenta, una astilla que se había desprendido del escenario, revelando una herida de madera clara en la superficie negra.

—Es difícil escribir libretos —musitó.

Quería decirle «Si la terminas durante el verano, podemos leerla en septiembre y plantearnos montarla», pero se contuvo. Se permitía la indulgencia de engañarse a sí mismo, pero se le estrechaban las costillas y le estrujaban el pecho solo de pensar en mentirle a ella.

—No tanto —replicó Violet con optimismo—. Estoy pensando que, aunque ser actriz me gusta mucho, probablemente de mayor preferiría escribir obras y dirigirlas. O a lo mejor podría trabajar para *The School Friend* e inventarme las historias de los siguientes números...

—Violet. —La voz de Lou sonó ronca y extraña, como si sus cuerdas vocales se resistiesen a colaborar para emitir aquellas palabras—. ¿Puedes sentarte conmigo un momento, por favor?

Ella se colocó a apenas un par de pasos de él, también al borde del escenario, con las piernas colgando.

—¿Me quieres decir algo sobre la obra? —preguntó—. Dios mío, ¿no irá a cancelarse?

—No, no es eso. Es sobre ti. —Lou no sabía cómo abordar aquello. La oscuridad se intensificó en las esquinas del salón de actos—. Violet, cuando comenzamos a ensayar esta obra éramos un grupo más grande. —Ella lo miraba, seria, con una emoción que él no supo identificar—. Los demás se han marchado. Lo que quiero decir es que tú tal vez lo hagas también, antes de la función. ¿Recuerdas...? ¿Recuerdas haber estado en el hospital, con fiebre...?

Ella resopló, con cierta exasperación.

—¡Esa historia no se cuenta así! —exclamó—. Sí, está bien. No tenía pensado hablar de eso, pero *si insistes*, habrá que hacerlo. Ahora, una cosa tiene que quedar clara, ¡la función va a tener lugar! El espectáculo debe continuar, ¿no es así?

—Espera —pidió él—. Lo que intento decirte...

—Es que estoy muerta. Sí, sí. Ya lo sé. Quiero decir, no lo estoy, lo *estuve*. Soy un fantasma, digo yo. Estoy viva como fantasma. ¿Era eso lo que me querías decir?

—Sí —respondió Lou, perplejo.

—¿Quieres que cuente la historia yo? Porque tú, espero que no te ofendas, lo haces fatal. —Violet se arregló el pelo con la mano, levantando la nariz—. Al final lo tiene que hacer todo una...

Contra todo pronóstico, aquello consiguió arrancarle una risa a Lou. Sacudió la cabeza, incrédulo.

—Sí, por favor —respondió—. Cuéntamela.

Violet se levantó, se sacudió las manos en la falda y empezó a subir sillas al escenario. Dejó cinco mirando al fondo, como si le dieran la espalda, y una a un lado del escenario, delante, con una tela alrededor del respaldo como una manta que le cubriese los hombros a una figurante invisible.

—Había una vez —comenzó a narrar Violet— una niña que se llamaba Violet Jones. Era la hija más pequeña de una familia con muchos hermanos. Su madre había tenido once hijos, de los cuales aún vivían cuatro muchachos... y Violet. Ella era muy anciana y estaba enferma, ni siquiera podía levantarse de su butaca y pasaba las tardes frente a la chimenea. De los cuatro hermanos, tres vivían en la casa familiar. El cuarto, aunque todavía trabajaba en la granja, se había casado y tenía dos hijos pequeños. Su mujer ayudaba a la anciana madre, pero tenía mucho trabajo con los bebés, y contaba los días que faltaban para que Violet, por fin, cumpliese los catorce años y dejase el colegio. Así podría dedicarse por completo a cuidar a su madre, que para entonces necesitaría compañía continuamente. Violet, además, sería la amita de la casa y se encargaría de mantenerla en condiciones.

Violet se había arrodillado junto a la silla con la manta. Con la cabeza apoyada en el regazo de la anciana, miraba soñadora por una ventana imaginaria.

—Madre, ¿y qué será de mí? ¿Pasaré aquí el resto de mi vida?

Se puso en pie de un salto para dar la vuelta a una de las sillas que representaban a los hermanos y declaró, con voz grave:

—¡No seas tontaina! Es tu deber cuidar a tu pobre madre. Te quedarás en la casa con ella hasta que muera. Entonces, si lo deseas, podrás casarte. ¡Pero para eso, con suerte, falta mucho tiempo!

Violet recuperó su posición como niña y replicó, con su voz habitual:

—¡Yo querría seguir estudiando!

Y de nuevo como si fuera su hermano:

—¡Pero si el maestro no hace más que quejarse de lo mucho que te distraes! Ese es otro que se alegrará cuando cumplas los catorce.

La silla-hermano volvió a girarse. Violet caminó despacio hasta el proscenio.

—A Violet no le interesaba ser una amita de casa. Ella quería ser exploradora o directora de un internado o actriz. Por las tardes, después de clase, se escabullía de la salita y se marchaba a jugar. Escalaba la escalera que era una montaña, hacía mapas de las cuevas dentro de los armarios, sacaba trozos de pastel de contrabando de la cocina. A veces, sus hermanos regresaban y se enfadaban si no la encontraban con su madre. Por eso, Violet buscaba lugares cada vez más remotos en los que refugiarse. —La niña reordenó las sillas. Dos al fondo, con la tela por encima: una cama. Dos delante, una junto a otra, eran el marco de una puerta. La tercera era la hoja, que se abría y cerraba. Violet la cruzó gateando—. Una tarde, sus juegos la llevaron a la antigua cuadra, donde guardó algunos tebeos y libros de estampas. Había descubierto un baúl con vestidos viejos, de su madre o de su abuela cuando eran niñas, y jugaba a ponérselos como si fueran disfraces. Podía pasar horas allí, escondida, y bajar solo cuando todos los demás habían terminado de cenar. La regañina merecía la pena a cambio de las horas de paz, y nunca sospecharon que estaba en la cuadra, porque se había asegurado de que toda la familia supiera que la aterraban las arañas. —Violet sonrió—. Claro que era solo un truco. ¡Nunca le habían molestado lo más mínimo! —Miró a Lou, para ver qué le parecía a su público su brillante estrategia. Después, sin saber deducir nada de su expresión atenta, carraspeó—. Pero una noche, la entrada a la cuadra... —con una mano, volcó la silla, bloqueando la puerta— ... se encalló. Resultaba imposible de abrir desde dentro. La niña lo intentó con todas sus fuerzas y tiró de la agarradera con tanto ímpetu que se quedó con ella en la mano. Golpeó la madera, forcejeó con ella, hizo todo lo posible. La sangre le corría por las manos, los codos y las rodillas, pero fue inútil. Con la esperanza de que su familia, alertada sin duda por su ausencia, la buscase sin descanso, Violet acabó quedándose dormida, desfallecida en el frío suelo de la cuadra. Era una noche fría de invierno, y durante la madrugada las temperaturas bajaron drásticamente. —Violet hizo una pausa. Miró hacia donde los focos, de haberse encontrado en un teatro en condiciones, habrían estado encendidos—. La encontraron, sí, pero era demasiado tarde. Estaba tiritando, con la piel, antaño rosada, teñida de un horrible azul pálido. La metieron en la cama enseguida, aunque su destino estaba sellado. Las heridas se le pusieron cada vez más feas y empezó a delirar por culpa de la fiebre. Tenía escalofríos, le dolía todo el cuerpo, las náuseas le impedían comer. La atendieron como pudieron, pero cuando aparecieron las manchas blancas y ásperas primero, luego rojas y brillantes, y finalmente se le empezó a caer la piel... entonces la llevaron al hospital de la fiebre. ¡Pobre niña! Era demasiado tarde para ella. No tardó en morir. Ni siquiera pudo terminar el colegio normal. Y nunca, *nunca* fue a un internado.

Violet se tumbó boca arriba en la sillas del fondo, con las manos cruzadas sobre el pecho, representando su propia muerte. Después se puso en pie, caminó hacia delante de nuevo e hizo una reverencia.

Lou no aplaudió.

—Debió dar mucho miedo —comentó.

—Bueno. —Violet se encogió de hombros—. Sí, mucho. Pero yo soy más valiente que la mayoría.

—¿Por qué estás aquí, Violet?

Al resto de los niños les había faltado algo por entender de la situación en la que se encontraban. Ella sabía todos los detalles de lo que le había ocurrido y no rehuía la conciencia de su propia muerte.

La niña se acercó a él unos pasos.

—Porque no pude ser ninguna de esas cosas. Ni exploradora, ni directora de un internado, nada. Así que me vine aquí e hice al menos algo que quería: ir al colegio. Y se me dio la oportunidad de ser actriz, aunque solo sea durante los ensayos y una función. Por eso sigo aquí. Quiero salir en la obra.

Cada segundo que pasaba con ella aceleraba la velocidad a la que Lou perdía fuerzas. Sin embargo, aquello era parte de su labor. La más importante, quizá.

—Saldrás en la obra —prometió—. El viernes que viene será la función, tal y como habíamos planeado.

Violet sonrió.

—Vale. Aunque, dado que hoy el ensayo ha salido muy bien, ¿qué te parece si no ensayamos todos los días de la semana que viene? Podríamos vernos el jueves y hacer un ensayo general. El lunes, el martes y el miércoles se cancelan los ensayos. Yo necesito tiempo para terminar el vestuario y a ti, perdona que te lo diga, te vendrá bien el descanso…

Lou tuvo que reírse.

—Suena muy razonable.

—Me preocupa que no venga público —confesó Violet—. Estaría bien que viese la obra alguien que no la conozca ya.

—Tranquila, deja que de eso me ocupe yo. Algo de poder de convocatoria tenemos.

Ella calló, pensativa, unos segundos.

—Sé que después de esta función habrá grandes cambios. Empezaré una nueva etapa, ¿no? La función marcará un antes y un después.

Pero pese a todo eso, no es una tontería que me importe tanto la obra en sí, ¿verdad?

Lou sonrió.

—Hace unos años, estaba en Londres ensayando una pieza de danza que íbamos a estrenar antes de Navidad. Hacía más de un año que había empezado la guerra y ese otoño estábamos siempre alerta por los bombardeos. Me acuerdo que en una pausa entre ensayos, salimos a fumar y en la parte de atrás del teatro habían pegado un cartel que decía «Es mejor enfrentarse a las balas a que te mate en casa una bomba. Alístate de inmediato para detener el próximo ataque». Parecía que en cualquier momento explotaría un edificio. Justo antes del estreno. Durante la función, con todo el mundo dentro del teatro. Realmente no lo podíamos saber. ¿Merecía la pena seguir ensayando? —Lou se encogió de hombros—. Al final, hubo que retrasar el estreno varios meses y, finalmente, me reclutaron. Esos ensayos no sirvieron de nada. Dio igual. —Respiró un momento—. Aun así, me alegro de haberlos hecho. En un mundo impredecible, hacíamos algo que le daba sentido.

—¿No actuaste en la obra?

—No. Pero tú sí lo harás.

Violet sonrió.

—¿Nos vemos entonces el jueves para el último ensayo antes del fin de una era?

Él asintió.

—No faltaré.

H arry le sostuvo el bastón mientras Lou se quitaba la chaqueta. En los bolsillos llevaba todo lo necesario: algo de dinero, el billete de tren y un manojo de llaves.

—¿Estás seguro de que prefieres ir solo?

—Sí. —A Lou le habría gustado ser más expresivo, pero tuvo que contenerse y darle un abrazo de despedida fugaz y despegado. El andén estaba medio vacío—. Gracias por acompañarme hasta aquí.

—Vendré a buscarte el lunes.

Cuando el tren se puso en marcha y Lou vio alejarse la estación de Dunwell y a Harry, sintió por primera vez en mucho tiempo que estaba marchándose de casa.

El viaje de vuelta le resultó más corto. Pasó por los pueblos, las granjas, los bosques y los campos hasta llegar a la familiar estación de Kinwick, donde esperó al tren en dirección a Londres. Abrió el paquete de papel encerado que le había dado la señora Kenney, comió un par de sándwiches y pasó el resto del viaje dormitando junto a la ventana.

King's Cross lo recibió ruidoso y caótico. Lou recorrió la estación como en un sueño. El andén del tren en dirección a Keldburn era otro, tuvo que preguntar en la ventanilla por él. Se sintió aliviado cuando, por fin, encontró su asiento y la locomotora se puso en marcha.

Al otro lado de la ventanilla, una marea de hombres y mujeres se apresuraba hacia la salida. Le costó reconocerse en ellos.

Keldburn era más amistosa. Un punto intermedio del ajetreo de Londres y la paz de Bluesbury. Algunos transeúntes lo observaron con curiosidad en la calle principal, pero ninguno se acercó a él. La casa de la tía

Ada lo esperaba en lo alto de la cuesta, inconsciente de que hubiese pasado casi un año desde la última vez que se detuvo frente a su fachada blanca. Como si el tiempo no significase nada porque estaba escrito que él, antes o después, regresaría.

Sacó las llaves del bolsillo. Echó un vistazo a la casa antes de acercarse a la puerta y abrirla.

Se quedó quieto en el recibidor. Mientras había vivido allí, no había sido tan consciente de lo mucho que se notaba el perfume de la tía Ada y la fragancia del jabón de la ropa. Por debajo del olor a cerrado y a polvo, aquel hogar seguía oliendo como siempre.

Se quitó los zapatos, aunque el suelo no estaba especialmente limpio, y avanzó a tientas por el salón hasta alcanzar las ventanas y abrirlas. La luz se desparramó por la habitación, que estaba tal y como la tía Ada la había dejado antes de irse a pasar una temporada a la casa de los Pearce en Londres. Casi sin pensarlo, Lou recogió una taza vacía y olvidada sobre la mesa del salón y la llevó a la cocina. Revisó la despensa y tiró toda la comida que se había puesto mala. Abrió el resto de las ventanas, excepto las de los dormitorios, y se apoyó en la encimera de la cocina.

Paseó por la casa como si fuese la primera vez que la veía. Contempló una a una las fotografías enmarcadas, los recortes de periódico de las actuaciones de Ada, los retratos juntos. Él de niño, a su lado, ella más joven de lo que la recordaba y exultante. Ella con otras mujeres y otros hombres a los que no recordaba bien. Amigos, compañeros, admiradores.

Ella sobre el escenario. En su ambiente natural. Lou se llevó el marco a los labios y besó el cristal.

Cuánto te echo de menos.

La primera puerta del pasillo llevaba a su dormitorio. Le pareció pequeño, comparado con el de Bluesbury, aunque quizá se debiese a que estaba repleto de cosas. Algunos libros sobre un estante, cuadernos, una carpeta con una colección de programas. Zapatillas de baile, vendajes y protectores, cintas y ropa. Un balón polvoriento sobre el armario.

Recuerdos de otra persona.

Y justo cuando iba a abandonar la habitación y renunciar a todo aquello, una caja llena de discos le llamó la atención. Los examinó con creciente entusiasmo, sin poder creer que hubiese podido olvidar por completo algunos de aquellos títulos que había amado tiempo atrás.

Arrastró la caja hasta el salón.

La puerta del dormitorio de la tía Ada estaba abierta. Lou se detuvo en el umbral un segundo antes de pasar, primero el bastón y el pie malo, después el resto de su cuerpo.

La cama de roble estaba deshecha, solo una sábana la cubría para evitar que el colchón acumulase polvo. El secreter, sencillo, estaba perfectamente recogido. Aunque la ausencia del mínimo desorden de la vida delataban que la habitación estaba deshabitada, el agradable papel pintado de tonos verde oliva y rosa y las cortinas de chintz, el refugio favorito del Lou de cuatro años cuando jugaba al escondite, le dieron la bienvenida. Las apartó para abrir la ventana e iluminar la cómoda, el armario, la alfombra y el lavamanos decorado con puntillas.

Aquella casa nunca dejaría de ser la de la tía Ada, pero por primera vez fue consciente de que también sería siempre suya.

Una caja de lata le llamó la atención. Sobre una de las mesitas de noche, era el único objeto del dormitorio que no estaba en su lugar. Se sentó sobre el colchón para abrirla.

Estaba llena de entradas para el teatro, el ballet, el cine. Espectáculos que habían tenido lugar en el verano de 1916 o en el otoño del mismo año, a lo largo del larguísimo 1917 y hasta octubre del año en que acabó la guerra. Entradas dobles para todas las funciones que la tía Ada había creído que le podían gustar, compradas con la esperanza de que él fuese a regresar en cualquier momento.

Casi podía oírla: «¡Claro que me aseguré de que tendríamos butacas para verla! Si yo sabía perfectamente que vendrías, antes de que me lo dijese nadie...».

Ninguna de las entradas se había utilizado. La tía Ada no había ido a ninguna de aquellas funciones sin él.

La recordó en aquella cama del hospital, enfadada porque no podía darle un abrazo y recibirlo en condiciones, molesta por su propia debilidad, «Mira que ponerme así por un resfriado de nada». Empeñada en darle dinero para que fuese al teatro o a cualquier sitio, deseosa de invitarlo. Le hacía ilusión, le había dicho. Por los viejos tiempos.

Y él, convencido de que pronto irían juntos, no había aceptado.

Un sollozo le sacudió los hombros y lloró por todas las funciones que se perdió, por toda la esperanza de la tía, por el permiso que nunca se tomó. Tenía desafortunadamente la caja de entradas entre las manos, por lo que tuvo que permitir que le corriesen las lágrimas por la barbilla y se le hinchase la nariz sin poder siquiera cubrirse la cara. No era una buena razón para llorar, pensó, pero el llanto había tomado el control, había crecido como la ola de tierra y nieve de un derrumbe de montaña y ya no era por las entradas desperdiciadas, sino por las conversaciones hasta entrada la noche con la tía Ada, sentados en la cocina y con una botella abierta; por caminar por la calle con ella de su brazo; por los infrecuentes besos; por el frecuente orgullo en sus ojos al mirarlo. Lloró por sus propios sueños, compartidos con los de la tía, anclados a los escenarios y los telones de terciopelo. Lloró por el miedo y el horror y los recuerdos que no quería pero de los que no sabía deshacerse. Lloró por sus alumnos a los que no volvería a ver. Y lloró, finalmente, porque había vuelto a casa y había pasado demasiado tiempo fuera.

Después de cuatro años de lágrimas y un buen rato de silencio para recomponerse, cerró cuidadosamente la lata. Se la llevó al salón. Sus pasos sonaban suaves sobre el suelo de madera: aún recordaba, sin necesidad de pensarlo, en qué puntos crujían las viejas tablas.

La casa empezaba a despertar. La ayudó prendiendo la luz, abriendo el grifo de la cocina hasta que el agua salió limpia, encendiendo el fogón para poner una tetera. Encontró el gramófono de la tía Ada y le quitó el polvo con un trapo. Después, casi con reverencia, sacó uno de sus discos y lo colocó en su sitio.

Se sentó en el sofá, junto a la esquina donde siempre se colocaba la tía Ada. Con la taza de té caliente entre las manos, escuchó el disco entero. Después, rellenó la taza y puso el siguiente. Se preguntó por qué ella los habría guardado en su cuarto y si habría sido porque le recordaban demasiado a él.

Sin apagar la música, se levantó para desplegar en el salón algunas cajas de cartón y pasó la noche despierto, decidiendo qué se quedaba en la casa y qué debía seguir adelante. Trabajó hasta que, con la luz de la mañana, se quedó dormido en el sofá.

Despertó entrada la tarde. Se aseó en el baño, se cambió la camisa por una de su armario que sorprendentemente aún le quedaba bien y salió de la casa en dirección a la estación.

Londres lo recibió con una noche fresca, en la que había mucha gente en la calle. Era sábado. Lou paró a tomar una cena rápida y después fue a ver qué había en la Royal Opera House. No conocía aquella obra ni a ninguno de los bailarines.

Compró dos entradas.

El domingo por la mañana, Lou había preparado una bolsa de tela con las pocas cosas que se veía capaz de cargar hasta Bluesbury: la cajita de lata, algunas cartas, fotografías y una manta de lana. Estaba poniendo a secar la tetera vacía y la taza que acababa de limpiar cuando alguien llamó a la puerta.

Esperó a una segunda llamada que le confirmase que había oído bien y que era su campanilla y no la de alguno de los vecinos. Abrió con una mano en el bastón y la otra apoyada en el picaporte.

Frente a él había un hombre un par de años más joven. Por su aspecto, Lou habría dicho que trabajaba en alguna de las granjas cercanas; por su postura, que era soldado. Iba vestido de civil, pero los zapatos eran los mismos que había recibido Lou del ejército.

—Buenos días, señor —saludó el joven—, ¿es usted Louis Crane?

—Sí, soy yo. Buenos días.

—Me llamo James Graham. Perdone que me presente sin avisar, los vecinos me dijeron que había alguien en la casa y supuse que era usted. Ya había perdido la esperanza de encontrarlo, si le soy sincero.

—¿Lleva mucho tiempo buscándome?

—Casi un año, desde que volví de Bélgica. Encontré el piso en el que residía en Londres, pero no conseguí dar con usted, y después le perdí la pista.

—¿Y en qué puedo ayudarle? ¿Quiere pasar?

Graham rebuscó en el bolsillo de su chaqueta.

—No, muchas gracias. Tengo algo de prisa. En realidad, solo quería darle esto. —Le entregó un paquete envuelto en una tela blanca, sucia y desgastada que Lou reconoció como el paracaídas de una bengala de señales—. El teniente Tutton solía entregármelo antes de despegar, con el encargo de traérselo a usted si él no regresaba.

Lou tomó el paquete, que le cabía en la palma de la mano.

—Gracias.

—Un placer. Coincidí por desgracia poco tiempo con el teniente, pero aun así fui testigo de su gran habilidad y su valentía. Me alegro de haber podido cumplir con lo que me pidió. Que tenga un buen día, señor Crane.

El joven Graham se alejó calle abajo. Lou no esperó a que se perdiera de vista. Con el pulgar de la mano con la que sostenía el paquete, apartó la seda blanca que protegía el antiguo reloj de bolsillo.

L ou esperó a Harry al pie de la escalera y, consciente de que Violet espiaba entre bambalinas, extendió la mano con gran solemnidad hacia él.

—¿Su entrada, por favor?

Harry sonrió y le tendió un pedacito de cartón.

—Disculpe, señor, no hay ninguna suplencia esta noche, ¿verdad? He venido a ver a la gran actriz protagonista y me llevaría una enorme decepción.

—Caballero, nuestros suplentes son extraordinarios, este es un teatro de categoría —replicó Lou, airado—. Aunque no tiene de qué preocuparse, puesto que hoy saldrá a escena la mismísima Violet Jones, tal y como anuncia el cartel... Vaya, veo que tiene butacas en la primera fila, nada menos.

—Es que he elegido las mejores entradas, no he escatimado en gastos —explicó Harry—. No todas las noches tiene uno la oportunidad de ver una obra como la de esta noche.

—Muy bien. Sígame, por favor.

Lou cojeó hasta la primera fila, dejó a Harry sentado y se acercó al gramófono para apagarlo. Después, subió al escenario y lo cruzó deprisa, hasta donde lo esperaba Violet con los ojos muy abiertos, nerviosa.

—¿Estás bien?

—No —dijo ella—. Sí. ¡Creo que he olvidado todo el texto!

—No lo has olvidado. Y si te quedas en blanco...

—... improvisaré —completó ella—. Conozco el personaje. Conozco el personaje.

—Claro que sí. Todo va a ir bien, ya lo verás. —Salió de nuevo al escenario, esta vez para dirigirse a Harry y a las sillas vacías—. Buenas noches, damas y caballeros. A continuación daremos comienzo al estreno mundial de *La leyenda de Neaera*. Esperemos que la obra sea de su agrado y disfruten de la función.

A continuación, se transformó en espectador y bajó del escenario para tomar asiento junto a Harry.

—Lou, menos mal —susurró él—. Has llegado justo a tiempo, la función está a punto de empezar.

—Oh, el tráfico está imposible, he tenido que pedir al chófer que me dejase una manzana antes y acercarme andando. Quién viviera en un pueblo pequeño, sin tanta gente por todas partes.

Harry rio por lo bajo.

Violet salió a escena y miró directamente a Lou, que le sonrió para darle ánimos. La niña representó la obra de principio a fin, interpretando a todos los personajes con gracia. Salvó como pudo las meteduras de pata, las confusiones y los momentos en los que no recordaba cómo seguir.

En un momento dado, en medio de un monólogo del personaje que había sido de Archie, el trozo de fieltro que se había puesto a modo de bigote falso resbaló de su labio superior y cayó al suelo. Violet, sin perder el hilo de su declamación, se agachó y se lo colocó de nuevo con desparpajo. Lou pensó que la obra difícilmente podía mejorar después de aquello.

Solo la autenticidad podía superar la comicidad y la frescura. Violet lo consiguió en la escena final de la madre de Neaera, cuando su personaje queda encerrada en una sombría torre. La desesperación que transmitió la niña fue tan genuina que solo podía venir de una experiencia real.

Lou no sabía si él mismo habría sido capaz de algo parecido. Se imaginó poniendo en escena el terror puro antes de un ataque; el susto y el dolor al darse cuenta de que no era capaz de andar, el sobresalto al rodar hasta el fondo del agujero, el pavor a hundirse en el agua y el barro. Se recordó reptando, agónico, sin atreverse a mirarse el pie, por el que sobresalían extremos de hueso roto y sucio. Las horas que pasó invisible en el campo de batalla, hasta ser recogido por fin, el alivio de la morfina en el puesto de socorro, la fiebre. El traslado al puesto de clasificación de heridos, sin saber qué iba a ser de él. La operación de emergencia, la preocupación por no volver a caminar o a bailar, el médico militar hablando de tres de cinco huesos largos hechos papilla, la fractura en el talón, la infección en la herida, la amenaza de la amputación. Su firme negativa. La piedad. El olor a la tintura de yodo cuando le limpiaron la herida, la dolorosa extracción del tejido dañado y los fragmentos de hueso. Al desviar la mirada, veía desde la camilla el humo de los cañones. Después, la iglesia medio derruida con el resto de los pacientes tendidos en el suelo, el lugar al que llamaban «zoológico» por lo inhumano de los gritos y lamentos. Los supervivientes a los que, según su estado, enviaban de vuelta al frente que no dejaba de avanzar o al tren ambulancia, de regreso a los puestos franceses, al barco que atravesaría el Canal de la Mancha, a casa, a Inglaterra. El compañero que suplicaba a las enfermeras que no lo dejasen atrás y que murió antes de llegar a tierra.

Admiró a Violet por su valor al exponer sus heridas al aire, por permitirles sanar.

A su lado, Harry, sin ver ni oír nada, lograba aparentar con los ojos fijos en el escenario que el espectáculo le resultaba cautivador. Y cuando Violet salió a saludar y Lou aplaudió, él hizo lo propio e incluso se puso en pie.

—Mi queridísimo público —pronunció Violet—, gracias, gracias. Protagonizar *La leyenda de Neaera* ha sido para mí un sueño hecho realidad. Desde aquí quiero dar las gracias al director por confiar en mí para este papel tan especial. Jamás lo olvidaré.

Aplaudieron tanto que ella tuvo que inclinarse seis veces antes de, por fin, retirarse entre bambalinas.

—Te espero en la puerta —murmuró Harry—. Imagino que querrás felicitar a la artista.

Lou se lo agradeció con un gesto y subió al escenario, pero al entrar en el almacén, lo encontró vacío. Violet jamás habría permitido que una despedida empañase el final perfecto, el telón, los aplausos.

race Beckwith se llevó la taza de té a los labios y se armó de paciencia mientras escuchaba a Edith Morgan, sentada frente a ella, explicarle que Bluesbury se le quedaba pequeño y que se había enamorado.

Aquella misma mañana se había reunido con el consejo escolar y, tras plantarle cara a Venetia de Carrell, cuyo único interés en decidir quiénes serían los profesores del siguiente curso residía en su necesidad de sostener una imagen de control sobre el pueblo, Grace había conseguido asegurar los puestos tanto de la señorita Morgan como del señor Crane. Desde luego, había sido de ayuda la buena opinión que la mayor parte de los padres tenían de ambos, pero gran parte de la victoria, a Grace no le avergonzaba reconocerlo, se había debido a su propio tesón.

No le cabía en la cabeza que Edith renunciase a aquel trabajo para irse detrás de un hombre a los Estados Unidos, solo porque aquello convenía a la carrera de él. Ella insistía, por supuesto, en que también se trataba de una oportunidad para ella, puesto que podría estudiar las nuevas corrientes pedagógicas que se desarrollaban al otro lado del océano. A Grace aquello le parecía una excusa fantasiosa.

Aun así, pensó, Edith tenía derecho a cometer los errores que considerase. No se podía evitar. Las lecciones no podían aprenderse de las decisiones ajenas, solo de las propias.

Y a lo mejor, aunque fuese poco probable, ella tenía razón. Quizá su felicidad estaba junto al tal Edgar.

—Me gustaría conocer a este joven —refunfuñó, finalmente—. Tiene que ser muy especial para que estés tan segura de que compensa cambiar el rumbo de tu vida porque él te lo pida.

Edith sonrió.

—No me lo ha pedido. He sido yo la que ha decidido que nos marchemos. —Se revolvió en el asiento, incómoda. No se le daba bien la sinceridad desmedida—. Quiero avanzar en mi carrera y aprender y trabajar y descubrir, pero sin que eso signifique sacrificar mi vida personal. Eso es algo que he aprendido de mi madre. Y también de ti. Las dos renunciasteis a estar junto a personas a las que queríais porque el deber os llevó a otra parte... Por el sentido del deber de mi madre, a mí me ha faltado una familia. Quiero a Edgar, y mi prioridad será estar junto a él.

Grace suspiró.

—Edith, mi querida niña. Deseo que lo tengas todo en la vida. —Respiró hondo, incapaz de mirarla a los ojos al añadir—: Tienes razón en lo que dices, excepto en una cosa. Te equivocas si piensas que no tienes familia. A mí me has tenido siempre y me seguirás teniendo, estés aquí o en América o en cualquier otra parte del mundo.

Edith la miró, llena de emoción con la que no sabía qué hacer. Grace echó una ojeada al reloj, hizo un comentario sobre lo tarde que era y se puso en pie, por lo que ella aprovechó para levantarse y, con torpeza, ofrecerle un abrazo por encima de la mesa. Grace le dio unas palmaditas en la espalda, escondiendo en la actitud envarada la vergüenza que le provocaba desear tanto aquel abrazo.

—Espero que me escribas cuando estés allá —dijo—. Me vendrá bien para ampliar mi colección de sellos.

Más tarde, se sentaron una junto a la otra durante la muestra de fin de curso de los niños, que representaron con asombrosa gracia algunas de las historias que habían escrito ellos mismos. La señora Beckwith dio un pequeño apretón cariñoso al brazo de Edith antes de caminar hacia el escenario, felicitando a los niños con los que se cruzaba. En el revoltijo de criaturas disfrazadas que se reencontraban con sus familias, halló a Louis Crane. Lo rescató de los padres que lo rodeaban y se lo llevó a un lado.

—Solo quería darle la enhorabuena por el curso —le dijo—, creo que tanto niños como padres están muy satisfechos, y yo también. Espero que el curso que viene se apunten muchos más.

—Gracias.

—¿Contaremos con usted?

Él tardó unos segundos en comprender que le ofrecía conservar el puesto.

—Me encantaría.

—Me alegro mucho. Y también de verlo recuperado. Tiene una salud delicada, pero el verano le hará bien. —El señor Crane le lanzó una mirada interrogante, por lo que añadió—: Le veo mucha mejor cara.

Kitty Kenney, sin respeto por nada ni nadie, interrumpió la conversación bruscamente interponiéndose entre ella y su profesor.

—¡Creo que he dicho el texto de Millie en la segunda escena!

Lou bajó los ojos hacia la niña.

—No tiene la menor importancia. —Se volvió hacia Eliza Kenney y su hermano, Fred Robins, que se habían acercado—. ¿Ustedes lo notaron?

Fred negó con la cabeza.

—Yo tampoco —dijo la señora Kenney—. Y eso que la habré oído cientos de veces recitar su papel en casa.

—Entonces, significa que lo habéis hecho bien —le aseguró Lou a la niña—. Equivocarse es inevitable, lo importante es saber corregirlo.

La señora Beckwith le dirigió una discreta sonrisa.

—Que pase usted un buen verano, señor Crane. Le deseo mucho descanso y que reponga fuerzas antes de retomar las clases en septiembre. ¿Se quedará aquí, en Bluesbury?

—No lo sé todavía...

—Dígamelo cuando lo sepa. Me encargaré de hacer los arreglos pertinentes.

Se despidió de él, de la señora Kenney y de Fred Robins y se alejó, porque siempre tenía una conversación u otra pendiente y quería aprovechar que había varios vecinos reunidos en el salón de actos.

La celebración tras la función de alargó casi una hora más. A la mañana siguiente, Lou subió al pueblo para desayunar en Koster's y pasar por la oficina de Correos y Telégrafos de la señorita Urry. Desde allí, llamó al señor Bell para darle las gracias por haberle conseguido el puesto y contarle que, de hecho, se quedaría en él un año más.

Y *quién sabe cuántos después de ese*, pensó Lou, mientras recorría High Street en dirección a la panadería de Harry. A través del cristal, podía verlo apoyado en el mostrador, con un libro en las manos y una mancha de harina en la nariz.

La luz de la mañana sentaba bien a Bluesbury.

Las cajas llegaron desde Keldburn por la mañana. Fred Robins ayudó a Lou a distribuirlas entre su habitación y el salón de actos y lo dejó solo para que las abriese sin prisa. Pasó el día entero redescubriendo todo lo que había guardado en ellas, primero las del piso de arriba, después las del material que usaría en clase el curso siguiente y que guardó en el almacén del salón de actos. Lo dejó todo ordenado, más de lo que estaría nunca a partir de septiembre, cuando un nuevo grupo de niños, con algunas caras nuevas y otras conocidas, campasen a sus anchas por el escenario.

Después, subió a esperar a la señora Kenney en el jardín, intercambió algunas palabras con ella cuando le trajo la cena y comió al aire libre. Los pájaros, a aquella hora, estaban ocupados armando alboroto en las copas de los árboles, por lo que ignoraron las migas de pan que les dejó. Pasado el invierno, no estaban tan hambrientos.

Al caer la tarde, de camino a su habitación, le asombró lo poco que le costaba subir la escalera. Había una nueva firmeza en la mano sobre la barandilla, volvía a sentir que mantenía el equilibrio. No quedaba rastro del mareo ni del agotamiento. Había pasado todo el día de aquí para allá, pero incluso el dolor del pie parecía haber remitido.

Se sentó frente a la mesa. El libro de los fantasmas, con sus pesadas tapas grises, descansaba frente a él. Lo abrió. Aunque no había planeado leerlo, una vez comenzó por la primera página, no fue capaz de detenerse. Lilian. Su muñeca todavía velaba la cama de Lou desde la mesita de noche. Frances. Gilbert. Owen. Maud. Emily Jane. Bessie, su última página llena de dibujos. Archie y su retrato. Rosemary. Aullido. Violet.

Lou regresó hasta la página que había dejado en blanco, a excepción del título, «David Tutton», y escribió, por fin, las palabras que él merecía.

Pensó en la tía Ada. Le habría faltado espacio para anotar todo lo que habría querido decir sobre ella. Sin embargo, no le hacía falta. Ella no necesitaba un libro de fantasmas. Su recuerdo estaba vivo y Lou no podía imaginar un espíritu más en paz que el suyo. Cruzó la mirada con su fotografía. Le pareció que la de ella, pese a estar congelada en aquel instante, estaba cargada de significado.

Aún quedaban algunas páginas en blanco.

Era de noche, por lo que casi sin pensarlo bajó la escalera hasta el salón de actos. Sus pasos resonaron entre las sillas. Ningún niño lo esperaba al pie de la escalera, ninguno jugaba sobre el escenario.

El vacío era insoportable.

Encendió la lámpara y dio cuerda al gramófono. La sala se llenó de calidez. Lou se acercó al escenario y se sentó en él, dejando el bastón apoyado en el borde. Se impulsó con el pie bueno para deslizarse hasta el centro. Contempló las filas de sillas, demasiado ordenadas.

El movimiento llegó antes que la idea. Lou estaba fuera de su cabeza, todo su ser en los dedos de la mano derecha, que se estiraban y se cerraban. La muñeca que giraba. Los músculos del brazo que la seguían. Los hombros, la espalda. Los brazos ante él, en reposo, *port de bras*; en primera, en cruz para la segunda, abre para la tercera, sube para la cuarta, arriba para la quinta. Como si fuese un estudiante de primero. Posiciones. Repitió, enlazó, olvidó el orden.

Solo obedecía a la música.

Se estiró y se reencontró con el placer de estirar.

Cuando el suelo se le quedó corto, permitió que uno de sus brazos guiase el movimiento hasta ponerse en pie. Atendió a los límites que le marcaba su propio cuerpo y descubrió que eran más amplios de lo que había anticipado. Buscó alternativas. Experimentó. No podía hacer un *chassé*, pero sí desplazamientos por el suelo. Seguía teniendo un pie capaz de sostener todo su peso. No le estaban vedadas las piruetas ni los saltos si confiaba en su equilibrio.

«No fuerces». La voz de la tía Ada resonaba en su memoria como si la tuviera a un par de pasos de distancia, observando sus evoluciones. «No presiones al cuerpo. Respira. Deja que te lleve a donde quiera».

Tenía que vigilar el pie malo y apoyarlo con cautela. Solo aguantaba hasta cierto punto. Estaba curado, pero el dolor seguía allí. Lou probó, buscó dónde empezaba, hasta dónde podía aguantar. Aceptó el límite. Lo bordeó. Su cuerpo siempre había sido su herramienta de trabajo, eficaz, preciso, maltratado, defectuoso. Presente. Útil. Distinto.

Bailó hasta que se acabó el disco. Puso otro. Y otro.

«No fuerces», pero no podía parar.

Nunca volvería a moverse como antes. Nunca regresaría a los grandes escenarios de Londres.

Pero era él y estaba bailando.